Jacques Ittensohn

Schweizer Bankiers lächeln nie

Jacques Ittensohn

SCHWEIZER BANKIERS LÄCHELN NIE

Lebenserinnerungen eines Finanzanalytikers

Ittensohn, Jacques

Schweizer Bankiers lächeln nie

– 1. Aufl. – 2007

Herstellung und Verlag:

Books on Demand GmbH, Norderstedt (www.bod.de)

ISBN: 978-3-8370-0434-2

Bibliografische Information der Deutschen Nationalbibliothek
Die Deutsche Nationalbibliothek verzeichnet diese Publikation in der Deutschen Nationalbibliografie; detaillierte bibliografische Daten sind im Internet über http://dnb.d-nb.de abrufbar.

Umschlag, Vorderseite: Zürich, Paradeplatz

Umschlag, Rückseite: Alfred Escher-Denkmal, Zürich

(Fotos: Jürg Meier, Juli 2007)

© *2007 Jacques Ittensohn, Nyon / Schweiz*

Alle Rechte, insbesondere die der Übersetzung in fremde Sprachen, sind vorbehalten. Kein Teil des Buches darf ohne schriftliche Genehmigung des Autors fotokopiert oder in irgendeiner anderen Form reproduziert oder in eine von Maschinen verwendbare Sprache übertragen oder übersetzt werden.

Ich widme diese Lebenserinnerungen meinem verehrten Deutsch- und Geschichtslehrer an der Kantonalen Handelsschule, Zürich,

Professor Dr. Walter Keller,

Korrespondent der Neuen Zürcher Zeitung bei den Spartakistenaufständen in Berlin,

Konkurrent des legendären Hans Stuck bei den Klausen-Autobergrennen,

Dramaturg am Zürcher Schauspielhaus.

...et quod amplius est labor et dolor. (Ps.89.10)

(In der Zürcher Übersetzung 1903: Psalm 90:10: „Das Herrlichste daran ist Mühe und Arbeit". Andere Übersetzungen sind prosaischer: „Ihr grösster Teil war nur Mühe und Arbeit". Mir ist die Zürcher Übersetzung weit lieber.)

EIN LEBEN IN UND UM SCHWEIZER BANKEN
Vorwort mit Verweis auf das schlechte Gewissen

„Wie immer übertreibst Du masslos mit Deinem Buchtitel", sprach der brave Theophil zu mir. „Wir Schweizer Bankiers hatten doch immer ein Lächeln auf den Lippen, wenn wir einen Kunden empfingen!" Aber ich bezeichne als ein Lächeln nur, was man als Lächeln des Glücks bezeichnen kann. Des Bankiers Fratze zeichnet ein Lächeln des Stresses, also der Unsicherheit. Wenn in meiner fernen Jugendzeit ein Bäcker sein Brot liebkoste, oder wenn der Bauer den Hintern seiner Kuh tätschelte, zierte seine Züge ein Lächeln des Glücks. Auch dieses Glück hat sich allerdings in den heutigen Riesenbetrieben und Verkaufszentren verloren.

Doch die Arbeit des Bankiers ist im grossen Ganzen die Verwaltung der Vermögen und die Erteilung von Krediten. Er weiss, dass es äusserst schwierig ist, den Kunden zu befriedigen, der möchte, dass sein Vermögen wächst, oder er bangt, ob der Kreditnehmer seinen Kredit auch fristgemäss verzinsen und zurückzahlen wird. Der Bankier – besser der Bankangestellte, denn diese sind in der weit grösseren Mehrzahl - lebt also mit dem Risiko und da vergeht ihm das Lächeln raschestens. Sein Einkommen ist mässig, und er muss, um sich ein angenehmes Leben leisten zu können, seine Anstrengungen in dem sinnlosen Rennen um Beförderungen verschwenden. Heutzutage bangt er, weil er in der Mode der Rentabili-

Jacques Ittensohn

sierung und Delokalisierung ständig mit Entlassung rechnen muss. Diejenigen, die an der Spitze der Skala stehen, sind auch nicht zu beneiden. Ihre Regierungszeit beschränkt sich oft auf 3 – 4 Jährchen. Die Anlage ihrer Millionen ist ein heikles Spiel. Die scheelen, neidischen Blicke der weniger gut Gestellten sind kein Grund zur Freude.

Am 5. März 2003 nahm ich nach einigen Jahren diese Lebenserinnerungen wieder aus der staubigen Computerbibliothek hervor. Ich war unterwegs einem Plakat begegnet, auf dem die Saläre der Spitzenmanager von UBS, Nestlé und Novartis angegeben waren. Diese Herren, hiess es darauf, verdienten zusammen 700 mal das Durchschnittssalär eines der bei ihnen Beschäftigten. Das betreffende Plakat machte Reklame für eine Initiative für billigere Krankenkassenprämien für Wenigverdienende. Gewiss: eine schöne Idee, aber wollen wir wirklich in der Schweiz wie in Deutschland immer mehr den guten Wirtschaftsgang auf dem Altar des Wohlfahrtsstaates opfern. Wenn sie dieses Plakat sehen, dürfte es allerdings unseren Topmanagern auch nicht mehr ums Lächeln sein.

Wie schön war es doch in der verschwiegenen, von Gehorsam gegen militärische und Privatfirmen- und Behördenhoheiten getragenen Schweiz, in der meine Lebenserinnerungen ihren Anfang nehmen. Ach ja, ich habe seit meiner Kindheit bis in mein Pensionierungsalter den grössten Teil meiner Lebenszeit in Schweizer Banken zugebracht. Am Anfang meines Lebens waren diese Banken eher unbedeutende Mitspieler auf abseitigen Finanzplätzen. Heute, also nahezu 80 Jahre später, zählen zwei von ihnen zu den weltweit mächtigsten Geschäftsbanken. Daneben gehören verschiedene kleinere Institute zum Kreise der führenden Vermögensverwalter der Welt. Meine Lebenserinnerungen enthalten als wesentlichen Bestandteil eine subjektive Schilderung von Umständen und Personen, die ich in dieser schweizerischen Bankenwelt angetroffen habe. Ich bin dankbar für die Chancen, die mir von den Banken geboten wurden, in denen ich zu arbeiten Gelegenheit hatte. Meine Tätigkeit als Finanzanalytiker erlaubte mir, Firmen aller Branchen in verschiedenen Weltteilen zu untersuchen und ihre Leiter teils persönlich kennenzulernen. Ich möchte mein Leben nicht beschliessen, ohne diese Erlebnisse in den Bereichen von Finanz und Industrie für meine Nachkommen und vielleicht auch für andere Interessenten festzuhalten. Meiner Gemahlin gebührt der Dank für ihre treue Unterstützung auf meinem Lebensweg. Meine Tochter, mein Schwiegersohn und meine drei Grosskinder bereiten mir die grössten Freuden in meiner letzten Lebensetappe.

Die vielen Wendungen und Zufälle eines Lebens sind oft verwirrlich. Deshalb mag es angezeigt sein, kurz die wichtigsten Begebnisse und Stationen aufzuzählen. Ich wurde vom Verwalter einer Filiale der Schweizerischen Volksbank in Zürich aufgezogen. Dort verbrachte ich in der Wohnung direkt über der Bankfiliale meine ersten zwanzig Lebensjahre. Meine Ausbildung führte mich in verschiedene Schweizerbanken. 1955 wurde ich beim Schweizerischen Bankverein in Basel angestellt und befasste mich mit Finanzanalyse. Mit fünfzig Jahren wechselte ich bis zu meiner Pensionierung im Jahre 1991 in eine Privatbank in Genf, wo ich mich ähnlichen Tätigkeiten widmete und mir den Rang eines Direktors verdiente.

Nyon, im August 2007   *Jacques Ittensohn*

Jacques Ittensohn

Inhalt

	Vorwort	9
I.	Frühe Jugend über der Bankfiliale und gottergebene Erziehung in Kirchenkreisen	15
II.	Schulzeit und Ferien – misslungene Pfadfinderei – die lebenswichtige Poesie	51
III.	Erste Bankstelle – Betrachtungen über die Bankwelt – Bank und Demokratie	93
IV.	Rekrutenschule im letzten Kriegsjahre	111
V.	Zwischenkapitel: Sex auf Schweizerbanken	125
VI.	Vergnügungen und Probleme eines Bankangestellten in der Nachkriegszeit	137
VII.	Arbeit und Musik in der französischsprachigen Schweiz	155
VIII.	Börsen- und anderes -Elend in Zürich – Erlösung in Bern	181
IX.	Finanzanalyse beim Bankverein und im internationalen Umfeld – Aufenthalt in New York	203
X.	Die Katastrophe	237
XI.	Der gute Schluss in der Genfer Privatbankwelt	261
XII.	Nachwort im sogenannten Ruhestand	269

Jacques Ittensohn

I. Frühe Jugend über der Bankfiliale und gottergebene Erziehung in Kirchenkreisen

Ich mag mein 75 Jahre altes Gedächnis anstrengen, so viel ich will. Meine erste Lebenserinnerung bleibt dieses graue Holzpferdchen, das ich auf den Holzleisten meines Sitzes im Drittklassabteil umherrollte. Gegenüber sass die Grossmutter mit dem umgestülpten schwarzen Nachttopf auf den silbergrauen Haaren und den schwarzen Schnürstiefeln, die bis unter die Knie reichten. Die schnaubende Dampflokomotive hat sich mir eingeprägt. Sie hatte unseren Zug an diesem Frühlingstag des Jahres 1929 von Basel nach Zürich gezogen. Beim Überqueren des Bahnhofplatzes mussten wir uns vor den Bierfuhrwerken in Acht nehmen, die von schweren Gäulen gezogen wurden.

Das Denkmal des Gründers der Schweizerischen Kreditanstalt, Alfred Escher, steht mitten auf dem Bahnhofplatz. An diesem respekterheischenden Symbol des Schweizer Bankwesens marschierte ich an der Hand der Grossmutter vorbei. Der kaum dreijährige Knirps, der ich war, konnte damals nicht ahnen, welch ausschlaggebende Rolle die Schweizer Banken in seinem Leben spielen würden.

Wie oft habe ich seither dieses Denkmal bewundert. Stalin's Monumente wurden nach dem Untergang der Sowjetunion 1989 umgestürzt (Nun im Jahre 2007 werden sie wieder brav aufgerichtet). Escher's Statue wurde mit echt zürcherischer Gründlichkeit regelmässig sauber geputzt und blieb ein Jahrhundert lang unbehelligt. Er ist das unbestrittene Idol des schweizerischen Kapitalismus der Gründerjahre. Seine Leistungen bleiben ein Symbol der politischen und gesellschaftlichen Vorstellungen des Bürgertums. Die 68er Unruhen konnten seinem Denkmal nichts antun. Der Blick seiner steinernen Augen bleibt unbewegt. Er nimmt keine Kenntnis von der schwelenden Wut weiter Bevölkerungskreise auf die am Ende dieses 20. Jahrhunderts angeprangerten „riesigen" Gewinne von Banken, Versicherungen und Industrieunternehmen in einer Periode steigender Arbeitslosigkeit. An der Gründung vieler dieser Gross-

Jacques Ittensohn

firmen war Escher persönlich beteiligt. Daneben hatte er viermal als Nationalratspräsident das höchste politische Amt der Schweiz innegehabt. Er verdiente den ihm zugeschriebenen Titel als der schweizerische „König Alfred der Erste" vollauf. Im Jahre 1999 aber war es vorübergehend um ihn geschehen. Wie die anderen Zürcher Idole, den Reformator Zwingli und den Volkserzieher Pestalozzi, hatte die Stadtbehörde beschlossen, ihn von seinem Piedestal abzuschrauben. Sie findet es nach ihrem neuen Prinzip des „Sauglattismus" (welche Wortschöpfung!) angezeigt, der Bevölkerung durch leere Denkmalsockel einzuprägen, dass die Verehrung für Wirtschafts-, Geistes- und Bildungseliten in unserer gleichmacherischen Epoche eine Geschmacksverirrung sei. (Auch hier wurde allerdings eine Wiederaufrichtung beschlossen). Wie haben wir es doch herrlich weit gebracht! Könnte nicht Lenin, der ja einige Zeit in der Zürcher Altstadt wohnte, unseren Escher ersetzen? Vielleicht wäre dies ganz im Sinne unserer sozialistisch geprägten Stadtregierung.

Konnten wir uns mit meiner Grossmutter die 10 Rappen für die Fahrt mit der Strassenbahn von der Station vor dem Escher-Denkmal nach Zürich-Oberstrass - Haltestelle Winkelried - leisten? Musste der Weinberg mit der skeletthaften, katholischen Liebfrauenkirche zu Fuss bestiegen werden? Meine nächste Lebenserinnerung ist das für mich bereitstehende Empfangskomitee in meinem neuen Zuhause. Im 1. Stock über der Filiale Oberstrass der Schweizerischen Volksbank standen der Bankverwalter – mein Götti (Taufpate) – , seine Gemahlin – Schwester meines Vaters – und die Wäscherin für mich bereit.

Es muss sich also um den Montag gehandelt haben. Frühmorgens wurde an diesem wöchentlichen Waschtag jeweils der Ofen im obersten Stock des Hauses mit Holz und Kohlen angeheizt. Das regelmässige Mittagessen dieses Tages, das ebenfalls am frühen Morgen auf dem modernen Junker & Ruh-Gasherd vorbereitet wurde, bestand immer aus der Fleischsuppe mit dem fetten Siedefleisch und seinem Markbein, dem Kohl, dem Wirsing, den Rüben, dem Lauch, der Petersilie, den Kartoffeln und der Reiskugel. Über dem Herd hing die respekterheischende Reproduktion des „Angélus" von Millet. Dieses Bild stürzte eines Tages mit Krachen auf den Herd hinunter, was gewiss kein gutes Vorzeichen war.

Hier setzt meine Erinnerung an diesen Tag aus. Der Grund meiner Reise von Basel nach Zürich wurde mir erst viel später erzählt. Das plötzliche Unglück in meinem Basler Elternhause war der Tod der Mutter bei der Totgeburt der zweiten Tochter gewesen. Darauf folgte ein Selbstmordversuch meines Vaters. Epilepsie und Alkoholismus waren die Gründe seiner Verbringung in eine Nervenheilanstalt.

Zwar hatte der Lebenslauf meines Vaters mit dem Start am Zürcher Gymnasium verheissungsvoll begonnen. Doch 1900 verstarb mein Grossvater, der als Agent der Genfer Versicherungsgesellschaft das Zürcher Oberland bereist hatte. Wenn er sich in den späten Jahren dieses 19. Jahrhunderts einem Bauernhof genähert hatte, meldete er sich mit folgenden Worten an: „Ich heisse Ittensohn und habe zwar rote Haare, bin aber kein Jude, wie die Natansohn, Lewinsohn, Isaacsohn etc." Nach den gewiss authentischen und im Rückblick noch mehr Schauder erregenden Erinnerungen meiner Pflegemutter hätte man ihn ohne diese Anmeldung bei keinem der Bauernhöfe eingelassen. Antisemitismus war in der zweiten Hälfte des 19. Jahrhunderts ein weiterum verbreitetes Übel. Die französische Dreyfus-Affäre zog weite Kreise.

Nachdem mein Grossvater gestorben war, schien es mit meinem Vater bergab gegangen zu sein. Eine Lehre in einer berühmten Seidenhandelsfirma vermochte er nicht zu beenden. Ich verarge ihm dies auch keineswegs; eine solche Lehre ist doch auch gar zu langweilig. Lieber setzte er sich nach Berlin ab, wo er sein hartes Brot als Kellner verdiente. Und er soll als Redner bei der Kommunistischen Partei eine Rolle gespielt haben. Ist er in Zürich wohl gar Lenin begegnet? Als seinen Freund nannte mir meine Pflegemutter, also seine Schwester, Fritz Platen. Dieser Freund meines Vaters hat Lenin und seine Gruppe von Revolutionären am 9. April 1917 auf der Reise von Zürich nach Singen begleitet. Dort stand der vom deutschen Generalstab zur Verfügung gestellte plombierte Eisenbahnwagen zur Verfügung, mit dem die 30 Revolutionäre an die Ostsee geführt wurden; per Schiff ging der Transport nach Schweden und von dort nach Petrograd weiter. Mit dieser Strategie hatte der deutsche Kaiser gehofft, durch die Revolutionierung Russlands und den Sturz seines Zarenfreundes an der Ostfront Ruhe zu erhalten, um im Westen umso energischer durchgreifen zu können. Dass deutscher Kaiser und Zar zusammen ihre Reiche verloren, war in diesem Plan nicht vorgesehen gewesen. Leider war ich zu klein und unwissend, um meinen Vater über solche Zusammenhänge zu befragen.

Mit solchen Referenzen und wohl auch einem dicken Dossier bei der Politischen Polizei kann es nicht erstaunen, dass mein Vater nach seiner Rückkehr in die Schweiz nur mit Schwierigkeiten Arbeit fand. Er habe dann in Basel als Dekorateur oder Kellner Beschäftigungen gefunden und sich verheiratet. Dieser Ehe bin ich am 2. März 1926 entsprossen. Ein Jahr später folgte meine Schwester.

In Nervenheilanstalten, in denen ich ihn mit meinen Pflegeeltern regelmässig besuchen durfte, verbrachte mein Vater seine letzten 25 Lebensjahre. Meine Schwester wurde in der Familie einer Freundin der Mutter aufgenommen. Wäre dies nicht der Fall gewesen, so wäre das weibliche Kind in einem Waisenhaus gelandet. Als der männliche Spross war mir von der Grossmutter ein besseres Los zugedacht.

Ein Bruder meines Vaters hiess Ernst. Wie Oscar Wilde betonte, ist es wichtig, Ernst zu heissen und ernst zu sein. („The importance of being Earnest"). Dieser Bruder hatte denn auch den Ernst des Lebens begriffen, und die Strapazen einer Lehre auf sich genommen. Er war Koch und hatte sich wie mein Vater in Deutschland politisch betätigt. Doch war er ein weniger begabter Redner. Sein Lieblingswort war das Adverb „quasi". Drum soll er in seinen Kreisen nur der „Quasi" geheissen haben. Begleitet von seiner Gemahlin, der Berlinerin Käthe mit dem fuchsigen Pelzmantel, beehrte er uns von Zeit zu Zeit mit einem Besuch. Dieses elegante Paar beschenkte mich gar mit einem Fünfliber, dem einzigen, den ich in meiner frühen Kindheit besass. Deshalb würdigte ich die Beiden meiner besonderen Liebe. Ernst endete wie sein Bruder in einer Irrenanstalt. Er habe einen feuerroten „Stein" gehabt, erinnerte sich meine Schwester.

Mein Pflegevater, der kleingewachsene Bankverwalter Götti Fritz, war ein Freiburger Metzgerssohn. In seiner Generation war die ihn kennzeichnende Fettleibigkeit keine Schande. Im Gegenteil, sie unterstrich die Bedeutung einer Bankier-Persönlichkeit. Sein 25-jähriges Berufsjubiläum mag wohl 1934 gefeiert worden sein. Eine an diesem Feste aufgenommene Photographie zeigte ihn umringt von seinem zahlreichen Personal. Damals quoll ihm der fettige Hals geradezu aus dem gesteiften Kragen heraus. Erst seit der Mitte dieses ausgehenden 20. Jahrhunderts stellen wir uns jeden Morgen auf die Waage und unternehmen alles, um uns als einsatzfähige Banker eine sportlich schlanke Fitness-Figur zu verschaffen. Es ist ähnlich wie bei den Unternehmen, die in jenen Jahren noch stolz auf ihre grossen Bestände an Arbeitnehmern und die damit repräsentierte Macht waren. Heute „specken" die Unternehmen ab und können nicht schlank und fit genug sein.

Eine der Erinnerungen des Metzgersohnes Fritz, dessen Mutter als tüchtige Witwe den Betrieb führte, war der Besuch des amerikanischen Zirkus Barnum & Bailey in der Stadt Freiburg des ausgehenden 19. Jahrhunderts. Die Mutter hatte den Vertrag für die Fleischlieferungen an die Raubtiere des Zirkus ausgehandelt. Die ganze aus drei Buben und zwei Mädchen bestehende Familie hatte für diesen Auftrag schwer gearbeitet. Am Abend nach dem Abzug des Zirkus schüttete die Mutter die verdienten Goldstücke auf den Küchentisch. Damals herrschte die Währungsordnung der Lateinischen Münzunion, der Vorläuferin des Euro. Die Münzen konnten durchaus sowohl schweizerischer wie französischer, belgischer, italienischer oder griechischer Herkunft sein. Der Fritz kam aus dem Staunen nicht heraus. Das Gold hatte es ihm angetan.

In der Schule war Fritz strebsamer als seine Brüder. Der Übergang von der Unterstufe in die Oberstufe der deutschsprachigen, reformierten Schule im zweisprachigen, stockkatholischen Freiburg war ein feierliches Ereignis. Als der neue Lehrer den Fritz unter der Türe in Empfang nahm, verabreichte er ihm in Erinnerung an den flegelhaften älteren Bruder eine saftige Ohrfeige, die er mit den Worten begleitete: „Fritz, mit dem Herrn fang' alles an!" Ach ja, wenn Fritz in der Schule unverdiente Ohrfeigen einfing und sich daheim beklagte, dann hiess es: „Diese Ohrfeigen sind nun eben Ersatz für jene, die Du verdient hättest, aber nicht erhieltest". Diese Szene erinnert mich an einen französischen Film, in dem ein Verbrecher im Straflager dem anderen seine Unschuld beteuert. Dieser von

Jacques Ittensohn

Yves Montand gespielte Kollege tröstet ihn mit folgenden Worten: „Du sitzest eben hier für all die Morde, deren man dich nicht überführen konnte". Schulpsychologen gab es in dieser unseligen alten Zeit noch nicht.

Fritz fing nach dem Rezept des Lehrers tatsächlich alles mit dem Herrn an. Ich erinnere mich an das grosse Bild im Wohnzimmer, das den bildhübschen, blonden, braven, gottesfürchtigen, kleinen Fritz mit dem riesigen Bernhardinerhund der Metzgerfamilie zeigt. Unter dem Bilde stand in schöner Kalligraphie: „Fritz & Berry". Wie mir mein Pflegevater erzählte, hatten auch andere Freiburger Metzgerfamilien einen dieser riesigen Bernhardinerhunde. Eine der wenigen, durch die Strasse brausenden Luxuslimousinen habe eines Tages ein solches Tier überfahren. Der aufgebrachte Metzgermeister schimpfte in allen Tönen auf den unvorsichtigen Chauffeur. Zu seinem Erstaunen entstieg der Limousine ein eindrücklicher Herr, der ihm wortlos eine 1000 Franken-Note überreichte. Der Herr war der belgische König Albert. Der Metzgermeister konnte sich kaum fassen und dankte überschwänglich. Onkel Fritz erzählte mir noch weitere Anekdoten über diesen in unserem Lande populären Monarchen. Bei einem Frühstück mit geladenen offiziellen Gästen habe der König eine Brotscheibe in kleine Stücke zerteilt und wollte sie in den Kaffee tunken. „Bröckli" sagte man diesen Brotstückchen bei uns. Die Königin habe durch einen Fusstritt unter dem Tisch ihren „Monarchen" vor einer Blamage erretten können. Bei der Fahrt mit der Seilbahn in seinen geliebten Ferienort Mürren sei es dunkel geworden. Der Kondukteur habe zu König Albert gesagt: „Härr Chüng, chöitet är öppä z'Liächt aazüntä!" (Herr König, könntet Ihr vielleicht das Licht anzünden?) Wortlos erhob sich der gross gewachsene König und bediente den hoch über den Köpfen der Passagiere befindlichen Schalter.

Für den Charakter des kleinen Fritz in Fribourg ist eine kleine Begebenheit kennzeichnend. Jedes Kind konnte an seinem Geburtstag das Menu für das Mittagessen auswählen. Fritz erzählte uns, dass er einmal Spinat wollte. Warum musste es gerade Spinat sein? Weil Fritz wusste, dass sein Bruder Alfred Spinat hasste. Und da sass er und konnte sich als Geburtstagsgeschenk am Gesicht des Bruders freuen, der diesen grünen Brei hinunterwürgen und wohl auch wieder erbrechen musste. Denn man ass, was auf dem Tische stand - sonst gab es eine Tracht Prügel.

Nach der Schule beendete der 1888 geborene Fritz mit Erfolg seine Lehre auf der Freiburger Staatsbank und begann dann wohl etwa um 1909 seinen Aufstieg bei der Schweizerischen Volksbank. Ein späterer Volksbank-Chef hat mir den Grund seiner Wahl der Bankkarriere geschildert. Er war ein Bauernsohn. Sein Vater sagte zu ihm: „Mein Bub, geh' Du doch auf eine Bank. Da bist du im Sommer im Schatten und im Winter an der Wärme. Und immer bücken wie auf dem Land musst Du Dich auch nicht." Der fleissige Fritz glaubte sicher nicht an solche Gründe. Er fand bald einen Platz in Zürich auf dem Hauptsitz seiner Schweizerischen Volksbank an der Bahnhofstrasse mit den beiden in Stein gehauenen, trotz zürcherisch-zwinglianischer Moral nackten Frauen zu beiden Seiten des Einganges. Eine dieser Frauen trägt eine Halbkugel, während die andere eine ganze Kugel in den Händen trägt. Handelt es sich beide Male um die gleiche Frau? Hat sich während des Besuches bei der Bank das Vermögen verdoppelt? Oder wurde im Gegenteil die eine Hälfte „nachrichtenlos"? Die Symbolik dieser Frauenbilder hat mir niemand je erklären können.

In dieser Bank sass nun der Fritz, wie ich fast ein halbes Jahrhundert später, in einem riesigen Saal. Seine Arbeit bestand alle Tage in der Addition langer Zahlenreihen. Viele unbezahlte Überstunden hat er da geschuftet. Für meine eigene Karriere gab er mir folgenden Rat: „Du musst eine schöne Handschrift haben und gut im Kopf addieren können!" Onkel Fritz hatte recht. Nur weil er so gut und schnell addierte und ihm dabei keine Fehler unterliefen, anvertraute ihm die Bankleitung seine Filiale in Oberstrass.

Fritz hatte sich nach seiner Ankunft in Zürich im Jahre 1910 als junger Bankangestellter an der so schön benannten Sonneggstrasse eingemietet. Die Zimmerherrin war meine Grossmutter, die Witwe Ittensohn, die mit ihrer Tochter, meiner Tante Marie, zusammenlebte. Bei den beiden Damen war Schmalhans Küchenmeister. Nach dem Tode ihres Gatten im Jahre 1900 hielt sich meine Grossmutter als Putzfrau und Zimmervermieterin über Wasser. In der zweiten Hälfte des Monats lebten die beiden Frauen oft von Brot und Milch. Wenn wegen des chronischen Geldmangels kein Öl

Jacques Ittensohn

für die Lampen mehr da war, ging man an der Sonneggstrasse mit der Sonne zu Bett. Fritz hat sich wohl Hals über Kopf in die bildhübsche Jungfrau Maria verliebt. Die verblichene Schönheit der beiden Frauen kann ich heute noch auf vergilbten Photographien bewundern.

Mein unglücklicher späterer Vater, der Sohn Jakob, schrieb in dieser Zeit vor dem Krieg der Grossväter regelmässige Bettelbriefe aus Berlin an die Sonneggstrasse. „Ich sitze im Lesezimmer der Christlichen Wissenschaft und studiere die Bibel und die einschlägige Literatur", soll er etwa fabuliert haben. Mit diesen Floskeln verschaffte er sich den für einen Bettelbrief notwendigen Anhauch von Religiösität. Nach den Angaben meiner Tante Marie zu schliessen, sparte sich dann die gute Mutter wieder ein paar Batzen vom Munde ab.

Wieso brauchte mein Vater als Alibi in seinen Bettelbriefen ausgerechnet die Lesezimmer der Christlichen Wissenschaft? Das Bild deren Gründerin, der geliebten Führerin Mary Baker Eddy, hing über dem Bett meiner Grossmutter im ersten Stock über der Bankfiliale. Stephan Zweig hat in seinen „Sternstunden der Menschheit" ein ganzes, nicht sehr schmeichelhaftes Kapitel über diese charismatische Persönlichkeit geschrieben. Ich schlief in den ersten Lebensjahren in diesem Zimmer der Grossmutter unter einer Tapete, die mit grossen diagonal nach oben verlaufenden roten Rosen geschmückt war. An ein Kartonbild mit Mühle und Blumen und einem aufrichtenden Bibelspruch erinnere ich mich sowie an einen gerahmten Zettel mit den von der geliebten Führerin verfassten Lebensregeln. „Du sollst nicht über das Wetter klagen, Gott beherrscht Winde und Wellen" hiess es da unter anderem. Es war wohl mein Pflegevater, der mir bei der Verfertigung eines Holzflugzeuges aus „Matador"-Elementen geholfen hatte. Dieses Flugzeug hing zu meiner Freude monatelang an der Decke. In der Zeichenstunde in der Schule dagegen entstanden unter meinem Fingern meist ungeschickte Rennwagen mit dicken Pneus. Vor dem Fenster unseres Schlafzimmers standen die Geranien und Fuchsien. In kleinen Säckchen hingen die Kerne für die Vögelein: Meisen, Rotkelchchen und Buchfinke wurden von meiner Grossmutter jeden Frühling wieder freudig begrüsst.

Meine Grossmutter stammte aus Oberhof am hintersten Ende des Fricktales, also einige Stunden hinter Nirgendwo. Ihr Vater hatte wie viele Kleinlandwirte dieser Zeit nach dem 1870er Krieg am Wirtshaustisch nach einigen Gläschen des in dieser Gegend hergestellten Kirschbranntweins eine Bürgschaft für einen Freund unterschrieben. „Fründ wiä Hünd und Vetter wiä Chabisbletter" hiess es damals. Die Katastrophe der Zahlungsunfähigkeit und der Versteigerung des Heimwesens liess nicht lange auf sich warten. Die Familie wurde armengenössig.

Aber schon vor diesem Schicksalschlage ging es hart zu. Die geernteten Kirschen wurden zu Fuss in einem vier Stunden dauernden Gewaltmarsch nach Aarau auf den Markt geschleppt. Wenn für das Kilo Kirschen nicht mindestens fünf Rappen herausschauten, so trug man sie eben wieder die gleichen vier Stunden zurück und schüttete sie ins Branntweinfass.

Der Schulweg meiner Grossmutter führte über den Juraberg „Kohle" zum Dörfchen Kienberg. Dort betrieb ihr Onkel neben dem Kruzifix mit dem angenagelten bronzenen Heiland eine Mühle. Ich konnte davon später nur noch das ausrangierte Wasserrad in einem Kasten bestaunen. Dieser Onkel zog seiner Nichte auch die Zähne. Über ihn wurde mir ausser diesen schmerzvollen Eingriffen nichts Nachteiliges vermeldet.

Ihren geliebten Gatten lernte die Grossmutter in der Bally-Schuhfabrik in Schönenwerd hinter dem Berge kennen. Erschöpft von seinen Anstrengungen als Versicherungsinspektor starb mein Grossvater im besten Alter um die Jahrhundertwende von 1900. Die junge Witwe wurde in ihrem Leide todkrank. Der gute Müller-Onkel sorgte einige Wochen in Kienberg für sie und ihre Familie. Er soll sie buchstäblich auf den Händen herum getragen haben. Vom darauffolgenden Wunder wurde mir immer wieder erzählt. Ärzte wussten keine Hilfe, aber die Christliche Wissenschaft brachte die Heilung. Meine treue Grossmutter wurde eine der eifrigsten Verbreiterinnen dieser Lehre. Sie bekehrte ihre ganze Familie und noch viele andere dazu. Sie betreute eine dankbare Kundschaft, der sie die freudige Botschaft der ewigen Wahrheit und der Heilung von allen Gebresten übermittelte. Der leibhaftige Teufel war in ihren Augen der katholische Pfarrer, der in ihrer Heimatgegend das Sagen hatte.

Jacques Ittensohn

Alle Menschen waren Gotteskinder. Nur gerade dieser Schwarzrock und natürlich die Ärzte mit ihrer unheilvollen Medizin waren Kinder der Hölle.

In dieser strengen Religion hatte man jeden Tag seine „Lektion" zu erledigen. Sie bestand aus der Lektüre von Bibeltexten und Abschnitten aus dem Lehrbuch dieser so sehr geliebten Führerin Mary Baker Eddy. Der Mittwochabend war mit dem Zeugnisgottesdienst ausgefüllt. Nach Bibel- und Lehrbuchlektüre erhoben sich die Leute von ihren Sitzen, und legten über die wunderbaren Heilungen Zeugnis ab. Das Rezept der Heilung war das „rechte" Denken. Das ging von der Heilung von Bauchschmerzen und Durchfall, über die Errettung von der Todsünde der Onanie bis zur Überwindung von Krebs, Lungenentzündung und noch Schlimmerem und Sündigerem. Im Sonntagsgottesdienst wurden die während der Woche gelernten Lektionen wiederholt. Kernpunkt der Lehre bildete etwa die folgende Theorie: der Mensch lebt nicht im Körper sondern im Geist. Deshalb ist auch die Krankheit inexistent. Der Tod besteht nur aus dem „Weitergehen" in die geistige Wahrheit. Wie es schon der Apostel Paulus erklärte, ist der Tod also schlicht und einfach überwunden.

Wenn ich von Zeit zu Zeit anstelle der Sonntagsschule den Gottesdienst besuchen durfte, freute ich mich über die einzige Abwechslung in diesem kirchlichen Einerlei. Es fand etwa in der Mitte der Veranstaltung ein Sologesang statt. Ein attraktiver Herr aus Bern, Neffe und Patenkind von Onkel Fritz, war einer dieser gefeierten Tenöre. Für mich waren die Besuche dieses Egon mit seiner charmanten Braut willkommene Abwechslungen. Zuhause begleitete er sich selbst am Flügel und sang etwa die „Gralserzählung" aus Wagner's Lohengrin, was mich sehr beeindruckte.

Egon sang im gefeierten Halbchor von Luzern. Aufnahmen einer Aufführung mit einem sentimentalen Lied wurden oft .am Schweizer Radio übertragen. Der Refrain rührte meine Pflegeeltern und mich. Wir waren stolz einen solchen berühmten Sänger in der Familie zu haben:

„Dann gehet leise nach seiner Weise -

Dann gehet leise nach seiner Weise

Der liebe Herrgott durch den Wald

Der liebe Herrgott durch den Wald"

In unendlichen Variationen ertönte das Solo Egon's mit dem Echo eines Baritons aus unserem Radio Lorenz Rex.

Lange Jahre später erlebte ich ihn als Solisten bei einem Konzert des Männerchors von Wengen, in dem Schiller's Glocke aufgeführt wurde. An den Komponisten dieses Werkes kann ich mich nicht mehr erinnern. Egon sang falsch und war komplett daneben. Ich hätte die Kirche am liebsten mitten in dem Gesange verlassen.

Ein christlich-wissenschaftlicher Freund in Philadelphia, dem ich vom Plan meiner Lebenserinnerungen erzählte, sagte mir: „Bitte mach' Dich nicht lustig über die Christliche Wissenschaft und sage nichts Schlechtes über sie". Ich glaube, ich bin seiner Bitte nachgekommen. Von meinem vierten bis zu meinem 20. Altersjahr war ich pflichtgemäss ein fleissiger Sonntagsschüler dieser Religion - pardon nicht Religion, sondern Wissenschaft. Die Terminologie ist von höchster Bedeutung.

Meine Grossmutter wurde mit ihrer sprichwörtlichen Energie eine Apostelin dieser Religion. Sie bekehrte die ganze Familie von Fritz, der vor seiner Heirat seine Zukünftige vor seiner Mutter in Freiburg zur Beschauung hatte „vortraben" müssen. Zwischen einer neuen Stute und einer Ehefrau schien kein grosser Unterschied bestanden zu haben. Das Datum des Hochzeitstages hat sich mir für alle Zeiten eingeprägt. 16. Mai 1916 hiess es auf dem silbernen Serviettenring, der bei jedem Essen neben dem Teller meines Pflegevaters lag.

Bei der Heiratszeremonie meiner Pflegeeltern ging es gross zu und her. Zylinder, Frack, weisses Brautkleid und von Pferden gezogene Kutsche durften nicht fehlen. Pfarrer Keller besorgte in der Kreuzkirche die Trauung. Er war der Vater meines später verehrten

Jacques Ittensohn

Deutsch- und Geschichtslehrers, Dr. Walter Keller, dem ich diese Lebenserinnerungen widme. Der zweite Sohn Pfarrer Keller's, Professor Dr. Paul Keller, war in den 40er Jahren Präsident der Schweizerischen Nationalbank. Hat dieser Pfarrerssohn seine Hände an den Goldgeschäften unserer Währungsbehörden mit den Naziverbrechern beschmutzt? Oder trugen die beiden Generaldirektoren Hirs und Rossi die alleinige Verantwortung? Die Historikerkommission, die sich mit der Vergangenheit des schweizerischen Währungs- und Finanzsystems befasst, wird uns darüber belehren können; obschon es Geschichte mit den verworrenen Fäden eines unübersichtlichen Geschehens zu tun hat und notwendigerweise von einem vorgefassten Modell meist hegelsch-marxistischen Zuschnittes ausgehen muss. Objektivität gibt es nicht! Und es soll dieser offiziellen Historikerkommission zudem an ökonomischem Sachverstande fehlen. Wie hätte eine von den Achsenmächten eingeschlossene, auf Importe unbedingt angewiesene Schweiz mit weniger als 50% Selbstversorgung ohne Währungsreserven überleben sollen? An mir ist diese ganze Problematik trotz meiner engen Verbundenheit mit der schweizerischen Bankenwelt spurlos vorbeigegangen, bis ich 50 Jahre später mit Schrecken davon höre.

Nun, mein Weg auf den Banken hat ja erst im Mai 1945, also genau beim Kriegsende in Europa, begonnen, und ich war nie in Abteilungen tätig, die mit nachrichtenlosen Konten oder Goldgeschäften zu tun hatten. Besonders in den Anfängen beschäftigte man mich wie alle meine Kollegen mit den langweiligsten Aufgaben, die es gab. Da schwitzte ich über Arbeiten, die heute der liebe Computer erledigt. Diese gescheite Maschine hat den fleissigen Bankangestellten das Brot gestohlen.

Im Geschichtsunterricht in der Primarschule lernte ich die heldenhafte Vergangenheit der Eidgenossen mit den genauen (?) Daten ihrer siegreichen Schlachten gegen die Habsburger auswendig. Die Schülervorstellungen des „Wilhelm Tell" von Schiller waren vor allem für die Mädchen ein Ereignis von wegen dem lieblichen Jüngling Rudenz. Diese Rolle wurde immer von einem „jeune premier" dargestellt, der zu der Equipe des Zürcher Schauspielhauses gehörte. Wir waren stolz, damals das beste Sprechtheater deutscher Sprache zu besuchen, das vor allem die ausgezeichneten, aus

Nazi-Deutschland verbannten, jüdischen Schauspieler beschäftigte. Allerdings hatte man dort den gegen Hitlerdeutschland etwas zu kritischen Direktor auf Wink aus Berlin gegen einen etwas umgänglicheren ausgewechselt. Den die schweizerischen Ideale verkörpernden Tell spielte der waschechte Zürcher Schauspieler Heinrich Gretler - ein Kommunist und Bürgerhasser. Tell wurde durch diese Besetzung der Rolle eigentlich zum Feind unseres gut eingespielten schweizerischen Systems. Aber davon ahnten wir Schüler natürlich überhaupt nichts. Jedenfalls wurde ich in Erziehung, Schule, Militär und Beruf auf Gehorsam und Respekt vor Vorgesetzten und Behörden eingedrillt - siehe Heinrich Heine's „Erinnerung an Krähwinkel's Schreckenstage":

„Vertrauet Eurem Magistrat,

Der fromm und liebend schützt den Staat

Durch huldvoll hochwohlweises Walten;

Euch ziemt es, stets das Maul zu halten."

Dieses Gedicht war für meine Jugendepoche unter freisinnig-bürgerlicher Herrschaft noch leidlich aktuell. Unsere Behörde habe uns vor Hunger und Verwicklung in das kriegerische Geschehen bewahrt mit Totalmobilmachung der Armee und „Anbauschlacht". Diesen heroischen Namen erhielt die Ausnutzung jedes Feldzipfels in den Städten für die Pflanzung von Gemüse und Kartoffeln. Mein Pflegevater, meine Pflegemutter und ich übten hier fronmässig-obligatorisch die harte Bauernarbeit aus. Für „Freizeit" blieb in der Stadt Zürich, die wegen der Fliegergefahr verdunkelt war, nicht viel übrig. Vielleicht zeigt die Statistik, dass damals eine besonders grosse Zahl von Kindern gezeugt wurde, vor allem wenn die Soldaten in den Urlaub kamen.

In den auf den Krieg folgenden Jahrzehnten wuchs dann für die Schweizerbanken das grösste Privatkundschaftsgeschäft der Welt heran, das mir meine Erwerbsmöglichkeit bot. Es ist wohl einfach und billig, wenn ich als schweizerischer Bankbeamter meine Un-

Jacques Ittensohn

schuld an der Unbill beteuere, die unser Währungssystem durch seine Verwicklungen mit dem Naziverbrechertum und unsere Banken durch ihre Nachlässigkeit im Umgange mit nachrichtenlosen Konten Unschuldigen zufügten.

Was sind denn meine Erinnerungen an jene schreckliche Zeit? Einer meiner Kameraden erzählte auf dem Schulweg mit Begeisterung von den Hitlerjugendlagern, in die ihn seine deutschstaatsbürgerlichen Eltern während unserer Schulferien schickten. Er schimpfte auf dem Schulweg über das „Judenpack" und verherrlichte die arische Rasse. „Reiche diesem Volksverführer, Juden, Freimaurer und Demokraten den Schierlingsbecher!" war sein liebster, wohl in den Lagern aufgeschnappter Ausdruck. Oder da ist die Erinnerung an eine junge deutsche Frau. Deren Vater war als Studienrat (wohl Gymnasiallehrer) zur Sicherung seiner Karriere der Nazi-Partei beigetreten, in der er hohe Chargen bekleidete. Nach dem Krieg legte er sich einen falschen Namen zu. Trotzdem lief er in die Denazifizierung hinein. Diese Frau begriff natürlich nach einer Jugend totaler Gehirnwäsche im „Bund deutscher Mädel" überhaupt nichts mehr. Ihr Abendgebetlein und der täglich wiederholte Vers im Kindergarten hatten geheissen:

„Händchen falten, Köpfchen senken,

und an Adolf Hitler denken!"

Da sind mir meine christlich-wissenschaftlichen Gebete doch noch lieber. Und die Ehepaare in Deutschland erhielten bei ihrer Vermählung nicht die Bibel, sondern „Mein Kampf". Bekanntlich liest man im späteren Leben dieses auf den Hochzeitstag geschenkte Buch nie. Es steht wie die uns bei der Trauung überreichte Bibel irgendwo an einem Ehrenplatz und verstaubt. Dann wurde „Mein Kampf" als gefährliches Hetzbuch verboten. Wie kann man auch? Es täte manchen gut, diesen idiotischen, von Hitler aufbereiteten, unlesbaren Mist lesen zu müssen. Dagegen sind das „Kommunistische Manifest" und „Das Kapital" stilistische und gedankliche Wunderwerke. Aber die selbstbeweihräuchernde, von Stumpfsinn strotzende Schreibe des Herrn Hitler kann ein halbwegs vernünftiger Mensch nur mit abgrundtiefer Abscheu lesen. Den ehemaligen Nazis, die aus Rücksicht auf Beruf und Familie vielleicht nicht immer ganz leichten Herzens den Weg des Kompromisses mit der „salonfähigen" Verbrecherbande gewählt hatten, offerierte später das Adenauer-Regime die Absolution. Sicher zu Recht - denn man konnte ja nicht die überwiegende Mehrheit der Bevölkerung des grössten westeuropäischen Staates als Verbrechermeute ausgrenzen.

Ich kann mich daran erinnern, wie mein heimatbegeisterter Pflegevater einmal beim Anhören der Nachrichten während des Mittagessens sich über die ständigen Regierungswechsel in Frankreich und die Lahmheit unserer Regierung aufregte. Er fand, auch bei unserem westlichen Nachbarstaate und bei uns wäre einmal ein Diktator des italienischen oder deutschen Styles vonnöten, um Ordnung zu schaffen. Da wurde wenigstens dafür gesorgt, dass die Arbeitslosen nicht in den Strassen herumstanden. Dass Arbeitsbeschaffung dieser Art Kriegsvorbereitung bedeutete, daran glaubte man nicht. Schliesslich hatten doch Chamberlain und Daladier von Hitler Friedensversprechen erhalten. Und jedermann vertraute nach den kriegerischen Defilés der 14. Julifeiern des Jahres 1939 in Paris auf die Wehrbereitschaft dieses westlichen Nachbarstaates. Die Warnungen eines Obersten de Gaulle über den Mangel an Panzerwaffen nahm damals niemand ernst. Wer hätte überhaupt daran gedacht, dass die Westmächte nicht auf einen möglichen Angriff über Belgien und Holland vorbereitet waren und dass die ganzen Befestigungen an der französischen Ostfront wie Kartenhäuser zusammenstürzen würden.

Ich muss auch das beschämende Geständnis ablegen, dass ich an vielen Abenden auf unserem Radio „Lorenz Rex" Symphoniekonzerte aus Radio Stuttgart hörte, anstatt zu einer anständigen Zeit zu Bette zu gehen. Auf welcher Station hätte ich damals gleich guten Empfang für die Brahms-, Beethoven- und Schubertkonzerte gehabt? Dass ich daneben auch Hitlerreden anhörte, ist natürlich noch schlimmer. Ich interessierte mich damals schon für Rezitation und Schauspielerei. Hitler's Rhetorik hatte etwas begeisterndes. Staunende Zuschauer aller Länder erlagen dem wagnerischen Zauber der Nürnberger Parteitage. Die deutsche Propaganda kam nur über den Rundfunk in die Schweiz zu uns. Das heute beherrschende Fernsehen gab es nicht. Rhetorik spielte also eine ausschlaggebende Rolle. Und die beherrschte der Kerl. Heute kann ich allerdings diese Stimme nicht mehr ertragen, wenn sie von Zeit zu Zeit in geschichtlichen Dokumentarfilmen ertönt. Und wie war ich erstaunt, in der grössten Handschriftensammlung oberhalb Genfs, der Bodmeriana, Entwürfe für solche Reden zu finden. Hitler verwendete Farbstifte. Rot war wohl für die Wutausbrüche mit höchsten Dezibeln. Bei Blau wurde der Redestrom ruhiger und bei Gelb kam diese giftige Tonfärbung.

Und als pensionierter schweizerischer Bankbeamter muss ich mich mit einem Schuldgefühl auseinandersetzen. Wie die ehemaligen Nazis kann ich sagen: „Ich habe es nicht gewusst". Aber im nachhinein besteht das mulmige Gefühl: „Ich hätte es wissen sollen". Wenn man sich wie ich nach einem Leben, das sich während fast 70 Jahren im Schatten der Schweizer Banken abspielte, an diese Vergangenheit erinnern will, kommt man um solche Fragestellungen nicht herum. Auch wenn man nicht wie andere Schuldige den Schalmeienklängen der späteren Vergaser gefolgt war. Das verdammungswürdige Verbrecherpack wurden nun zu Recht die Nazis und ihre Nachläufer, die diese Qualifikation in ihren Glanzzeiten den Nicht-Ariern angehängt hatten.

Nach diesem Abstecher zum Ende des 20. Jahrhunderts zurück zum Alltag meines Pflegevaters nach dieser glanzvollen Hochzeit. Der auch im Militär fleissige Gefreite Fritz verteidigte im Jahre 1917 in seiner blau-roten Uniform mit dem federgeschückten Tschako die Heimat und beim Generalstreik von 1919 die bürgerliche Ordnung. Eines Abends lag seine Gattin im Küchenfenster, als eine Kompagnie singender Soldaten auf der Universitätsstrasse vorbeizog. Als sie die Firmenaufschrift „Schweizerische Volksbank" unter dem Küchenfenster sahen, riefen sie zu ihr hinauf: „Wo hast Du den Vater? Hockt er auf der Kasse?"

Wenn er zuhause war, musste der arme Fritz bis in die Nacht hinein Gesetzbücher studieren und sich dokumentieren, während er fror. Es war nicht genug Kohle da, um den Ofen anzufeuern. Er addierte ja nun nicht mehr Zahlen, sondern er musste Kunden auf unbequeme Fragen Antworten erteilen können, auf die ihn niemand vorbereitet hatte. In seiner Lehre hatte er nur gut addieren, genau kopieren und an den Stehpulten in schöner Kalligraphie die Bücher nachzuführen gelernt.

Im Jahre 1996 wurde seine Bankfiliale in Zürich-Oberstrass, in der noch 3 Personen hinter ihren Computern gearbeitet hatten, aufgehoben und in ein Optikergeschäft verwandelt. Aber 80 Jahre früher befehligte Fritz einen Stab von etwa einem Dutzend Personen, inklusive Ausläufer, Kassiere, Buchhalter, Registratoren, Korrespondenten. An der Strassenfront prangten zwei Schaufenster, gegen den Hinterhof vergitterte Fenster, vor der Eingangstüre eindrückliche Gitter. Nach der Eingangstüre eine zweite Glastüre mit dem rotverschlungenen Signet „SVB", hinter der der Kassenschrank mit den drei- oder vierfachen Schlössern stand. All dieser Herrlichkeit wurde 1996 das Ende bereitet.

An den Weihnachts- und Neujahrstagen der 30er Jahre war jeweils auf der Bankfiliale Hochbetrieb gewesen. Alle Sparbüchlein und Konten mussten abgeschlossen und nachgeführt werden - wohl auch die nachrichtenlosen!! Tante Marie und das blutjunge welsche Dienstmädchen, das auf dem Estrich hauste und das man mit der elektrischen Klingel hinunterbefehlen konnte, servierten dem ganzen Filialpersonal das Mittagessen. Es handelte sich um Gemüsesuppe, Schweinebraten, Rotkraut mit Kartoffelstock und zum Dessert Meringues. Diese ganze Schmauserei wurde im schönsten Geschirr die Treppe hinunter geschleppt. An diesen Tagen hatte niemand die Zeit und das Recht, die Filiale zu verlassen. So streng waren bei uns die Bräuche. Meine ersten unschuldigen erotischen Erfahrungen vermittelten mir diese charmanten Dienstmädchen. Mit einem von ihnen nahm ich an den Versammlungen der Heilsarmee teil. Ich musste diesen Mädchen beim Abtrocknen des Geschirrs und bei dem verhassten Abstauben der Möbel und der Singer-Nähmaschine mit den blöden Verzierungen behilflich sein. Der grosse Korridor der Wohnung musste mit Eisenspänen saubergekratzt und nach Auftragen der Bodenwichse mit dem Blocher poliert werden.

Eine Erinnerung an diese Zeit bleibt besonders deutlich. Mein Pflegevater sprach von der Feuerbestattung. Man könne da durch ein Loch auf dieses Vernichtungswerk schauen. Die Leiche bäume sich jeweils im letzten Augenblick. Beim Erzählen dieser Anekdote lachte der Bankier unbändig. Bei seiner Beerdigungsfeier,

Jacques Ittensohn

als die Fahne seiner Zunft über dem Sarg wehte, kam mir diese Geschichte unpassenderweise in den Sinn. Ob ich das Lachen verkneifen konnte, ist mir nicht mehr bewusst.

Darf ich überhaupt etwas über die Tätigkeit von Götti Fritz erzählen? Ein Bankgeneraldirektor, dem ich vom Plan meiner Biographie erzählte, erhob den Drohfinger: „Aber, aber, Ittensohn, verletzen Sie mir etwa ja nicht das Bankgeheimnis!" Nein, so blöd bin ich sicher nicht. Ich will nicht nach 70 Jahren im Schatten der Schweizer Banken noch eine saftige Busse oder eine Gefängnisstrafe einfangen. Für das Verbrechen der Verletzung des Bankgeheimnisses gibt es hierzulande strengste Strafen; Steuerhinterziehung dagegen ist ein Kavaliersdelikt.

Ich spreche also gar nicht von Kunden meines Pflegevaters, sondern von Bekannten, von denen ich überhaupt nicht weiss, ob sie seine Kunden waren. Meine Tante zweifelte wie alle gestrengen Gattinnen an den professionellen Fähigkeiten ihres Ehemannes. Sein Bekanntenkreis umfasste natürlich eine grosse Gruppe von Kirchengängern der Christlichen Wissenschaft, mit denen er wohl kaum Vermögensangelegenheiten diskutierte. Oder vielleicht doch? Jedenfalls war von Zeit zu Zeit bei uns hoher Kirchenbesuch. Mein Onkel stand in seiner grünen Gärtnerschürze vor dem Gasherd und bereitete seine Freiburger Vacherin-Fondues vor. Nicht immer war das Gelingen gesichert. Es bestand durchaus die Möglichkeit, dass auf der einen Seite des Caquelons (des Fondue-Geschirrs) der heisse Wein und auf der anderen Seite ein Käseklumpen sich ansiedelten. Dann musste Fritz sein „Merde" (zu Deutsch: Scheisse) zurückhalten. Das hätte sich vor Kirchenbesuch nicht geschickt. Und als Getränk wurde zum Fondue nicht der traditionelle Weisswein, sondern Schwarztee, serviert. Denn Alkohol und Tabak waren in unserer Religion streng verpönt.

Kundenrelationen konnten wohl eher bei den sonstigen gesellschaftlichen Kontakten gepflegt werden. Dies waren in den frühen Jahren Gesang- und Turnverein und später vor allem die noble Zunft Oberstrass. Überall war der Fritz als Kassier (Quästor hiess das) dabei. Zuhause war seine Sprache - mit Ausnahme der gelegentlichen „Merde" - sehr gepflegt. Aber in diesen Vereinen soll er sich als Erzähler schlüpfriger Geschichten einen Namen gemacht und sich damit eine Popularität erworben haben. Jeden Mittwochabend nahm Fritz mit seiner als Heilerin erfolgreichen Gattin an den Zeugnisgottesdiensten der Christlichen Wissenschaft teil. Aber anschliessend daran genehmigte er seinen Zunfthock in der „Linde". Und zum Ärger seiner besseren Hälfte hielt er sich nicht an das Alkoholverbot der Kirche. Ein Schöpplein Bier oder Wein wurde da genehmigt, wie übrigens auch am Dienstagabend beim Jassstamm in der Wirtschaft zur „Palme". Am Samstagabend ging er zur „Vorlesung" der Jasskoryphäen im „Alten Löwen". Angetrunken habe ich ihn nie gesehen. Er hielt auf strikte Selbstkontrolle. Seine Gattin befand, dass alle diese Kontakte beruflich „für die Katze" seien. Denn in der Zunft und in den Jasserkreisen seien bereits professionellere Banker als mein leutseliger Götti infiltriert. Da schaue für ihn überhaupt nichts heraus!

Aber trotzdem, einen Bekanntenkreis in Oberstrass, der vielleicht seinen Weg in die Filiale der Schweizerischen Volksbank fand, den darf ich vielleicht trotz dem strikten Bankgeheimnis-Gebot des gestrengen Bank-Geschäftsleitungs-Mitgliedes verraten. Da war vorerst Adolph, der Direktor einer grossen Maschinenfabrik. Adolph mit seinem heimeligen Berner Dialekt und seiner mit einem langen Halter kettenrauchenden Gattin aus Berlin hatten aus mir unerklärlichen Gründen an unserer ganzen Familie einschliesslich der Grossmutter eine Riesenfreude, obschon er und seine Gattin sich keinen Deut um unsere Religion scherten. Bei meinen mit strengem Rauchverbot belegten Christlichen Wissenschaftern war seine Gattin erstaunlicherweise trotzdem beliebt. Wir waren oft in seine Villa am Hönggerberg eingeladen, die von einem riesigen (so erschien er mir damals) Garten mit Erdbeersträuchern umsäumt war. Traditionellerweise wurde der zweite Weihnachtstag, der 26. Dezember, immer in der Gesellschaft dieses Ehepaares verbracht.

Bei uns an der Universitätstrasse fand das grosse Fest jeweils am Heiligen Abend des 24. Dezember statt. Die Stimmung dieses Abends fängt am besten der Anfang des Nussknackerballettes von Tschaikovsky ein, oder die Erinnerung an die gebundenen Berliner und Leipziger Kinderzeitschriften aus der Zeit der Kindheit meines Vaters etwa um 1880, die man mir oft als Lektüre überliess. Da stand der strahlende, mit Kerzen, Kugeln, Engeln, Silberfäden und Zuckersachen geschmückte Weihnachtsbaum, neben dem uns der Fritz in seinem feierlichsten schwarzen Gewand erwartete. Der von Hand angekurbelte Grammophon kratzte die Platte mit den von Symphonieorchester und Orgel begleiteten Weihnachtschören herunter. Dann las die Tante Marie die Weihnachtsgeschichte aus dem Lukasevangelium mit der Jungfrau, die schwanger war. Was das eigentlich heissen sollte, getraute ich mich nie zu fragen. Mein schönstes Geschenk war einmal ein grüner, kleiner Schubkarren, den ich sporenstreichs in der ganzen Wohnung umherrollte. Zu dem heiss ersehnten Fussball reichte es nie.

Und dann kam dieser zweite Weihnachtstag bei Adolph's. Diese Leute kannten meinen Geschmack und schenkten mir immer irgendein Kinderbuch, mit dem ich mich unter den Tisch verkroch, während das Klavier mit den registrierten Rollen Beethoven zum besten gab. Adolph schmauchte in seinem roten Hauskittel seine so fein schmeckenden Zigarren und politisierte mit Fritz.

Da war also diese damals noch strikte Männersache bildende Domäne der Politik! Obschon mein Götti bei Abstimmungen und Wahlen immer streng das Geheimnis hütete und nie verlauten liess, welcher Partei sein Vertrauen gehörte, weiss ich doch genau, welche es war: die damals übermächtige Freisinnige Partei. Einer seiner besten Zunftfreunde, der Hermann - wiederum weiss ich nicht, ob er in unserer Filiale ein Sparbüchlein oder eine sonstige Verbindung aufrechterhielt - war ein einflussreicher Politiker. Er war sogar als Präsident des Nationalrates und der Bundesversammlung eine Zeit lang der höchste Schweizerbürger gewesen, sogar über den die Regierungsgewalt ausübenden Bundesräten. Er gehörte gewiss zu den Drahtziehern und Königsmachern, die bestimmten, wer sich für unsere Regierung eignete und wohl vor allem auch, wer nicht. Er war Generalsekretär der Arbeitgeber und befand sich jeweils am frühen Morgen in der Redaktion der einflussreichsten freisinnigen Neuen Zürcher Zeitung und korrigierte die Leitartikel des Inlandteiles, wohl zur Freude des verantwortlichen Redaktors. Er war in der Zunft Oberstrass der begabteste Redner. Einmal durfte ich in einer mittelalterlichen Söldner-Uniform am traditionellen Frühlingsumzug des „Sechseläutens" teilnehmen, als dessen End- und Höhepunkt die Verbrennung des Winters in Gestalt des „Böögs" - des Narren - gilt.

Und am Abend besuchen sich die Zünfte gegenseitig auf ihren Stuben beim Klang des in Sechseläuten-Marsch umgetauften Preussischen Jägermarsches. Zum Besuch gehört das Rededuell, das in jenem Jahr zwischen Hermann und dem Stadtpräsidenten Zürich's im Renaissancesaal der Zunft zur Meise stattfand. Man warf sich gegenseitig mit Humor politische Fehltritte oder Querelen vor. Im Gedächtnis verbleibt mir allerdings der Bezug auf die Tanzkurse, die diese beiden gewichtigen Herren in der Jugend in diesem Saale besucht hatten. Ich war stolz, denn auch ich war dort mit einer stattlichen Blondine aufgetreten, obschon ich diese Tanzkurse äusserst langweilig und blöd fand. Von Erotik keine Spur! Ich hatte die Tanzstunden im voraus bezahlt, aber nur zum Teil besucht. Solcher Verschwendungen machte ich mich aber selten schuldig. Das knappe oder meist inexistente Taschengeld war mir zu teuer. Überhaupt für meine kindlichen und jugendlichen Beziehungen zum anderen Geschlecht genügt es zu erwähnen, was Hermann Hesse in zwei Versen eines seiner Gedichte sagte:

...„Die Mägdlein dürfen spielen

In einem schönen Gartenland,

Die Buben stehn und schielen

Begehrlich an des Gitters Rand."...

Dann gibt es für mich die Erinnerung an den damaligen Direktor des Stadttheaters, der irgendwo in unserem Quartier hauste. Fritz hatte ihm anvertraut, dass seine Lieblingsproduktion an diesem Theater das „Dreimäderlhaus" sei. Da muss man sich das Gesicht dieses Kunstbeflissenen vorstellen, für den dieses schreckliche Machwerk aus Melodien des unsterblichen Schubert den Gipfel des schlechten Geschmacks darstellte. Er musste diese Operette nur wegen des Publikumserfolges aufführen lassen.

Ein anderer bekannter Musiker wohnte im Nachbarhause: Willy Burkhart komponierte „Das Gesicht des Jesaias" und andere Chor- und Orchesterwerke, also „schwere" und dazu erst noch sehr

Jacques Ittensohn

moderne Musik, die man in unseren Kreisen nicht „verstand". Wie man Musik „verstehen" soll, ist mir übrigens auch heute noch ein Geheimnis.

Eine Strasse weiter unten gegen die Stadt zu, war der Klaviervirtuose und Komponist Ferruccio Busoni tätig, dessen Oper „Faust" (mehr oder weniger nach Goethe) nach einem halben Jahrhundert endlich wieder zur Aufführung gelangt.

Der Dichter Heinrich Federer, Verfasser von „Papst und Kaiser im Dorf", wohnte auf der anderen Seite unserer Strasse. Er wurde berüchtigt wegen antisemitischen Stellen in seiner Literatur. Wo gab es denn die nicht? Selbst Heine, dessen Vater die jüdische Gemeinde von Düsseldorf wegen seiner ursprünglichen Armut die Aufnahme verweigern wollte, wurde in vielen Gedichten gegen seine Korreligionäre ausfällig. Unsere als Musiker und Dichter tätigen Nachbarn verdienten allerdings kaum genug, um einen Sparbatzen bei der Bankfiliale zu hinterlegen.

Während des ersten Weltkrieges wohnte etwas unter meines Onkels Bankfiliale James Joyce, dessen „Ulysses" ich jetzt wieder in der Hand habe. Dieser „schnudergrüne" Roman mit den Antihelden Buck Mulligan und Stephen wird heute noch als Meilenstein der Weltliteratur gefeiert. Selbst wenn man seine gelehrten und irischen Anspielungen zum Teil nicht versteht, ist die Lektüre ein Genuss, und man muss sich vor Joyce's ungeheurem Wortschatz verbeugen. Während seines Aufenthaltes in Zürich war Joyce allerdings bettelarm, und er soll sich mit Sprachstunden an der Berlitz School am Leben erhalten haben. Also gewiss kein Kunde für meinen Pflegevater!

Zum wohl vermöglicheren Bekanntenkreis gehörte der Rektor der Eidgenössischen Technischen Hochschule, der in den 30er Jahren Fernsehversuche von seinem Laboratorium zum Ütliberg hinüber unternahm und dessen Haus an der Strasse lag, an der ein Bombenabwurf der Amerikaner in der Kriegszeit Unheil anrichtete.

Vor allem die uns umgebenden Spezerei- und Metzgerläden mögen ihren Geschäftsverkehr über Fritzen's Filiale abgewickelt haben; schliesslich gehörte es sich doch für eine „Volks"-Bank, mit dem kleinen Mittelstand Beziehungen zu pflegen. Deshalb mussten auch immer bei diesen Bankkunden die Einkäufe für unseren Haushalt getätigt werden. Bei den schon damals bestehenden grösseren und billigeren Detailhandelsorganisationen - vor allem der Migros des mächtigen Gottlieb Duttweiler - auch nur die Schwellen zu betreten, hätte wohl die Todesstrafe oder noch Schlimmeres bedeutet. Diese Grossfirmen unterhielten gewiss keine Konten bei Fritz. Hier verkehrten dagegen die Familien der wohlhabenden Bekannten, die doch Ersparnisse bei den Einkäufen überhaupt nicht nötig hatten. Unser Fleisch kaufte der Metzgerssohn Fritz höchstpersönlich bei der Firma Schmutz ein, die damals zwei Eingänge aufwies: einen für die 1. Qualität, wo wir uns bedienten, den zweiten für die 2. Qualität, wo weniger begüterte Familien unter meinen Schulkameraden ihre Einkäufe tätigten.

Was war es für mich, den kleinen Köbeli, für ein Fest, wenn mein Götti abends die Steintreppe von der Bankfiliale in die Wohnung hinaufstieg, und ich die vielen Schlüssel am Bunde klirren hörte. Da versteckte ich mich hinter der Tür. Immer mimte der Götti Erstaunen und nahm mich in seine Arme. Bei den Spaziergängen, auf denen er mir die Namen der Bäume erklärte, bot seine Hand sicheren Schutz. Am Morgen sprang ich in sein Bett, und er erzählte mir die Geschichte von dem kleinen Büblein. „Und das war der Fritzli", war immer meine Reaktion, worauf er traditionsgemäss energisch verneinte. Er badete mich am Samstagabend und schnitt mir sorgsam die Finger- und Zehennägel. Als Hobby-Photograph entwickelte er seine Bilder selber im verdunkelten Badezimmer. Ich sass neben ihm, und wir sangen und erzählten uns Geschichten. Bei seiner ersten Auslandreise nach der Pensionierung besuchte er Venedig. Unzählige Bilder hat er damals aufgenommen. Doch, oh Schreck, als er sie entwickeln wollte, musste er feststellen, dass er vergessen hatte, einen Film einzulegen. Nach seinem Tode warf die Gattin alle Spuren dieses mit Liebe gepflegten Hobbies fort. Vernichtete Zeugen der Jugendzeit! Oh, ihr Stunden der Zärtlichkeit! Das war doch das wahre Glück. Wie es schon Chateaubriand in seinen „Mémoires d'Outre-Tombe" schrieb: „Le vrai bonheur coûte peu; s'il est cher, il n'est pas d'une bonne espèce" - Das wahre Glück kostet wenig; wenn es teuer ist, ist es nicht von einer guten Art.

Jacques Ittensohn

Die andere Seite war nach den späteren Aussagen von Zeugen, dass man mich stramm herumkommandierte. Grausamkeit war nie physisch, nur psychisch. An einem Samstagnachmittag stand ich mit meinem Pflegevater am Bellevueplatz. Wir warteten auf die Strassenbahn und stiegen in die Nummer 5 ein, die zum Zoologischen Garten auf dem Zürichberg führte. Nachhause, also nach Oberstrasse hätte uns die Nummer 9 gefahren. An der Endstation fragte mich der Götti, ob ich nicht gesehen habe, dass es die 5 gewesen sei, in die wir eingestiegen seien. Ich meinte, er rede von der Zeit - also, ob ich nicht gemerkt habe, dass es schon 5 Uhr war Dieses Missverständnis führte zu einem Wutanfall und mit dem Zoologischen Garten wurde es nichts.

Dieser Art von Erziehung waren wohl mein späterer übertriebener Respekt vor „Autoritäten" und meine Ängstlichkeit zu verdanken. Dazu gehörte natürlich in den Jahren der Pubertät die erzwungene Unterdrückung aller Regungen der erwachenden Sexualität. Meine Grossmutter habe schon bei ihren beiden Söhnen darauf geachtet, dass die Hände immer auf der Bettdecke lagen. Jeder Verstoss gegen diese Vorschrift wurde mit strengen Strafen geahndet. Schliesslich existierte ja nach unserer Religion der Körper nicht. Was sollte mir denn diese verdammte Sexualität - „Sextualität" wie es meine Pflegemutter nannte?

Und etwas konnte ich nie begreifen. Bei schlechtem Wetter musste ich eine schwarze Loden-Pelerine tragen und sah als Kapuzen-Mann wie ein Mönch aus. Niemand in der Schule besass ein solches Kleidungsstück, und ich wurde ausgelacht. Traf mich mein Pflegevater, wenn ich die Pelerine deshalb lässig wie einen Mantel auf dem Arm trug, so kannte seine Wut keine Grenzen. Nein, die Pelerine musste getragen werden, und bei Regen gehörte die lächerliche Kapuze auf den Kopf! Wie freute ich mich, als mir einmal eine Überraschung angekündigt wurde. Als wir beim Herren- und Knabenkleidergeschäft „Globus am Löwenplatz" vor der Verkäuferin standen, freute ich mich auf den Regenmantel. Endlich! Nein, es war wieder eine Pelerine, mit der er mir eine Freude machen wollte. Vermaledeite Scheisse nochmals!!

Zwei Lebensaufgaben des Klein-Bankiers Fritz erscheinen mir erwähnenswert: die Finanzierung unseres Kirchenneubaues und die Verwaltung der Gold- und Wertschriftenbestände der Schweizerischen Volksbank während des Krieges in den Alpen.

Unsere Kirche befand sich an der Eisengasse im Seefeldquartier, wo ich später meinen ersten Arbeitsplatz fand. Es handelte sich um einen Saal, der früher als Schwimmbecken einer konkursiten Badeanstalt (!) gedient hatte. Auf der Empore stand ein quietschendes Harmonium und die Wand zierten die Inschriften: „Gott ist Liebe" und irgendein unverständlicher Vers der geliebten Führerin Mary Baker Eddy.

In diesem Saal wurde uns einmal ein in den frühen 30er Jahren gedrehter Film gezeigt. Es handelte sich um den Bau des neuen Verlagshauses der Christian Science in Boston „Massachusetts". „Mâche ta chaussette" (Kau' Deinen Socken) nannte diesen amerikanischen Staat ein respektloser Sonntagsschüler dieser Kirche in Lausanne. Dieser Schüler ist jetzt mein Schwager. Da sah ich also meinen ersten Film mit den Wolkenkratzern, die wohl den lieben Gott im Himmel kitzelten, der allerdings auch nur aus Geist bestand.

In Zürich, wie überall, gehörten unserer Kirche vor allem Mitglieder aus dem höheren Mittelstande an; wir waren schon etwas von der minderen Kategorie. Was Wunder, dass der Wunsch laut wurde, diesen Badesaal gegen ein Gebäude mit architektonischen Qualitäten und einer richtigen Orgel zu vertauschen. Schliesslich floss ja ein reichlicher Cash-Flow aus den Kollekten der Sonntags- und Mittwochgottesdienste. Einzelne Mitglieder mögen auch ihre Kirche in ihren Testamenten bedacht haben, um sicher zu sein, dass ihnen dann das ewige Leben im Geist und in der Wahrheit erblühte.

Mein Pflegevater erschien sofort als der ideale Financier dieses Kirchenneubaues. Er hatte mir anvertraut, dass er sich in dieser Kirche erst hinauf hatte dienen müssen. Seine erste Charge war die eines „Ushers", eines Platzanweisers, gewesen, der die nicht bekannten Kirchengänger mit einem freundlichen Lächeln zu begrüssen und an ihren Platz zu geleiten hatte. Bis in den Vorstand dieser Kirche gelangte er nie, das war später meiner Pflegemutter vorbehalten. Sie machte sich sogar als Leserin einen Namen. In deutscher und englischer Sprache wurden die zwei sich folgenden Sonntagsgottesdienste abgehalten. Die letztere Sprache hatte sie sich mit unendlichen Mühen angeeignet. Allerdings zur ersten Leserin, die die Texte der geliebten Führerin vortragen durfte, reichte es ihr nicht. Aber immerhin wurde sie Zweite Leserin und begnügte sich mit dem Vorlesen der Texte aus der Heiligen Schrift des alten und neuen E-vangeliums. Und um ihr Fähigkeitszeugnis als Heilerin zu erlangen, besuchte meine Pflegemutter jeden Herbst ihre „Klasse" in Paris. Für diese wichtige Reise wurde alljährlich ein neuer, mir sehr komisch erscheinender Rock in meist grellen Farbtönen gekauft. Ihre Abwesenheit fiel jeweils auf den amerikanischen „Thanksgiving Day". An diesem Tag fand in unserer Kirche ein Abendgottesdienst statt, an den ich mich aus einem besonderen Grunde erinnere. Da knieten alle Teilnehmer in den Bänken nieder: der Grund dieser Übung wurde mir nie klar!

Am schweizerischen Bettag aber, im September, besuchten wir jeweils ein Konzert in der Tonhalle mit J.S.Bach-Kantaten oder Passionen. Eine grosse Enttäuschung war für meine Pflegemutter in vorgerücktem Alter ein Besuch in der Mutterkirche in Boston. Wie hatte sich sich doch auf dieses Schlüsselerlebnis gefreut. Niemand scheint sich ihrer angenommen zu haben. Die riesige Stadt und die beeindruckende oder eher bedrückende Kuppelkirche berührten sie unheimlich. Die mühsam angeeigneten Englischkenntnisse befähigten sie wohl zum Vorlesen von Bibeltexten, doch nicht zur Verständigung mit neu-englischen Yankees.

Mein Pflegevater dagegen hatte die grosse Ehre, dem B.u.F.V., dem Bau- und Finanzkommittee, anzugehören. Seine Volksbank wollte allerdings von dieser Finanzierung eines Sektenkirchenbaues nichts wissen. Da brauchte es schon die aufgeschlossenere Zürcher Kantonalbank dazu.

Und so schleppte eben der Fritz an den seltenen Abenden, wo er nicht im Wirtshause sass, seine Schreibmaschine „Remington Noiseless" die Steintreppe aus der Bankfiliale in die Wohnung hinauf. Er arbeitete am Tische der guten Stube, an dem ich auch meine Schulaufgaben erledigte, an Buchhaltung und Korrespondenz für seine Lebensaufgabe. Tipfehler – Merde – Radieren – Tipfehler – Merde – Radieren – so ging es etwa zu. „Mais Fritz," mahnte die Pflegemutter.

Der Kirchenvorstand konnte für diesen Bau den bekannten Architekten gewinnen, der die Schweizerische Landesausstellung in Zürich von 1939, die Schau des Wehrwillens und des Heimatgefühls der Eidgenossen, verwirklicht hatte. Meine Sonntagschule fand vor der Eröffnung der neuen Kirche provisorischerweise im Kino Seefeld nahe der Eisengasse statt. In den Plüschsesseln, in denen wir unsere Unterweisung erhielten, befriedigten sich später Zuschauer und Zuschauerinnen selber oder gegenseitig beim Genuss der Filme dieses zur Pornobude heruntergekommenen Musentempels.

Unser neuer Kirchenbau, der Mitte der 30er Jahre eingeweiht wurde, steht noch heute in der Merkurstrasse als wertvolles, mit einer Tafel ausgezeichnetes architektonisches Schmuckstück der Stadt. Dass die Adresse dem römischen Handelsgott gewidmet ist, bildet eine gewisse Ironie. Als die gewaltige Orgel mit einem langen Konzert eingeweiht wurde, schlief ich ein. Ich konnte nicht ahnen, dass ich mehr als ein halbes Jahrhundert später, selber zum begeisterten Anfänger auf dieser Königin der Instrumente wurde, das es mir ermöglichte, in einem oft nicht sehr erbaulichen beruflichen Umfelde auszuhalten. Immerhin war ich nun in meinem vorgerückten Alter imstande, einige Bachchoräle und etwas vom älteren Couperin leidlich aus den Pfeifen zu quetschen.

Den Gipfel der Langeweile bildeten jedoch die Vorträge über Themen unserer Religion – pardon Wissenschaft – im gestopft vollen Saal der Zürcher Tonhalle. Dieser Tempel der Musik war damals noch mit zwei Jugendstiltürmen geschmückt. Brahms hatte in diesem Saale seine mich damals ebenfalls langweilenden Symphonien dirigiert. Das Volk drängte sich zu unseren Vorträgen mit den heilvollen Verkündigungen, die Gesundheit und nahezu ewiges Leben versprachen. Ich verstand von diesen Botschaften kein Wort und zählte die Verzierungen an der Decke des Saales.

Heute, also im Jahre 2007, wären wohl meine verstorbenen, christlich-wissenschaftlichen Pflegeeltern todunglücklich. Die Zahl der Kirchengänger an der Merkurstrasse hat in bedenklicher Weise abgenommen. Der schöne Kirchensaal wird nun dem Orchester des Opernhauses für seine Proben vermietet. Für die wenigen Kirchenbesucher ist der kleine, für die Sonntagschule vorbestimmte Raum ausreichend. Wie es ein Philosoph an einer Veranstaltung ausdrück-

Jacques Ittensohn

te, sind wir in diesem Jahrhundert etappenweise von der Religion und der Idee des allmächtigen Gottes abgekommen. Auch wenn unsere Bundesverfassung immer noch auf Gott Bezug nimmt und viele fundamentalistischen Gruppen und Sekten beharrlich an ihrem Glauben festhalten, hat sich doch der Grossteil der Bevölkerung einer materalistischen Weltanschauung zugewandt.

Wovon ich in meiner glücklichen Kinderzeit keine Ahnung hatte, waren die grossen Sorgen, die über dem Haupt meines Bankier-Onkels schwebten. Wie alle seine Kollegen auf Schweizerbanken hatte er den Kunden die als sichere Kapitalanlage für Witwen und Waisen bezeichneten Obligationen der schwedischen Firma Kreuger & Toll empfohlen. Als diese Schwindelfirma – wie, ach, später soviele andere - mit einem Riesenkrach aufflog, musste er sich dann eben mit den schimpfenden Kunden auseinandersetzen. Immerhin hat er wohl nicht wie seine etwas älteren Kollegen auch die Obligationen des Zarenreiches in Goldrubel empfohlen. Lenin's Revolution hat ihn rechtzeitig daran gehindert.

Aber es kam noch schlimmer. Nach der schwindelerregenden Hausse der späten 20er Jahre krachten in New York und auch überall in Europa die Börsen zusammen. Die Krise der 30er Jahre mit ihrer Arbeitslosigkeit brachte in den Nachbarstaaten die Faschisten und Nazis ans Ruder. Die Schweizerische Volksbank hatte sich in den Jahren der Hochkonjunktur mit Auslandkrediten, Spekulationen und Immobiliengeschäften in den Konkurs hineingewirtschaftet. Vor der Bankfiliale in Oberstrass standen die Kunden Schlange, um ihr Geld abzuheben, solange noch etwas vorhanden war. Die Haare meines Pflegevaters hätten über Nacht von schwarz auf weiss gewechselt, vernahm ich später, als er mir auch erzählte, dass natürlich der Ansturm am Hauptsitz der Volksbank an der Bahnhofstrasse am grössten gewesen war. Die Kunden hoben ihre Geld ab und brachten es zur Kreditanstalt, zur Bankgesellschaft, zum Bankverein oder zur Kantonalbank. Dort landeten die eingezahlten Noten in Waschkörben, die dann wieder zur Volksbank getragen wurden, damit die Auszahlungen an die verängstigten Depositäre vorgenommen werden konnten. Gottseidank, sprang dann die schweizerische Regierung ein, half der Volksbank wieder auf die Beine, verbat ihr die für

Schweizer Bankiers lächeln nie...

eine Volksbank nicht passenden Auslandgeschäfte und setzte einen vom Parlament genehmigten neuen Generaldirektor ein.

Die zweite grosse Lebensaufgabe meines Pflegevaters erwuchs ihm nach Ausbruch des Zweiten Weltkrieges. Eines Tages im Jahre 1940 beorderte er mich in die Bankfiliale hinunter und eröffnete mir, er müsse nun ins Berner Oberland, nach Interlaken. Es werde seine Aufgabe sein, dort im Weinkeller eines Grand Hôtels Gold und Wertschriften zu registrieren und zu bewachen, die der Bank selber als eigene Bestände oder hauptsächlich ihren Kunden gehörten. Ob sich auch die Verantwortlichen seiner Bank bewusster- oder unbewussterweise der „Wäsche" von den Nazis gestohlenen Goldes schuldig gemacht hatten, muss ich dahingestellt sein lassen. Bei einer Besetzung der Schweiz durch deutsche Truppen wären diese Schätze, wie man wohl annahm, in den Bergen sicherer behütet gewesen als im schwer zu verteidigenden Mittelland mit dem Zentrum Zürich. Man hätte sie dann auch auf kürzestem Wege in die Alpenfestungen der Schweizerarmee transportieren können, für die eine Verteidigung in einem Guerillakriege geplant war. Schliesslich war doch die Bewahrung der von Kunden anvertrauten Schätze für die Schweizerbanken eine heilige Pflicht. Hätten die Kunden nicht daran geglaubt, so hätten sie ja diesen Banken ihre Vermögen gar nicht anvertraut, oder diese längst wieder abgehoben.

Im Büro des Bankverwalter-Onkels erfuhr ich also, dass ich mit meiner Pflegemutter allein in Zürich bleiben werde. Mein Schreck war gross. Ich habe wohl auch geweint, als er mich zu Folgsamkeit und Fleiss in der Schule ermahnte. Dass die Väter meiner Schulkollegen in der Schweizerarmee die Landesgrenzen oder vor allem das Réduit, die Alpenfeste, beschützten, war mir eigentlich nicht bewusst gewesen. Viele meiner Freunde, die sechs Jahre älter sind als ich, haben tatsächlich mehr als tausend, ja fast bis zu zweitausend Diensttage in ihrem Dienstbüchlein verzeichnet. Es waren langweilige, mit Exerzieren und Kampfübungen ausgefüllte Jahre – natürlich mit den Entbehrungen und dem Tod an Kriegsfronten und in Gefangenenlagern nicht zu vergleichen. Auch mussten die Mütter zuhause allein das Leben der Familie organisieren und in vielen Fällen in die Hosen des Vaters steigen, um seine berufliche Tätigkeit neben ihren Aufgaben als Hausfrauen zu übernehmen. Mein Onkel

Jacques Ittensohn

entging wohl seiner Fettleibigkeit wegen dem militärischen Aufgebot. Er war auch schon über 50 Jahre alt. Nicht einmal die neue, feldgraue Uniform hatte er gefasst. Sein blaues Kriegsgewand aus der Zeit der Jahrhundertwende mit dem von einem Federbusch geschmückten Tschako lag mit Mottenkugeln geschützt auf dem Estrich in einem riesigen Korb. Das Landgewehr mit der scharfen Munition lag daneben.

In meinen frühen Jahren konnte ich noch mit Stolz bewundern, wenn er zur jährlichen Inspektion der Ausrüstung einrücken musste. Wichtig waren vor allem die drei Nähnadeln im Mannsputzzeug, und es durfte sich ja kein Rost im Laufe der Flinte sammeln. Sonst hätte ihm scharfer Arrest geblüht.

Und nun wurde er also mit dieser ehrenvollen Aufgabe im Hôtel Regina Jungfraublick in Matten bei Interlaken betraut. Im Parterre und im 1. Stock dieses Hotels war eine Militärsanitätsanstalt untergebracht, in der die kranken Schweizer Soldaten ihre Zeit totschlugen und mit den Krankenschwestern schäkerten. Die Organisation meines Onkels in den Kellergewölben stützte sich auf eine Beobachtung beim Gepäckaufbewahrungsschalter des Zürcher Hauptbahnhofes. Dort wurde jeder zur Aufbewahrung angenommene Koffer nummeriert und die hinterste Zahl der Nummer bezeichnete die Nummer des Regals, in dem sich das Gepäckstück befand. Nach dem gleichen System ordnete er nun Goldbarren, Aktien, Obligationen und andere Dokumente ein. Die Erfindung des Computers für derlei Zwecke stand uns erst bevor.

Die Fahrt nach Interlaken, die nun in den Schulferien für meine Pflegemutter und mich oftmals stattfand, ging über den Brünigpass im Direktions-Automobil der Bank. Der Chauffeur war ein ehrenwerter, imposanter Kerl, der daneben als Ausläufer beschäftigt wurde. Erst in den Jahren nach dem Krieg wurde dieser Mann einer Betrugsaffäre überführt. Er hatte sich Geldbeträge angeeignet, die er dann jeweils durch die Summen der späteren Botengänge ersetzte. Als dieser Schwindel auflog, wurde er mit einem der Geldumschläge in einem Pissoir (Patent Ingenieur F. Ernst – Ohne Wasserspülung – Geruchlos) verhaftet. Das waren die Treffpunkte der Homosexuellen. Vielleicht gehörte auch dieser Familienvater zu dieser damals geschmähten und verachteten Menschengattung. Aber während des Krieges beförderte er getreulich meinen Pflegevater und also während der Schulferien auch die Pflegemutter und mich zu diesem Hotel direkt über der Freilichtbühne der Tellspiele von Interlaken. „Bei diesem Licht, das uns zuerst begrüsst, vor allen Völkern, die tief unter uns schwer atmend wohnen in dem Qualm der Städte, lasst uns den Eid des neuen Bundes schwören", hörte ich die Proben vor dem Einschlafen.

Und so kam es zu diesen Übernachtungen und gar zu einem ungewöhnlichen Weihnachtsfest in einer des Luxussuiten des Hotels mit dem Balkon, von dem ich die Jungfrau bewunderte. Und noch mehr bewunderte ich den mit hydraulischer Kraft betriebenen Fahrstuhl. Neben diesem technischen Wunderwerk hing ein Seil, das man mit einem Ruck nach unten in Bewegung setzte, um nach oben zu fahren. Für die Fahrt nach unten brauchte es den Ruck des Seiles nach oben. Ich konnte mir die Liftjungen in ihren strammen Uniformen und den weissen Handschuhen bei der Bedienung dieses Seils vorstellen, in Erinnerung an Thomas Mann's „Lebenserinnerungen des Hochstaplers Felix Krull". In unserer Suite hatte einst der König Boris von Bulgarien logiert. Dies erzählte mir eine ältere Angestellte des Hauses, die sich an das wahrhaft königliche Trinkgeld – einen Fünfliber – erinnerte. Auch die österreichische Kaiserin Sissi habe dieses Hotel geliebt.

Besonders jene Nacht, in der vom bevorstehenden Angriff Hitlers auf die Schweiz die Rede war, bleibt mir in Erinnerung. Da schlotterte ich in meinem grossen Bett wie später bei dem Bombardement eines Quartiers in Zürich durch alliierte Flugzeuge. Von Heldenhaftigkeit war bei mir überhaupt keine Rede.

Im Laufe der Zeit setzte man dann meinem Onkel noch einen pensionierten Vizedirektor der Bank vor die Nase. Dieser Umstand und wohl auch die ganze Aufgabe hatten wohl seine Nervenkräfte überfordert. Nach der Heimkehr im Jahre 1943 erlitt er einen Nervenzusammenbruch. Das war auch das erste und letzte Mal, dass er mir zu meinem nicht gelinden Schrecken eine Zote zum Besten gab. Er sprach von dem Alter, in dem der Tornister grösser werde als das Gewehr. Ach ja, mein lieber Onkel, so ist es halt nun eben! Und ich erinnere mich, dass er nicht imstande war, Papiere in einer Mappe zu versorgen. Er hielt die Papiere im rechten Winkel über die Mappe, und verstand nicht, warum sie nicht hineinpassten.

An einem Abend sass ich auf seinem Krankenbette und erzählte ihm „saubere" Witze und lustige Geschichten, die er nicht verstand. Sein trauriger Blick bleibt mir in Erinnerung. Die Pflegemutter berichtete mir dann, wie er um Mitternacht erwacht sei und hell aufgelacht habe. Er habe geträumt, er liege auf einer Wiese voll schöner Blumen und erinnerte sich an meine Geschichten. Und er war geheilt. Das war zwar keine christlich-wissenschaftliche Heilung, aber doch ein Erlebnis, das mir zu Herzen ging.

Dann wollte die Schweizerarmee meinen Pflegevater doch noch in die Luftschutzbrigade einziehen. Er erhielt die graue Uniform und die Armbinde mit dem Schweizerkreuz. Aber es brauchte nur einen Tag, bis er wieder zu Hause war. Bei einer Übung hatte er mit der Gasmaske durch einen Gang zu kriechen. Da wäre er mit seiner verfetteten Lunge nahezu erstickt.

Die Bank wollte ihm in späteren Jahren seine Bankfiliale wegnehmen und ihm am Wertschriftenschalter hinter den Vitrinen an der Bahnhofstrasse einen Posten anvertrauen. Er hat sich geweigert und behielt seine Filale. So durfte man damals noch handeln. Heute heisst es: schweigen, den andern Posten annehmen, oder auf der Strasse stehen. So gilt heute in Friedenszeit das damals im Kriege überall angeschlagene Motto: „Wer nicht schweigen kann, schadet der Heimat". Die fünfte Kolonne der Verräter war damals überall – und diese Verräter wurden an die Wand gestellt. Selbst in der Schweiz stand während des Krieges auf Verrat die Todesstrafe durch Erschiessen. Dass man allerdings die Kleinen erschiesst, und die Grossen laufen lässt, ist wohl eine Wahrheit, die ihre Aktualität nie einbüssen wird. Gab es doch hohe Armeeführer, die der Anpassung an Hitler-Deutschland und sein neues, rassenreines Europa in den Jahren der militärischen Erfolge dieses Verbrecherregimes in keiner Weise abgeneigt waren.

So habe ich nun neben der Geschichte meines Bankier-Pflegevaters meine eigene Jugend fast vergessen. Théophile Gautier, den Baudelaire in seinen „Fleurs du Mal" als den makellosen Poeten feiert, sagt in seinem „Capitaine Fracasse", die völlig Unbedeutenden treibe eine Neigung dazu, „eine Spur ihres Daseins auf dieser Welt hinterlassen zu wollen".

Ich erzählte einem befreundeten Genfer Professor und Autor unzähliger Bücher vom Plan des Schreibens meiner Lebenserinnerungen. Wir sassen in einem Restaurant am Ufer des Lac Léman gegenüber dem Springbrunnen, der vor der calvinistischen Kathedrale aufsteigt, und hatten beide unser Champagnerglas in der Hand. Da riet er mir – wohl meiner Unbedeutendheit voll bewusst –, mich ganz auf die Geschichte der Schweizer Banken zu beschränken. „Was so ein Herr Ittensohn erlebt hat, das interessiert doch nun wirklich keinen Menschen auf dieser Welt!"

Ganz anders ein befreundeter Professor aus Paris. Ich hatte eine Lektorin eines der bedeutendsten französischen Verlagshäuser kennengelernt und etwa 100 Seiten meiner Lebenserinnerungen in französischer Sprache verfasst – einer Publikation stand offensichtlich nichts im Wege. Dann wurde mir allerdings bewusst, dass im gleichen Verlage die Bücher eines Verunglimpfers des schweizerischen Bankensystems und unseres Landes insgesamt erscheinen, das schlimmerweise auch noch seine eigene Heimat ist. Dass er dann noch sagen darf, er liebe diese Heimat, ist für mich unbegreiflich.

Ich habe dann in meinem Computer die Taste „delete" (löschen) gedruckt und der ganze Text verschwand aus meinem Computer. Für meinen Pariser Professorenfreund hatte ich allerdings vor meinem Zerstörungswerk einen Ausdruck erstellt. „Deine Erinnerungen sind genial", sagte dieser Professor, der selber unzählige Bücher geschrieben hat, in dem behaglichen St.Galler Restaurant, an dessen Wand ein Vers des Dichters Carl Zuckmayer die Qualität der Speisen rühmt. „Wenn Du nur Deine Erlebnisse auf Banken schildern würdest, hättest Du bestenfalls Leseerfolg bei einer kleinen Zahl von Spezialisten. Aber was Du persönlich erlebt hast, das wird eine grosse Leserzahl interessieren".

Er bedauerte sogar, dass ich meine Lebenserinnerungen in einem Computer schreibe. So werde man später nicht die handgeschriebenen, korrigierten Entwürfe mit dem gedruckten Endprodukt vergleichen können. In seiner Wohnung in Paris hatte dieser Freund tatsächlich eine Sammlung solcher Manuskripte von bedeutenden

Schriftstellern. Es sind mir dabei vor allem Druckseiten aus Werken von Sacha Guitry in die Hände gekommen, die dieser Theater- und Filmautor überklebt und von Hand korrigiert hatte. Ich hatte mich vor allem an zwei Filmen von Sacha Guitry ergötzt, in denen der Genfer Schauspieler Michel Simon die Hauptrollen gespielt hatte: „La Vie d'un Honnête Homme" und „La Vie d'un Tricheur". Ob mein Freund selber wirklich an seine Äusserungen über das Interesse der Nachwelt für meine unerheblichen Manuskripte glaubte, will ich dahingestellt sein lassen.

Das sind also zwei Meinungen von Professoren. Ich bemitleide Politiker, die öfters Beratergremien mit einem Dutzend solcher Gelehrter einsetzen. Sie erhalten wohl ein Dutzend Meinungen, aus denen sie sich kaum einen gescheiten Vers machen können.

Am brauchbarsten ist wohl für mich der Rat meines Freundes, der in Québec eine Farm mit einem Stück Wald besitzt. „Die Meinungen dieser beiden Professoren sind nichts wert, aber ihre Mischung kann dir weiterhelfen." So folgt nun eben die Schilderung meiner eigenen Jugend, die ja immerhin schon ein wenig in die Geschichte des Pflegevaters hineinverwoben war.

Laurence Sterne war wie unser populärer Schweizer Schriftsteller Albert Bitzius, alias Jeremias Gotthelf, der hundert Jahre später lebte, ein Geistlicher. Im ersten Drittel des 18. Jahrhunderts schrieb Sterne in seinem Werke „Tristram Shandy", das Nietzsche sehr geschätzt hat, der erste Satz eines Kapitels werde ihm von Gott eingegeben. Der zweite laufe von selbst. Was soll also in diesem Kapitel, das im Besonderen meine Dummheiten und Sünden der Jugendzeit vor jenen im Bankleben betreffen wird, mein erster Satz sein? Wird ihn mir ein Gott einflüstern? Hoffentlich komme ich weiter als Laurence Sterne. Dieser schildert nur die sehr kurzweiligen, philosophisch-theologisch verbrämten und humoristischen Begebnisse des Tages seiner Geburt. Dann geht er zu seinen Reisen durch Frankreich über. Er beschreibt die grauenhaften, stürmischen Überquerungen des Ärmelkanals und die Fahrten über holprige Dreckstrassen mit den ständigen Kutscherwechseln in den Droschken. Und kaum war man eingeschlafen, waren an den vielen Halten mit Zöllen und Abgaben jedesmal andere Münzen bereit zu halten. Da ging es mir gegen das Ende meiner Bankkarriere in den Erstklassabteilen der internationalen Fluggesellschaften doch ein wenig besser.

Jacques Ittensohn

II. Schulzeit und Ferien – misslungene Pfadfinderei – die lebenswichtige Poesie

„Du musst ein braver Köbeli sein, und Deinem Götti und Deiner Gotte immer folgen!" ermahnte mich die rauhe Stimme meines Vaters, der an jenem Sommertage des Jahres 1934 neben mir auf einem Bänklein sass und dessen zitternde Hand auf meinen Knien ruhte. Unruhige Augen blickten aus einem zerfurchten und zerschlissenen Gesicht. Beim Mittagessen im Restaurant hatte er vorher einen epileptischen Anfall gehabt und lag zu meinem tiefen Erschrecken leblos mit glasigen Augen auf seinem Stuhl. Ich hatte ihn auf dem Weg um ein Geschenk, einen Fussball, gebeten. „Aber Köbeli, ich habe doch kein Geld". In der Anstalt hatte er mich einem Freund, einem anderen Anstaltsinsassen, vorstellen wollen. „Aber Dein Sohn geht mich doch einen Scheissdreck an", wurde er von diesem angefahren.

So hatten mich die Pflegeeltern zu den zeitweisen Besuchen bei meinem Vater mit der Eisenbahn in die Irrenanstalt in Wil geführt. Man hatte mich mit ihm eine kurze Zeit allein gelassen. Da sagte mir der Arme auch, er wolle dann hier wieder raus, sich wieder verheiraten, und dann komme ich wieder zu ihm. Mein Schrecken war grenzenlos. Nach diesem Besuch war ich zuhause für Gespräche und für ein „normales" Verhalten unbrauchbar. Meine Pflegeeltern unterhielten sich in französischer Sprache, wie immer, wenn ich ihr Gespräch nicht verstehen durfte. Ausser verstocktem Schweigen konnte ich nichts. Solche Phasen der Sprachlosigkeit und Verängstigung haben mich mein ganzes Leben lang begleitet, oft zum Ärger der Umwelt, die dies nicht verstehen konnte.

Folgsam war ich bestimmt. Für die Sonntagschule musste ich jede Woche den „Goldenen Text" auswendig lernen, der immer am Anfang der Predigt und der Lektionen stand. Also lerne!

„Wir wissen aber, dass der Sohn Gottes gekommen ist und uns Verstand gegeben hat, dass wir den Wahrhaften erkennen; und wir

Jacques Ittensohn

sind in dem Wahrhaften, in seinem Sohne Jesu Christo. Dieser ist der wahrhaftige Gott und das ewige Leben. Ihr Kindlein! hütet euch vor den Götzen! Amen." (l. Johannes 5: 20-21 - Das neue Testament Zürich 1903).

Und jede Woche erblühte mir ein anderer dieser Texte zum Auswendiglernen unter der Aufsicht der Grossmutter und der Gotte. Weder der Sohn Gottes, noch der Verstand, noch der Wahrhafte, noch die Götzen, noch der-die-das Amen waren Begriffe, mit denen ich etwas anfangen konnte. Das lief doch alles an mir hinunter wie Regenwasser. Und der Krampf bis dieser Vers im Gedächnis steckte. Ja das ging wohl etwa fünf mal zweiundfünfzig Wochen. (260 solcher Verse!!) Später kam dann die Unterweisung ohne diese Gedächtnisspiele aus.

Die Sonntagsschullehrerinnen und -lehrer versuchten, die biblischen und christlich-wissenschaftlichen Botschaften durch praktische Beispiele zu veranschaulichen. Einer dieser Lehrer dozierte uns eines schönen Sonntags, dass er auf dem Bahnsteig des Hauptbahnhofes seinen Koffer habe stehen lassen. Er habe den Kopf gesenkt, gebetet und der Koffer sei ihm zurückgebracht worden. Dies sei der klare Beweis, dass Gott Liebe sei. Ich entgegnete, mir sei dasselbe passiert, aber der Koffer sei verloren geblieben. Dies sei der klare Beweis, dass Gott nicht Liebe sei. Diese unanständige, freche Antwort mit dem von mir erfundenen, verloren gebliebenen Koffer wurde meinen Pflegeeltern weiter erzählt, und ich erhielt eine strenge Ermahnung, mich solcher Ungezogenheiten zu enthalten.

Ein anderer Sonntagsschullehrer stellte Wissenschaft vor Glauben und trug deshalb mit einem seiner Sonntagschul-Konkurrenten, einem strammen, sonntagschullehrenden Hauptmann der Schweizerarmee, manchen theologischen Strauss aus. Der wissenschaftliche Lehrer hatte aus den sieben der Bibel entstammenden Gottessynonymen unseres Lehrbuches - Leben, Wahrheit, Liebe, Gemüt, Geist, Seele, Prinzip - eine fast mathematisch abgestützte neue Wissenschaft aufgebaut. Später entwickelte er diese in Vortragszyklen. Er schuf sich damit eine ihn ernährende Lebensaufgabe. Dass man ihn aus der Kirche ausschloss, ist wohl eine Selbstverständlichkeit. Extratouren wurden von den Vorständen nicht geduldet. Diesen Ausschluss erfuhr ich während meiner militärischen Ausbildung. Er hat mich dermassen erschüttert, dass ich von dieser Religion nichts mehr wissen wollte. Ich gab für Jahre jegliche religiöse Betätigung auf. Nietzsche's Behauptung, Gott sei tot, leuchtete mir ein.

Doch es gab doch schon die Kleinkinder-Zeit vor dem Auswendiglernen von biblischen Texten. Am 6. Dezember kam der Samichlaus, den ich am Tage, an dem ich hier im Jahre 1997 diesen Text schreibe, in einer Ortschaft am Lac Léman für meine 3 Grosskinder spielte. Damals in den frühen 30er Jahren polterte es an der Tür und ein Sack voll Nüssen, Orangen und Lebkuchen lag im Korridor. Die Tür war offen. Ich sprang die Treppe hinunter auf die Strasse. Nirgends war dieser St. Niklaus. Die Grossmutter hatte natürlich den Sack auf den Boden geworfen und an die Türe gepoltert, währenddem man mich in der Stube mit etwas beschäftigte. Zum Sack gehörte immer die Rute, die im Zimmer meiner Grossmutter, wo auch ich schlief, oben auf dem Kasten lag. Wenn ich von meiner Bravheit abzukommen drohte, brauchte die Grossmutter nur auf diese Rute zu zeigen, um mich zur Ordnung zu mahnen. Und nötigerweise pfiff eben ihr zusammengebundenes Ende auf meinen blossen Hintern. Wenn ich in den Ferien mit ihr spazierte und mir eine winzige Entdeckungsreise leistete, pfiff sie mich mit einem Wolfspfiff zurück. Sie nahm mich mit zu den Besuchen bei den langweiligen, treuen Christlichen Wissenschaftern und -innen. Oder ich wohnte den Besuchen der Kundinnen in unserer Wohnung bei. Um die Fastnachtszeit wickelte ich mich in Röcke der Grossmutter, läutete an der Tür und kam als Besuch einer solchen gläubigen Kundin zu ihr. In den gleichen Tagen wurden traditionellerweise die Fastnachtsküchlein gebacken. Diese Gebäcke hiessen auch „Chnöiblätzen", weil man die Teigklumpen auf den Knien zu gleichmässigen, runden Plättchen auseinanderzog. Nach dem Backen kam der Puderzucker darüber und der ganze Zauber wurde in einem Waschkorb verstaut, der neben der Samichlaus-Rute auf den Kasten zu stehen kam. Oft stellte ich mich auf einen Stuhl, um sündhafterweise ein solches Küchlein zu stibitzen. Und einmal - Oh Schreck - fiel ich gar in der Küche bei der Zubereitung in diesen Waschkorb hinein.

Jacques Ittensohn

Zu den vertrauten Gestalten gehörten Herr Lehmann, der Briefträger, und Herr Widmer, der Milchmann. Sie waren über viele Geheimnisse von Familien im Bilde und erfüllten neben den Priestern und Pfarrern ähnliche Aufgaben wie die heute von den Krankenkassen finanzierten Psychiater und Psychotherapeuten aller Sorten. Heutzutage wird die Leistung der Poststaatsbeamten mit der Stoppuhr gemessen. Das Gespenst des Milchmannes hat sich in die Milchkartonbehälter der Super- und Hypermärkte verflüchtigt. Der Glaser mit seinen Scheiben im Gestell auf seinem Rücken liess den schrillen Ruf „Glaser" durch die Häuserschlucht der Universitätsstrasse schallen. Das tönte allerdings weniger unheimlich als der Ruf „Vitrier, Vitrier!" im Filme „Orphée" von Jean Cocteau. Der Scherenschleifer installierte seinen runden Stein vor der Haustüre. Das Zigermannli läutete an der Tür, um seinen Ziger, einen scharfen, intensiven Geruch ausströmenden Kräuterkäse, anzupreisen:

„Heider oder weider - altä härta Glarner Schabziger,

är chändän usä nii, är chänd än id Hand nii,

är chändän an all Wänd häräghiä.

und är tuät äch nid verhiä!"

(„Habt ihr oder wollt ihr - alten, harten Glarner Schabziger,

ihr könnt ihn hinausnehmen, ihr könnt ihn in die Hände nehmen,

ihr könnt ihn an alle Wände schmeissen

und er nimmt davon keinen Schaden!")

Kürzlich wollte ich solchen Ziger in unserem angestammten Ferienorte Wengen im Berner Oberland wieder einmal probieren. Doch ein darauffolgender Asthmaanfall, der wohl von den heutzutage verwendeten Konservierungsmitteln verursacht wurde, hat mich rasch eines Besseren belehrt.

Schweizer Bankiers lächeln nie...

Und dann gab es in diesen Jahren den nun ausgestorbenen Beruf der reisenden Vertreter, die mit ihren in der Landschaft noch seltenen Autos durch die Landschaft rasten und in den unzähligen Mama- und Papa-Läden, die zur Kulisse gehörten, die Produkte der Weltfirmen Nestlé, Knorr, Maggi, Unilever etc. anboten. Zu unserer Kirchengemeinschaft gehörten auch Gläubige aus dieser Berufsgattung, die uns an Sonntagnachmittagen zu Ausfahrten durch den Kanton Zürich einluden. Dass sich meine Pflegemutter bei Autofahrten regelmässig erbrach, und auch ich unter Übelkeit litt, machte dem Genuss solcher Abwechslungen vom Alltag keinen Abbruch.

Ein Bruder meines Pflegevaters, der in unserem Quartier wohnte, reiste für die Firma „Drei-Kinder-Teigwaren". Er liess sich leider nicht zu unserer Religion bekehren, und wir verkehrten deshalb nicht mit ihm. Doch seine Tochter Blanche spielte mit mir, beaufsichtigt vom strengen Auge der Grossmutter, auf dem Sandhaufen der Anlage. Etwa 10-jährig geworden, musste ich diesen Onkel besuchen, als er auf seinem Totenbette lag. Warum er gerade mich fragte, wo er nach dem Tode hinkomme, ist mir heute noch rätselhaft. Aber ich muss eine Antwort gefunden haben, die ihn befriedigte, denn er bedankte sich überschwänglich. Er muss Ängste ausgestanden haben, denn nach seinem Ableben zeigte sich, dass da irgendwo eine Mätresse Ansprüche stellte. Auch das sind Dinge, von deren Existenz man nicht früh genug Kenntnis bekommen kann: die Qual der Lebenslügen ist wohl die eigentliche Hölle.

Mein Pflegevater brachte es nie zu einem Automobil. Gegen das Ende seiner Laufbahn führte ihm ein Verkäufer am Utoquai einmal einen solchen Wagen vor. Er getraute sich nicht, oder er verwendete sein Geld wohl lieber für die Wirtshausbesuche. Dafür waren wir zwei tüchtige Velofahrer. Von Zürich brachten wir es bis Basel zu einem Besuche meiner Schwester und natürlich des öftern zum Kienberg meiner Grossmutter.

Im Dörfchen Kienberg wohnte die alte Tante Bertha, wohl eine Base meiner Grossmutter. Ihre Tochter, meine gestrenge und doch liebe Tante Emmeli, hatte eine Handweberei aufgebaut, in der die Töchter der Bauern in den harten 30er Jahren einen Batzen verdienen konnten Sie vertraute auf die Finanzberatung meines Bankier-Onkels. Tante Emmeli betreute daneben die Handarbeitsschule.

Jacques Ittensohn

Ihr Bruder hatte die Mühle von seinem Vater übernommen. Doch in den 20er Jahren erfasste der heute noch in allen Industriezweigen andauernde Konzentrationsprozess mit ungeahnter Härte das ausgedehnte Müllereigewerbe. Nicht umsonst ist auch heute „Müller" einer der am weitesten verbreiteten Familiennamen der Schweiz. Mein Onkel Müllerfritz wurde vom Pleitegeier verhackt. Er widmete sich darauf einem bescheidenen, ererbten Landwirtschaftsbetrieb. 1928 übergab er diesen kleinen Hof einem Herrn Lerch. Er wechselte in der Hochkonjunktur nach Arbon an den Bodensee als Arbeiter in der Kunstseidenfabrik „Novaseta". Auch diese Fabrik fiel aber in den 30er Jahren der Krise zum Opfer. Schliesslich fand er Arbeit in einer Giesserei, in der er in den kommenden Jahrzehnten bis zu seiner Pensionierung in den frühen 50er Jahren nie eine Lohnerhöhung zu verlangen sich getraute. Der Schock der Arbeitslosigkeit war ihm zu tief in die Knochen gefahren. Aber seine Mutter und Schwester durften im ersten Stock des Bauernhauses in Kienberg über der Familie Lerch hausen.

Und so kam es zu meinen häufigen Ferien in Kienberg im hintersten Fricktal. Wenn ich im 1. Stock des Bauernhauses in Kienberg nicht einschlafen konnte, erfreute ich mich am regelmässigen Ertönen der Kuckucksuhr und erschrak über die Gespenster an der Wand. Ich hatte Gespenstergeschichten im einmal im Jahr erscheinenden Kalender gelesen, der hier auflag und die Zeitung ersetzte. Die Wasserflecken an der Wand verwandelten sich in schreckliche Figuren. Über der Holztreppe, die zu den Gemächern der Bauernfamilie Lerch hinunter führte und auf der ich die Schuhe zu putzen hatte, hing ein vergilbtes Bild von Dante und Beatrice. Meine Tante Emmeli, die die Laute spielte, verfügte über eine recht ansehnliche Bibliothek, deren Titel ich zu buchstabieren lernte: Balladenbuch, Werke Spittelers und Riccarda Huch's bleiben mir als Titel im Gedächtnis. Am meisten beeindruckten mich zwei Buchtitel: „Studenten, Liebe, Tscheka und Tod" sowie „Milchfrau in Ottakring". Darunter konnte ich mir nichts vorstellen. Es handelt sich bei diesen Büchern um Massenerfolge der Schriftstellerin Alja Rachmanowa. In ihrem letzten Wohnort im Kanton Thurgau sollen noch 200 Tagebücher verborgen sein. Rachmanowa habe die Schrecken in Lenin's und Stalin's Russland aus eigener Erfahrung beschrieben. Die Schilderung dieser Wahrheiten hat sie in Russland wie in Deutschland unmöglich gemacht. Die Schweiz habe ihr nach ihren Worten das Leben gerettet, doch soll sie auch bissige Kritik am menschlichen Verhalten unserer Landsleute geäussert haben. Tante Emmeli muss also eine Handarbeitslehrerin mit einem weiten geistigen Horizont gewesen sein.

Zur Erledigung menschlicher Bedürfnisse musste ich die Treppe hinuntersteigen und durch die Küche der Frau Lerch schreiten, in der es in den schwarzen Pfannen über der Feuerstelle brodelte, dann durch den Verbindungsgang zu Stall und Scheune. Dort befand sich der geheime Ort mit dem Brett und dem Loch darin. Unten schwammen die Exkremente und der Urin, die sich weiter weg im Stall mit den gleichen Produkten der Kühe vermengten. An der Stallwand hing die Peitsche, mit der der Bauer seinem Verdingbuben Ernst den Meister zeigte, nachdem er tüchtig in die Hände gespuckt und mich weggewiesen hatte.

Wie allen Männern war ich auch diesem Landwirt mit der Anrede „Herr Lerch" begegnet, die man mir beigebracht hatte. „Nichts da, der Herr ist im Himmel!" fuhr er mich an. Aber als „Lerch" getraute ich mich nicht, ihn anzureden, und so redete ich ihn eben überhaupt nicht mehr an, wenn ich mit dem von der Kuh gezogenen Fuhrwerk zum Grasen mitfahren durfte.

Sein Verdingbub Ernst war mein Freund. Verdingbuben waren Waisen oder uneheliche Kinder, die man Bauern zur Erziehung anvertraute. Sie waren aber vor allem billige Hilfskräfte. Ernst hatte mir einmal die Hosen gereinigt, nachdem mir bei einem meiner ersten Besuche ein kleiner, stinkender Unfall passiert war. Doch die Grossmutter merkte es doch und steckte mich zur Strafe ohne Nachtessen ins Bett.

Mit Ernst ging ich zum Mausen. Er erhielt von der Gemeinde einen Rappen für jede Maus, die sich in seine Fallen verirrte. Und nachdem er meinen Bankier-Onkel mit dem dunklen Kleid und der Uhrenkette über dem Gilet gesehen hatte, sagte er mir ehrfürchtig, dieser Mann sei nun aber wirklich ein „Heer". Die soziale Ordnung spielte also reibungslos. Als Bankbeamter war man oben. Mit dem Postbeamten war es anders. Der Postsepp von Kienberg hatte sein Büro im Bauernhaus im oberen Dorf. An der Wand hing das

Jacques Ittensohn

Bild des Papstes Leo. Mein Pflegevater stieg über den Bach und die Wiese zum Sepp hinauf, um in den Ferien seine Neue Zürcher Zeitung zu behändigen.

Ein Vetter meiner Grossmutter gab jeweils beim Postsepp das Riesenpaket auf, in dem er uns die Würste und Fleischstücke nach dem Schlachttage seiner Schweine bescherte. Von Tiefkühlung war damals noch keine Rede. Wir hatten auch keinen Kühlschrank. All diese Herrlichkeit wurde ohne Risiken im Küchenkasten aufbewahrt.

Die Reise nach Kienberg mit der Grossmutter führte mit der Eisenbahn nach Frick oder nach Gelterkinden. In Frick erwartete uns der Kienberger Milchmann mit seinem Auto. In allen Wirtschaften auf dem Wege dorthin kehrte dieser Milchmann ein, bevor er uns wohlbehalten bei meiner Grosstante ablieferte. Ging die Reise über Gelterkinden, so bestiegen wir in diesem Ort das Postauto. Das Horn dieses Postautos ertönte gleich wie die früheren Hörner der Postkutschen. Von Zeit zu Zeit wurde auch ein Warnsignal verwendet, das den Ton der Peitsche nachahmte. Ich erinnere mich daran, wie in diesen Dreissiger Jahren erstmals die Lastwagen von Duttweiler's Migros zwischen den Dörfern auftauchten. Es handelte sich um fahrende Detailläden, die mit Rolläden geöffnet werden konnten. Von weither kamen die Bauernfrauen zu Fuss, um die billigen Waren einzukaufen. Die Läden in den Dörfern hatten das Nachsehen.

Ostern war in Kienberg ein wichtiges Fest. Einer meiner Freunde anvertraute mir, die Glocken flögen in der Nacht vom Donnerstag auf den traurigen Karfreitag aus dem Kirchturm nach Rom. Der Pfarrer sei in Rom gewesen und könne dies bezeugen. Deshalb stand in diesen Tagen vor der Kirche ein Lärminstrument aus Holz mit einer Kurbel. Der Lärm dieser „Rätsche" ersetzte das Glockengeläut.

Neben dem Haus, in dem die Grosstante mit ihrer Tochter wohnte, befand sich die Gipsmühle. Sie gehörte dem wichtigsten Bewohner des Dörfchens, der den dort weitverbreiteten Namen Rippstein trug. Etwas weiter unten am Weg lagen noch die Fundamente der grossen Gipsmühle vom Ende des letzten Jahrhunderts mit den übrigbleibenden Säulenresten der Seilbahn, die in den Steinbruch geführt hatte. Herr Rippstein besass das schönste Haus der Gegend und war mit seiner Schirmmütze eine eindrückliche Figur. In den 80er Jahren hat mich dieses Dörfchen wieder für einen Besuch angezogen. Ich besuchte das alte Wirtshaus zum „Rössli" und fand dort eine Tischdekoration aus Stein, die „König Rippstein" gewidmet war. Da hatten wohl in meiner Kinderzeit rauschende Feste stattgefunden.

Mit einem der Rippstein-Söhne versuchte ich, Drachen aufsteigen zu lassen. Doch meine ungeschickten Drachen stiegen nie. Es war auch ein Vierteljahrhundert später nicht anders, als ich für meine kleine Tochter Drachen bauen wollte. Ich war nicht geschickter geworden.

Mein zweiter Ferienort war Arbon: ich durfte bei dem Onkel, der ein verunglückter Kienberger Müllersohn war, einige Wochen verbringen. „Arbon liegt am Bodensee, und wer's nicht glaubt, komm' selbst und seh'", hiess es auf einer Ansichtskarte. Im Hafen Arbons wäre ich einmal bei einer vom Bootsvermieter Zells gestifteten Freifahrt beim Aussteigen fast ertrunken, wenn er mich nicht rechtzeitig herausgefischt hätte. Tropfnass schritt ich über die sauber gewichsten Parkettböden meiner Tante Anna, wie der arme Bub mit den pechverschmierten Füssen von Stifter's Geschichte „Granit" im Buche „Bunte Steine". Allerdings war Tante Anna weniger erbost als die Mutter des Pechvogels. Ja, wenn ich nur wie Stifter die Natur beschreiben könnte und die „kleinen Dinge" des Menschenlebens.

Neben diesen Ferien erinnere ich mich an interessante Begebnisse auf Ausflügen. Grossvater und Grossmutter hatten in den guten Zeiten vor der Jahrhundertwende, wie es sich gehörte, eine treue Dienstmagd, die Ernestine. „Stineli" war ihr Rufname. Sie hatte einen Spanier, den Vinzenz, geheiratet, der in der Gründungszeit der vielen „Bodegas" in der Schweiz ein derartiges Lokal in Richterswil am Zürichsee eröffnete. Nach der spannenden Eisenbahnfahrt durfte ich jeweil zum schnauzbärtigen, stets gutgelaunten Vinzenz in den Weinkeller mit den wohlschmeckenden Rioja-Fässern. Die Wirtschaft mit ihrem Warenaufzug von der Küche in die Gaststube hinunter war das Reich lärmender, rauchender Bauern und Gewerbetreibender. Es war ein Schrecken, als ich zum erstenmal einen Rauschmann aus der Türe torkeln sah. „Da könne man nun wirklich

Jacques Ittensohn

nicht viel machen" meinte Stineli. Die religiösen Überzeugungen meiner Pflegeeltern wurden dadurch nicht beeinträchtigt. „Das ist ein Irrtum", sprach die Tante Marie. Alles was nicht ins Konzept passte, war „Irrtum".

Mein Pflegevater sei einmal mit Vinzenz und anderen Verwandten auf den Berg hinter Richterswil gestiegen, um Pilze zu sammeln. Im Walde angelangt, freute sich Fritz auf die Pilze. Doch vorerst war der Durst mit den Rioja-Flaschen zu löschen. Das Duo ging ein Stück weiter. „Wann suchen wir jetzt die Pilze?" erkundigte sich Fritz. „Zuerst wollen wir jetzt Zumittag essen!". Nach dem Mittagessen die ewig gleiche Frage. „Nein, jetzt sind wir müde und legen uns nieder zum Mittagsschlaf". Nach dem Mittagsschlaf geschah wiederum nichts. Glücklich gingen die Beiden nach Hause. Fritz konnte eine solche Einstellung nicht begreifen.

Neben den Ferien und den Ausflügen kam aber der graue Alltag. Im Kindergarten zog mich die Kindergärtnerin, Tante Minna, wacker an den Ohren, die deshalb noch heute vom Kopfe abstehen.

An meinem ersten „richtigen" Schultage im Frühjahr 1933 hatte mich mein Pflegevater vor der Bank an der Hand der Pflegemutter abgeknipst. Im Hintergrund der Photographie war das Schaufenster seiner Bankfiliale mit der Aufschrift „Wir gewähren Vorschüsse" zu sehen. Der neben James Joyce wohl grösste Schriftsteller unseres Jahrhunderts, Louis-Ferdinand Céline, der leider den Stempel des Antisemisten und Naziverehrers trägt, schrieb seine stark romanhaft ausgeschmückte Lebensgeschichte unter dem Titel „Tod auf Kredit". Bei mir könnte es also wohl heissen „Leben auf Vorschuss".

Mein erster Lehrer mit seinem Barte war neben mir der einzige Mensch, der eine schwarze Pellerine mit Kapuze trug, was mich allerdings nicht mit meinem Kapuzinerschicksal versöhnte. Und schon mit neun Jahren, also 1935, wurde ein von mir geschriebener Satz in der Neuen Zürcher Zeitung abgedruckt. Dieser Lehrer hatte seinen Drittklässlern das Aufsatz-Thema „Sterben" gestellt, und die Zeitung, die auch von Zeit zu Zeit seine Gedichte druckte, hatte seinen Essay über diesen Versuch publiziert. Und darin hiess es, der kleine Philosoph Köbeli habe geschrieben, das Leben sei nur eine Vorschule auf ein höheres Dasein. Dass dieses Zitat wörtlich aus dem Lehrbuch der Christlichen Wissenschaft stammte, konnte der Lehrer natürlich nicht wissen - aber irgendwoher musste ich schliesslich meine Weisheit haben. In meinen späteren Artikeln über Wirtschafts- und Finanzprobleme schrieb ich ja auch meist irgendwo ab.

Die ersten drei Schuljahre sass ich neben dem jüdischen Zahnarztssohn Walter. Er erzählte mir damals, also 1934, eine Geschichte, die ich später nie mehr vernommen habe. Hitler sei jüdischer Abstammung gewesen. Seine Familie seien die Hütler gewesen, die man so nannte, weil sie wegen ihrer speziell geformten Hüte auffielen. Ich liess mich gerne von Walter und später auch von anderen jüdischen Schulfreunden einladen. In diesen Haushaltungen gab es bereits den Luxus der Kühlschränke und immer fand sich darin irgendeine mir unbekannte Speise, die mir besonders schmeckte. Von Antisemitismus also keine Spur - eher von Anbiederung an ein fremdes, geheimnisvolles, meist auch vermöglicheres Milieu. Den lange ersehnten Besuch in einer Synagoge getraute ich mir, wohl wegen unbestimmter Hemmungen, erst in meiner zweiten Lebenshälfte.

Allerdings muss ich nun hier doch ein sehr peinliches Geständnis ablegen. Mein Pflegevater Fritz trug den hier erstmals erwähnten Namen Maeder (ae nicht ä - das war aus mir unbekannten Gründen wichtig). Er fand aus schon bei der Geschichte meines Grossvaters erwähnten Gründen meinen Namen Ittensohn als semitisch und deshalb im Falle einer nördlichen Invasion gefährlich. Dabei habe ich durch eigene Recherchen in der Zürcher Zentralbibliothek später festgestellt, dass dieser Name im oberen Rheintal in meinem Heimatorte St.Margrethen seit Jahrhunderten heimisch ist. Er war gar keltischen Ursprunges. Der erste Weinbauer dieses Namens, von dem ein Wappen besteht, hiess Uli Itasun - also keltisch „Sohn der Sonne". Aber das wusste mein Pflegevater nicht. Und er meinte es ja nur gut mit mir, als er davon sprach, mich mit seinem Geschlechtsnamen auszustatten. Ich habe sogar die neue Unterschrift in schwungvollem Stile geübt. Aber dieses Projekt der Namensänderung wurde wohl wegen der nicht unbeträchtlichen Kosten schliesslich glücklicherweise fallen gelassen. Und dann hat es auch das

Jacques Ittensohn

Schicksal mit unserem Lande besser gemeint, als es mein Pflegevater vermutet hatte.

In die ersten drei Schuljahre fällt die schreckliche Episode mit dem Tintenfass. Wir lernten noch schreiben mit den spitzen Federn, die in die Tinte getunkt werden mussten. Das Tintenfässlein befand sich in einem viereckigen Blechbehälter, der oben in den Schulbank eingelassen war. Ich vergnügte mich nun mit meinem Banknachbar Walter damit, diesen Blechbehälter mit dem Finger hinaufzustossen. Und plötzlich fiel das Tintenfass heraus, und die Tinte ergoss sich über die ganze Bank. Meine Pflegemutter musste mit mir an einem Abend in das Schulzimmer und es war ihre Aufgabe, die Schulbank reinzufegen. Sie tat dies, ohne mich auszuschimpfen oder zu bestrafen. Ein einziges Mal raffte sie sich dann zu einer körperlichen Strafe auf. Ich hatte im riesigen Korridor unserer Wohnung mit dem Spazierstock des Onkels Schlagball geübt. Dabei schlug ich statt des Balls das mit eingeritzten Blumen verzierte Glasfenster der Eingangstüre der Wohnung. Sie nahm mir den Stock aus der Hand und schlug mich auf Hinterteil und Beine. Ich simulierte Schrecken und grossen Schmerz und verkroch mich schlotternd in mein Bett. Als der Pflegevater in die Wohnung hinaufkam, machte er ihr auf Französisch Vorwürfe, wie ich erraten konnte. Das war meine Rache.

Ach und da waren auch die unschuldigen, dummen Streiche! Mit meinen Klassenkameraden rannten wir durch die Strassen und läuteten an den Glocken, um die Leute unnötigerweise auf die Strasse hinunter zu locken. Dies geschah eines Tages auch in unserer Strasse und ausgerechnet an der Glocke der Bankfiliale, deren Verwalter am Schaufenster stand. „Wie kann man nur so dumm sein, am eigenen Haus zu läuten!" war die beleidigende Schelte meines Pflegevaters. Schlimmere Folgen hatte das Spiel mit einem Freund, als wir Papierschiffchen in der Küche herumschwimmen liessen, die wir überschwemmt hatten. Der Pflegevater sah in seiner Filiale das Wasser von seiner schönen Gipsdecke heruntertröpfeln. Aber zu einer Bestrafung kam es nicht.

Ein Vergehen der Mittwochabende, an denen die Pflegeeltern in ihrer Kirche an den Zeugnis-Gottesdiensten teilnahmen, habe ich mir im späteren Leben nie zuzugeben getraut. Aus mir unbegreiflichen Gründen stieg ich auf der Rückseite unseres Hauses über das Bankgitter hinunter, um in unserem Quartier herumzuspazieren. Und ich trieb die Frechheit sogar so weit, an der Vorderseite des Hauses die Haustüre offenzulassen, die auch zur Bank führte. So erfreute ich mich einer Stunde verbotener Freiheit.

An solchen Abenden machte ich mich auch streng verbotenerweise über den Grammophon und tanzte zu den Melodien der von Casals gespielten Bach-Toccata, dem von Fritz Kreisler dargebotenen Presto des Beethoven-Violinkonzertes oder der „Pièce Héroique" von César Franck, mit der Dupré auf der Orgel brillierte.

Und eines Morgens des Jahres 1935 roch es in der ganzen Wohnung nach feuchten Tulpen und Rosen. Meine Grossmutter war erkrankt und lag im grossen Zimmer, in das man ihr Bett gebracht hatte. Sie hatte sich erkältet, als unsere Ofenheizungen durch Zentralheizung ersetzt wurden. Ich hatte in dem schwarzen Blechbehälter, auf dem eine Rose gemalt war, jeweils die Kohlen und die Briketts aus dem Keller herauf schleppen müssen. An diesem Morgen setzten sich meine Pflegeeltern in ungewohnt feierlicher Weise zu mir ins Schlafzimmer und eröffneten mir, dass meine Grossmutter „weitergegangen" sei. Ich war eher verstört und verstand, dass man von mir erwartete, ich sollte nun wohl weinen. Ich weiss nicht mehr, ob ich das auch richtig fertigbrachte. Ich hielt es wohl schon damals mit dem Tode wie Chateaubriand, der im letzten Jahrhundert in seinen „Mémoires d'Outre-Tombe" geschrieben hat: „La mort est belle, elle est notre amie: néanmoins, nous ne la reconnaissons pas, parce qu'elle se présente à nous masquée et que son masque nous épouvante." - Der Tod ist schön, er ist unser Freund: doch wir erkennen ihn nicht, weil er sich uns unter einer Maske zeigt, und uns diese Maske erschreckt -.Oder meine Gedanken waren unbewussterweise vom begnadeten Poeten Pierre de Ronsard beeinflusst, der im 16. Jahrhundert seinem „Hymne de la mort" den folgenden Gruss beifügt:

„ . . . Je te salue, heureuse et profitable mort
    des extrêmes douleurs médecin et confort . . ."

Jacques Ittensohn

„ . . .Gegrüsst seist Du, oh Tod, Du spendest Glück und Segen,

äussersten Schmerzes bist Du Arzt und Trost . . ."

Ein Freund, der diese Memoiren als einer der ersten liest, hat mir empfohlen, den Stil von Adalbert Stifter zu studieren, dessen Werke ich bisher nicht kannte. Ein Satz Stifter's, der mit dem von ihm begründeten „sanften Gesetz" in den „Bunten Steinen" zusammenhängt, bringt meine heutigen Gefühle zu diesem Todesfall zum Ausdruck: „Ein ganzes Leben voll Gerechtigkeit Einfachheit Bezwingung seiner selbst Verstandesgemässheit Wirksamkeit in seinem Kreise Bewunderung des Schönen verbunden mit einem heiteren Sterben halte ich für gross . . ." Vielleicht kann das Leben in dem Kreise, in dem ich meine Jugend verbringen durfte, durch diese Worte gekennzeichnet werden. In sehr eigenwilliger Art setzt Stifter in seinen Erzählungen die Satzzeichen.

Ich erfuhr, dass meine Grossmutter vor ihrem Tode unsere Wäscherin und Putzfrau gebeten hatte, ein Auge auf mich zu haben und besorgt für mich zu sein. Traute sie ihrer Tochter und ihrem Schwiegersohne nicht ganz? Was hätte denn diese arme Wäscherin auch für mich tun sollen?

Und nun also war auf dem Friedhof Nordheim neben jenem des Grossvaters ein Grab mehr, dem unsere vierzehntäglichen Spaziergänge mit der Andacht für die Verstorbenen galten. Dazwischen fanden jeweils die Spaziergänge auf den Zürich- oder den Ütliberg statt. Diese gutbürgerlichen Sonntagsspaziergänge gehörten zu den Qualen nach der Sonntagsschule. Allerdings konnte der Genuss eines Mittagessens in einem Restaurant solche Tage versüssen. Da bestellte man zwei Portionen und für mich ein Gedeck extra, das mit einem zusätzlichen Franken verrechnet wurde.

In den ersten Jahren hatte mich meine Grossmutter - wie man mir erzählte - „aufpäppeln" müssen. Es schien keineswegs festzustehen, dass ich die Kleinkinderzeit überlebte. Offensichtlich halfen hier auch die Heilungskünste unserer Religion nicht weiter. Obschon es eigentlich der Philosophie der Familie widersprach, musste für mich ärztliche Hilfe beigezogen werden. Bei einer Fräulein Doktor - weit weg am anderen Ende der Stadt - also nach einem tüchtigen Fussmarsch, kam ich unter die künstliche Höhensonne. Ich durfte mich auch wohl zur Stärkung meiner Nerven mit Wasserfarben vergnügen und mit den Händen ohne Zuhilfenahme eines Pinsels Gestalten malen. Lebertran und Vitamintabletten gehörten zur täglichen Kost. Auf ärztlichen Rat wurde mir am Mittag und am Abend das Spielen auf der Strasse verordnet. Das geschah mit meinen Freunden, den Zwillingen Hans und Peter Rüttimann. Ihr Vater war bei der Stadtgärtnerei beschäftigt. Mit ihren zwei Brüdern und der Schwester lebten diese streng katholisch erzogenen Buben in einem Häuschen, hinter dem der Vater das Holz spaltete und die Mutter den Gemüsegarten pflegte. Mit Hans habe ich die Schulbänke bis zur Sekundarschule gedrückt, Peter schaffte die Sekundarschule nicht und wurde eben ein Siebentklässler der Primarschule. Die Unbarmherzigkeit der Kinder schuf hier bereits eine strikte Klassentrennung zu den weniger Gescheiten. Früh mussten diese Buben zum Haushalt ihren Beitrag leisten. Auf ihren Velos brachten sie die Pläne der Architekten in die Lichtpausanstalten.

Für mich wurde dann die Pfadfinderei als eine gute Entwicklungshilfe befunden, in der mein Vetter Rolf, eine wichtige Stellung einnahm. Er war wohl etwa fünf Jahre älter als ich. Seine Mutter war eine verwitwete Schwester meines Pflegevaters, und sie sparte sich jeden Rappen am Munde ab, um diesem Sohne auf einer Privatschule eine Matura zu ermöglichen. Er schrieb für die Pfadfinderei Theaterstücke und brachte von Zeit zu Zeit in der Neuen Zürcher Zeitung für den Redaktor Edwin Arnet einen Artikel unter. Aber zu einer notwendigen Hochschulbildung als Voraussetzung für eine journalistische Tätigkeit reichten seine Fähigkeiten nicht aus.

Rolf beeindruckte mich mit den Schilderungen seiner Militärerlebnisse in der Festung Airolo, wo ich später meine eigene schwierige militärische Ausbildung erhielt. Er war auch der erste Mann, der mir ein sexuelles Erlebnis erzählte. Er hatte dort in Airolo ein Mädchen entjungfert. Das sei gar keine besonders lustige, viel eher eine blutige Sache gewesen. Seine wahre Liebe galt jedoch einer jungen Frau, mit der sich auch sein bester Freund aus der Pfadfinderei abgab. Diese Freundschaft ging in die Brüche, weil dieser

Jacques Ittensohn

Freund für Rolf's heimliche Geliebte das Wort „Apparätchen" gebrauchte. Meine Freundschaft zu Rolf endete mit einer Moralpredigt, die er mir in einem Brief aus Amerika hielt, weil ich ihm von einem Abenteuer berichtet hatte, das ihm unschicklich erschien.

Nach einer schwierigen Arbeits- und Ausbeutungsperiode bei einem Kirchenmitglied und Spinnereibesitzer kam Rolf auf Umwegen in die amerikanische Armee. Er war bei den Kriegsverbrecherprozessen in Nürnberg als Übersetzer beschäftigt, bevor er in Boston bei unserer Kirche ein kümmerliches Auskommen fand. Bei seiner Erkrankung wurden keine Ärzte beigezogen. Ich bedaure sehr seinen frühen „Heimgang" im Anfang der 50er Jahre. Ob Ärzte sein Leben hätten verlängern können? Zu dieser Frage will ich mich nicht äussern.

Meine Abenteuer in einer Pfadfindergruppe waren der erste Vorgeschmack harter Zeiten! Ich erinnere mich an ein Pfingstlager mit einem Gewaltsmarsch an den Greifensee. Die Führer waren eben aus der Rekrutenschule zurückgekehrt und probierten an uns Kleinen die preussischen Methoden aus, die man an ihnen praktiziert hatte. Wir schliefen in Zelten. Dieses Biwackieren hat für mich stets einen Albtraum gebildet. Am Abend am Lagerfeuer geriet ich allerdings dann in eine melancholisch-wohlige Stimmung bei dem Lied:

„Dass wir uns hier in diesem Tal

noch treffen so viel tausendmal

Gott mag es sche-e-nken - Gott mag es le-e-nken

er hat die Wahl"

Bei einem Tagesmarsch konnte ich wegen meiner schwächlichen Gestalt, dieser sogenannten „Nussgipfelpostur", nicht mitgehen. Ich sollte das Lager bewachen und stahl einem Kameraden aus seinem Sack ein paar gedörrte Früchte. Als sich dieser lauthals beschwerte, sagte ihm der Führer, er solle bitte das Maul halten. Aber es kam noch schlimmer. Für das Fest des Nationalfeiertages verkauften wir Pfadfinder in den Haushaltungen Briefmarken und Karten.

Leider stimmte meine Kasse nicht. Es war ein Manko vorhanden. Eine hochnotpeinliche Unterredung der Pfadfinderführer im Büro meines Pflegevaters wurde veranstaltet. Der Herr Bankverwalter rief mich herunter und fragte mich, ob ich das Geld gestohlen habe, was ich wahrheitsgemäss bestritt. Der Diebstahl der gedörrten Früchte lag mir wohl noch zu stark in den Knochen. Das Thema war für ihn erledigt, aber meine Pfadfinderei glücklicherweise auch. Er hat wohl auch das Manko berappen müssen. Das war meine erste Erfahrung mit den verfluchten Geldgeschäften.

Ein Erlebnis aus dieser Zeit um 1932 bleibt mir in eigenartiger Erinnerung. Am Samstagnachmittag fanden unsere Pfadfinderübungen statt, und auf dem Heimweg an einem dieser Samstage redete mich auf dem Trottoir der Universitätsstrasse ein netter Herr an, der wohl etwa in den 40er Jahren stand. Mit freundlichem Lächeln erklärte er mir, wie schön es doch wäre, wenn wir zwei einmal im Walde des Ütliberges kleine Spielchen betreiben würden, die er mir beschrieb. Er fragte mich, ob wir bei unseren Übungen in unseren gefälligen Uniformen auch Mädchen mit uns hätten. Da könnte man doch so allerhand Lustiges anstellen. Ich verhielt mich sehr freundlich und kooperativ. Wir verabredeten uns auf einen schulfreien Mittwochnachmittag. Dass ich diese Verabredung gerne vergass, dürfte wohl klar sein. Ich habe aber niemandem von diesem Vorfall erzählt. Der freundliche Mann tat mir leid. Ich hätte ihm nicht Unannehmlichkeiten bereiten wollen. Bei den alten Griechen soll die Knabenliebe zum Alltäglichen und Erlaubten gehört haben. Tempora mutantur - die Zeiten ändern sich.

Des Pfadfinderführers Rolf's Mutter - meine zweite Tante Marie - hatte in ihrer Wohnung am Bleicherweg ein Klavier stehen, das niemanden interessierte - ausser mich. Sie hätte dieses Instrument gerne meinen Pflegeeltern für mich verkauft. Doch für solchen Luxus war kein Geld vorhanden. Da stand doch auf dem Estrich noch eine alte Zither, auf der mein Vater das schöne Lied „Ännchen von Tharau" gespielt hatte. „Ännchen von Tharau" war eine Operette von Heinrich Strecker, über die es in Piper's Enzyklopädie des Musiktheaters heisst: „Das Libretto huldigt einer verhängnisvollen ideologischen Formel, in der vaterländische Disziplin und männerbündische Freundschaft als unabdingbare Voraussetzung für das

Jacques Ittensohn

Glück dargestellt werden." Was soll denn daran verhängnisvoll sein, Herr Piper? War nicht das Glück meines Bankieronkels und der ganzen Bürgerschaft seiner und wohl später auch meiner Generation auf diese Werte abgestellt? Mer wei nit grüblä (Wir wollen nicht grübeln) . . ., sagt der Berner. Kurz, dieses verstaubte Saiteninstrument wurde heruntergeholt und gestimmt. Man meldete mich für Zitherstunden bei dem Tschechen Herrn Smetak an, der auch Violinunterricht gab und die Violine beim Spielen nicht unter das Kinn klemmte, sondern auf den Knien liegen hatte. Die Zither war für mich ein Grauen. Alles Weinen half nichts. Ich musste „zithern". Der weisshaarige Herr Smetak hatte jedesmal Wutanfälle, weil ich die Notennamen der Saiten nicht auswendig lernen wollte und mich überhaupt nicht anstrengte. Da kam mir eine Warze zuhilfe, die sich auf einem der saitenrupfenden Finger gebildet hatte. Die Qual fand ihr Ende.

Neben der traditionellen, unser Heimatgefühl aufbauen sollenden Tell-Vorstellung gab es nun auch Schülerkonzerte des Tonhalleorchesters. Der Lehrer erklärte uns die Instrumente. Neben dem eindrucksvollen „Pacific", der wie ein Bachpräludium konstruierten Lokomotivthema-Suite von Arthur Honegger, verzückte und begeisterte mich ein Satz eines Violinkonzertes von Mozart. Ich wollte dem Geiger de Boër einen Brief schreiben, getraute mich aber leider nicht.

Einer meiner älteren Sonntagsschulkameraden, Armin, wählte die Sekundarlehrerlaufbahn und bildete sich als Klavier- und Orgelvirtuose aus. Oft spielte er mir die Waldsteinsonate und „Lieder ohne Worte" Mendelsohn's vor, und wir sangen zusammen Schubert- und Beethovenlieder. In seiner Zeit als Sekundarlehrer erfuhr dieser Beruf eine Entwertung. Er begann zu trinken, frass sich einen schrecklichen Schmärbauch an, für den er ein Gestell brauchte, und starb in einem namenlosen Elend.

In die Primarschulzeit fällt meine erste Tätigkeit, mit der ich Geld verdienen konnte. Im unteren Teil unserer Universitätsstrasse befand sich ein Blumengeschäft. Hier wurde ich an den schulfreien Mittwoch- und Samstagnachmittagen und in der Ferienzeit ein stolzer Ausläufer. Auch Blumen begiessen durfte ich von Zeit zu Zeit. Wenn im Quartier ein Begräbnis stattfand, nahm ich mit einem Kranz, einem Sargkissen oder einem Blumenstrauss einen oft recht weiten Weg unter die Füsse. Oftmals mag auch ein begüterter Liebhaber seiner Mätresse Rosen verehrt haben; eine derartige Bestimmung meiner Lieferungen hätte ich allerdings in diesen Jahren nicht verstehen können. Mein Verdienst bestand aus einem wenige Franken ausmachenden Lohn, den mir die Ladeninhaberin überreichte. Der wesentliche Teil jedoch waren die Trinkgelder. Ich machte hier eine wichtige Erfahrung. Wenn ich in einem Quartier, in dem begüterte Leute wohnten, eine Villa betrat und mein Blumengebinde ablieferte, erhielt ich entweder überhaupt nichts oder ein paar Rappen. Allerdings hatte ich es hier auch meist mit den Bedienten zu tun. Trat ich dagegen in eine einfache Wohnung, in der schwarz gekleidete Arbeiterleute trauerten und weinten, so wurde mir oft ein Trinkgeld im Betrag von einem oder mehreren Franken überreicht.

Ein Merkmal des Köbeli waren die weit herausstehenden Zähne. Von Langweile geplagt sass ich vor unserer Haustüre. Ich schob ein Metallplättchen zwischen die beiden mittleren Zähne der oberen Reihe und vergnügte mich damit, diese Zähne auseinander zu pressen. Vielleicht führte diese Art masochistischer Selbstbefriedigung zu der anormalen Zahnstellung. Es folgten unzählige in der zahnärztlichen Poliklinik verbrachte Stunden. Dieses Gebäude, ein früheres Herrschaftshaus, befand sich gegenüber der Handelsschule, in der ich in späteren Jahren zum fleissigen Bankangestellten ausgebildet werden sollte. Man spannte mir einen Apparat zwischen die Zähne, und Woche für Woche wurde dieser Apparat neu angepasst. Studenten und Assistenten verdienten ihre Sporen an dieser Arbeit. Ich erinnere mich, dass eines Tages der Professor eintrat. Die „Unordnung" in der Glasplatte vor meinem Sessel, in der die Geräte des Studenten lagen, regte ihn auf. Mit einem Fluch schlug er mit der Faust unter diese Platte, dass die Geräte in alle Richtungen auseinanderflogen. Sogar bei einem Examen war ich dabei. Zwei Professoren stellten dem Studenten, der sich mit mir beschäftigte, ihre Fragen. „Ja, und dieser Gelehrte der Zahnheilkunde hat sich dann an einer aristokratischen Patientin vergriffen. Das war eine schöne Geschichte", liess sich einer der Professoren mit ironischem Lachen zwischen den Fragen vernehmen, die diesem Gelehrten galten.

Jacques Ittensohn

Mein zweiter Lehrer in der 1936 einsetzenden 4. Klasse war ein Zunftbruder meines Pflegevaters. Ich hatte also Interesse mich gut zu verhalten, weil ich sonst das Gesprächsthema eines Zunftabends geworden wäre. Dieser Lehrer hatte im Leben Pech gehabt. Seiner Gemahlin hatte er Gesangsstudien finanziert. Schliesslich verliess sie ihn mit irgendeinem Musiker und liess ihn mit seiner Tochter Marteli allein. Er war ein begeisterter Hobby-Uhrmacher. An den Wänden seines ganzen kleinen Hauses an der Röslistrasse hingen Uhren aus den verschiedensten Zeitaltern. Das ist wieder eine Erinnerung an das Nussknackerballett mit dem vom genialen E.T.H Hoffmann erfundenen Paten Drosselmeier. Mein Pflegevater hat ihm eine schöne, aus Horgen stammende Pendüle mit der Jahrzahl 1855 abgekauft, die heute noch getreulich fast anderthalb Jahrhunderte später in meiner Wohnung am Lac Léman die Zeit anzeigt. Ich muss sie allwöchentlich aufziehen. Im Roman Tristram Shandy von Laurence Sterne oblag diese Aufgabe dem Vater allmonatlich. Die Mutter sagte dann: „Did you not forget to wind up the clock?" - „Hast Du nicht vergessen, die Uhr aufzuziehen?" - damit erinnerte sie ihn auch an andere eheliche Pflichten. Tristram Shandy konnte auf Grund dieser Tatsache den Tag seiner Zeugung genau berechnen.

Bei diesem Primarlehrer hing neben der Wandtafel der Murer'sche Stadtplan der Stadt Zürich aus dem Jahre 1576, dessen Einzelheiten er uns liebevoll erklärte und auch bei Exkursionen durch die Stadt mit dem neuen Erscheinungsbilde verglich. Erst 60 Jahre später konnte ich mir eine Abbildung dieses Planes in einem neuerschienen Buche „Zürich im Zeitraffer" verschaffen. So weit können Eindrücke aus der frühen Schulzeit wirken.

In die Vorkriegs-Jahre bei diesem Lehrer fällt meine Entdeckung der Schönheit der Poesie und des Schauspiels. Wir führten jeweils am Schulsylvester, dem letzten Schultag des Jahres, kleine Schwänke auf, in denen ich die Hauptrollen spielte. In meinen früheren Lebensjahren hatte ich immer den Wunsch geäussert, wie mein Onkel Bankverwalter zu werden. Bei diesem Lehrer nun hatte ich mit 12 Jahren einen Aufsatz zu schreiben unter dem Titel „Schuster bleib' bei Deinem Leisten". In diesem Aufsatz verdammte ich die bürgerliche Welt meines Onkels und der Bank und bekannte mich zu meinem innigen, neugeborenen Wunsche, Schauspieler zu werden. Ich wollte also nicht bei dem mir zugedachten Leisten bleiben. Dieser Wunsch steigerte sich in eine heisse Leidenschaft. Ich hatte den Aufsatz bewusst auf den Tisch gelegt, damit er von meinem Onkel gelesen wurde. Eine ärgere Beleidigung hätte ich mir nicht ausdenken können. „Wenn Du Schauspieler wirst, so endest Du genau wie Dein Vater! Ich werde dafür sorgen, dass Du eine Banklehre abschliessest und damit Basta!" Solche Worte beeindruckten mich nicht im Geringsten.

In späteren Jahren widmete ich mich immer intensiver der Rezitation von Gedichten. Wie mir die Lust zum Beruf des Schauspielers verging, will ich schon hier erwähnen, obschon ich damit auf die Zukunft meiner Biographie vorgreife. Bei meinen vielen Theaterbesuchen stand ich einmal vor dem Programm des Schauspielhauses. Zu meinem Schrecken wurde mir bewusst, dass ich die gleiche Rolle an unzähligen Abenden wiederholen müsste. Ein derartiges Schicksal mit Ewig-Gleichem interessierte mich plötzlich nicht mehr. Und einmal schlich ich mich unter dem Vorwand, einen Vortrag über das Drehen eines Filmes machen zu müssen, für einen Nachmittag in das Filmstudio Rosenhof, wo mir bekannte Schauspieler vor der Kamera standen. Ein als Dialektschauspieler erfolgreicher Schweizer, Emil Hegetschweiler, hatte in diesem Film „Gespensterhaus" eine Rolle als Liegenschaftsverwalter zu spielen. Der von ihm zu sprechende Satz liegt mir noch heute in den Ohren:

„Wobei meiner Klientschaft ein Schaden von Franken 50'000 entstand, den als Faktum zu schlucken dieselbige keineswegs gesonnen ist!"

Diesen Satz brachte der arme Emil überhaupt nicht zum Gefallen des Regisseurs heraus, der ihn anschnauzte und ihn wohl ein dutzend Male wiederholen liess. Dazwischen platzte noch eine Birne. Die in meinen Träumen als Sex-Appeal-Figuren erscheinenden Schauspielerinnen strickten gleich wie meine Gross- und Pflegemutter.

Jacques Ittensohn

> „Frau Unglück hat im Gegenteile
>
> dich liebestark ans Herz gedrückt,
>
> sie sagt, sie habe keine Eile,
>
> setzt sich zu dir ans Bett und strickt."

sagte doch schon der klarsichtige Heinrich Heine. Kurz, ich konnte mich nun überhaupt nicht mehr in diesem schauspielerischen Umfelde vorstellen. Damit war der Traum zu Ende, und ich freute mich nur noch an Gedichten und wohlstrukturierten Sätzen aus Schauspielen.

Die Lehrer waren zu meiner Zeit noch ein privilegierter Berufsstand - von Professoren gar nicht zu reden. Sie standen in konventionellen Anzügen mit Hemd, gestärktem Kragen und Krawatte vor der Schulklasse Es war noch nicht die Mode der Blue Jeans und der lässigen Pullover. Eine wohlverdiente Ohrfeige oder ein Schlag mit dem Lineal auf die Fingerspitzen lagen durchaus in ihrer Kompetenz. Der Schulinspektor achtete darauf, dass Disziplin in den Klassen herrschte und dass die Lehrpläne erfüllt wurden.

In einer Gesangsstunde mit Singen des Kanons:

> „Lieber Frühling komm doch wieder,
>
> lieber Frühling komm doch bald.
>
> Bring uns Blumen, Laub und Flieder,
>
> schmücke wieder Feld und Wald.
>
> La-la-la, la-la-la, la-la-la, la-la-la-, . . .la-la-la"

lag eine verwaiste Zeichenmappe zwischen den Bänken. Wohl befanden sich darin die Darstellungen der farbigen Herbstblätter oder die Kleisterpapiere mit den schönen Mustern. Ich finde heute derartige Muster auf dem Bildschirm meines Personal Computers, bevor die zu beschreibende Seite erscheint. „Wem gehört diese Zeichnungsmappe?" fragte der Lehrer. Keine Antwort erfolgte auf diese Frage. Nun wurde einer der Schüler hingeschickt, um den Namen auf diesem Objekt festzustellen. Es war der meine. Da ich mich durch ein Lächeln über die Szene lustig machte, wurde mir eine Ohrfeige verabreicht, und ich musste mich zur Strafe vor die Schulzimmertür begeben.

Eines der Mädchen in dieser Klasse wurde von mir heiss angebetet. Es ging mir nie aus dem Kopf und aus den Träumen, doch habe ich mir nie getraut, es anzusprechen. Der Vater dieser Annemarie besass eine Carosseriefabrik. Nach einer Turnstunde waren wir Knaben und Mädchen in den getrennten Garderoberäumen mit dem Ankleiden beschäftigt. Einem der etwas aufgeweckteren Mitschüler, Jackie Moos, war meine Zuneigung zu Annemarie nicht versteckt geblieben. Er begann mich vor den anderen Kollegen zu necken. Wie von einer Wespe gestochen, fiel ich über ihn her, bis uns der Lehrer trennte. Wiederum steckte ich eine Ohrfeige ein und wurde vor die Türe geschickt. Es handelte sich wohl um das einzige Mal, dass ich mich in diesen Jahren zu Tätlichkeiten hinreissen liess. Dann geschah allerdings ein Wunder. Annemarie kam aus der Mädchengarderobe heraus und stellte sich neben mich. Worte wurden keine gesprochen.

Ich muss mich durch ein besonderes Phlegma ausgezeichnet haben. Mein Lehrer hängte mir die zärtlichen Übernamen „Sack" und „Teigmann" an, die mich während Jahren verfolgten. Eines Tages fand ein Schulausflug an einem Nachmittage statt. Wir waren bei der Seilbahn Rigiviertel verabredet. Die abgemachte Zeit lautete im Zürcher Dialekt „Viärtäl nåch äis", was ich als „Viertel nach Eins" interpretierte. Schwer schnaufend holten mich meine Freunde Rüttimann zuhause um ein Uhr ab. „Viärtäl nåch äis" bedeutete doch „Viertel vor Eins". Das wusste jedermann, ausser gerade mir. Damit war mein dritter Übername gefunden: „Viärtäl-nåch-äiser". Ich war der einzige in der Klasse, der mit solchen Übernamen beehrt wurde. Wahrscheinlich hätte ich stolz darauf sein müssen.

Jeden Herbst findet in Zürich das Knabenschiessen statt. Ein Chor wurde gebildet, der das für diesen Anlass vom Dichter Ernst Zahn, dem Wirt des Bahnhofbuffets Göschenen, gedichtete Lied „Chum Buäb und luäg dis Ländli aa!" singen durfte. Ich nahm an den Proben teil, die vom Gefreiten Schreiber, einem musischen Soldaten geleitet wurden. Schreiber hat im 2. Weltkrieg für das Schweizer Militär den Gesang als wichtige Freizeitbeschäftigung und Marschbegleitung gefördert. Mein Pflegevater hatte bei diesem Knabenschiessen eine Stellung in der Finanzverwaltung inne. Er hätte mich gerne als guten Schützen einen Preis erringen sehen. Doch leider befand man mich bei den ersten Versuchen als schiessuntauglich. Wieder habe ich damit meinem Erzieher wohl eine Enttäuschung bereitet.

Beim letzten Schulexamen der Primarschule im noch friedlichen und von der Schweizerischen Landesausstellung in Zürich bereicherten Frühjahr 1939 hatte der Inspektor meinen Lehrer gefragt, warum ich eigentlich nicht in das Gymnasium geschickt werde. Nur einer von den 30 Schülern hatte dieses Privileg. Er war der Sohn des Elektrizitätswerkdirektors. Für mich blieb die Frage unbeantwortet. Ich hatte damit nicht die Chance einer lateinischen, griechischen, mathematischen und naturwissenschaftlichen Bildung. Mein Pflegevater hatte sich einfach für mich den Bankberuf in den Kopf gesetzt, für den derartige Flausen wohl eher ein Hindernis gebildet hätten.

Hier gehört nun die Erinnerung an meinen gescheitesten Freund aus der Jugendzeit hin. Er ist vier Jahre älter als ich. Dieser Jüngling brillierte bereits im Gymnasium. Seine Mutter gehörte wie meine Pflegeeltern zum Kreise der Christlichen Wissenschaft. Der Sohn legte seiner Mutter ans Herz, meine Pflegeltern davon zu überzeugen, dass ich unbedingt ans Gymnasium gehöre. Natürlich hatte diese Intervention keinen Erfolg. Doch werde ich den Vorstoss dieses Freundes nie vergessen.

Dieser junge Mann hatte mich auch als einziger auf die Härten des Lebens vorbereitet. Im Strandbad tanzte er mit meiner zu Tode erschrockenen kleinen Person auf den Armen im Wasser in einer Tiefe herum, in der ich allein ertrunken wäre, wie später fast im Bodensee. Er hiess mich die Zunge auf die mittlere Schiene seiner Kindereisenbahn legen und setzte sie unter Strom. Einmal hielt er mir mit Kollegen die Nase zu und stopfte mir Zucker in den Mund, um einen Erstickungsversuch zu unternehmen. Er war Revolutionär und Hasser alles Konventionellen und las zum Schrecken aller Kollegen den verbotenen Nietzsche. Zudem spielte er das in „zivilisierten, bürgerlichen" Kreisen verpönte Saxophon. Wie er mir kürzlich anvertraute, tat er dies lediglich, um seine Umgebung zu ärgern. Und dieser unschuldige Hedonist führte mich auch in die sexuellen Geheimnisse ein. Über diese orientierte ich mich dann zuhause in Meyers Konversationslexikon Ausgabe 1880 weiter. Die Stichworte lauteten: Begattung, Befruchtung, Scheide, Onanie etc. Ohne eine derartige frühe Orientierung über die Härten und Freuden des Lebens, wäre ich vielleicht an den späteren Erfahrungen im Militär- und Berufsleben psychisch zugrunde gegangen.

Mit der „höheren" Bildung war es also nichts. Ich hatte die Aufschrift auf der Nordfassade der Eidgenössischen Hochschule bewundert, aber damals nicht verstanden: „Non fuerat nasci nisi ad has scientiae artes". („Besser wäre es für euch, nicht geboren zu werden, wenn ihr die Disziplinen der Wissenschaft euch nicht aneignet"). Danach steht der Satz: „Harum Palma Feretis". (Dem gebührt die Palme). Wer die wissenschaftlichen Diszipline verinnerlicht hat, verdient also das höchste Lob.

In diesem Sgraffito sind 18 vorbildliche Wissenschafter und Künstler aus Altertum und Mittelalter dargestellt. Als Beispiele seien aufgeführt: Aristoteles, Bernoulli, Dürrer, Gessner, Homer, Humboldt, Leonardo, Michelangelo, Newton, Perikles, Raffael, Watt. Das Gemälde war vom Architekten Gottfried Semper in Auftrag gegeben worden, der unter der strengen Anleitung des heutzutage als Monument am Bahnhofplatz thronenden König Alfred I. (Escher) stand. Alfred Escher soll sich in jedes Detail der Arbeit an „seinem" Polytechnikum eingemischt haben. Semper hatte wohl bei der Erstellung des Sgraffito das Beispiel Petrarca's im Auge gehabt. Dieser Dichter war sich bewusst, dass die Bildnisse berühmter Menschen schon im Altertum vornehme Geister entzündet hatten. Deshalb liess er für den Herrn von Padua, Francesco de Carrara, einen Freskenzyklus in dessen Palast erstellen, in dem Gestalten der Antike als Vorbilder dargestellt waren. An den Längswänden der „Sala dei Giganti" dieses Palastes waren die Figuren dieser antiken Helden abgebildet. Neben der Eingangstür sass auf einem Katheder Petrarca selbst. An der gegenüberliegenden Stirnwand thronte der regierende Herr von Padua, Francesco da Carrara. Der Lehrer und sein Zögling

Jacques Ittensohn

blickten sich in die Augen. Dabei handelt es sich gewiss um ein eindrückliches Leitbild für eine Lehranstalt, die auch den wesentlichen direkten Kontakt zwischen Lehrenden und Lernenden vorführt. Diese enge Beziehung bestand zwischen den zur Herrschaft Auserkorenen und ihren Lehrmeistern. Neben Petrarca gehörten zu solchen Erziehern später Erasmus von Rotterdam und im letzten Jahrhundert der junge Hegel und Hölderlin. Vielleicht mag ein solcher Dialog in meiner Jugendzeit noch möglich gewesen sein, als das Studium 10% der Jungen einer Generation möglich war. Ob unter den Verhältnissen unserer Wende zum 21. Jahrhundert, wenn 30% einer Generation studieren, der Student noch den direkten Einfluss seiner Lehrer verspürt, ist eine offene Frage. Wir haben das Studium demokratisiert und wollen wohl keine zur Herrschaft bestimmten Eliten mehr ausbilden. In einem Seminar beklagte sich kürzlich ein Professor, er sehe vor sich nicht mehr die Gesichter seiner Studentinnen und Studenten, sondern die Rückseite der von ihnen verwendeten Computer.

Es ist auch keineswegs erstaunlich, dass es über die Worte des Semper-Sgraffitos im letzten Jahrhundert zu erregten Diskussionen in meiner Heimatstadt gekommen war. Ich glaube tatsächlich, dass es eine Bereicherung ist, wenn ein Mensch die Lehren der auf diesem Sgraffito abgebildeten Wissenschafter und Künstler in den dort aufgeführten Disziplinen kennenlernt. Doch Bildung ist das Privileg einer Elite. Ich bin dem Lehrer dankbar, der mir sagte, es komme nur darauf an, immer neugierig zu bleiben - vielleicht ist dies der Stoff, durch den sich „Eliten" auszeichnen.

Für mich folgten auf die sechs Primarschuljahre zwei Sekundarschuljahre. Und sogar bei einem naturwissenschaftlich hochbegabten Lehrer, der in späteren Jahren, als Belohnung für seine Erforschung des Planktons des Hüttensees südöstlich der Stadt Zürich, den Ehrendoktor erhielt. Als Kunsteisläufer übte er diese Disziplin mit dem Hute auf dem Kopf aus.

Ein Erlebnis dieser Zeit bleibt mir in schrecklicher Erinnerung. Einer meiner Schulkameraden war der Sohn eines Lokomotivführers. Er brachte einmal „unsittliche" Bilder in die Schule und liess sie zu unserem Vergnügen zirkulieren. Darauf kam eine hochnotpeinliche Untersuchung in Gang, und der Bursche wurde von der Schule weggewiesen. Was aus ihm wurde, weiss ich nicht. Aber

Schweizer Bankiers lächeln nie...

dass wegen einer solchen Bagatelle ein eigentlicher Prozess in die Wege geleitet wurde, der vielleicht einem Leben eine ungute Wendung gab, hat mich damals zutiefst erschreckt und scheint mir heute noch unverständlich. Der naturwissenschaftliche, spätere Ehrendoktor sprach mit jedem einzelnen der Schüler und machte ihn auf den Schaden aufmerksam, den solche Bilder für unsere Seele anrichten konnten. Was für arme Seelen waren das!

Einem Soldaten in der Kompagnie des Hauptmannes, der später auf der Schweizerischen Volksbank mein Kollege wurde, ging es noch schlimmer. Dieser Hauptmann erschien mir durch seine Arroganz und Überheblichkeit als Modell für viele Banker. Er erwischte den betreffenden Soldaten, als er auf der Wache in einem Stalle eine Stute bestiegen hatte. Einige Monate Militärgefängnis in einer Festung waren die Strafe! Es ist kaum zu ermessen, welchen Schaden eine solch unbarmherzige Strafe an einem für das Leben ohnehin schlecht vorbereiteten jungen Manne anrichten kann. Also hatte der Sexualforscher Arthur Forel, dessen Abbild auf der schweizerischen Tausendfranken-Banknote verewigt wurde, sein Buch „Die Sexualfrage" hundert Jahre früher umsonst geschrieben. Dort erklärte er doch, wenn sich ein armer Bauernknecht, und um einen solchen handelte es sich bei diesem Soldaten, der „Sünde" der Sodomie hingebe, so schade dies weder dem Tiere noch ihm selber. Schliesslich hat uns die Natur diesen Trieb geschenkt und lieber eine derartige Befriedigung als Vergewaltigung und Vergehen an kleinen Kindern. Forel hat auch schon die Selbstbefriedigung als unschuldige, unschädliche und kaum zu beherrschende Gewohnheit geschildert. Es ist unbegreiflich, dass noch in meiner Generation jungen Menschen langandauernde Qualen bereitet werden konnten, indem Erzieher durch intensive Gehirnwäsche blödsinnige Ängste vor Hirnerweichung, Rückenmarkschäden, oder sonstiger Verdammnis als Folge solchen „Lasters" hervorriefen. Zu meinem Erstaunen soll Hölderlin als Erzieher einen seiner Schutzbefohlenen durch solche Drohungen erschreckt haben. („Mit goldnen Birnen hänget und voll mit wilden Rosen das Land in den See. . ." - nun Hölderlin hat ja dann im Türmchen in Tübingen selber den Preis durch den Verlust seiner ausserordentlichen Geisteskräfte bezahlt).

Jacques Ittensohn

In meinem ersten Sekundarschuljahr hat ein Schüler auf den Pausenhof das Extrablatt gebracht, das den Ausbruch des 2. Weltkrieges verkündete. Ich stand mit einem Freunde oberhalb der Mauer einer Anlage, von der noch die Rede sein wird, als nach der Wahl von Henri Guisan zum Oberbefehlshaber der schweizerischen Armee alle Glocken der Stadt läuteten. Als Integrationsfigur zwischen französisch- und deutschsprachiger Schweiz war er sicher für diese Funktion besser geeignet als sein direkter Konkurrent, der Sohn des Oberbefehlshabers im 1. Weltkrieg und Patenkind des deutschen Kaisers. Dieser Konkurrent legte ihm dann auch alle möglichen Hindernisse in den Weg und intrigierte gegen ihn. Und ich hatte immer angenommen, in schwierigen Situationen arbeite man brav Hand in Hand und begrabe konkurrenzbedingte Kriegsbeile. Doch wie ich später erfuhr, komme immer zuerst ich und dann wieder ich und dann lange niemand mehr und dann wieder ich. Diese schmerzlichen Erkenntnisse wurden mir erst im späteren Berufsleben zuteil.

Als ich mich im zweiten Sekundarschuljahr im Jahre 1940 auf die Aufnahmeprüfung zur Kantonalen Handelsschule vorbereitete und mit meiner Pflegemutter wegen der neuen Aufgabe unseres Bankiers allein haushaltete, erging der Aufruf zur Teilnahme am freiwilligen Landdienst. Ich war froh, für ein paar Wochen diesem komischen Haushalt und der Schule zu entfliehen, in der mir vor allem Fächer wie geometrisch Zeichnen und andere exakte Dinge Unwohlsein verursachten.

Der Bauer in Bauma im Zürcher Oberland betete jeweils vor dem Essen ein Tischgebet. Aber ich hatte fragen müssen, was dies wohl bedeute. Ich verstand kein Wort und hatte angenommen, er schimpfe und fluche wieder aus einem mir unbekannten Grund. Der Bauer wollte mich in die Geheimnisse seines Berufes einweihen und mich mähen und die Heugabel handhaben lehren. Aber ach - es erwies sich, dass ich zwei linke Hände hatte. Nach Hause wollte ich nicht zurück. Und auf der Vermittlungsstelle fand man mir einen Bauernhaushalt, den Bruder und Schwester führten. Diese Leute erkannten sofort, dass es vor allem notwendig war, mich aufzufüttern und mich von Zeit zu Zeit eine leichte Handreichung tun zu lassen, um diesem Landdienstauftrag gerecht zu werden. Es gibt auch in der Schweiz liebe Leute.

Nach Hause zurückgekehrt, zog es mich auf die „Anlage". Eine grosse Wiese mit Spielplätzen und Bänken inmitten des Quartieres. An ihrem Rand das Häuschen mit der Toilette, einem Steinplattengeviert und überdeckten Sitzplätzen. Dort versammelten sich die Halbwüchsigen - unter ihnen begabte Fussball- und Eishockeyspieler. Auch mein hedonistischer Freund war darunter. Ich war ein halbes Jahrzehnt jünger als diese Gesellschaft und als geduldeter Zaungast äusserst interessiert an ihren reifen Gesprächen und wohl auch Aufschneidereien. Auf dem Steinplattengeviert fanden die Fussballmeisterschaften mit einem Tennisball statt. Auf meinen verbotenen nächtlichen Ausflügen habe ich mich an manchen Abenden mit dem unguten und doch auch erregenden Gefühl des Verbotenen im Bauche als Zuhörer auf diese Bank gesetzt.

Zwei Jahre Handelsschule wollte mir mein Pflegevater vor der Banklehre zugestehen. Aber wieder meinte es jemand gut mit mir. Einer der Handelslehrer überzeugte meinen Pflegevater im Laufe des zweiten Jahres, also 1942, bei einem Bierglase davon, dass bei meiner „Begabung" vier Jahre mit dem anschliessenden Diplom angezeigt seien. Eigentlich war diese „Handelsschule" verlorene Liebesmüh'. Die Fächer, die mich interessierten, waren der Deutschunterricht mit der Literatur, die Sprachen und die Geschichte. Mein Lieblingslehrer für Deutsch und Geschichte, Walter Keller, sagte mir später, er habe oft gewusst, dass er seine Stunden für einen einzigen Schüler erteilte. Es freut mich, einer dieser Schüler gewesen zu sein. Er erzählte uns von seinen Erlebnissen als Berichterstatter der „Neuen Zürcher Zeitung" bei den Spartakistenaufständen in Berlin. Er hatte auch heldenhaft einen Teil der Eigernordwand bestiegen. Sein Name war mir von Radioberichten über die traditionellen Automobilrennen über den Klausenpass bekannt.

Woher hatte er seinen Rennwagen? Beim Starnbergersee hatte er eine Dame beobachtet, die einen Rennwagen ins Wasser hinein fahren wollte. Als Grund gab sie an, sie sei die Freundin eines Herrn Opel gewesen, der sie mit diesem, ihr geschenkten Wagen umbringen wolle. Wenn sie Gas gebe, sei das Auto sofort auf von ihr nicht zu beherrschender Höchstgeschwindigkeit. Für 50 Franken habe sie dann Keller ihren Wagen überlassen. Keller stand dann stets im 2. Range hinter den legendären Hans Stuck an diesen Klausen-Bergrennen. Das Ende seiner Rennfahrerlaufbahn kam mit einer Sternfahrt nach Konstantinopel. Sein Mitfahrer sei nicht sehr begabt gewesen, und er musste die ganze Arbeit allein leisten. In Jugoslawien sei er nach Überquerung eines Passes direkt in einer riesigen Schafherde gelandet. Aber die Schafe hätten instinktgemäss eine Fahrbahn freigelassen. Und dann kam diese Holzbrücke, die unter dem Wagen zusammenbrach. Glücklicherweise habe sich darunter ein Sumpf ausgebreitet und beide Fahrer seien ohne Verletzungen davongekommen. Bei der damaligen Inflation habe die Instandstellung der Holzbrücke, für die sie aufkommen mussten, nur einige hundert Franken gekostet. Wie sollten junge Handelsschüler von einem solchen Lehrer nicht begeistert sein?

Nach der Handelsschule hat er mir dann als Dramaturg des Schauspielhauses sogar das Vorsprechen vor Grössen unseres Schauspielhauses wie Ernst Ginsberg und Mathilde Danegger ermöglicht, die mir eine Befähigung für den Schauspielberuf nicht abgesprochen hatten. Dass neben den Fächern eines solchen Lehrers Rechtskunde, Banklehre, kaufmännische Arithmetik, Volkswirtschaftslehre und die schreckliche Buchhaltung verblassten, kann kaum erstaunen. Ich bestand sie zwar mit leidlichem Erfolg aber ohne Interesse und nur dank meines guten Gedächtnisses.

Ich hatte das Glück, mit keinem der wenigen Professoren dieser Schule in Kontakt zu kommen, die in ihren Lektionen für die neue deutsche Ordnung und die Integration unseres Landes in das dritte Reich eintraten. Diese Stimmen verstummten, als der Siegeszug des Wehrmacht-Blitzkrieges mit der Landung der Alliierten und dem Debakel in Stalingrad in den Kreuzzug gegen dieses Verbrecherregime und seinen Niedergang einmündete.

Ein eigenartiges Ereignis bleibt mir in Erinnerung. Einer unserer Englischlehrer erschien eines Tages in einem knallgrünen Anzug. Lachend erklärte er uns, er habe dieses Kleid in Deutschland erstanden, und man habe ihn darauf zum Reichsgauleiter ernennen wollen. Als wir uns bei seinem Eintritt im gleichen Anzug in das Klassenzimmer bei der nächsten Unterrichtsstunde wie üblich durch Erheben von den Sitzen begrüssten, erhob ich die Hand zum deutschen Gruss. Sein erschrockenes Gesicht bleibt mir in Erinnerung. Er erschien nie mehr in dieser Reichsgauleiteruniform.

Ich bin stolz darauf, zwar nicht wie die Älteren mehr als tausend Aktivdiensttage in der Schweizer Armee, aber doch wohl annähernd deren hundert geleistet zu haben. Im 16. Lebensjahre konnte ich zwischen freiwilligem Landdienst und freiwilligem Fliegerbeobachtungsdienst auswählen, mit dem man es einem Landwirt ermöglichen konnte, zu Hause selber seiner Arbeit nachzugehen. Nach dem nicht sehr erfolgreichen Versuch im Zürcher Oberland kam für mich natürlich nur die militärische „Laufbahn" in Frage. Auf der Allmend Zürich lernten wir all die verschiedenen Flugzeugmodelle der Achse und der Alliierten erkennen und uns einprägen, für die der Überflug der Schweiz - also für alle fremden Maschinen - verboten war. 16-fach vergrössernde Feldstecher waren über Planquadraten angebracht, auf denen die Positionen und die Flugbahn der zu erkennenden Objekte beobachtet und telephonisch weitergemeldet werden mussten. Dass der Feldstecher oft auf das Schlafzimmer einer Schönen gerichtet wurde, muss wohl gar nicht erst erwähnt werden. Erste, todernste militärische Vorkenntnisse, wurden uns beigebracht: wir lernten geordnet zu marschieren, uns in Kolonnen oder Gruppen aufzustellen und Vorgesetzte durch Handanlegen an der Kappe zu grüssen.

Meine erste militärische Glanzleistung vollbrachte ich im Fliegerbeobachtungsposten auf dem Turm des Getreidesilos des bernischen Dorfes Fraubrunnen. Um ein Uhr morgens hörte ich Lärm und gab den Fliegeralarm an die Zentrale in Bern durch, weil es mir schien, es seien - wie dies oft geschah - amerikanische Bomber auf ihrem Flug nach Italien unterwegs. „Mehrere XX-XX (für unbekannter Typ) hoch", hiess die Meldung. Am nächsten Morgen, meinem zweiten Aktivdiensttag in der Schweizer Armee, erschien der uns vorgesetzte Major des Fliegerabwehrkommandos. Ich hatte in dieser Nacht als einziger Posten des ganzen Landes einen Fliegeralarm auslösen wollen. Offensichtlich war der „Fliegerlärm" vom Motor des Getreidesilos ausgegangen, der sich in unregelmässigen Abständen zur Durchlüftung des Getreides in Gang setzte. Ich wurde gemahnt, besser aufzupassen; denn ein Alarm mit dem Auslösen der

Jacques Ittensohn

Sirenen und dem Aufgebot von Schutzleuten koste doch jedesmal einige Tausend Franken.

Und wie ich diesen Abschnitt anfangs Februar 1998 zur Korrektur durchlese, hat der Fliegerhauptmann Lindecker seinen 90. Geburtstag gefeiert. Zu diesem grossen Fest gratulierte ihm persönlich der Chef der schweizerischen Luftwaffe. Lindecker hatte eine der Jagdfliegerformationen geleitet, die im Jahre 1940 deutsche Bomber aus dem schweizerischen Luftraum verjagten oder gar abschossen. Auch amerikanische fliegende Festungen wurden zur Landung gezwungen. Man nahm die Verteidigung der neutralen Schweiz ernst. Feldmarschall Göring soll sich über die Frechheit geärgert haben, dass diese Kuhschweizer seine Flugzeuge zerstörten. Er wollte sich doch beim Krieg gegen Frankreich den direkten Luftweg sichern.

Und es sollen dann Pläne zur Eroberung unseres Landes geschmiedet worden sein. Ich kann mir denken, weshalb man davon absah. Die Spionagedienste funktionierten. Und Hitler wusste wohl, dass er es in der Schweiz nicht mit einer Armee von Zinnsoldaten zu tun hatte. Die Soldaten, die ihren Dienst leisteten, lebten in einem hellen Zorn auf die Anstifter dieses grässlichen Krieges. Die Auswüchse des verbrecherischen Naziregimes wurden langsam bekannt. Die meisten dieser Soldaten waren für die Verteidigung ihrer Landes zum Tode bereit. Nur wollten sie dabei sicher sein, noch einige der verdammten Sauschwaben mit ihren Preussenschnorren umlegen zu können. Und es war den deutschen Informationsdiensten sicher auch bekannt, dass die Sprengsätze gelegt waren, um den Gotthardtunnel und die übrigen Verbindungen von Deutschland nach Italien zu zerstören. Und dieser hysterische Idiot Hitler konnte doch wohl trotz seinem Zorne auf das „Stachelschwein Schweiz" in seiner strategischen Planung die Informationen seiner Spionage nicht völlig ausser Acht lassen.

Leute wie Lindecker setzten jedenfalls Tag für Tag ihr Leben auf's Spiel. Einer meiner Sekundarschulkollegen, der spätere Fliegerleutnant Hablützel, hat nach dem Kriege seinen Einsatz für die Heimat mit dem Tode bezahlt. Und einer meiner besten Freunde hat sich mit seinem Dienst mit den Mustangjägern während und nach dem Kriege gar sein Ingenieurstudium finanziert. Natürlich musste die Armee solchen Spezialisten neben dem normalen Sold erhebliche Zulagen bezahlen. Solange diese Generation noch das Denken der Schweiz beeinflusst, wird es schwierig sein, der EU beizutreten. Die unguten Gefühle gegenüber dem nördlichen Nachbarn bleiben leider akut. Man hat die Neutralität teuer bezahlt und will sie auch in einer völlig anderen Welt behalten.

Zuhause war die Kost schmal. Mein Pflegevater brauchte Mahlzeitencoupons zur Verpflegung in Restaurants in Interlaken, was unsere Rationen zuhause schmälerte. Meine Pflegemutter war zwar eine begabte Heilerin, aber eine weniger passionierte Köchin. Rübkohl und Kartoffeln standen meist auf unserem Menu. In diesem Fliegerbeobachtungsdienst in Fraubrunnen jedoch war unser Koch ein Konditor aus der Stadt Solothurn. Er verpflegte uns ausgezeichnet und backte die besten, damals seltenen, Fruchtkuchen. Wir frassen uns daran fast zutode. Und im Kloster Fraubrunnen war eine Mädchenklasse aus Biel in einem Ferienlager. Mit der Schauspielschülerin Agnes, deren Vater ein bedeutender kommunistischer Politiker war, unternahm ich lange, romantische Spaziergänge einem Bach entlang. Sie schenkte mir eine Novelle von Hermann Hesse „Unterm Rad" mit einer Widmung. Meine Pflegemutter erwischte natürlich dieses Buch und steckte ihre neugierige Nase hinein. Sie empfand diese Sache als unmoralisch und verwerflich. Es ergab sich mit meiner Schauspielschülerin eine herzliche Korrespondenz, bis es in einem ihrer Briefe hiess: „. . . und ausserdem habe ich mich auf Neujahr verlobt." So erlebte ich meinen ersten, tiefgehenden Liebeskummer. Meine Pflegemutter bemerkte vor allem, dass mir das allmorgendliche Pfeifen vergangen war.

Militärische Übungen und Märsche gehörten selbstverständlich zur Fliegerbeobachtung mit den aus dem deutschen Rundfunk stammenden, den Takt bestimmenden Marschliedern der Wehrmacht:

„Auf der Heide steht ein kleines Blümelein

und das heisst: (pum-pum-pum) Erika

Wild von hunderttausend kleinen Bienelein

ist umschwärmt (pum-pum-pum) Erika

Jacques Ittensohn

>Denn ihr Herz ist voller Süssigkeit
>
>holder Duft entströmt dem Blütenkleid.
>
>In der Heimat weint um mich eine Mägdelein
>
>und das heisst (pum-pum-pum) Erika
>
>usw. usw ad libitum"

So marschierten wir auf den Landstrassen im gleichen Takt wie die Soldaten, die ein verbrecherisches Regime zur Eroberung ganz Europas ausgeschickt hatte - die Tod säten und Tod ernteten. Diesem Regime war die heimatselige Sentimentalität noch so recht. Es produzierte die Filme mit den unseligen Schauspielern Veit Harlan und Christine Söderbaum. Einer unserer Handelsschullehrer begleitete uns in diese von Deutschtümelei triefenden Produktionen, wie etwa „Die goldene Stadt", in der Zitate von Theodor Storm („Meine Mutter hat es so gewollt, den andern ich nehmen sollt' . . .") verwendet wurden. Storm hätte sich wohl bedankt, wäre er noch am Leben gewesen. Uns zeigte man diese Filme, um uns den „Sinn für deutsche Literatur" zu öffnen.

Ich kam im Fliegerbeobachtungsdienst ein wenig in meinem Lande herum: Rheintal, Bünderland, Aargau. In Erinnerung bleiben die Lektüren: neben Hesse's „Unterm Rad", Goethe's „Werther" in Fraubrunnen - was könnte es anderes sein - , „Königliche Hoheit" und „Buddenbrocks" von Thomas Mann in Lenz über Tiefencastel. Mit dem schrecklichen „Soll und Haben" von Gustav Freytag mit dem Kontorleben unter den ungeliebten jüdischen Patrons (solche Bücher gab es damals noch!) hatte ich mich schon in der Sekundarschule auseinandergesetzt - wahrscheinlich stand dieser Roman dort in der Schülerbibliothek. Er bereitete mich auf mein Schicksal bei den Schweizer Banken vor.

Auf dem Fliegerbeobachtungsposten Fisibach am Rhein starrten wir aus unserer Hütte nach Deutschland hinüber und beobachteten den Widerschein der Bombardierungen der Stadt Stuttgart. Im Postenbüro befand sich ein Anschlag: „Die Herren Späher (so hiess offiziell unsere Funktion) sind gebeten, sich bei allfälliger

Schweizer Bankiers lächeln nie...

Schärfe ihrer Spermatozoen ausserhalb der Postenhütte zu entledigen!" Für den Herd und die Heizung war es in Fisibach notwendig, vor unserem Kantonnement - dem Schulhaus - am Abend Holz zu spalten. Und eines Nachts ertönte das Feuerhorn. Ein Bauernhaus und die dazu gehörende Scheune brannten lichterloh. In Erinnerung bleibt mir die aufgestörte Bäuerin mit dem bitterbösen Gesicht, die ihrer Schwiegermutter Finken und Schuhe an den Kopf warf. „Mach endlich, dass Du zum Teufel kommst, Du verdammte Hexe", schrie sie.

Auf dem Aussichtsturm von Maiengrün oberhalb der kleinen Stadt Lenzburg - in dieser Burg hatte der Bürgerschreck Frank Wedekind, Autor des damals revolutionären Dramas „Frühlingserwachen" (heute zuckt man die Schultern darüber) seine Jugendzeit verbracht - philosophierte ich mit einem Fliegerbeobachterkollegen auf der Nachtwache. Wir erinnern uns mehr als 50 Jahre später noch an diese Gespräche. Unter Maiengrün befindet sich das Dorf Hägglingen. Dort waren die musikbegeisterten Kinder eines Wirtes zuhause. Die Schlager dieser „Sisters Schmid" - weder Rock, Rap noch Techno - wurden weltberühmt:

„Stägeli uf, Stägeli ab juhe -

S'gat aber im Läbe nid immer nu ufe -

S'gat au mängsmal e chli abe und ufe - wiä nüt juhe"

Ja, so sitze ich nun mehr als ein halbes Jahrhundert später vor meinem Computer und schreibe meine - treppauf - treppab - Lebenserinnerungen. Die Grossmutter habe ich in meinem Computer tränenlos begraben, den Pflegevater habe ich wieder auf seinen Bürostuhl in der Bankfiliale gesetzt, die Pflegemutter liest in meinem Marionettentheater an den Sonntagen und Mittwochabenden englische und deutsche Bibelabschnitte, und ich beobachte Flieger in Maiengrün - - Gott ist in seinem Himmel und alles ist gut auf dieser

Jacques Ittensohn

Welt. („God's in his heaven -all's right with the world" - Robert Browning).

Nein - Tod und Verdammnis! Überhaupt nichts war gut auf dieser Welt. Während ich über meine Rübkohlmahlzeiten klagte und mich an den Wehrmachtsmarschliedern ermunterte, wurden Millionen von Juden vergast. Einzelne von ihnen hatte man sogar vor dem Vergasen noch als Aufseher und Grabschaufler verwendet und ihnen damit, oh Gipfel der Perversität, einige schändliche Monate eines unmenschlichen Überlebens gegönnt (?!). Die gerechte Strafe erfolgte dadurch, dass auf die deutschen Städte Bombenteppiche gelegt wurden, die Weib und Kind als verkrümmte, verzwergte Fackeln auf dem brennenden Asphalt zugrunderichteten. Die Strafe für die Untaten der Japaner in Asien waren die Atombomben, die Zehntausende in den Tod beförderten und für viele andere ein Überleben als physisch und psychisch verkrüppelte Wesen bedeuteten. Millionen von Soldaten beider Lager wurden auf den Schlachtfeldern wie Gras niedergemäht. Aufseher von Konzentrationslagern und SS-Männer nahmen wohl im Nachkriegsdeutschland wieder verantwortungsvolle Posten ein - die national-sozialistische Beherrschungsmaschine wurde in Ostdeutschland zu ähnlichen Funktionen missbraucht. „Denn alles Fleisch es ist wie Gras und alle Herrlichkeit des Menschen wie des Grases Blumen. Das Gras ist verdorret und die Blume abgefallen" so heisst es schon im Deutschen Requiem von Johannes Brahms.

Im Mai 1945, es war gerade der Frieden ausgebrochen, fand meine Diplomprüfung an der Handelsschule statt. Vor allem in den Sprachfächern bestand ich glänzend, aber gerade in der Bankbetriebslehre erhielt der spätere Banker Ittensohn ausgerechnet eine blanke 3, bei einer Höchstnote von 6 - also ungenügend. Die Frage der mündlichen Prüfung hatte gelautet: „Erklären Sie mir das Wesen des Akzeptkredites!" „Ein Akzeptkredit ist ein Kredit mit einem Akzept - ein Akzept braucht es wohl für einen Kredit - - -." Um Gotteswillen, ich weiss die Antwort heute noch nicht.

Im Sommer 1961 habe ich in den Ferien den Handelslehrer dieser Schule angetroffen, der mir diese verdammte Akzeptkreditfrage gestellt hatte. Ohne mich an diesen Zwischenfall zu erinnern, rühmte ich den Sprachunterricht, der mir für mein Berufsleben am meisten gebracht habe. „Aber wir Handelslehrer haben uns doch auch viel Mühe gegeben", war seine Antwort. „Hat und gibt sich Mühe", hiess eine Qualifikation, die man in der Schweizer Armee den nicht gerade überdurchschnittlich begabten Offizieren erteilte.

Ja, der Sprachunterricht auf der Handelsschule war gut gewesen. Schon in der Sekundarschule wurden wir in der zweiten Landessprache Französisch unterrichtet. In der Handelsschule kamen Englisch und fakultativ Italienisch oder Spanisch dazu. Erste Englischkenntnisse hatte uns die Abwartstochter der Kirche an der Eisengasse auf der blumengeschmückten Terrasse der Wohnung beizubringen versucht, als ich noch die Bänke der Primarschule drückte. Doch da schaute nicht viel heraus. Der Erfolg war nicht viel besser als bei den Zitherstunden.

Aber auch die körperliche Ertüchtigung kam in der Handelsschule nicht zu kurz. „Mens sana in corpore sano" - eine gesunde Seele in einem gesunden Körper - , heisst die Inschrift an der Turnhalle des vorigen Jahrhunderts - aus der Zeit des Turnvaters Jahn - gegenüber dem Zürcherischen Kunsthaus, in der wir vor dem Bau des Luxusgebäudes gegenüber dem uralten Institute „Physik und Physiologie" unseren Turnunterricht erhielten. Der stramme und deutschlandbegeisterte Fliegeroffizier, dem diese Aufgabe oblag, war darüber traurig, dass in meinem Zeugnis die einzige ungenügende Note das Turnen betraf. Ich war ein schwacher, untergewichtiger, grossgewachsener Spross - zu keinerlei Leistungen an Reck, Barren, Kletterstangen oder an den Ringen fähig - ich wäre wohl unter einem hitlerischen Regime als lebensuntauglich befunden worden. Hing dies mit gewissen Sünden zusammen:

„Es lebe hoch die Onanie!

Sie stärkt das Hemd

und schwächt die Knie"

Jacques Ittensohn

hiess ein damals populärer Vers. Und man kann gar in den Essais von Montaigne lesen, dass der weise Diogenes diese Sünde nach einer überlieferten Anekdote gar in aller Öffentlichkeit ausgeübt habe. Und als er gefragt wurde, warum denn vor allen Leuten, war seine einfache Antwort, weil ihn die Lust dazu eben in aller Öffentlichkeit gepackt habe. Sünde ist wohl etwas, das von den Modeströmungen der Zeit beeinflusst ist.

Vorzeitig empfahl mir dieser Turnlehrer am militärischen Vorunterricht teilzunehmen - schliesslich war ja auch Krieg. Meine Noten besserten sich ein wenig. Und vor allem mit dem Velofahren entwickelten sich die Beinmuskeln. Mit Begeisterung erinnere ich mich an eine ganztätige militärische Veloprüfung, an der wir unter Leitung eines Unteroffiziers der Radfahrer-Truppe von Zürich nach Regensberg radelten. Oberhalb des Schlosses fand dort die Mittagsverpflegung statt. Und siehe da - es erschien der Oberbefehlshaber der Schweizer Armee, General Henri Guisan. Sein an uns Burschen gerichteter kurzer, militärischer Vortrag bleibt für mich die wichtigste Erinnerung dieser Jahre. Diese Ansprache hat mich für mein ganzes Leben für das Militär begeistert.

Und im letzten Schuljahr erschien ein Aushilfsturnlehrer, der Studenten-Boxweltmeister Hermann Vögeli. Er zog uns Burschen Boxhandschuhe an. Und oh Wunder, dieser Turnstümper Ittensohn wurde der beste und gefürchtetste Boxer seiner ganzen Klasse. War es auf die Länge der Arme zurückzuführen oder auf die in mir aufgestaute Wut?

War auch die Seele gesund? Wenn ich auf diese Zeit in meiner Situation als nun endlich pensionierter Banker zurückblicke, so war wohl das wichtigste Erlebnis das Aufwecken des Interesses für die im Sgraffito Semper's an der Eidgenössischen Technischen Hochschule erwähnten Disziplinen: Numine (Inspiration), Indole (Begabung), Cognoscendo (Erkennen), Intuendo (Beobachten), Meditatione (Nachdenken), Experimento (Versuch), Constantia (Beharrlichkeit), Impetu (inneren Antrieb) und für die Bewunderung geistiger Grössen, wie der dort abgebildeten.

Ja, Schiller gehörte wohl zu diesen dort allerdings nicht abgebildeten Grössen. Als wir in unserer Schule dessen Schauspiel

"Die Räuber" zu lesen hatten, fand mein Pflegevater diesen Text auf meinem Tisch. Er begann sich damit zu befassen und erklärte mir, er wolle beim Rektorat der Schule intervenieren, denn es gehe nicht an, dass ich und die anderen Schüler „derart unmoralisches und unsittliches Zeug" läsen. Da versagte ich ihm wohl zum ersten Male meinen Gehorsam. Mit einem Wutanfall verbot ich ihm, mich durch eine derartige Intervention zu blamieren. Er war wohl bass erstaunt und unterliess sein Unterfangen.

Meine schönsten Stunden verbrachte ich in diesen Jahren im Lesesaal der Zentralbibliothek in Zürich. Bücher vor mir aufzuschichten und darin zu schmökern war die liebste Ferienbeschäftigung und sie ist es über all die Jahre geblieben. Wenn wir im Deutschunterricht der Handelsschule Vorträge mit freier Themenwahl halten durften, wurde mir immer eine ganze Stunde eingeräumt und die beste Note war mir sicher. Ich hatte mich jeweils während Wochen über die Leistungen schweizerischer Regierungsmitglieder, über den Gral, über die Notwendigkeit der Kriege, über Voltaire oder über das eigentliche Wesen der Musik dokumentiert.

Professor Walter Keller, mit dem ich in den folgenden Jahren oft zusammentraf, hatte ich geklagt, ich wünsche im französischen Sprachgebiet zu arbeiten, sei aber wohl trotz des genossenen ausgezeichneten Französischunterrichtes zu einer vernünftigen Unterredung in dieser Sprache unfähig, obschon ich doch geschriebene Texte leidlich verstehe. Er verwies mich an einen Privatlehrer, der in einer Wohnung direkt über dem Zürcher Schauspielhaus seinen Unterricht erteilte. „Sie sind schliesslich ein verständiger junger Mensch, und ich darf Sie einem solchen Manne schon empfehlen," sprach Keller. Und dieser Unterricht wurde tatsächlich zu einem für mein späteres Leben einzigartig bereichernden Erlebnis. Ich durfte Rilke und Hesse übersetzen. Ich zahlte für eine Stunde, aber oft erstreckte sich der Unterricht bis nach Mitternacht. Wir hörten am Radio den „Mercredi Symphonique" des „Orchestre de la Suisse Romande" unter Ernest Ansermet, und er führte mich in die Schönheiten der damals als modern geltenden Musik ein. Ich lernte den Geschmack der Gauloise-Zigaretten mit einem schwarzen Kaffee schätzen. Da ich aber zum Rauchen zu dumm war - ich kaute lediglich den Tabak - gab ich diesen Genuss bald wieder auf - wohl zur

Jacques Ittensohn

Freude meiner asthmatischen Lungen. Und dieser Professor wies mich darauf hin, dass ich in die französische Sprache nur dann wirklich eindringen könne, wenn ich mir eine Zeitung abonniere. Es handelte sich dabei um die „Nouvelles Littéraires, Artistiques et Scientifiques", die mich durch mein ganzes Leben begleiteten, bis diese Zeitschrift - wohl mangels interessierten Lesern - vor etwa einem Jahrzehnt zu meinem grossen Leidwesen einging. Ich hatte sie jeweils in einem Zuge - und ohne einen Artikel auszulassen - mit nie einschlafendem Interesse - gelesen. Und dieser Professor kochte mir von Zeit zu Zeit auch meine Lieblingsspeise - Tomatenspaghetti. Er mag damals etwas älter gewesen sein als ich heute. Er kannte viele Persönlichkeiten des französischen Literaturbetriebes. Und dass er mir gerne seine Hand auf die Knie legte, störte mich nicht im Geringsten. Ich habe ihn dann für Französischunterricht meinem Freunde empfohlen, der sich auf das Sekundarlehrerdiplom vorbereitete. Von diesem Freunde erhielt ich nach einigen Wochen in Lausanne einen empörten Brief: „Ich hätte ihn ja einem Homosexuellen empfohlen". Per Express schrieb ich dem armen Französischprofessor, der sich in seinem Antwortbrief gegen solche Vorwürfe verwahrte.

Wenn ich bei dieser Gelegenheit auf das nächste Kapitel vorgreife, so geschieht es aus Gründen der erzählerischen Logik. Bei meiner Tätigkeit auf der Schweizerischen Kreditanstalt in Lausanne wurde ich mir meiner mangelhaften Englischkenntnisse bewusst. Und wieder fand ich einen ausgezeichneten Privatlehrer. Er verwendete wie der Englischlehrer James Joyce die Berlitz-Methode. Wie er mir erklärte, beruhe diese Methode auf dem Prinzip, nach dem kleine Kinder ihre Muttersprache erlernen. Eine Stunde bei Mr. Newton bestand aus einem einzigen Diktat in englischer Sprache, oder aus einer einzigen Übersetzung. Er war des Deutschen nicht mächtig und hielt mir deshalb einen französischen Text unter die Nase, den ich fortlaufend mit seinen dazwischen eingeworfenen Korrekturen mündlich zu übersetzen hatte.

Zum Erlernen der Konversation verwies er mich auf die Tatsache, dass die beste Sprache immer in einer Kirche von der Kanzel herunter ertöne. So nahm er mich am Sonntagmorgen in die schottische Kirche mit und anschliessend erhielt ich auf einem Spaziergang durch den Wald von Sauvablain eine Gratis-Konversationsstunde. Newton war Offizier im Burenkrieg gewesen. Er betätigte sich in Lausanne als Korrespondent des „Daily Telegraph" und hatte zwei reizende Töchter mit Pagenschnitt, seine Soldaten, wie er sie nannte. Wenn wir vor einer Türe standen, so sprach er: „Après vauz, as they say in good Franzeesisch!" Bei unseren Sonntagmorgenspaziergängen verwies er oft auf die „Joy-Killers" (die Freudentöter), die bei ihm auf den Mittag zum Besuch angesagt seien.

Newton war Organisator der Cambridge Proficiency-Examen, die in Lausanne abgehalten wurden. Nach einem ersten misslungenen Versuch konnte ich tatsächlich im Dezember 1949 dieses Diplom erlangen. Bei der Prüfung sass vor mir ein gewisser Saddrudin Aga Khan, den ich dazu ermahnen musste, mit seinem ständigen Gebrauch des Radiergummis nicht die ganze Bankreihe in unerwünschte Schwingungen zu versetzen.

Ich trug mich dann mit dem Gedanken, mich auf ein damals mögliches englisches Fern-Literaturstudium der Universität Cambridge in Lausanne vorzubereiten und kaufte mir die dazu erforderlichen Bücher. „Power" von Bertrand Russell, „Murder in the Cathedral" des Nobelpreisträgers Thomas Eliot und Hazlitt's „Essays" gehörten unter anderem dazu. Doch das Schicksal oder besser, um bei Erasmus zu bleiben, der freie Wille nahm einen anderen Lauf, und ich komme erst jetzt als pensionierter Bankbeamter dazu, diese Werke zu studieren. Hazlitt's und Montaigne's Essays haben mich übrigens fast dazu gebracht, diese Memoiren in Essay-Form zu schreiben, doch die Lektorin des französischen Verlages, in dem ich erst die französische Version hatte veröffentlichen wollen, hat mich eines Besseren belehrt. Ob sie dies zu Recht tat, muss der Leser beurteilen.

Ohne den Rat von Professor Keller wäre wohl meine Fremdsprachenausbildung, die eigentliche Basis meiner doch recht erfolgreichen Banktätigkeit, gescheitert. Er hat mir auch für das Privatleben Ratschläge erteilt, die ausschlaggebend für den Weg im Leben waren. Und er konnte diese Ratschläge mit Fehlschlägen in seinem eigenen Leben illustrieren. Sein Weg in der Handelsschule hat durch eine Katastrophe fast zu einem Unglück geführt. Einer

Jacques Ittensohn

seiner Schüler war durch unerklärliche private Gründe in einen Zustand der Boulimie, der Vielfrässigkeit, geraten. Er musste sich mit allen Mitteln Lebensmittel verschaffen und fand weder zuhause noch bei Freunden Unterstützung. Schliesslich stahl er Geld aus der Pfadfinderkasse. Er kam weinend zu Keller und sagte, es bleibe ihm bei dieser Schande, die er den gestrengen Eltern nicht zu gestehen getraue, nur der Selbstmord übrig. Keller steckte ihm aus dem eigenen Sack die paar Hundert Franken zu, nachdem ihm der Schüler das Versprechen abgenommen hatte, über diesen Vorfall niemandem etwas zu erzählen. Einige Jahre später kam ein Schulpsychiater durch eine Untersuchung auf diesen Vorfall. Der Junge wurde ins Kreuzverhör genommen, Keller schwieg wegen des von ihm geleisteten Versprechens und er wurde einer homosexuellen Beziehung mit dem Jungen verdächtigt. Er spielte mit dem Gedanken nach Ostdeutschland auszuwandern und sich dort in der Berliner Theaterszene zu betätigen. Doch schliesslich entband ihn der Junge seines Versprechens, und die Verdächtigungen wurden gegenstandslos. Im Gegenteil, man wurde sich darüber bewusst, dass er dem Jungen das Leben gerettet hatte. Doch ein Schatten lastete immer noch auf diesem Ehrenmanne, den ich leider und zu meiner Schande vor seinem Tode nie mehr besucht hatte.

III. Erste Bankstelle – Betrachtungen über die Bankwelt – Bank und Demokratie

Und wie ich so an meinem Personal Computer beim Schreiben meiner Lebenserinnerungen sitze, zeigt mein Kalender den 8. Dezember 1997. Über den Fernsehschirm flimmerte die Nachricht von der Fusion der zwei Bankriesen Schweizerischer Bankverein und Schweizerische Bankgesellschaft zur zweitgrössten Bank der Welt, der UBS United Bank of Switzerland. Dieser Entscheid hat viele Kreise, die um ihre Arbeitsplätze bangen, in helle Angst versetzt. Der Schrecken wird allerdings durch die Kreise der Medien und der Gewerkschaften nach Kräften geschürt. Am liebsten würde man wohl die „Finanzverbrecher" und „Sozialabbauer" wie im Mittelalter am Paradeplatz in Zürich an den Pranger stellen. Oder noch lieber würde man sie wie im Paris der französischen Revolution um einen Kopf kürzer machen.

So setzt sich ein Konzentrationsprozess fort, durch den von acht schweizerischen Grossbanken zu Anfang des 20. Jahrhunderts noch deren zwei übrig bleiben. Vorerst ging es in der Krise der 30er Jahre der vornehmen Banque Suisse d'Escompte in Genf an den Kragen, während die populäre Schweizerische Volksbank noch gerettet werden konnte. Nach dem Ende des zweiten Weltkrieges wurden die Basler Handelsbank durch den Schweizerischen Bankverein und die Eidgenössische Bank durch die Schweizerische Bankgesellschaft geschluckt. Diese beiden Institute fielen wohl weitgehend dem nach Kriegsende nicht mehr möglichen Transfer ihrer Guthaben in Deutschland und ihren dortigen Beteiligungen zum Opfer, die einen zu grossen Anteil am Bilanzvolumen gebildet hatten. Die nötigen Abschreibungen hätten die eigenen Mittel dieser Banken bei weitem überstiegen, obschon in späteren Jahren vieles wieder hereinkam; aber wer hätte das denn damals vermutet. Später ist man immer gescheiter. In neuester Zeit übernahm die Schweizerische Kreditanstalt die älteste und kleinste der Schweizerischen Grossbanken, die Bank Leu. Sie bildete den Stolz meiner Heimatstadt Zürich, auf die sich ihre Tätigkeit konzentriert hatte. Und sie trug schliesslich auch den Namen eines Bürgermeisters dieser Stadt. Und

Jacques Ittensohn

schliesslich verschwand die Bank meines Pflegevaters, die Schweizerische Volksbank, ebenfalls als Folge einer Übernahme durch die Schweizerische Kreditanstalt. Aus der Katastrophe der 30er Jahre hatte man bei den Volksbänklern offensichtlich nichts gelernt. Die Volksbank brach unter der Last der in der Euphorie der Hochkonjunktur der 1980er Jahre unbedenklich gewährten Hypothekar- und Handelskredite an später zahlungsunfähig gewordene Schuldner zusammen. Offensichtlich hatten diese „Volksbanquiers" der Risikokontrolle und Vorsicht, die ihr Metier erfordert hätte, überhaupt keine Aufmerksamkeit geschenkt. Im Interesse des Finanzplatzes hat deshalb die Schweizerische Kreditanstalt, die nun CS Group heisst, das kleinere, praktisch konkursreife Institut vor einigen Jahren geschluckt. Vorher hatte man allerdings noch die faulen Kredite ausgegliedert. Viele Filialen und Zweigstellen, wie die meines Onkels, wurden geschlossen.

Diese ganze Konzentration von acht auf vorerst 3 Grossbanken war immer im Interesse des Finanzplatzes erfolgt, weil die übernommenen Institute sich nicht mehr über Wasser hätten halten können. Und Bankenkonkurse wirken sich immer für das ganze Bankengewerbe und damit für die gesamte Wirtschaft eines Landes katastrophal aus. Dies zeigt in neuester Zeit wieder das Beispiel einiger asiatischer Staaten.

Nach Auffassung der zwei nun auf Mai 1998 fusionierenden Riesen erfolgte jedoch auch die letzte dieser die Bankenzahl verkleinernden Operationen durchaus auch im Interesse des gesamten Finanzplatzes. Sonst hätte die Möglichkeit von Übernahmen durch ausländische Institute gedroht. Und um die mit der Fusion verbundenen Restrukturierungsmassnahmen wäre man auch ohne Fusion nicht herumgekommen. Die Schweiz kann es sich nicht mehr leisten, an jeder Strassenecke mit zwei oder drei Bankfilialen zu paradieren. Der Zürcher Paradeplatz mit der anschliessenden mittleren Bahnhofstrasse ist der Parade genug.

Bei der Betrachtung der Geschichte dieser Grossbanken kann man sich ob dieser Neuorientierung ein ironisches Lächeln nicht verkneifen. Die Schweizerische Kreditanstalt wurde 1856 auf den Anstoss des am Bahnhofplatz mit seinem Denkmal verewigten Alfred Escher unter Mitwirkung der Allgemeinen Deutschen Kreditanstalt in Leipzig gegründet. Sie entsprach dem Muster des Saint-Simonischen, sozialen Ideen verpflichteten Crédit Mobilier. Als einige Jahre später in Bern die Schweizerische Volksbank entstand, handelte es sich um einen Gegenschlag der Kreise kleiner Handwerker und Gewerbetreibender. Diese begannen sich gegen die Übermacht der Grosskapitalisten zu wehren. Sie wollten für die „Kleinen" ebenfalls Möglichkeiten zur Kreditaufnahme schaffen. Und siehe da: im kommenden Jahrhundert mussten die Kapitalisten den Handwerkern unter die Arme greifen.

Bundesrat Welti, einer der Initiatoren der Volksbank, war der Berner Gegenspieler Escher's. Es ist verblüffend, dass die Tochter Lydia des Kreditanstaltgründers und Financiers von Industrie-, Versicherungs- und Eisenbahnunternehmen Escher ausgerechnet den Sohn Welti's heiratete. In meiner grenzenlosen Naivität waren mir dieser Alfred Escher und seine Nachfolger wie auch die anderen Bankpräsidenten als Leitbilder erschienen, denen es nachzueifern galt. „Wer immer strebend sich bemüht!" Und ich glaubte, der Wohlstand und die Macht solcher „Götter" verschaffe ihnen auch das Lebensglück.

Diese idealistische Vorstellung hat jedoch mit der harten Realität wenig zu tun. Escher war wohl während Jahren der Mächtigste in Finanz, Industrie und Politik seines Vaterlandes. Doch der Eisenbahn- und Tunnelbau verschlang Riesensummen und die Aktionäre murrten. Die heute zurecht propagierte „shareholder value", zu deutsch die Konzentration der Geschäftstätigkeit auf den für die Aktionäre zu erarbeitenden Wert des Unternehmens, war vernachlässigt worden. Escher musste sich auf seinen Sitz am Zürichsee zurückziehen, und seine Gattin starb. Sein treuster Freund blieb der herausragende Zürcher Dichter Gottfried Keller. Für einen jeden, der seine Lebenserinnerungen schreiben will, ist dieses Dichters „Grüner Heinrich" ein Vorbild.

Die Tochter Lydia umsorgte ihren alternden und enttäuschten Vater Alfred Escher und liess den bis zum See hinunter reichenden Park der Escher-Villa Belvoir mit Statuen und Gartenanlagen verschönern. Dabei versicherte sie sich der Hilfe des Malers Karl Stauffer. Dieser Künstler malte ihr Bildnis, das heute noch im Zürcher Kunsthaus zu bewundern ist, vor dem Gewächshaus des Bel-

Jacques Ittensohn

voirparkes. Der Gesichtsausdruck dieser jungen, nicht besonders attraktiven Frau auf ihrem Porträt verrät noch heute, dass sie in ihren Maler verliebt war. Sie nahm denn auch mit ihm Reissaus nach Florenz, wo sie für ihn ein Kunstinstitut gründen wollte. Von dort wurde sie im Auftrag ihres liebenden Gatten unter polizeilichem Gewahrsam nach Zürich zurückgebracht. Ihr Malerfreund erhängte sich, während ihr Bildnis, wie erwähnt, immer noch im Zürcher Kunsthaus hängt. Freunden soll Karl Stauffer anvertraut haben, er hätte sich besser, wie es sonst seine Gewohnheit war, mit einer Dirne eingelassen, statt mit der einzigen Tochter des Schweizer Königs Alfred des I.

Ich muss an dieser Stelle meiner Lebenserinnerungen einen Abschnitt über einen meiner Lieblingsmaler einfügen: über den Luzerner Robert Zünd. In einem Brief an seinen Freund Rudolf Koller schrieb Zünd: „Den Stauffer möchte ich bei den Haaren aus der Ewigkeit herausreissen; der hatte auf der Welt seine Aufgabe noch nicht erfüllt." Robert Zünd hingegen hat seine Lebensaufgabe nach meiner Auffassung schon mit einem einzigen Bild erfüllt, das schon Gottfried Keller begeisterte. Keller pries „den Zufall, der hier wieder einmal durch das Medium eines preiswürdigen Meisters einen Geniestreich gemacht und ein fertiges Bild geliefert habe". Es handelt sich um den „Eichwald".

Der „Toteninsel"-Maler Arnold Böcklin hat sich nach meiner Meinung getäuscht. Gemäss einem Artikel von Franz Zelger zum Katalog einer Ausstellung im Kunstmuseum Luzern von 1978 hatte Böcklin keine innere Beziehung zur minizuös erfassten Wirklichkeit, zu einem Detailstudium, das bis an die Grenzen der Möglichen getrieben ist. „Es ist ein Fehler, wenn Zünd seinen Eichwald bis ins kleinste ausmalt und durcharbeitet. . . . Man sieht den Wald vor lauter Blättern nicht. . . das gibt mir schliesslich eine gleich grosse Photographie noch viel, viel besser", äusserte sich Böcklin. Doch soweit erwähne ich die professionellen Meinungen.

In meiner Kindheit sammelte ich die Marken, die damals den Schokoladenpackungen beilagen. Diese Marken konnte man in Bildchen und Alben umtauschen. Und in einem dieser Alben muss ich den „Eichwald" von Robert Zünd gesehen haben. Dieser Eindruck war unauslöschlich. Noch heute ist für mich ein Besuch in

Schweizer Bankiers lächeln nie...

Zürich unbefriedigend, wenn es mir nicht möglich ist, den ersten Stock des Kunsthauses zu betreten, wo im zweiten Saal nach der Treppe dieses Bild hängt, ganz in der Nähe der von Stauffer gemalten Lydia.

Zünd sagte, „er strenge sich an, seinem Ideale einfacher, veredelter Wahrheit näher zu kommen. Ein Gemälde müsse nicht <absolut wahr> sondern nur <wahrscheinlich> sein". Und tatsächlich: für meinen Laiengeschmack hat Zünd's Eichwald (118 : 156 cm) mit photographischem Detail überhaupt nichts zu tun. Eine etwas schief nach links gebeugte, von der rechts einfallenden Sonne beleuchtete Eiche beherrscht die Mitte des Bildes. Ein Lichtstreifen ergiesst sich wohl von einer Lichtung in den linken Vordergrund des Gemäldes, wo der Zauber von Farnkräutern und Gebüschen aufleuchtet. Vier Eichen mit der geneigten in der Mitte beherrschen den Vordergrund. Und der Blick verliert sich in das Dickicht des Waldes im Hintergrund. Eine Gebüschgruppe links vorn bietet kühlen Schatten. Eine Zeichnung mit allen Details diente wohl Zünd als Vorlage.

Zünd hat das Kunstwerk gemalt, das sich in seiner Vorstellung durch den Blick auf die Wirklichkeit ergab. Eine Photographie stellt die Details dar, das Gemälde die Vorstellung des Gesamten in Zusammenfassung der Details. Ich bin wohl schon stundenlang vor diesem Gemälde gestanden und bewunderte auch den Sammler Reinhart aus Winterthur, der mit anderen durch seine Käufe dazu beitrug, dass Zünd sein Leben fristen konnte. Als Artillerie-Unterleutnant hat Zünd übrigens einem wohl in der Sonderbundszeit an ihn gerichteten Aufgebot keine Folge geleistet und wurde mit Gefängnis bestraft. Und doch handelt es sich bei ihm nach meiner Ansicht um einen vorbildlichen Schweizer! In meinem Katalog befindet sich noch ein kleines Zünd-Bild „Engel mit drei Personen in einem Schiff". Dieses mich an Klee gemahnende Ölbild auf Glas hätte wohl auch hundert Jahre später entstehen können zur Lebenszeit meines zweiten Lieblingsmalers Kandinsky.

Auch die weiteren Details der tragischen Escher-Familiengeschichte scheinen mir erwähnenswert. Die unglückliche Lydia zog sich nach dem Tode Stauffers, nur noch schwarze Witwenkleider tragend, nach Cologny bei Genf zurück, und öffnete dort anfangs unseres Jahrhunderts den Gashahnen. Da handelt es sich doch wirklich um eine Tragödie griechischen Ausmasses.

Wie vor dem Denkmal des Vaters in Zürich sinnierte ich oft an ihrem Grab im Friedhof Plainpalais, wo die berühmten Genfer ruhen und ihrer seligen Auferstehung harren. Mit ihrem Erbe finanzierte sie die heute noch aktive Gottfried-Keller-Stiftung zum Ankauf von Gemälden, die in schweizerischen Museen hängen. Allerdings lief einiges mit dieser Stiftung schief. Das Kapital wurde unbegreiflicherweise in dilettantischer Art angelegt, und es bleibt heute nicht mehr viel zu Ankäufen übrig. Und zeitweise waren offensichtlich auch die „Kunstexperten" dieser Stiftung Dilettanten.

Meine Schlussfolgerung zu dieser Geschichte lautet: Auch Bankpräsidenten und deren verwöhnten Töchtern kann das Schicksal gram sein.

Ein weiterer Kommentar zur heute, also am 8. Dezember 1997, bekanntgegebenen Fusion der zwei Grossbanken scheint mir angezeigt. Als ich 1955 dem Schweizerischen Bankverein, dem einen der zwei Riesen als hoffnungsvoller Angestellter beitrat, war er noch die Bank mit der weitaus grössten Bilanzsumme. Doch in den kommenden Jahren wurde er von der weit dynamischeren und aggressiveren Bankgesellschaft überholt. Ihr oberster Chef, der waghalsige Herr Oberst Schäfer mit seinem Zwicker, war für seine riskanten Geschäfte bekannt, die ihm Glück brachten. Der Schweizerische Bankverein lief in den 80er und 90er Jahren in eine eigentliche Pechsträhne hinein. Die Bankleitung erneuerte sich mehr nach Prinzipien der Kollegialität als nach solchen der Professionalität. Eine geniale Führungspersönlichkeit, die ich zu meinen Freunden zählen darf, führte einen unbarmherzigen, harten Umbau der Gesamtstruktur durch. Auch dank der Aufkäufe führender ausländischer Finanzinstitute wurde diese Bank äusserst schlagkräftig, während nun die Schweizerische Bankgesellschaft in erhebliche Probleme hineinlief. Deshalb stammen auch die leitenden Kader der neuen „United Bank of Switzerland" weit mehrheitlich aus dem Bankverein, obschon die Bankgesellschaft das grössere der beiden Institute war. Ich musste unbedingt in meine Lebensgeschichte diesen Abschnitt aus der Aktualität, verbunden mit einem geschichtlichen Exkurs, einbauen.

Schweizer Bankiers lächeln nie...

Zuhause hatte man mir in meiner Kinderzeit immer vom „Ernst des Lebens" gesprochen. „Du wirst es dann schon sehen!" Im Mai 1945 wurde der Waffenstillstand in Europa geschlossen. Dies war der Anlass zu grossen Festlichkeiten in der französisch sprechenden Schweiz. In meinem lieben, zwinglianischen Zürich war man eher zugeknöpft und blieb ernst. Man stufte hier diese französisch sprechenden Welschschweizer wie immer als etwas unseriös und pietätlos ein. Immerhin war das ebenfalls deutschsprachige Nachbarland weitgehend zerstört. Man spricht zwar dort hochdeutsch und nicht den Schweizerdialekt, doch im Schwäbischen gibt es ganz ähnliche Dialekte.

Für mich begann in diesem Wonnemonat Mai des Jahres des Herrn 1945 meine Banklaufbahn mit dem Eintritt in eine Filiale der Schweizerischen Kreditanstalt. Ein Ausläufer dieser Filiale erzählte eine bezeichnende Geschichte. Ein Mann begegnet auf der Strasse seinem früheren Lehrer. „Was tust denn Du jetzt?" fragt der Lehrer. Die stolze Antwort lautet: „Ich arbeite auf der Kreditanstalt". „Natürlich, Du Nichtsnutz, das habe ich doch immer gedacht, dass Du in einer Anstalt enden wirst", entgegnet der Lehrer.

Auf die zarten Jugendjahre in der Bankfiliale der Schweizerischen Volksbank in Oberstrass, folgte für mich die Ausbildungszeit in dieser Bankfiliale der Schweizerischen Kreditanstalt im Seefeld. Der Chef dieser Seefeld-Filiale fuhr einen sportlichen Mercedes und war im Vergleich zum eher phlegmatischen Pflegevater Fritz ein äusserst geschäftiger und cholerischer Emil. Oberstrass war ein Quartier des wohlhabenden Mittelstandes und der Oberschicht. Im Seefeld dagegen brachten jeweils frühmorgens die Damen des horizontalen Gewerbes, das dort in der Gegend des Stadttheaters heimisch war, ihre am Vorabend verdienten 10-Franken-Noten an die Bankschalter zum Umtausch in 50-Franken- oder gar 100-Franken-Noten. Ich hoffe, damit kein Bankgeheimnis preiszugeben. Es ist auch für jedermann ersichtlich und somit kein Geheimnis, dass an der Seefeldstrasse viele Ladengeschäfte und sonstige Gewerbetreibende ihr Domizil hatten und wohl logischerweise bei Emil ihre Depositen verwahren liessen oder von ihm ihre Betriebskredite erhielten. Meiner Vermutung nach war damit Emil's Filiale lukrativer als jene von Götti Fritz.

Jacques Ittensohn

Der verdammte Ernst des Lebens, den ich nicht genug betonen kann, begann mit dem Buchhaltungschef Ernst und diesem Filialchef Emil. Die dem gestrengen Ernst unterstellten Buchhalter arbeiteten an ihren Stehpulten mit dem Federhalter hinter dem Ohr. Die drei Hexen des Emil-Macbeth waren allgegenwärtig: die Chefinnen (so sagt man dem politisch korrekterweise heute) der Korrespondenz- und der Portefeuilleabteilungen sowie das Telefonfräulein, die alle drei auf ihren imaginären Besen im Vorhof des grossen Chefs thronten. An die vorgegebenen Gründe für die lebenswichtigen Differenzen dieser drei Damen erinnere ich mich nicht mehr, doch wollte jede dem weisshaarigen Allmächtigen zuerst zu Gefallen sein. Und er fuhr jeweils selber wie eine Furie in diese giftigen Zänkereien hinein, was sie wohl eher noch mehr anstachelte.

Meine erste verantwortungsvolle Arbeit als hoffnungsvoller Hilfsbuchhalter bestand darin, jeden Morgen die grünen Postcheckabschnitte nach Beträgen zu sortieren: kleinster Betrag zu oberst auf dem Beigchen, grösster Betrag zu unterst. Dann galt es, die Einzahlungen in ein Buch einzutragen: Fräulein Albertine di Sparue, Fr. 5, Ritter Willibald Gluck Fr. 17.50, Doktor Faustus Fr. 150.- . . . . Gemeinschaft der Freunde zwölftöniger Musik des Kantons Zürich - Fr. 200'000. (Hoffentlich habe ich damit nicht heute noch nachrichtenlose Konten gespiesen.) Dann waren die wohl über 200 Beträge unten auf den Seiten zu addieren und das Tagesgesamttotal zu errechnen. Am Ende des Monats galt es, die Tagestotale zum Monatstotal zu vereinigen. Der Chefbuchhalter Ernst erschien mit der Saldomeldung der Post, kratzte sich hinter dem linken Ohr und sprach: „Da stimmt etwas nicht". Ich musste nun alle Beträge der Tage dieses vergangenen und verdammten Monats zitternd und im Schweisse meines Angesichts nochmals addieren - bis endlich auch bei mir die von der Post gemeldete Zahl unter dem letzten Additionsstrich stand. Am Ende des zweiten Monats spielte sich die gleiche Tragödie ab. Ich schnaufte tief auf, als der dritte Monat für mich das Einrücken in die Schweizerarmee bedeutete zur Absolvierung der Rekrutenschule. Und ich kann schon vorgreifen. Natürlich weigerte sich der Buchhaltungschef, mich nach meiner 17-wöchigen militärischen Ausbildung im November 1945 wieder mit einer Aufgabe in seiner Abteilung zu betrauen. Da war doch wirklich ein hoffnungsvoller Auftakt für eine Bankkarriere. . .

Schweizer Bankiers lächeln nie...

Ach, wie war das Militär doch wichtig für meine Zukunft. Zu meiner Zeit und bis in die Gegenwart hinein waren die Mitglieder der obersten Geschäftsleitungen der Schweizerbanken auch gleichzeitig Obersten der Schweizer Armee. Ein befreundeter Bankdirektor erzählte mir einmal von einem Besuch, den er mit einem Generaldirektor seiner Bank um 1960 herum beim damaligen Papst der deutschen - und damit auch der europäischen Bankenwelt absolvierte. Der Name dieses respekterheischenden Herrschers der Deutschen Bank ist kein Geheimnis. Er hiess Präsident Dr. Dr. h.c. Dr. h.c. Hermann Joseph Abs. Als einmal eine Telephonistin seinen Namen nicht verstand und ihn um Buchstabieren bat, soll er gesagt haben: „Also, A wie Abs, B wie Abs und S wie Abs! Verstanden? Also merkt Euch das!" Beim erwähnten Besuch musste sich der schweizerische Generaldirektor zurückziehen, um ein menschliches Bedürfnis zu befriedigen. „Ja, ja", sagte Herr Abs, „der frühere Präsident Ihrer Bank, der Herr X, das war noch ein guter Mann - der war doch Obrist bei der Schweizerarmee." „Schon, Herr Präsident Abs", entgegnete mein Freund, „aber der Herr Generaldirektor Y, den ich hier begleite, der ist noch viel höher; denn er hat sogar den Rang eines Oberstbrigadiers". (Dies ist der höchste, selten verliehene Rang, den bei uns ein Milizoffizier damals bekleiden konnte). „Ach so, deshalb hat ihn wohl der Herr X erfunden", entgegnete darauf Herr Präsident Abs.

Hier ist es wohl an der Zeit ein Wort über die Hierarchie des schweizerischen Bankwesens zu verschwenden. Wie die von Peter dem Grossen begründete und 1714 publizierte Adels- und Militärhierarchie des Zarenreiches ist auch die helvetische Bankenhierarchie indirekt auf die strenge Ordnung des aufgeklärten Preussenkönigs und Voltairefreundes Friedrichs II. zurückzuführen. Friedrich II. hatte immerhin aus unerzogenen und ungebildeten Bauernsöhnen disziplinierte Soldaten gemacht, die trotz einer brutalen Erziehung und Ausbildung offensichtlich für ihren König echte Gefühle der Anhänglichkeit empfanden.

Tschechow hat die Zarenhierarchie, die erst mit der Revolution von 1917 ausser Kraft gesetzt wurde, mit seinem scharfsinnigen Humor festgehalten. Die Parallelen zur schweizerischen Militär- und Bankenhierarchie erscheinen mir offensichtlich. Diese irrsinnige

Jacques Ittensohn

Hierarchie wurde im Falle der CS Group (früher Schweizerische Kreditanstalt) vor einigen Jahren bis auf die Geschäftsleitungsmitglieder aufgehoben. Der damalige Präsident der Geschäftsleitung hatte mir anvertraut, man habe sich mit all diesen Rängen überhaupt nicht mehr zurechtgefunden. Bei dieser Bank werden nun alle sonstigen Höhergestellten - ausserhalb des Olymps der Geschäftsleitung - zum Leidwesen vieler der früher Beförderten nur noch als Kadermitglieder bezeichnet. Bei den anderen Banken - und übrigens auch bei Industrie- und Dienstleistungsunternehmen unseres Landes - bestimmen diese frederizianischen Hierarchien jedoch immer noch den Beförderungsrhythmus. Wie lange diese längst fossilisierte Hierarchisierung noch beibehalten wird, steht in den Sternen geschrieben. Internet, Globalisierung und Aufsplitterung der Dynosaurier der Industrie- und Finanzwelt in interne oder externe Dienstleistungsgebilde werden wohl einer solchen „Revolution" förderlich sein. Hier folgt nun mein Vergleich der zaristischen Hierarchieordnungen mit jenen der Schweizer Banken und der Schweizerarmee:

ZARENREICH		SCHWEIZ	
Militärgrad	Zivilgrade	Militärgrad	Bank- & Industriegrade
		Hohe Exzellenzen	
Feldmarschall	Reichskanzler	Generalstabschef General (im Kriegsfall)	Verwaltungsratspräsident
General	Wirklicher Privatrat	Korpskommandant	Präsident der Geschäftsleitung
		Exzellenzen	
Generalleutnant	Privatrat	Divisionär	Mitglied der Geschäftsleitung
Generalmajor	Wirklicher Staatsrat	Brigadier	Generaldirektor
		Hochgeboren	
Oberstbrigadier	Staatsrat	Oberst im Generalstab	Stellvertretender Generaldirektor

(Fortsetzung, Seite 103)

Schweizer Bankiers lächeln nie...

(Fortsetzung von Seite 102)

ZARENREICH			SCHWEIZ	
Militärgrad	Zivilgrade	Militärgrad	Bank- & Industriegrade	
		Hochwohlgeboren		
Oberst	Kollegiumsrat	Oberst	Direktor	
Oberstleutnant	Rechtsberater	Oberstleutnant	Rechtsberater	
Major	Kollegiums-Assessor	Major	Stellvertretender Direktor	
		Ihre Hoheit		
Hauptmann	Titularrat	Hauptmann	Vizedirektor	
Stabshauptmann	Kollegiums-Sekretär	Oberleutnant	Prokurist	
Leutnant	Marine-Sekretär	Leutnant	Handlungsbevollmächtigter	

Die Grade des Zarenreiches entsprachen keinerlei Funktionen und wurden lediglich ehrenhalber verliehen; diese Räte und Berater berieten also niemanden, sondern liessen es sich in den mit ihrem Range verbundenen Privilegien wohl sein. Immerhin hielten sich diese Grade von Zarissimus Gnaden während mehr als zwei Jahrhunderten bis zu ihrer brutalen Beseitigung durch den aus der Schweiz in das Zarenreich expatriierten Lenin, den Gründer des kommunistischen Paradieses. Dieses marxistische Paradies schuf allerdings mit seiner Nomenklatura nur wieder neue mit Privilegien verbundene „Adels"-titel.

Bei unseren Schweizerbanken weht ein anderer Wind. Jeder Grad entspricht einer Funktion und ist, wie es mir in Seminarien immer wieder eingeschärft wurde, mit Kompetenzen und Verantwortungen verbunden. Wie Matthias Kräkel in einer Studie mit dem Titel „Informationsökonomische Erklärungsansätze für Fehlbesetzungen im Topmanagement" erwähnt, können jedoch auch Erwägungen eine Rolle spielen, die diese Prinzipien ad absurdum führen. So sei es vorstellbar, dass ein Unternehmen gerade seine besten Angestellten nicht befördere. Durch eine Beförderung werde nämlich der Konkurrenz signalisiert, dass die betreffende Person hoch qualifiziert sei. Damit erhöhe sich auch die Gefahr, dass der Beförderte von einem anderen Unternehmen abgeworben werde. Unter Umständen könne dies nur durch eine Lohnerhöhung verhindert werden. Und durch besagte Verweigerung einer Beförderung blieben die ausserordentlichen Qualifikationen von Angestellten Aussenstehenden und damit der Konkurrenz verborgen. Es hat mich sehr erstaunt, diese These von Professor Kräkel in der Neuen Zürcher Zeitung zu lesen. Ich kann nicht recht daran glauben, dass derartiges schon in den 60er Jahren und den 70er Jahren in Schweizer Banken geschehen wäre. Da wird ja geradezu am Allerheiligsten gerüttelt.

Was mir allerdings als sehr wahrscheinlich erscheint, ist die unbewusste Anwendung des „Peter's Principle", gemäss welchem jeder Angehörige einer Bürokratie in den Rang befördert wird, der seiner absoluten Inkompetenz entspricht. Dies mag solange gegolten haben, bis die Aufhebung von Kartellen und die Globalisierung rigorose Kostenkontrollen erforderten.

Jeder Abteilungschef war in den „guten Zeiten" vor dieser Straffungsperiode darauf bedacht gewesen, seine Stellung und Weiterbeförderungschancen durch die Schaffung einer ihm unterstellten Privat-Hierarchie zu festigen. Und es liegt auf der Hand, dass die Beförderung in den nächsthöheren Grad immer einer Verbesserung der Saläre, der späteren Ruhegehälter und damit der Verbesserung des Lebensstandards und der sozialen Stellung entspricht.

Und ich kannte Banken, in denen man den Kreis der Generaldirektion klein halten wollte, wohl um die Summe der Bezüge nicht auf eine grössere Anzahl von Würdenträgern auszudehnen. Deshalb schuf man für beförderungshungrige und wegen ihres Wissens wohl auch gefährliche Kadermitglieder, denen man die allerhöchsten Würden nicht zugestehen wollte, weitere Ehrentitel. So erfand man die Ränge von Generalsekretären, Zentral- und Hauptdirektoren. Für die Stabsabteilungen wie Steuerangelegenheiten, Informatik, Volkswirtschaft, Immobilienwesen, Ausbildung entwickelte die Beförderungsphantasie Titel wie Bereichsleiter oder Abteilungsvorsteher mit ihren Stellvertretern. „Ittensohn, sie werden gewiss auch einmal Stationsvorstand", sagte mir einmal tröstend einer dieser Spassvögel.

In den unteren Graden gab es neben der externen Hierarchie, d.h. den Personen, die die Bank mit ihren Unterschriften kollektiv oder einzeln verpflichten konnten, die interne Hierarche der Vizedirektoren, Prokuristen, Chef- und Hauptprokuristen sowie der Handlungsbevollmächtigten ohne Unterschrift. „Im Range" - stand auf den Visitenkarten neben diesen zweitklassigen „Rängen". Selbst Peter der Grosse und Friedrich der II. hätten wohl über diesen Titelreichtum gestaunt.

Wie schon erwähnt, dienten die Beförderungen in diese Ränge auch stets zur Verbesserung des „Zapfens", wie das Salär respektlos bezeichnet wurde. Allerdings bestand auch innerhalb der Ränge eine nach Altersstufen zu erklimmende Salärskala. Es konnte durchaus sein, dass man nach langem Warten auf die Beförderung am oberen Ende der eigenen Salärskala stand, die dem unteren Ende des neuen Ranges entsprach. Dann hatte einer eben Pech gehabt.

Über die Höhe des „Zapfens" bestand striktes Redeverbot. Auf gar keinen Fall sollten Eifersucht und Begehrlichkeit geschürt werden. Es galt wohl auch aus nicht zugebbaren Gründen bestehende Unterschiede zu verheimlichen. Am Zahltag verteilten der Personalchef oder sein Stellvertreter die Briefumschläge mit den Banknoten und den Münzen. Die Quittung war in einem „Streng Vertraulich" überschriebenen Umschlag an das Personalbüro zurückzuschicken. Als Direktionsmitglied musste man den Umschlag selber im Büro des Direktionspersonalchefs in Empfang nehmen und ihm die Quittung gleich wieder unterschrieben in die Hand geben. Der nicht zum direkten Verbrauch bestimmte Betrag wurde dann vom Betreffenden auf sein Konto einbezahlt. Doch das Salär konnte nicht direkt vom Personalbüro auf das Konto gutgeschrieben werden. Oh Schreck, sonst hätten ja die Buchhalter gewusst, wieviel, oder wie wenig, ihr Direktor verdiente.

Als ich einmal im Jahre 1973 ein Interview im Wall Street Journal gab, auf dessen weitreichende Folgen ich noch zurückkommen werde, wollte der Redaktor die Höhe meines Lohnes wissen. Ich sagte ihm, er solle schreiben: „Normalerweise erhalte ein Mann in meinem Range auf einer Schweizerbank ein Salär, das sich etwa in der Höhe von X - Y bewegt."

Jacques Ittensohn

Am besten ging es in diesen 50er und 60er Jahren finanziell den Kollegen, die bei einem amerikanischen Broker oder einer amerikanischen Industriefirma einen „Job" gefunden hatten. Ihre Löhne wurden nach dem amerikanischen Tarif in Dollars ausbezahlt, die zum Kurse von Fr. 4.30 in Schweizerfranken umgerechnet wurden. Einer dieser Freunde gab mir den Ratschlag, mindestens den Betrag von zwei Jahressalären beiseitezulegen, um für Schicksalsschläge eine Reserve zu bilden. Ja, der hatte gut reden!

In meiner nebenberuflichen, journalistischen Tätigkeit, die mir ungefähr alljährlich wieder verboten wurde, schrieb ich einmal in einer führenden deutschen Finanzzeitschrift einen Artikel über die Berichterstattung der Unternehmen und Banken für ihre Aktionäre, die damals nur in den jährlichen Geschäftsberichten erfolgte. Damit zog ich mir den Zorn der Geschäftsleitung zu, denn ich hatte mich für weitgehende Offenlegung der Verhältnisse ausgesprochen. Bei unseren Banken wollte damals niemand etwas von solchem „Striptease" wissen. Unter anderem wies ich in diesem Artikel darauf hin, dass in den USA die Bezüge der Präsidenten des Verwaltungsrates - Chairman of the Board - und der Präsidenten der Geschäftsleitung - Chief Executive Officer - sowie der anderen Unternehmensspitzen veröffentlicht würden. Sogar die Anzahl Aktien des Unternehmens, die ihnen als Gewinnbeteiligung zukamen, wurde dort erwähnt. Ich wurde darauf zu einem der Generaldirektoren zitiert, dem ich diesen Passus zeigen musste. „Ja, da begreife ich schon, dass diese Aussage dem Herrn Präsidenten Abs (also dem schon erwähnten Papst des europäischen Bankwesens) in die Nase stach."

Es ist deshalb klar, dass es der Ehrgeiz jedes „normalen" Bankangestellten ist, immer auf die nächsthöhere Rangstufe zu schielen und sein Tun und Trachten, sein Katzenbuckeln, Antichambrieren und Parkinson'sches Strategiestreben ganz auf diesen Aufstieg auf der Leiter der Elite auszurichten. Der schlimmste Tag des Jahres war immer jener späte Novembertag, an dem die Beförderungsliste zirkulierte. Wie mir ein Personalchef sagte, freut eine Beförderung nur den Beförderten selber. Alle anderen stellen sich die Frage: „Warum gerade dieser Esel, und nicht ich, der ich es doch viel mehr verdient hätte?" Man musste dann zuhause der Ehefrau beichten, warum man es selber nicht geschafft hatte. „Ich habe Dir ja immer gesagt, dass Du auf der Bank alles falsch machst!" war ihr Kommentar. Und der Haussegen hing wieder einmal schief.

Zwar ist die Schweiz stolz darauf, eine der ältesten Demokratien zu sein. Aber in der schweizerischen Bankenwelt herrscht die Auswahl durch Kooptation. In den echten Privatbanken sind die Funktionen der mit ihren Vermögen haftenden Teilhaber (Associés) sogar noch vererblich. In Genf erhält sich immer noch der Titel „Notre Sieur" (Gnädiger Herr), mit dem das Personal die Associés begrüsst, als Reminiszenz an die viel schöneren und betrauerten Zeiten vor der französischen Revolution. Als ich 1988 in Genf einen internationalen Kongress organisierte, wollten mich Pariser Komiteemitglieder unserer Finanzanalysevereinigung dazu bewegen, einen VIP-Room und ein VIP-Essen für die „Very Important Persons" einzurichten, zu denen sie vor allem sich selber zählten. Ich konnte den wohl prominentesten dieser Genfer Privatbank-Associés, der damals meinem Public-Relations-Komitee angehörte, um seinen Rat bitten. „Wir haben in der Schweiz überhaupt keine «Very Important Persons»," war sein Entscheid, der mich sehr freute. Nach einigen Jahren erinnerte ich ihn an diesen Vorfall. „Ganz gleich wie die anderen sind wir allerdings auch nicht", präzisierte er dann.

Und in Banken und Industrieunternehmen geht es ja wohl gar nicht anders als durch Kooptation, denn jemand muss doch aufgrund der Persönlichkeit, des Charakters, der Führungsqualitäten und der fachlichen Qualifikation den zu Befördernden auslesen. Elite heisst schliesslich nichts anderes als Auslese. Eine Demokratisierung in solchen Kapitalgesellschaften ist wohl kaum vorstellbar.

Es stellt sich dagegen die bange Frage, ob diese Auslese in der Politik unserer Demokratie auf Grund vertretbarer Kriterien erfolgt. Stehen da nicht Äusserlichkeiten, wie die Wortgewalt und die Schauspielkunst vor dem Fernsehen im Vordergrund? Im übrigen spielt das Heraufdienen in den politischen Hierarchien eine ausschlaggebende Rolle.

Bevor unter Napoleon in der Schweiz die Helvetische Republik im Jahre 1798 ausgerufen wurde, waren Wahlrecht und vor allem Wählbarkeit in Behörden noch von der Zugehörigkeit zu den Bevölkerungsgruppen mit Besitzes- und Geburtsvorrechten abhängig. Doch diese Helvetische Republik zerfrass sich in internen Streitereien. Es war nicht genug, dass sich bei der zweiten Schlacht in Zürich 1799 die französischen Besetzungstruppen den Österreichern und Russen gegenübersahen. Am 9. September beschossen die Truppen der „unitarischen" helvetischen Republik die „föderalistische" Stadt Zürich wiederum. Eine historische Ironie will es, dass sich in dieser innerschweizerischen Auseinandersetzung die beiden Grossväter Conrad Ferdinand Meyer's, eines meiner schweizerischen Lieblingsdichter, gegenüberstanden. Der Grossvater väterlicherseits gehörte als Kommandant der Stadt Zürich zu den konservativen Föderalisten. Der Grossvater mütterlicherseits dagegen, Statthalter Ulrich, war als liberaler Unitarier unter den Angreifern zu finden.

1803 zwang Napoleon unserem Lande die Mediation auf. Aber auch mit dieser Regierungsform war der völlige Umschwung zur Demokratie noch nicht erreicht. In der Zeit der Restauration von 1815 bis zum revolutionären Umsturz von 1830 gelangte das Szepter in einzelnen Landesteilen wieder in die Hände der früheren Feudalherren. Zur Einführung der Demokratie in vorsichtigen Schritten brauchte es noch den letzten Krieg auf Schweizerboden. Dieser Sonderbundskrieg genannte Bürgerkrieg dauerte im Jahre 1847 25 Tage und forderte 98 Tote und 493 Verletzte. Es handelte sich um einen Krieg der gottesgläubigen Staatenbund- und Feudalsystemanhänger gegen die „gottverleugnenden" radikalliberalen Anhänger eines Bundesstaates. Diese letzteren errangen den Sieg. Damit wurde die Schweiz mit ihrer Verfassung von 1848 in Bezug auf demokratische Prinzipen für einige Jahrzehnte der führende Staat Europas.

In diesem Sonderbundskrieg von 1847 scheint übrigens die Disziplin der Schweizertruppen beider Parteien nach zeitgenössischen Kommentaren nicht die beste gewesen zu sein. Professor Dr. Carlo Moos schreibt dazu in dem Bändchen „Im Zeichen der Revolution" (Chronos-Verlag 1997), dass es fraglich sei, ob dies ein Milizproblem darstelle. Tatsächlich waren die nach gängiger Auffassung besser disziplinierten Truppen der napoleonischen Regimenter und generell der Soldregimenter Berufssoldaten. Ich weiss nicht, wie meine Disziplin als Schweizer Milizsoldat von der Vorgesetzten beurteilt wurde.

Schweizer Bankiers lächeln nie...

Dass die Einführung der Demokratie in unserem Staatswesen gar nicht solange her ist, wird mir dadurch bewusst, dass meine Grossmutter noch erzählte, wie ihre Grosseltern sich an die bewegten Zeiten erinnerten, in denen der „Näppi" auf Schweizerboden seine Schlachten schlug und sich sehr aktiv in den politischen Prozess einmischte. Ihre Vorurteile gegen die katholischen Priester mögen ihre Wurzel noch im Jesuitenstreit gehabt haben. Die mit Metternich verbündeten Sonderbundskantone hatten sich gegen ein liberales Schulsystem gewehrt und die Jesuiten ins Land gerufen, um in ihrem Bereich eine gottesgläubige Erziehung und Ausbildung zu sichern. Die Sieger des Sonderbundkrieges erliessen deshalb ein Jesuitenverbot, das erst in den letzten Jahren dieses 20. Jahrhunderts aufgehoben werden konnte. Wer kümmert sich heute noch um Jesuiten und andere Orden? Selbstmörderische und ausbeutende Sekten sind jetzt die viel grössere Gefahr.

Zum Thema der Regierungssysteme hatte schon Melanchthon, der Mitstreiter Martin Luther's 1530 in einer Vorlesung über die politischen Prinzipien die elitäre Aristokratie als die beste Staatsform bezeichnet, wobei der Monarch dazugehört. Demokratie war für ihn, wie für die antiken Staatsrechtler, der nicht weiter diskussionswürdige Extremfall, in dem die Unterschichten die Herrschaft an sich reissen. Es ist wohl für einen Schweizer geradezu unschicklich, einen solchen mittelalterlichen, völlig unmodernen Gelehrten zu zitieren. Natürlich gab es die vorbildliche, griechische Demokratie, doch in der lebten lediglich Eliten: die Sklaven zählten zum lieben Vieh. Und wie mir scheint, wählte man dort nicht die Regierung. Sie wurde durch das Los bestimmt; denn jeder aus dieser Elite war fähig, eine leitende Aufgabe zu übernehmen. Das letzte Wort in diesem Ideenstreit ist wohl noch nicht gesprochen, und eine absolute Wahrheit kann es wahrscheinlich nicht geben. Wenn wir in der Schweiz die Staatsschuld brav weiter wachsen lassen, so könnte uns durchaus ein Systemwechsel blühen. Schliesslich war einer der Hauptgründe der französischen Revolution die hohe Verschuldung des Staates. Um bei meinem Thema zu bleiben: in den Schweizerbanken konnte ich keine Spur eines demokratischen Systems finden.

Ein enger, mir seit der Jugendzeit vertrauter Freund, der die unwahrscheinliche Geduld aufbrachte, diesen Text anzusehen, sagte

Jacques Ittensohn

mir, dass wohl ausser ihm und mir niemand über die notwendige Energie verfügen werde, meine Lebensgeschichte fertigzulesen. Ich schweife zu viel von meinem eigentlichen Thema ab, und damit würden die Leser ermüdet und entmutigt. Doch für mich, wie einst für Lawrence Stern, dessen „Tristram Shandy" der Dandy-Hauptmann Ernst Jünger in den Schützengräben des ersten Weltkrieges gelesen haben soll, sind die Assoziationen, die sich ergeben, fast das Wichtigste. Also nun mit frohem Mut und heiter'm Sinn (denn futsch ist futsch und hin ist hin - heisst es in einem mir lieben alten Studentenlied) zu meiner militärischen Ausbildung nach dem ersten Einbruch des beruflichen Lebensernstes in die „frohe" Jugendzeit.

IV. Rekrutenschule im letzten Kriegsjahre

Meine Rekrutenschule von 1945 war die letzte, in der 3 mm Haarschnitt befohlen war, und in der in unserem Schweizerländchen noch der preussische Taktschritt der Rotarmisten vor dem Kreml eingedrillt wurde. Ich hatte meine Schauspielerträume ausgeträumt. Und es war mir bewusst, dass in der Bank zum Aufstieg in die von mir begehrten höchsten Sphären der Generaldirektion und des Präsidum eine Offizierslaufbahn geradezu ein Obligatorium war.

Als ich mich 1944 als 18-jähriger für die Rekrutierung gestellt hatte, fragte mich der Aushebungsoffizier, ein Herr Major Wille, also wohl ein Nachkomme des Generals aus dem 1. Weltkrieg, ob ich Offizier werden wolle. „Natürlich, Herr Major!" war meine stramme Antwort So schrieb er mit Bleistift in mein Dienstbüchlein die Buchstaben O.S. (für Offizierssschule).

Schon die körperliche Tauglichkeitsprüfung an diesem Aushebungstag war allerdings eine Qual: in keinem der Fächer, wie Springen, Gewichtheben, Weitsprung, Hochsprung etc. brachte ich es auch nur auf eine einigermassen genügende Note. Beim Schnelllauf wurden wir photographiert. Ein Bild, das mich so erschütterte, dass ich es später wegwarf: mein nackter Oberkörper war skelettaft: alle Knochen standen heraus, und in den schlotternden Turnhosen steckten spindeldürre Beinchen.

Es war Anfang Juli 1945, als ich mit meinem Koffer nahe des Ausgangs des Gotthardtunnels bei Airolo die Uniformstücke, den Stahlhelm, zwei Paar Nagelschuhe, das Gewehr, das Bajonett, den Brotsack, die Putzkiste, den Tornister und den Karabiner empfing. Mein Leutnant, ein Student der Elektrotechnik, und mein Korporal, ein Dreher, beaugapfelten die ihnen anbefohlenen Rekruten: Bauernsöhne aus der Innerschweiz, ein Bäckerssohn aus Zürich sind die Jammergestalten, die mir im Gedächtnis verblieben sind. Wir wurden als Funkersoldaten ausgebildet und gehörten zur Festungsartillerie.

Ich war naiv genug gewesen, um anzunehmen, in der Rekrutenschule gebe es auch Zeit zum Lesen. In meinem Koffer befan-

Jacques Ittensohn

den sich voluminöse Wälzer, wie „Die grossen Denker" von Will Durant, „Die Musikgeschichte der Welt" von Kurt Pahlen, und wohl einige Bücher mit Gedichten. Als wir den steilen Weg zu unserer Festung hinaufsteigen mussten, war es mir nicht möglich, diesen Koffer zu tragen. Ein freundlicher Leutnant des Telefonzuges, ein Student der Forstwirtschaft, also ein kräftiger Kerl, trug ihn auf einer Schulter. Ohnehin, die Koffer mussten unverzüglich adressiert und mit den Zivilkleidern und -schuhen darin heimgeschickt werden. Für persönliche Effekten, also auch für meine Bücher, war kein Platz in der Festung.

Diese Festung lag in einer Vertiefung, mit den Kehlgräben darum herum. Es handelte sich um ein steinernes „Gefängnis" mit vergitterten Fenstern. Auf den Treppen und in den Gängen hallten die Nagelschuhe. Die Offiziere mit ihren gebügelten Uniformen, mit ihren Stiefeln und ihren mit den Gradabzeichen funkelnden Hüten stachen als Elite aus all dem uniformen Pöbel heraus.

Rechts vom Eingang befand sich die riesige Festungsküche, von ihr durch eine Wand abgetrennt die WC-Anlagen (die Scheisse hiess das) und das Arrestlokal (das Loch). Allerdings gingen die Trennwände nicht bis an die Decke: die Gerüche vermischten sich. Dann kamen die Unterkünfte mit den Eisenbetten: immer zwei der folgsamen Rekruten lagen unten und zwei oben, wohl 80 Mann pro Zimmer. Zwischen den Betten waren die Kleiderhaken und vor den Betten die waagrechten Bretter angebracht, auf denen die Effekten aufgereiht werden mussten. Die Kleider wurden genau nach Muster zusammengelegt, davor lag die Putzkiste und darunter der nach Muster verpackte Tornister. Im Zahnglas steckte die Zahnbürste, die nach rechts schauen musste. Um 5 Uhr morgens schrie der Feldweibel: „Auf, Tagwacht!" Nun musste in den Kehlgraben zu den Waschrinnen gerannt werden, dann wieder die Treppen hinauf in die Schlafräume zum Anziehen des Exerziertenues. Darauf folgten das Morgenturnen und ein Dauerlauf auf der Gotthardstrasse.

Nach drei Wochen fand die erste Inspektion durch den Ausbildungschef, einen Obersten, statt. Der schrie den Schulkommandanten an, es sei überhaupt keine Art, diese jungen Leute so früh zum Bett hinauszujagen und solchen Exerzitien zu unterwerfen. Die seien ja alle so käsebleich wie Onanisten und überhaupt nicht kriegstüchtig. Also genossen wir fortan ein etwas menschlicheres Klima.

Das Wichtigste, was wir zu lernen hatten, waren Ordnung und Sauberkeit. Der Feldweibelaspirant hatte uns diese Qualitäten beizubringen. Seine Pupillen zitterten stets von einer Seite zur anderen, wenn er unseren Zustand und unser Zubehör inspizierte. Er dozierte uns die Theorie über den Brotsack. „Wann darf die Notportion (Zwieback, Schokolade und Fleischkonserve) angegriffen werden?" Verschiedene Antworten wurden von Rekruten vorgeschlagen: „Wenn man ein paar Tage nichts mehr gegessen hat." - „Wenn man am Verhungern ist" - „Wenn man vom Nachschub abgeschnitten ist". Nein, bewahre, es gab nur die eine richtige Antwort: „Die Notportion wird nur auf Befehl gefressen."

Jeden Abend galt es mit den Uniformstücken über den Armen, mit den Schuhen in der Hand und mit der Putzkiste unter den Armen, aus der Unterkunft die Treppe hinunter und in den Kehlgraben zur grossen Reinigung zu rennen. Der Feldweibelaspirant stand an der Türe. Ich hatte praktisch an jedem Abend Probleme. Entweder rannte ich mit all dem Zeug unter den Armen, in und auf den Händen nicht schnell genug, oder die ganze Herrlichkeit fiel zu Boden, oder dann waren die Schuhe oder die Hosen nicht sauber genug. „Ittensohn, heute Abend Kartoffelschälen" schrie das Ekel mich an und schrieb meinen Namen in sein Büchlein. Anstatt in den Ausgang zu gehen, verbrachte ich so die meisten Abende in der Küche. Aber solche Dinge taten meiner Laune überhaupt nichts an. Lieber war mir das Kartoffelschälen als der Rückweg in die Bankbuchhaltung auf dem Seefeld.

Dem Feldweibelaspiranten, der seinen Rang wohl doch seines menschenverachtenden Gehabens wegen nicht erhielt, erging es einige Jahre später schlecht. Er arbeitete in Bern in einem Restaurant als Tellerwäscher. Einige der früheren Rekruten riefen ihn heraus, schlugen ihn zusammen und warfen ihn in einen Brunnen. So streng waren damals bei uns die Bräuche.

Vor dem Abtreten am Abend und dem Ausgang, den für mich meist die Strafe des Kartoffelschälens (Härdöpfelspitze) ersetzte, übten wir Einstehen und Achtungstellung im Kehlgraben. Der

Jacques Ittensohn

Kompagniekommandant und die anderen Offiziere inspizierten die Ordnung in den Unterkünften. Meist waren fluchende Stimmen und ein Mordslärm zu hören. Alle unsere Effekten wurden auf den Boden geschmissen. Die Ordnung hatte nicht befriedigt. Wieder mussten wir hinaufrennen und von neuem Ordnung erstellen undsoweiter, bis die gestrenge Obrigkeit unsere Unterkünfte in annehmbaren Zustand befand.

Doch ich erlebte auch meine bescheidenen Erfolge. Niemand von diesen Bauernburschen konnte sich laut genug anmelden. Sie wurden angeschrien und zu lauterem Reden angespornt. Dank meiner Rezitationsausbildung war dagegen mein Stimmvolumen gewaltig. Wenn ich mich anmeldete, wurden die ernsten, stets Haltung bewahrenden Leutnants, ja selbst der Kompagniekommandant, von schwer zu bändigenden Lachkrämpfen geschüttelt. Einmal wurde ich beim Vorbeimarschieren vor dem gestrengsten dieser Vorgesetzten einige Male zurückgeschickt und musste meine Manöver wiederholen. Plötzlich sagte er zu mir: „Funkersoldat Ittensohn, ich will Sie gar nicht plagen, aber sie gefallen mir mit Ihrer Stimme halt einfach - also mach, dass Du zum Teufel kommst!". (Duzen war strengstens verboten!!) Grossen Erfolg hatte ich mit einem gewollten Versprecher, als ich, also der Funkersoldat Ittensohn, mich mit grösstem Ernst als „Ittensoldat Funkersohn" anmeldete.

Hunderte von Stunden verbrachten wir Funksoldaten vor unseren Funkgeräten und mit den Tastern, die zur Übermittlung von Meldungen mit Morsezeichen dienten. Das Morsealphabet musste sitzen. Ich hatte schon im letzten Jahr der Handelsschule im Militärischen Vorunterricht diese Buchstaben gelernt. In der Rekrutenschule fanden strenge Prüfungen statt. Dabei stand doch 1945 schon fest, dass Mr. Morse ausgedient hatte. Alle Meldungen erfolgten durch Telephonie. Und wir büffelten Morse. Fragt mich nicht nach dem Zweck! Das frägt man im Militär sowieso nie. Und wir sangen auf unseren Märschen verzückt das Lied mit dem Refrain: „Und alle Mädel singen mit, ja mit: DI-DO-DI-DI - DI-DO-DI-DI. . - . . war doch das Zeichen für L wie Liebe. Erst im Zeitpunkt, in dem ich diesen Abschnitt schreibe, Anfang 1998, habe ich allerdings im Fernsehen vernommen, dass der letzte Morse-Taster, irgendwo bei

Schweizer Bankiers lächeln nie...

der Schiffahrts-Kontrolle zum letzten Mal verwendet wurde. Definitely farewell, dear Mr. Morse!

Körperliche Ertüchtigung wurde an Turngeräten und auf der Hindernisbahn geübt. Mein Korporal jagte mich im Zeug herum, weil bei mir weder der Taktschritt noch die Schiessübungen recht klappen wollten. Vor allem regte ihn mein mir nicht abzugewöhnendes ewiges Lächeln auf: „Lieber all das als die Bank!" Auf der Hindernisbahn war es mir unmöglich, mit Gewehr und vollgepacktem Tornister die Wand zu übersteigen. Ich wurde rasend vor Wut und sprang die verdammte Wand mehrere Male an, bis der mich sonst nur anschreiende Korporal Einhalt gebot: „Sie sind ja, verdammt nochmal, ganz blau im Gesicht - und ich will doch nicht an ihrem Tod schuld sein!" Die Kletterstangen kam ich trotz empfangener Fusstritte nie hinauf. Und eine Übung am Stemmbalken hatte ich besonders gern. Wir hatten auf diesen Balken zu knien und aus dieser knienden Stellung auf den Boden zu springen. Meine Angst kannte keine Grenzen, und ich liess mich auf den Kopf hinunterfallen.

Und auf diese Weise landete ich für einige Stunden im Festungsspital und bei dem stets freundlichen und verständigen Militärarzt, der Dr. Waldvogel hiess. Ihn sah ich auch oft an Montagen. Während meine Kameraden über das Wochenende heim in den Urlaub gingen, schämte ich mich mit meinem geschorenen Schädel. Und ich sagte mir: „Wenn ich schon wochenlang in dieser Festung hocken soll, dann sollen sie mir eben auch am Sonntag zu fressen geben." Und so war die Küche wohl oft allein für mich geöffnet.

An den Sonntagnachmittagen sass ich bei dem hübschen Töchterchen der Leiterfamilie in der Soldatenstube, in der noch vor wenigen Wochen die Aktivdienstsoldaten ihre Zeit vertrieben hatten. Diese Vaterlandsverteidiger kamen erst Anfang Juli 1945 aus der Festung heraus. Der Aktivdienst war auch nach dem Frieden in Europa auf Befehl unseres Generals noch weitergeführt worden. Wir begegneten diesen Heimkehrern bei unserem Einrücken von weitem, und sie riefen uns zu: „So kommt Ihr auch nach Buchenwalde?" Man hatte doch offensichtlich nicht die geringste Ahnung von den Schrecken und Vergasungen, die in diesen Lagern geschehen waren, um solche Vergleiche zu ziehen, oder man wollte es nicht wissen.

Jacques Ittensohn

In dieser Soldatenstube gab ich an den Sonntagen meinen täglichen Franken Sold für Kuchen und Kaffee aus. Da ich dieses Regime übertrieb, landete ich an manchem Montagmorgen mit Magenschmerzen im Festungsspital. „So hier sind sie wieder - ach ja, das tut ihnen gut", sprach der Arzt. Er konnte es nicht begreifen, dass ich diese Qual der Rekrutenschule weiter überstehen wollte, obschon er mich davon erlösen wollte. Er wusste ja auch nichts von meinen Bankproblemen. Und nebenbei ging es darum, die als Militärpflichtersatz geltende zusätzliche Einkommenssteuer nicht bezahlen zu müssen.

Zu einer Arreststrafe wurde ich erstaunlicherweise während dieser 17 Wochen nie verdammt. Diese traf mich erst später. Aber einmal hatte es mich beinahe erwischt. Es war an einem dieser triefenden Regentage im oberen Tessin. Den ganzen Tag wurde scharf geschossen. Mich schloss man übrigens am Ende von diesen Schiessübungen aus: die Resultate waren zu unregelmässig. Aber dieser Tag war besonders unruhig. Bei der Schlusskontrolle: - ausgegebene Patronen abzüglich verschossene Patronen - , fehlte eine dieser verfluchten Patronen. Die Suche ging stundenlang. Plötzlich stand der freundliche Forststudent-Leutnant vor mir, der mir damals den Koffer in die Festung hinaufgetragen hatte: „Ittensohn, öffnen Sie Ihre Patronentaschen!" Ich nahm Achtungstellung an und schrie: „Zu Befehl Herr Leutnant!" Donnerwetter und zugenäht. - da steckte die vermisste Patrone in einer meiner Taschen. Ich hatte das Herz in den Hosen. Doch der Leutnant schüttelte nur den Kopf und zog sich kommentarlos zurück.

Der schweizerische Nationalfeiertag des 1. August 1945 war ein besonderes Ereignis. Der Feldprediger zierte sich mit dem ihm eigentlich unverdienterweise verliehenen Hauptmannsgrad. Er war also im wahren Sinne ein „Hauptmann im Range". Wir hatten die saubere Ausgangsuniform und die Ausgangschuhe anziehen müssen. In seinem Urnerdialekt sprach dieser Geistliche vor allem von dem roten Tier, vor dem es sich zu hüten gelte. Es handelte sich bei diesem roten Tier natürlich um den Kommunismus, auf den sich die Verteidigungsstrategie der Schweizerarmee mit den Festungen an der Ostgrenze zu konzentrieren begann. Der kalte Krieg hatte begonnen oder war im Anrollen. Und die Predigt, oder besser die

Schweizer Bankiers lächeln nie...

Festrede dieses 1. August, hatte den Zweck, uns Festungsartilleristen zu den äussersten Anstrengungen zu ermutigen. Die Ausgaben des Militärdepartementes taten das Ihrige zum Ankurbeln der wirtschaftlichen Konjunktur.

Bei den Ertüchtigungsmärschen in der Gotthardgegend zur Stählung gegen den roten Feind befand ich mich immer weit hinter der Kolonne. Man hatte sich damit abgefunden. In der zweiten Hälfte dieser langen Wochen wurde uns der „Grosse Ausmarsch" angekündigt. Airolo - Bellinzona - Andermatt war die Route, die über die Bergzüge oberhalb der Täler führte. „Das ist nichts für sie", sprach der Militärarzt bei einem meiner Montagsbesuche. „Aber wir operieren Ihnen während dieser Zeit ihre Krampfadern weg. Das müssten sie ja ohnedies einmal vornehmen lassen, und diese Operation dauert mit der Erholungsperiode nur die Zeit, die während der Rekrutenschule für Krankheit zugestanden wird. Sie können also diese ganze Pein trotzdem überstehen."

Und so landete ich eben etwa in der achten Woche meiner militärischen Ausbildung im von Kastanienbäumen beschatteten Park des Ospedalo Distrettuale di Faido und fand dort in der Bibliothek „Krieg und Frieden" von Tolstoi. Ich muss dieses Buch unbedingt wieder einmal zur Hand nehmen, denn in diesem Spitalpark und meinem Krankenzimmer erlebte ich damit einige der schönsten Tage meines bisherigen Daseins. Und die weiss gekleideten Nonnen, mit ihren Hauben, die mich und einige andere Soldaten mit schlimmeren Gebrechen betreuten, fanden besonderen Gefallen an mir. Denn auf meinem Nachttischchen lag auch das „Stundenbuch" von Rainer Maria Rilke, wohl das einzige Werk, das mir in der Festung seines kleinen Umfanges wegen erhalten blieb, weil es selbst im knappen Tornister Platz gefunden hatte. Die Verpflegung im Ospedale war ausgezeichnet. Ich muss übrigens auch sagen, dass ich mich während der ganzen Rekrutenschule in dieser Beziehung nie zu beklagen gehabt hatte. Als ich einmal dem Pflegevater meiner Schwester, einem Magaziner der Firma CIBA in Basel, anvertraut hatte, dass ich in der Rekrutenschule immer gut gegessen hatte, antwortete er: „Das wundert mich überhaupt nicht bei dem Frass, den Du zuhause hattest!" Er sprach dabei wohl ein etwas allzu strenges Urteil

Jacques Ittensohn

aus, das sich auf die eher kleinen Rationen an der Universitätsstrasse bezog.

Vor meiner Narkose und dem Transport in den Operationssaal des Faido-Spitales hatte ich mit meinen Zimmerkollegen gewettet, ich werde beim Aufwachen den ganzen Faustmonolog rezitieren. Tatsächlich erwachte ich ziemlich belämmert, doch auf die Aufforderung der Kollegen ging es stramm:

„Habe nun, ach, Philosophie,

Juristerei und Medizin,

Und leider auch Theologie!

Durchaus studiert mit heissem Bemühn.

Da steh' ich nun, ich armer Tor!

Und bin so klug als wie zuvor; . . ."

bis zum:

„. . . Du musst! du musst! Und kostet' es mein Leben!"

Diesen Monolog hatte ich einige Monate vorher, als Aspirant der offiziellen Schauspielschule, einem der berühmtesten Mitglieder des Zürcher Schauspielhausensembles, Ernst Ginsberg, vorgesprochen, der gleich in der Rolle des Mephisto fortfuhr:

„Wer ruft mich?"

Aber die Fortsetzung der Faustrolle hatte ich leider nicht auswendig gelernt. Also war mir damals eher eine Blamage widerfahren! Ohnehin, dieses Faust-Drama erscheint uns doch heute äusserst lebensfremd. Wir haben Präservative, Pillen und andere, weniger empfehlenswerte, und von Fundamentalisten verdammte Verhütungsmittel. Und dieser Faust verführte ein Mädchen, wozu er erst noch den nur in Goethe's Phantasie existenten Mephistopheles einspannen musste. Am Ende folgt der Irrsinn Gretchen's und der Kindsmord. „Wohin ich geh' und stehe, wie wehe, wehe, wehe, wird mir im Busen hier"; „Ach, neige, Du Schmerzensreiche!". Schubert hat diese Lieder wenigstens mit seinem Genie in rührender Weise vertont. Der leider verkannte Max Reger hat dazu grossartige Orchestrationen komponiert. Dessen Variationen über ein Thema von Mozart begeistern mich so wie Rachmaninoff's ebenso monumentale Rhapsodie mit Variationen über ein Thema von Paganini.

Nach meiner Operation in Faido musste ich mich in der alten Festung Andermatt melden. Meine Kameraden waren dort nach ihrem „Grossen Ausmarsch" noch nicht eingetroffen. Eine meiner Tätigkeiten bestand darin, mit einem Schlauch die Toiletten und die grossen Pissoirs sauber zu spritzen.

Beim darauf folgenden dreitägigen grossen Urlaub zog es mich dann doch wieder nach Zürich. Man schloss wohl auch die Festungsküche. Meine Pflegeeltern hatten eine Überraschung für mich bereit: die Vorstellung von Wagner's Parsifal im Stadttheater. Wir durften unsere Uniform nur daheim und zum Schlafen ausziehen. Wären wir im Urlaub von der Militärpolizei in Zivilkleidern erwischt worden, so hätte wohl scharfer Arrest gedroht. Und diese groben Uniformhosen waren nach der Operation mit dem Rasieren der Schamgegend keine besonders komfortable Kleidung. Ob ich damals schon meine heutige Begeisterung für Wagner in meinem Herzen empfand, weiss ich nicht mehr. Nur an eines erinnere ich mich genau. Während einer der längsten Szenen wurde ich von einem unbändigen Drang zum Wasserlösen erfasst. Und wir sassen in der Mitte einer der Reihen im Parkett. Von soldatischer Haltung und Selbstbeherrschung war da keine Rede mehr, von Verlassen des Platzes mit Aufstehenheissen der übrigen Zuschauer der Reihe allerdings auch nicht.

Der Exerzierplatz von Andermatt, eingekesselt in eine unfreundliche Bergwelt, bleibt mir in schreckhafter Erinnerung. Doch bald ging es für mich, mit meiner operationsbedingen Halbinvalidät, per Camion dem freundlichen Süden zu, auf den Monte Ceneri, wo mich ein neuer Feldweibel fast mütterlich behandelte. Im Tale unten befand sich das Dörfchen Robasacco mit den reizenden Tessiner Mädchen. Doch wir wurden gewarnt. Wer sich eine Geschlechtskrankheit zuzöge, müsse nach den unter den Rekruten zirkulierenden Gerüchten mit einer Behandlung durch Höllenstein (was sollte wohl das denn heissen?) rechnen und das tue grausam weh. Ich war von Natur furchtsam genug, um derartige Lügen zu glauben. Und woher sollten sich auch diese unschuldigen Mädchen Geschlechtskrankheiten zugezogen haben? Das war doch alles erlogen und erstunken!

Ich erinnere mich an einen Ausmarsch in dieser Gegend, der uns zu meinem grossen Erstaunen zu einer wohlgepflästerten alten Römerstrasse mitten in einem Kastanienwalde führte. Vielleicht war mein Lieblingsphilosoph, der Kaiser Marcus Aurelius, über diese Strasse geritten, während er im Sattel an seinen „Meditationen für sich selbst" schrieb, die mir in meinem Leben immer Trost gespendet haben.

Im schönen Tessin wurde einer unserer flotten Leutnants wegen eines Wachtvergehens mit Arrest bestraft und heimgeschickt. Er war auf dieses langweilige Wachtlokal, wo es nichts zu bewachen gab, mit einem Schwips eingerückt. Doch der Alkoholkonsum gehörte bei unseren meist in Studentenkreisen verkehrenden Offizieren zum Ehrenkodex. Noch aus Airolo kann ich mich an eine Nacht erinnern, in der wir vom Gröhlen unserer Führungseliten im Kehlgraben aus unserem tiefen Schlaf aufgeweckt wurden. Aber es kam noch schlimmer.

Eines Morgens um 2 Uhr wurden wir aus den Betten gejagt und mussten uns vor diesen in unseren Nachtgewändern aufstellen. Die Offiziere und Unteroffiziere rissen unsere Kleider von den Haken und die Tornister von den Brettern und alles wurde peinlichst untersucht. Einem der Rekruten war eine 100-Franken-Note gestohlen worden. Es gab unter diesen Bauernsöhnen also auch recht finanzkräftige Burschen. Die Untersuchung erstreckte sich über Stunden, aber es wurde nichts gefunden. Und es kam noch zu weiteren solchen schlimmen Nächten mit Verdächtigungen und hochnotpeinlichen Verhören, in denen sich vor allem ein schieläugiger Korporal durch seinen Eifer hervortat. Offensichtlich waren unsere Offiziere und Unteroffiziere für solche Untersuchungen überhaupt nicht kompetent. Man hätte die offizielle Militärpolizei einschalten müssen;

doch das wollte man wohl nicht. Schliesslich wurde der mutmassliche Täter gefunden und für drei Tage eingesperrt.

Dieser mutmassliche Täter war mein Bettnachbar, ein Bäckersohn aus Zürich. Aber erst nach einigen Jahren wurde der effektive Täter gefasst. Es handelte sich um den schieläugigen Korporal, der bei der Hauptpost Zürich arbeitete und dort mehrerer Diebstähle überführt werden konnte. Aus irgendwelchen Gründen ergab die Untersuchung auch den Zusammenhang mit den Fällen in unserer Rekrutenschule. Mein Bettnachbar erzählte mir dann bei einer zufälligen Begegnung die Zusammenhänge. Man hatte bei ihm eine 100-Franken Note im Portemonnaie gefunden, und er konnte den Besitz dieses Geldes seinen Offizieren nicht erklären. Sein Vater war ein Tyrann, der seinem Sohn nicht wohl wollte. Die Mutter sandte jedoch ihrem geliebten Sohn Geldbeträge. Wäre der Vater hinter diese Geschichte gekommen, so hätte er die Mutter halb kaputt geschlagen. Ich bewunderte meinen Bettnachbar für seine Heldenhaftigkeit. Hatte er doch eine Arreststrafe auf sich genommen, um seine Mutter vor Schaden zu bewahren. Der Kompagniekommandant unserer Rekrutenzeit, ein Mann aus dem Wallis, hatte nach der Aufdeckung dieser Affäre den zu Unrecht Beschuldigten aufgesucht und sich bei ihm für die erlittene Unbill entschuldigt. Gleichzeitig hatte er ihm versprochen, alle Angehörigen unserer damaligen Kompagnie zu benachrichtigen. Dass dies nicht geschah, mag auf die Schwierigkeit zurückzuführen gewesen sein, nach dieser Zeit alle Adressen ausfindig zu machen . . .

Meine Offizierskarriere war begraben. In dieser Artillerietruppe waren die bevorzugten Offiziersaspiranten Studenten der Eidgenössischen Technischen Hochschule. Ihnen bereitete später die Berechnung von Flugbahnen der Geschosse aus den Gotthard-Kruppkanonen mit teilweise historischen Jahrgängen keine Probleme. Und damals kurz nach dem Kriege waren Offiziersränge sehr begehrt. Arbeitsplätze waren nicht leicht zu finden, und viele der Rekruten hofften wohl sogar auf Karrieren als Berufsoffiziere in der militärischen Ausbildung oder im professionellen Festungswachtkorps. Etwa zwanzig Offiziersaspiranten aus unserer Rekrutenkompagnie wurden auf Gewaltmärsche oder zu anderen Ertüchtigungskuren verdammt, die ich ohnehin nicht hätte bestehen können.

Jacques Ittensohn

Einer dieser Offiziersaspiranten bleibt mir in besonderer Erinnerung. Er war von einer erschütternden Dummheit und einem ebensolchen Eifer, verbunden mit einem Sprachfehler. Aber er sollte es schaffen. Man erzählte mir, er sei später der ekelhafteste Vorgesetzte geworden, den man sich vorstellen könne. Solche Vorgesetzte habe ich glücklicherweise auf keinen Banken angetroffen. Schon bei der Personalauswahl wurde darauf geachtet, dass jeder Angestellte imstande war, gegenüber Bankkunden Anstand zu bewahren. Dies galt vor allem für die uniformierten Personen an den Türen und in Vorzimmern. Viele von ihnen waren frühere Angehörige der Schweizergarde im Vatikan oder stammten aus dem Hotelpersonal, wo Anstand und Freundlichkeit ebenfalls zu den wesentlichen Charakteristiken gehörten.

Das weitere Erkennungsmerkmal des Bankpersonals war die Verschwiegenheit. Später in meinem Leben traf ich einmal den Finanzchef einer europäischen Firma für Eisenbahnmaterialbeschaffung, der eine riesige Sammlung von Eisenbahnermützen aus allen Ländern besass. Er sagte mir, für das Eisenbahnpersonal sei das herausragende Kennzeichen die Zuverlässigkeit, wie für die Banken eben die Verschwiegenheit. Für das Bahnpersonal im Kontakt mit Kunden, also etwa die Billetkontrolleure, gehörte allerdings wie für das Bankpersonal die Umgänglichkeit dazu. War Intelligenz besonders gefragt? Die war wohl eher gefährlich. Bei der Militärkarriere kommt es dagegen darauf an, den Feind töten zu können und selber zum Getötetwerden motiviert zu sein.

Bei der Auswahl der Kaderkandidaten kam es am Ende unserer Rekrutenschule gar zu Tränen. Einer der Rekruten aus Zürich wollte unbedingt eine sichere Stelle als Tramkonduktuer antreten. Aber dazu brauchte er den Rang eines Korporals. Man traute ihm die nötigen Qualitäten nicht recht zu, hatte aber Erbarmen, als er fast auf den Knien um ein Aufgebot in eine Unteroffiziersschule bat.

Das Ende der Rekrutenschule wurde für mich zu einer glücklichen Zeit. Da gab es nicht mehr die Ausbildung über den Brotsack, den Karabiner und anderen Unsinn. Wir wurden in einen Theoriesaal befohlen, in dem uns die Offiziere über den Sinn des Militärdienstes und die wahre Vaterlandsliebe aufzuklären hatten. Es wurden uns Fragen gestellt und plötzlich kam es zu einem Rollen-

Schweizer Bankiers lächeln nie...

wechsel. Nach der Beantwortung einiger Fragen hatte ich nun den Offizieren und der Truppe die Philosophie der Militärdisziplin, die Verteidigungskonzepte und ihre Verankerung im politischen Umfeld zu erklären. Vor allem betonte ich die in der Milizarmee bestehende Möglichkeit, zu allen Volkskreisen Kontakt zu finden. Wie hätte ich denn sonst diese Bauernsöhne kennengelernt, mit denen ich mich dank meiner Boxfähigkeiten wacker gerauft hatte? Meine Begeisterung war echt, und meine Einsatzbereitschaft für die vaterländischen Ideale war alles andere als gespielt. Plötzlich zeichnete sich auf den Gesichtern dieser Vorgesetzten so etwas wie Respekt vor diesem militärischen Halbidioten ab. Theorie war offensichtlich meine Stärke. Wenn mir auf der Bank ein Vorwurf gemacht wurde, hiess er: „Ittensohn, Sie sind zu akademisch!" Es nützte überhaupt nichts, wenn ich betonte, ich hätte ja gar nie auf einer Universität studiert.

Und am letzten Tag der Rekrutenschule fanden wir uns in Halbkreisen mit über die Achseln geschlungenen Armen, duzten Offiziere und Unteroffiziere zum ersten Mal und sangen diese schweizerischen Militärlieder. Es ertönten: etwa „Addio la Caserma", oder das an die im Russlandfeldzug Napoleons gefallenen Schweizer erinnernde Beresinalied: „Unser Leben gleicht der Reise eines Wandrer's in der Nacht".

Für das grosse Abschlussfest in der Kantine hatte ich eine „Schnitzelbank" gedichtet. Es handelte sich um kleine, alle Offiziere und Unteroffiziere in ihren Tugenden und Untugenden charakterisierende Verse. „Ja," hiess es, „der ist ja gar nicht so dumm, wie er aussieht!" „Aber drei grosse Glas Veltlinerwein musst Du nun doch noch EX, also in einem Schluck, aussaufen!" sprach der Küchenchef vor der ganzen Meute. Gesagt, getan, doch zu seinem grossen Erstaunen hatte diese Leistung nicht den geringsten Effekt. Doch mein Korporal, der mich während dieser 17 Wochen nach Noten geplagt hatte, war hoffnungslos betrunken. Ich nahm ihn unter dem Arm und führte ihn bis zu seinem Bett. „Und da führst Du mich noch in das Kantonnement zurück, und ich habe Dich doch während dieser langen Zeit nur gevögelt. Warum? - das weiss ich selber nicht!" Und dicke Tränen rollten ihm über die Backen herunter. „Ach vergiss doch diesen Unsinn!" tröstete ich ihn.

Jacques Ittensohn

Vor der Heimreise kam noch der Tag der grossen Inspektion durch einen mit Goldgalon und Goldstern geschmückten Divisionskommandanten. Es handelte sich um den Waffenchef der Artillerie. Wohl zwei Monate vorher hatten wir gelernt, wie das Gewehr aus der geschulterten Haltung zum Fuss hinunter geklappert werden musste. Dieser Befehl kam nun von dem Herrn Oberstdivisionär. Mit meinem Elefantengedächtnis war ich der Einzige der ganzen Kompagnie, der sich an diese Handhabung in der lehrbuchmässig richtigen Weise erinnern konnte. „Herr Kompagniekommandant, warum kann nur ein einziger Soldat Ihrer Truppe die Dinge richtig?" Des Kopfschüttelns über diesen verdammten Kompagnieidiot war kein Ende. Und als der Befehl zum Auseinandernehmen und Wiederzusammensetzen des Gewehrverschlusses kam, machte ich es zwar richtig, aber mit meinen, seit Kindheit zitternden Händchen war ich erst einige Minuten nach allen anderen fertig. Wie staunte ich, als sich der Divisionskommandant vor mich stellte und mir lobend zusprach: „Sie machen das durchaus richtig! Machen Sie nur ganz ruhig weiter!"

Aber einer peinlichen Fehlleistung muss ich mich nun doch schämen. In einer der letzten Dienstwochen sollten wir das Handgranatenschiessen erlernen. Der Instruktor war ein professioneller Feldweibel - einen verrückteren Brüllhund habe ich in meinem Leben nie mehr gesehen. Er soll sich übrigens später sein Leben durch einen Schuss in den Kopf genommen haben, weil er als Chauffeur eines Dienstwagens mit einem hochgestellten Offizier einen Unfall verursacht hatte. Einen solchen Versager liess sein Ehrgefühl nicht zu. Einer nach dem anderen wurden wir Rekruten von diesem Instruktor hinter einen gemauerten Halbkreis befohlen. Man hatte uns die verschiedenen Stufen erklärt: „Granate ergreifen - Blick auf's Ziel - Entsichern - Schuss - Hinlegen!" Als ich an die Reihe kam, trat ich in den Halbkreis und ergriff die Granate."Wieso zitterst Du denn, Du Maulaffe? Zitterst Du etwa auch, wenn Du zu einem Weib gehst? Ich will Dich überhaupt nicht mehr sehen! MACH, DASS DU ZUM TEUFEL KOMMST!!" Und weg war ich. Dieser Feldweibel schien also tatsächlich an den inexisten Mephisto zu glauben.

V. Zwischenkapitel: Sex auf Schweizerbanken

„Zitterst Du auch, wenn Du zu einem Weib gehst!" Nein, mit meinen 19 Jahren war ich noch komplett unschuldig und jungfräulich. Und was soll man in einer Autobiographie, wenn da noch alle Angehörigen mitlesen können, über die Liebesabenteuer eines ungeschickten, schüchternen, unwissenden und doch auch wieder neugierig aggressiven Jünglings schreiben? Da könnte nur die gut bürgerliche und kirchlich untermauerte Geschichte der Gefühle und auch die nur ohne Details beschrieben werden. Ohnehin, dieser Grobian von Feldwebel hatte mit seinem unzüchtig gemeinten Ausdruck „Weib" bei mir eine empfindliche Stelle getroffen. „Gehst Du zum Weibe, vergiss die Peitsche nicht!" liess Nietzsche seinen Zarathustra sagen. Er traf damit durchaus die männliche Denkweise des vorigen Jahrhunderts und wohl des rückständigen Instruktionsfeldweibels.

Die Schweizerische Bundesverfassung von 1848 hatte die Frauen bei den Artikeln über Stimm- und Wahlrecht totgeschwiegen. Und im Eherecht stand die Frau ganz unter der Herrschaft des Mannes. Sie hatte kein Eigentum: das von ihr eingebrachte oder verdiente Gut gehörte dem Herrn und Meister im Hause. Die Frau verlor in gewissem Sinne durch die Heirat ihre Stellung als unabhängige Bürgerin. Mein Pflegevater titulierte seine Ehefrau immer als „Kind". „Kind, tu dies; Kind, unterlasse das!" Und er gab ihr das Haushaltungsgeld 10 Franken-weise. Das Kind hätte doch sonst zuviel auf's Mal ausgegeben. Zur Sicherung des Nachwuchses und der Stabilität der Eheverhältnisse hatten Staat und Kirche die beherrschende Stellung meines Geschlechtes untermauert.

Als Emilie Kempin-Spyri, die Nichte der Heidi-Dichterin und erste Juristin der Schweiz, an das Bundesgericht gelangte, weil ihr die Anwaltstätigkeit im Kanton Zürich verboten worden war, hiess es im Urteil: „Die volle rechtliche Gleichstellung der Geschlechter auf dem Gebiete des gesammten (sic) öffentlichen und Privatrechtes sei ebenso neu als kühn, sie könne aber nicht gebilligt werden". Wie es in ihrer kürzlich erschienenen Biographie „Die Wachsflügelfrau" von Eveline Hasler - Verlag Nagel und Kimche

Jacques Ittensohn

1991 - heisst, setzte sich Emilie Kempin-Spyri zur Ausübung ihrer beruflichen Tätigkeit nach den USA ab und endete nach ihrer Rückkehr ins „demokratische" Heidi-Land im Irrenhaus, wie der Antipode Nietzsche. Diese Ungerechtigkeit gegenüber den Frauen wurde erst in den letzten Jahrzehnten des 20. Jahrhunderts aufgehoben. Ich habe nie begriffen, warum die weibliche Intelligenz der männlichen unterlegen sein soll. Selbstverständlich können nur Frauen Kinder gebären und dieses Privileg mag ihr Wesen, in einem durchaus positiven Sinne, anders ausprägen als das unsrige.

Die Idee zu diesem eingeschobenen Kapitel in meinen Lebenserinnerungen ergab sich aus einem Anlass, der Ende 1997 stattfand. Es handelte sich um die Jahresversammlung der Schweizerischen Vereinigung für Finanzanalyse und Vermögensverwaltung, der ich im Olympischen Museum in Ouchy-Lausanne beiwohnte. Bei diesem Museum handelt es sich um das wohl zu Ehren seiner Hoheit, des Präsidenten des Olympischen Komittees, Samaranch, erbaute „verfrühte" Mausoleum. Die verbliebenen Spuren dieses Monumentes werden vielleicht in 4000 Jahren Touristen besuchen, wie zu heutiger Zeit die Gräberstädte in Ägypten. Aber vielleicht hat bis dahin ein Asteroïd unsere ganze Zivilisation vernichtet?

Beim lustigen und feuchten Mittagessen erzählte ich meinem Freunde Charlie, der in den 70er Jahren in meiner Abteilung in Basel gearbeitet hatte und nun in einem hochwohlgeborenen Range einer angesehenen Bank steht, vom Plan meiner Memoiren. „Tu dois surtout parler des histoires de cul dans les banques" - „Du musst vor allem von den pikanten Sexgeschichten auf den Banken reden" war sein Ratschlag. „Mon cul" - „Mein Arsch" sagte jeweils die legendäre „Zazi dans le Métro", im Roman des Surrealisten Raymond Queneau: „Napoléon avec son chapeau à la con, mon cul - Napoleon mit seinem verarschten Hut - mein Arsch!"

Ach ja, unser männlicher Humor hat wohl zur Hälfte mit Militärgeschichten und zur anderen Hälfte mit Sexgeschichten zu tun. Und je länger je mehr tritt der militärische Teil mit den jungen Generationen in den Hintergrund. Schon Siegmund Freud begann sein psychoanalytisches Werk „Der Witz" mit einer dieser Geschichten, deren ungefähren Inhalt ich hier wiedergebe: „Ein Paar tritt in ein teures Grand'Hôtel. «Wie haben es wohl diese Dame und dieser Herr, die dort auf der Terrasse sitzen, geschafft, sich einen solchen Aufenthalt zu leisten?», fragt die Dame. Worauf der Herr entgegnet: «Er hat sich wohl etwas verdient und davon etwas zurücklegen können - und sie hat sich wohl etwas zurückgelegt und dabei etwas verdienen können.» In dieser anzüglichen Geschichte ist wohl die männliche Auffassung zum Thema ausreichend beschrieben.

Heute wird die Position der Frau gesetzlich geschützt. Es wird der Schutz vor „Sexual Harassment" - vor sexueller Belästigung - geboten. In den USA geht man so weit, den männlichen Angestellten die Einladung einer weiblichen Angestellten zu einem Drink oder zu einem Essen zu verbieten. Unter solchen Verhältnissen hätte man in Schweizer Banken in den Jahren nach dem 2. Weltkrieg wohl überhaupt nicht geheiratet. Wo hätte ein braver Bankangestellter eine Frau finden sollen? Er verbrachte sein Leben mit den unzähligen Überstunden weitgehend auf der Bank und vermochte es mit seinem mageren Lohn während oder nach seiner Banklehre fast nicht, zu Tanz oder sonstiger Unterhaltung in den „Ausgang" zu gehen. „In-den-Ausgang-gehen" hiess damals der gebräuchliche Ausdruck für solche Vergnügungen.

Normalerweise fand ein Angestellter eben Gefallen an einer Angestellten. Er stellte ihr schon im Büro nach und mag ihr, wenn sonst niemand da war, recht gefährlich nahe gekommen sein. Psst! Es war sogar von unzüchtigen „Berührungen" die Rede. Dann traf man sich wohl irgendwo am Seeufer oder in einem Wäldchen und plötzlich sprach sie von Unwohlsein und anderen, ähnlichen Beschwerden. Der arme Angestellte musste nun zuhause bei den Eltern oder sonstwo Geld aufnehmen, um zur Heirat schreiten zu können. Das war oft keineswegs eine besonders lustige und festliche Angelegenheit. Glücklicherweise kam zum Lohn eine kleine Heiratszulage, und man konnte sich in den neuen Verhältnissen mit dem Zuwachs – und den Kinderzulagen – mühsam irgendwie einrichten.

Ich erinnere mich an die Schwester einer Freundin, die etwa 1944 durch meine Vermittlung meinen Pflegevater in seiner Bankfiliale aufgesucht hatte. Sie hätte unbedingt Geld gebraucht, um in ihren Umständen heiraten zu können. Onkel Fritz in seiner grünen Gärtnerschürze, die er bei Kellerarbeiten trug, sprach mit mir

Jacques Ittensohn

über dieses Thema eines Tages auf der Kellertreppe. Er könne doch nur gegen Sicherheiten Geld ausleihen. Man müsse eben Obligationen oder Aktien hinterlegen, oder ein Haus hypothezieren. Und es gehe an bei einem Händler oder einem Handwerker, dessen Bude Ertrag abwerfe. Den heute üblichen Konsumkredit gab es damals nicht. Allerdings verdiente jedermann weniger als heute, und man konnte auch nicht Hand auf einen Teil dieser minimalen Löhne legen, wenn es zur Sicherung des Kredits nötig gewesen wäre...

Ein Ingenieur hat mir erzählt, bei seinem Studium an der Eidgenössischen Technischen Hochschule in Zürich hätten die „lustigen" Studenten jeweils am Abend zum Tanzvergnügen das Dancing zur Rose am Limmatquai besucht. Die Armen wussten nicht, dass ihnen dort von den Eltern ausgesandte heiratsfähige Töchter auflauerten und sich an sie heranmachten. Bei geschickter Umgarnung konnte leicht zur späteren Erpressung mit ehelichen Folgen geschritten werden. Bankangestellte waren auf diesem Markte weniger gefragt als Studenten mit später hohen Salären und gesellschaftlich angesehenen Stellungen.

Ich erinnere mich an ein Vorgesetztenseminar am schönen Vierwaldstättersee, in das ich nach meiner Ernennung zum Prokuristen im Jahre 1960 eingeladen worden war. Ein Direktor sprach zu uns von den Pflichten des Chefs:

1. *Der Chef muss immer saubere Fingernägel haben - ich schaute auf meine Fingernägel: sie waren schwarz.*

2. *Der Chef muss immer sorgfältig gekämmt sein - ich griff in meine Haare: sie waren in völlig wirrer Unordnung.*

3. *Der Chef darf keine ausserehelichen Beziehungen unterhalten - ich schaute auf meinen Hosenschlitz: er war offen.*

An diesem Vorgesetztenseminar waren natürlich keine Damen zu sehen. Die erste Dame erschien als einzige etwa zehn Jahre später. Sie war wohl bewusst aus dem Grunde ausgewählt worden, weil bei ihr von Sex Appeal nicht die geringste Rede sein konnte.

Schweizer Bankiers lächeln nie...

Die erste Sexgeschichte auf einer Bank erfuhr ich bei meiner Tätigkeit auf der Schweizerischen Volksbank. Da habe ein Kadermitglied eine Serviertochter in sein Büro geschleppt und dort genotzüchtigt - oder vielleicht war sie gar einverstanden. Er habe sich erwischen lassen und sei auf der Stelle entlassen worden. Ob ich dieser Geschichte aus den 30er Jahren Glauben schenken soll?

Mein Pflegevater hatte mir das 11. Gebot eingeschärft: „Du sollst nie eine Serviertochter oder eine Coiffeuse heiraten!" Der Fall der Serviertocher ist mir klar. Vor der hatte er keinen Respekt, weil er ihr in der Wirtschaft mit grossem Vergnügen einen Stups auf den Hintern versetzte. Und die Coiffeuse war wohl mit zu vielen Leuten in Kontakt, anstatt zu Hause den weiblichen Tätigkeiten zu obliegen und zu stricken („lismen", wie es bei uns hiess).

Als ich in meiner Zeit in Basel in den frühen 60er Jahren begann, in Europa und in den USA ausgedehnte Geschäftsreisen zu unternehmen, sprach mein väterlicher, streng katholischer Hausarzt zu mir ein paar ernste Worte. Er hatte neben innerer Medizin vor allem Psychiatrie studiert und musste es also wissen. Er vertrat schon damals die futuristische Meinung, die Generation unserer Kinder werde über ihre Lebenszeit in fünf verschiedenen Berufen tätig sein. Und mir hatte man noch bei meiner Anstellung in einer Grossbank 1955 gesagt: „Unsere Bank hat noch nie jemand entlassen und wird dies auch nie tun - ausgenommen, es erschlage ein Angestellter seinen Vater und seine Mutter". Von der Ehefrau sprach man in diesem Zusammenhange nicht! Und plötzlich begann man in den 70er Jahren von der mangelnden Flexibilität des Bankpersonals zu reden. Ach, dieses Bankpersonal hatte man doch zu allem anderen als zu Flexibilität erzogen.

Der Ratschlag meines Basler Arztes in sexuellen Dingen hiess: „Wenn Sie auf Ihren weiten Reisen Lust auf Verkehr mit einer jungen Frau haben, dann leisten Sie sich dieses Vergnügen. Das ist das Gleiche, wie wenn sie ein Praline nehmen! So bewahren Sie sich vor unnötigen psychischen Problemen!" Als treuer Ehemann und Hausvater war ich von diesen Worten äusserst erschreckt und geschockt.

Jacques Ittensohn

Wie ich es schon erwähnte, war die Bank in gewissem Sinne eine unfreiwillige Heiratsvermittlungsanstalt, obschon dies in meinem persönlichen Falle nicht zutrifft. Aber die Schweizerbanken hatten eine von amerikanischen Banken himmelweit entfernte Politik. Wenn ein amerikanischer Bankier reiste, nahm er zu meinen Zeiten in den meisten Fällen seine Gattin mit. Alleinreisen waren verpönt, wohl wegen des von meinem Hausarzt beschriebenen Rezeptes. Die Schweizer Banken waren sparsam. Die Schweizer Bankiers reisten allein und enthaltsam. Wir wollen ihnen ihre Tugenden nicht absprechen.

Und die arrivierten Schweizerbankiers feierten auch ihre Feste möglichst ohne Frauen. Die Frau gehörte doch mit der Schürze in die Küche. Man kaufte ihr nicht Ballroben, wie es die unseriösen Amerikaner taten. Bei einem Anlass, den die Bank organisierte, musste man schliesslich mit den jungen, alleinstehenden Sekretärinnen tanzen und schäkern. Die hätten sich sonst schön gelangweilt. Und die meisten dieser Festessen fanden unter Männern statt. Nie ging es ohne einen spritzigen Apéritif, ein flottes, vier- bis fünfgängiges Menu gefolgt von 17 Käsesorten und Dessert flambé, begleitet von teuren Burgunder- und Bordeauxweinen und anschliessend den Schnäpsen, Likören und Zigarren. Nach Mitternacht folgte die Mehlsuppe mit dem Bündnerfleisch und der Whiskytime. Es ging zu wie in den Romanen Emile Zola's. Was hätten denn da diese Hausfrauen dazu gesagt? Die konnten sich nachher im Schlafzimmer am Geruch der Zigarren und der Magenwinde ihrer Ehemänner erlaben.

Ich erinnere mich in diesem Zusammenhang an den ersten Schweizerischen Bankiertag, den ich nach meiner Ernennung zum Vizedirektor im Range, Chef des Finanzanalysebüros, in St. Moritz im Herbst 1964 besuchen durfte. Für mich als in Bankdingen unerfahrenen Neuling schien es selbstverständlich, meine Frau mitzunehmen. Es gab tatsächlich ein von der Vereinigung organisiertes, offizielles Damenprogramm. Doch ich erhielt ein Telephon eines Herrn des Direktionskaderbüros meiner Bank, in dem mir bedeutet wurde, ich könne wohl meine Frau für das Damenprogramm mitnehmen. Während des offiziellen Nachtessens, das unsere Bank ihren Teilnehmern dieses Anlasses spende, könne meine Frau dann eben allein spazierengehen. Man wolle da unter sich sein. Einige Tage darauf kam ein weiterer Anruf. Wir hatten einen neuen Generaldirektor, der vorher in Südamerika für die Bank tätig gewesen war. Und er wollte nun eben seine charmante, südamerikanische Frau mitbringen. „Also, Herr Ittensohn, Ihre Frau kann unter diesen »anderen« Umständen ebenfalls am offiziellen Essen teilnehmen." Allerdings erlitt dieser Walliser »Südamerikaner« vor dem Anlass einen Hexenschuss. Da konnte man meine Frau nicht wieder ausladen, und beim Apéritif bildete sie nun den Mittelpunkt der ganzen illustren Gesellschaft. „Ja, wenn ich das gewusst hätte", sprach ein Direktor aus Bern, der in der Uniform eines Hauptmanns erschienen war, „da hätte ich meine Gemahlin auch mitgenommen." Ach, es hatte ihm doch nur am notwendigen Mut gefehlt. Übrigens brachte zu diesem offiziellen Nachtessen ein wichtiger auswärtiger Gast einer Korrespondentenbank ebenfalls seine Frau mit. So war doch ein gewisses Gleichgewicht wieder hergestellt.

Den Grossteil der Löhne des Heeres der Schweizer Bankangestellten verschlangen in den 40/50er Jahren die Mieten oder die Hypothekarzinsen des durch den Arbeitgeber finanzierten Eigenheimes. Die »chiquen« Wohnbauten bezeichnete man als »Cervelatquartiere«: die Bewohner dieser »Luxuswohnungen« konnten sich nur Cervelats für ihre Mahlzeiten leisten. Den Rest der Löhne beanspruchte das spärliche Haushaltungsgeld. Der unheimliche Luxus von 2 Wochen Ferien in einer billigen Pension war schon fast unerschwinglich. Von einem Auto war keine Rede. Viele meiner Kollegen übergaben den Umschlag mit ihrem Lohn jeden Monat ihrer Gemahlin: „Da schau, wie Du zurecht kommst und lass mir ein paar Fünfliber für ein Bier, so dann und wann!". Als ein Angestellter in den 40er Jahren in seiner Verzweiflung mehr Lohn verlangte, sagte ihm der Personaldirektor: „Ihre Frau muss eben auch Wollstrümpfe tragen, wie die meine." Wie konnte die Frau eines Bankangestellten sich nur den erotischen Luxus von Seidenstrümpfen leisten? Der Personaldirektor war ein strenger Sittenrichter.

Die Löhne waren in Gesamtarbeitsverträgen festgeschrieben und bewegten sich um ein Existenzminimum, das an den Wohn- und Nahrungskosten mit Kinderzulagen bemessen war. Der Bankpersonalverband, als »noble Gewerkschaft der weissen Krägen«,

Jacques Ittensohn

katzbuckelte vor den Bankleitungen. Man war mit den Löhnen zufrieden. Für unverdiente Schicksalsschläge konnte Unterstützung gewährt werden. In den späteren Jahren ergab sich auch für die Ehefrauen die Möglichkeit oder die Notwendigkeit, einen Verdienst zu finden. Dies geschah oft, um sich den »unverschämten Luxus« eines Autos zu leisten. Allerdings wurden »doppelverdienende« Ehepaare durch erhebliche fiskalische Belastungen bestraft.

Es ist klar, dass unter diesen Verhältnissen kein Geld für ausserehliche Vergnügungen vorhanden war. Die Moral war gerettet. Nur für die höher bezahlten Kader und Mitglieder der Geschäftsleitungen lagen Seitensprünge im Bereiche der Möglichkeiten und damit auch die Chance zum Partnerwechsel und zur Scheidung. Im paternalistischen Verhältnis der Vorgesetzten zu ihren Schäflein wurde auch auf stabile Eheverhältnisse Wert gelegt.

Über das vergangene halbe Jahrhundert hat sich das Blatt gewendet. Zwar wurden die Arbeitsplätze unsicher, doch ich glaube mit der Behauptung nicht zu übertreiben, dass der Bankangestellte kaufkraftmässig seine Bezüge über diesen Zeitraum zum mindesten verdreifacht hat. Dies erlaubt zwar kein ausschweifendes Leben, doch kann sich wohl einer erlauben, einmal ausserhalb des Haages zu weiden, wie es mir einmal ein Bauer in seiner blumigen Sprache sagte. Und ein Partnerwechsel ohne kirchlichen Segen ist heute ohne scheele Seitenblicke der Vorgesetzten möglich. Dies gilt vor allem für die grosse Lebenskrise der 50er Jahre, wenn sich die naturgegebene Zeugungskraft der alternden Männer den jungen Frauen im gebärfähigen Alter zuwendet. Von alternden Schriftstellern und Musikern heisst es oft, sie hätten sich ihre Inspirationen bei erheblich jüngeren Damen geholt, die jedoch vor diesen Nachstellungen eher Ekel empfanden. Als Beispiele wären Schopenhauer, Grillparzer und Bruckner zu nennen. Emile Zola hat der Waschfrau ein Kind gezeugt, Karl Marx der Dienstmagd. Der französische Staatschef François Mitterand wandte seinen Appetit Damen aus »besseren« Kreisen zu. Mit einem Genfer Arzt sprach ich von dieser Anziehungskraft von Damen des ersten Lebensviertels auf die Männer des letzten Lebensviertels. Sein lachender Kommentar lautete: „Aber eine solche neue Jugend ist doch sehr erfreulich!" Da erinnere ich

Schweizer Bankiers lächeln nie...

mich an eine Inschrift an einem Kachelofen in einer Basler Zunftstube: „Hüte Dich vor Katzen, die vorne lecken und hinten kratzen!"

Wie viel einfacher geht es doch im Bienenstaate zu. Wenn die männliche Biene, die Drohne, ihre Begattungspflicht erfüllt hat, wird sie schlicht und einfach zu Tode gestochen. Im Menschenstaat haben die Männer all ihre „wichtigen" wirtschaftlichen Tätigkeiten erfunden, um einem solchen unbarmherzigen Schicksal zu entgehen. Und sie haben erstaunlichen Erfolg mit diesen erfindungsreichen Strategien.

Ein schwieriges Kapitel waren in meiner Jugendzeit die Homosexuellen. Das waren damals noch die widernatürlichen Sünder. Nach Auffassung meiner spiesserischen Umgebung war das doch eine reine Willenssache. Wenn eine oder einer wirklich wollte, konnte sie oder er schon recht. Um Gotteswillen, einer meiner guten Freunde vertraute sich mir einmal in einer äusserst traurigen Situation an. Sein Geliebter hatte ihn verlassen. „Diese Hure ist mit einem anderen durchgebrannt!" Vielen Liebeskummer habe ich in meinem Leben sehen müssen. Doch diese Szene hat mir fast das Herz gebrochen. Was soll man einem solchen weinenden, tobenden Kraftmenschen denn sagen, der alle Fassung verliert und sich am Boden windet? „Du bist ein Sünder - und sollst Dich bessern??" Dieses Ende des 20. Jahrhunderts hat doch in vielem Besserungen gebracht.

Ich kann es mir nicht verkneifen, eine Sexgeschichte nachzuerzählen, von der Chateaubriand in seinen „Mémoires d'Outre-Tombe" berichtet. Als er in seiner Biographie beim Jahr 1788 mit seinem »einsamen(?)« Leben in Paris anlangt, erinnert er sich an die sexuellen Abenteuer von Jean-Jacques Rousseau, deren Erwähnung in dessen Lebenserinnerungen ihm als überflüssig erscheint. Dagegen hatte ihn eine von Marschall Bassompierre gegen Ende des Jahres 1606 geschilderte Begegnung erstaunt. Als dieser Bassompierre jeweils den Pariser Petit-Pont überschritt, machte ihm eine schöne Frau, Wäscherin in der Firma „Les Deux-Anges", grosse Reverenzen und folgte ihm mit ihren Blicken solange sie konnte. „Mein Herr, ich bin ihre Dienerin", soll sie ihm gesagt haben, als er an ihr vorüberging. Bassompierre verabredete ein Rendez-vous. Sie empfing ihn in einem feinen Hemd und einer grünen Jupe, mit Pan-

Jacques Ittensohn

toffeln an den Füssen und gehüllt in einen Schlafrock. Sie gefiel ihm sehr. Er fragte, ob er sie nicht ein weiteres Mal treffen könne. "Ja, sie können mich bei meiner Tante treffen, die in der Nähe der "Halles" wohnt, an der Rue de l'Ours, bei der dritten Türe auf der Seite der rue Saint-Martin; ich erwarte sie von zehn bis Mitternacht und noch später; ich lasse die Türe offen. Bei dem Eingang, wo meine Tante schläft, gehen sie schnell vorbei und kommen auf den ersten Stock, wo ich wohne." Der Marschall fand sich ein, fand die Tür geschlossen, aber eine ungewöhnliche Beleuchtung erhellte den ersten Stock. Als er an der Tür klopfte, fragte ihn eine Männerstimme, was er wolle. Schliesslich öffnete sich die Tür, und er stieg zum ersten Stock. Dort fand er den brennenden Stroh des Bettes und zwei Leichen auf dem Tisch. Als er auf die Strasse hinunterstieg, kamen ihm die Totengräber entgegen, und er musste sich mit seinem Schwert den Weg bahnen.

Ich weiss nicht, ob Schweizer Bankiers solch makabre Begebenheiten bei ihren Liebesabenteuern widerfahren sind. Aber ich kann mich an eine Geschichte eines jungen Vertreters dieses seriösen Berufes erinnern. Und "Si non è vero, è ben trovato" - Ist sie nicht wahr, ist sie gut erfunden. Nach einem angestrengten Tag in London schlenderte dieser junge Freund in den 60er Jahren durch die Strassen von Soho. "Siehst Du den Mond über Soho?", heisst das schöne Liebeslied in der Dreigroschenoper von Brecht/Weil. Vor einem Hauseingang sprach ihn ein Mann an. "Für X £ können sie eine Gruppe nackter Frauen sehen, für ein Aufgeld dürfen sie deren Körper betasten und wenn sie noch mehr bezahlen, können sie sich da eine Stunde vergnügen!" Der junge Lüstling bezahlte den höchsten der erwähnten Preise, und der Vermittler sagte, er komme gleich wieder; er müsse nun die Sache erst organisieren. Dass der Vermittler nie mehr wieder kam, ist natürlich traurig, doch immerhin blieb diesem Abenteurer der Anblick von zwei Leichen erspart, wie er den Marschall Bassompierre 3 ½ Jahrhunderte früher erschreckt hatte.

Gerne stellen sich reisende Geschäftsleute den Reiz der Liebe in exotischen Gegenden vor. So erging es auch den Offizieren Napoleons bei der Eroberung Ägyptens vor 200 Jahren. Die Wirklichkeit war aber von den Träumen weit verschieden. Während zu

Hause erregende Liebesspiele die Vorfreude erregten, sei es bei den Ägypterinnen nur um möglichst schnelle Befriedigung gegangen. Da verbleibt nur die alte Maxime: „Bleibe im Hause und nähre Dich redlich!"

Beim Durchlesen dieses Kapitels im Jahre 2007 (ich stehe im 82. Lebensjahr) kommt mir ein kürzliches Erlebnis in den Sinn. In einem Club stand ich mit einigen wichtigen Genfer Persönlichkeiten zusammen. War es als Witz gemeint? Einer der Herren sagte, der oberste Leiter einer Schweizer Bank habe gleichzeitig seine Frau und seine Sekretärin geschwängert. - - - Betretenes Schweigen ringsherum. Nur ich meinte bemerken zu müssen, eine solche Leistung könnte ich leider nicht mehr vollbringen - - - Noch betreteneres Schweigen bei den hohen Persönlichkeiten. Ich konnte ein Lächeln nicht verkneifen und habe damit meinen Buchtitel verleugnet.

(Ende des Zwischenkapitels).

Jacques Ittensohn

VI. Vergnügungen und Probleme eines Bankangestellten in der Nachkriegszeit

Ich habe schon erwähnt, dass mich der Buchhaltungschef nach meiner 17-wöchigen Militärausbildung nicht mehr auf seiner Abteilung im Seefeld sehen wollte. Ich wurde zu einer der „Hexen" des „Macbeth-Emil" strafversetzt. Natürlich überhaupt nichts von Hexe. Nein, eine hochanständige Junggesellin aus gutem Hause - Chefin der Korrespondenzabteilung. Korrespondenzabteilung ist allerdings ein allzu nobles Wort. Ich hatte vor allem auf einer klappernden Hermes-Schreibmaschine Formulare auszufüllen:

> Zürich-Seefeld, den . . . .
> Sehr geehrte(r) Herr..,
>
> Gestützt auf die von Herren . . . .
> am . . . . zu Ihren Gunsten erhaltene Zahlung beehren wir uns, auf Ihr Konto Nr. . . . . . .   Fr. . . . .   Wert gutzuschreiben.
>
> Mit vorzüglicher Hochachtung
> SCHWEIZERISCHE KREDITANSTALT
> Depositenkasse Seefeld
>
> *(Hier unterschrieben zwei Prokuristen oder Handlungsbevollmächtigte)*

Eine Beige von Aufträgen lag links von meiner Schreibmaschine und die auszufüllenden Formulare dahinter. Nach einigen Tagen erschien der nervöse Emil und griff in den Papierkorb neben meinem Schreibtisch, in dem die von mir mit Tipfehlern versehenen Formulare lagen. „Wissen Sie überhaupt, wieviel ein solches Formular kostet? Strengen Sie sich etwas mehr an!"

Jacques Ittensohn

Was ich von Emil noch weiss und sagen darf, ohne ein Bankgeheimnis auszuplaudern, war seine Stellung als Präsident des Zoologischen Gartens der Stadt Zürich. Diese Tatsache war doch stadtbekannt. Auf der Vervielfältigungsmaschine durfte ich nun die Meldungen drucken, welche die Geburt eines Gorilla oder den Kauf eines Nilpferdes anzeigten.

Und da war auch die Druckerei, wie sie die Kinder bei ihren Spielen benutzten. Diese Druckerei war allerdings etwas grösser, und die Buchstaben waren etwas repräsentativer. Auf einem Stempel hatte ich nun die Kundennamen zusammenzusetzen und dann in den Checkheften auf jeden einzelnen Check zu drucken. Einer dieser Namen war besonders heikel:

> Einkaufsgenossenschaft
> der Schlächter- und
> Metzgermeister von
> Zürich und Aarau

Heikel war dieser Name, weil nur eine beschränkte Zahl von Buchstaben auf einer Zeile Platz hatten und diese vier Zeilen schon fast über den Rand des Stempels hinausragten. Es galt also, in diesem Heftchen die Stempel auf den 50 Checks mit äusserster Sorgfalt an deren Kopfseite anzubringen.

Plötzlich stand Emil neben mir: „Können Sie nicht speditiver arbeiten? Geben Sie mir diesen Stempel". Und mit speditiver Wucht schlug Emil den Stempel auf die Kopfseite des nächsten Checks. Krach, alle Buchstaben sprangen aus dem Stempel heraus, das Heft war verschmiert. Ich verkniff mir die Frage, ob er nicht wisse, wieviel ein solches Checkheft koste, sicher mehr als meine paar Formulare. Emil war konsterniert. „Machen Sie also im gleichen Sinne weiter wie vorher!" lauteten seine Worte. Darauf ergriff er schleunigst die Flucht.

Schweizer Bankiers lächeln nie...

Meine Chefin hatte Erbarmen mit mir. „Sie lieben doch Bücher. Warum suchen sie nicht eine Stelle in einer Buchhandlung?" Aber aus rein gefühlsmässigen Gründen wäre mir eine solche Stelle als Begräbnis 1. Klasse erschienen. Und eines Tages machte sie mir eine ganz besondere Ehre. Sie brachte eine Anzahl von Alben mit, in die ihr Jugendfreund Hermann Hesse für sie von Hand Gedichte geschrieben und Bilder gezeichnet hatte.

In der Korrespondenzabteilung erlebte ich die Einführung neuartiger Formulare mit 5 - 6 Kopien, die eine Fülle von mysteriösen Zwecken erfüllten. Da erlebte ich den Beginn der in den nächsten 50 Jahren unaufhaltsam fortschreitenden Rationalisierung. Die Angestellten bekreuzigten sich. Wie sollte man nur diese neue Aufgabe bewältigen?

Schliesslich verschlug es mich in die Portefeuilleabteilung zu einer Dame, die eher meiner Vorstellung einer Hexe entsprach. Nach durchfesteten Nächten schlief ich während dem Eintrag von Wechseln in das riesige Journal ein und ein langer, schwierig zu beseitigender Federstrich lief über die ganze grosse Seite hinunter.

Letzte Station der zwei Jahre im Seefeld war die Kasse mit den Sparbüchlein. Ich hatte diese Büchlein nachzuführen, wenn die Kunden zu viel Geld hatten, und es auf die Bank brachten, oder wenn bei Geldmangel Abhebungen erfolgten.

Später sagte man mir, dass auf den Privatbanken in Basel, wo Sparsamkeit eine heilige Pflicht ist, der Bankier dem geldabhebenden Kunden eine Standpredigt hielt: „Aber man verbraucht doch nicht gespartes Geld; was würde ihr Vater selig denn dazu sagen!" Ich kannte einen schwerreichen Basler, der auf der Strasse nie den Hut abnahm. „Ich kann den Hut nicht abnehmen, sonst würde er abgegriffen. Einen neuen Hut kann ich mir nicht leisten, schliesslich muss ich von den Zinseszinsen meines Vermögens leben!" Und ein Genfer Bankier sagte zu mir: „Wir haben nur eine Verpflichtung im Leben: Wir müssen unser Vermögen vermehren und der nächsten Generation weitergeben." So hat die Schweiz wohl ihren Reichtum geschafft. Calvin lebe hoch!

Über die Weihnachts- und Neujahrszeit kam ich als Sparkassenkassiergehilfe nicht aus dieser Bank am Seefeld hinaus, weil

Jacques Ittensohn

es galt, die Zinsen auszurechnen und nachzutragen. Mein Chef, der Kassier, war regelmässig an gewissen Tagen betrunken. Er konnte sich kaum an seinem Schalter aufrechthalten. Ich sprach mit seinen Kollegen. Es schien mir, dies sei doch nicht in Ordnung. Doch niemand getraute sich einzuschreiten. Man flüsterte, dieser Kassier habe „Beziehungen". Eines Tages lief mir die Galle über. Ich stieg in Emil's Büro hinauf und sprach zu ihm: „Ist dies für Ihre Filiale eine Reklame, wenn ein Kassier besoffen am Schalter steht und sich kaum aufrechthalten kann?" Emil bequemte sich an den Schalter. Was dann geschah, weiss ich nicht. Doch der Kassier war nie mehr betrunken, jedenfalls in den Monaten, in denen ich noch bei ihm arbeitete.

Ich sprach von meinen langen Nächten. Ohne diese Nächte wäre das Leben damals nicht lebenswert gewesen. Da waren die Schauspiel- und Rezitationsstunden bei einer Schauspielerin aus Berlin, die mir mein lieber Professor Walter Keller empfohlen hatte. Mit zwei Mädchen zusammen wurde mir die bühnengerechte Aussprache, die Gestik und Körperhaltung beigebracht, zusammen mit den Regeln der Tonfärbung und Betonung. Durch regelmässige Besuche der Vorstellungen im Schauspielhaus ergab sich die Lehre an den praktischen Beispielen. Ich erinnere mich an eine Aufführung, in der ich den Wirt in „Minna von Barnhelm" von Lessing spielte. Szenen aus dem „Faust" kamen dazu. Aber meine Begabung lag vor allem im rezitatorisch-humoristischen Fach: Mit Gedichten von Busch, Heine und Ringelnatz unter anderem erlebte ich die grössten Erfolge.

Bei unserer schweizerischen Dialektsprache, dem etwas hölzernen „Züritütsch", war die Übung in der „Hochsprache" von grosser Wichtigkeit. Den Schülern des offiziellen Bühnenstudios wurde nahegelegt, sich unter sich privat immer in der Bühnensprache zu unterhalten. Das war in der Kriegszeit nicht einfach gewesen. Wenn zwei dieser Jungen oder Mädchen in der Zürcher Strassenbahn sich so Berlinerisch unterhielten, lernten sie den Hass der einheimischen Bevölkerung auf das Reichsteutsche kennen. „Ihr Sauschwaben, macht, dass Ihr zum Teufel kommt!" war etwa der Kommentar. Die Sympathisanten des Hitlerregimes, über die ich bereits einiges schrieb, waren eine kleine Minderheit. Den Nachbarn im Norden wünschte man nichts Gutes. Es fehlte an Toleranz gegenüber der Sprache Goethe's, welche die Schergen Hitler's vergewaltigt hatten.

Doch die schönsten Abende verbrachte ich in meinem Stammlokal. Am Rindermarkt in der Altstadt Zürichs befindet sich diese Trinkstube, die „Öpfelchammer". Es wird erzählt, Gottfried Keller, der berühmte Zürcher Dichter und Staatsschreiber des 19. Jahrhunderts, ein Vertreter liberaler Ideen, habe in dieser Wirtschaft viele seiner Abende verbracht. Der historischen Wahrheit gemäss, suchte er allerdings teurere Orte auf. Doch sein Bild hängt in der „Öpfelchammer", die im 19. Jahrhundert noch eine Backstube gewesen sei, an der Wand. Ich habe auf der Welt viele feudale und auch einfache Restaurants kennengelernt. Aber nirgends fühlte ich mich so wohl. Da waren an der Decke die Holzbalken, und der Boden bestand aus Brettern. In die Holztische hatten Generationen von Trinkern ihre Namen eingeritzt. Gegenüber dem Eingang zierte die Decke ein gewaltiger Balken, über den sich die Burschen hinüberstemmten. Mit dem Kopf nach unten leerten sie dann ihr Glas. Das war nichts für einen Schwächling wie mich! Der Blick aus dem Fenster fiel auf eine romantische Laterne an der Fassade des gegenüberliegenden Hauses. Wenn im Dezember der Schnee darüberfiel, schien es mir, ich blicke aus dem Fenster auf ein Gemälde aus der Biedermeierzeit.

In den Jahren 1945/7 fand ich in der Öpfelchammer jeden Abend Studenten, von denen einer oder zwei die Gitarren ergriffen. Auch Mädchen waren darunter. Bis um Mitternacht erschallten die Minne- und Landsknechtslieder, züchtige und unzüchtige Verse machten die Runde. Darf ich einen der Wirtinnenverse zitieren, der wohl eher in das vorhergehende Kapitel gepasst hätte:

„Frau Wirtin hatte eine Nichte,

die tat es mit dem Kerzenlichte;

und schob dann nach in der Ekstase

den Ständer und die Blumenvase..."

Jacques Ittensohn

Neben solchen Blödeleien sorgte ein billiger Weisswein für Stimmung. Ich schaffte mir das Liederbuch, den sogenannten „Kantusprügel" der Polytechnikumstudenten, an. Viele der Namen von Zechkumpanen sind darin verewigt. In dieser Stube fand ich Freunde für kurze Jahre oder für die ganze Lebenszeit. Vielleicht schenkten mir diese Umgebung und diese Gespräche eine Art Kompensa-tion für die gesellschaftliche Seite eines entgangenen Studiums.

An einem besonders lebhaften Abend ergriff der Bruder eines bekannten und berühmten Basler Radiosprechers die Gitarre. Er sang zwei von ihm verfasste, die vergangenen Kriegsjahre betreffende Schnitzelbänke, wie sie an der Basler Fasnacht am Abend in den Wirtschaften vorgetragen werden:

„In der Schwitz wird g'feschtet, in der Schwitz wird g'fyret,

Mir Schwyzer feschte gärn und fyre vill;

Mir händ Bundesfyre, mir händ Pestalozzifyre -

Nur zum der Oofe fyre hämmer nit."

Tatsächlich war es in diesen Jahren schwierig, den Ofen zu feuern. Kohle und Briketts waren Mangelware.

„Härdöpfel hett's im Brot,

Wiäs in der Zytig stoht,

Das Brot ziät langi Fääde,

wenn des brichsch.

Frissisch du hüt ä Weggli,

So chunsch der Gottverdeggli,

Wiä nä Koloradochäfer vor."

Schweizer Bankiers lächeln nie...

In den 90er Jahren dieses Jahrhunderts wurde Kartoffelbrot Mode, aber in der Kriegszeit konnte man sich mit der damals feuchten, schwammigen Masse nicht abfinden.

Oft traf man in der Öpfelchammer ältere Semester aus dem Ausland oder anderen Schweizerstädten, die sich an ihre Studienzeit und an die damaligen Zechereien erinnerten. Dann floss der Wein gar unentgeltlich. Aber einmal ging für mich die Sache schief aus. Einer der Kumpane nahm mich an einem 1. Mai, nach dem Mai-Einsingen der Singstudenten beim Lindenhof auf eine teurere, weitere Tour mit und lud mich dazu ein. Doch plötzlich bereute er seine feucht-fröhliche Spenderlaune und verlangte drohend Rückzahlung. Er war ein Metzger, wohl mit einem Messer wie Meckie Messer bewaffnet, der in der damals noch existierenden Fleischhalle sein Gewerbe ausübte. Dieses Gebäude befand sich neben dem Rathaus und seine „romantische" Architektur steht heute auch ohne Fleischverkauf unter Heimatschutz. Dorthin musste ich ihm wohl einen ganzen meiner damaligen Monatslöhne bringen. Normalerweise überreichte ich dieses Geld im ungeöffneten Umschlag meiner Pflegemutter. Einmal hatte ich die Übergabe vergessen und nach langem Suchen wurde der Umschlag im Keller unter alten Zeitungen gefunden. Ein Teil des abgegebenen Geldes war dann meine „Aussteuer" für die Expatriierung in die französische Schweiz.

Als ich in den 80er Jahren dasselbe Lokal aufsuchte, hatte sich nichts an der Stube geändert. Doch ein neuer Schlag Menschen sass an den Tischen. Sie tranken nicht mehr Weisswein, sondern Pfefferminzthe. Sie sangen nicht mehr, sondern sprachen alle über Computerprobleme. Ich hatte bei einer Veranstaltung Gelegenheit, mit dem Ausbildungschef der Deutschen Wehrmacht zu sprechen, und teilte ihm diese Erfahrung mit. Er hat mir bestätigt, dass die kommende Generation den grössten Lebensernst zeige. Es sei erschreckend, dass von Humor und Festfreude keine Rede mehr sein könne. Wenn das ein Preusse sagt, wird einem doch eigenartig zumute.

Doch zurück zu den schönsten Abenden meines Lebens:

Jacques Ittensohn

„Wir sind des Geier's schwarze Haufen,

Heijah-o

Und wollen mit Tyrannen raufen,

Haijah-o

Spiess voran - drauf und dran

Setzt auf's Klosterdach den roten Hahn."

Mit diesem in Moll gestimmten dröhnenden Gesang drang eine Kumpanei wilder Gesellen in das Lokal. Der letzte Vers wurde nach den vielen Strophen abgewandelt in:

„Setzt auf jede Nonne einen Mann!"

Und da sass an einem der Bänke eine blonde Schönheit, die ich aus der Sonntagsschule kannte. In einer Aufschneiderlaune sagte ich meinen Kollegen, ich werde diese Dame ihrem Kavalier ausspannen. Was zum Erstaumen dieser Mittrinker auch geschah. Ich hatte ihnen natürlich nicht gesagt, dass es sich um eine alte Bekannte handelte. Nach der Polizeistunde vergnügten wir uns in den ersten Morgenstunden auf der Terrasse vor dem Polytechnikum. Der grosse Brunnen war in dieser Winterzeit leer, und ich benutzte seinen Boden als Tanzlokal, während die Kollegen einen Boogie-Woogie grölten. Wir fanden uns dann in der Bude des einen. Ich habe diese Maid später an den Ball meiner Tanzschule eingeladen, und wir trieben auf dem Heimweg in den Telefonkabinen unseren Schabernack. Als ich im Sommer eine Einladung an das Sommernachtsfest des Polytechnikums erhielt, begleitete mich diese Dame auf die Halbinsel Au. Ihre von einem Kollegen eingeladene Freundin hat dann diesen Tänzer geheiratet, und ich wurde Taufpate eines der dieser Ehe entsprungenen Söhne. Der Kollege hinwiederum wurde Pate meiner Tochter.

Viele Stunden verbrachte ich in dieser Zeit mit einer anderen Freundin. Ihr Bild stand oft auf den ersten Seiten der illustrierten Zeitungen. Sie war ein gefragtes Mannequin, deren schwarze Haare, wie jene von „Carmen" im Gedichte von Théophile Gautier, dem „Poête Impeccable", als den ihn Baudelaire kennzeichnete, zu einem Knäuel gewickelt auf ihrem wild-albasternen Genick lagen. Aufgelöst, konnten diese Haare ihrem ganzen Körper als Hülle dienen. Ihr Verlobter war ein Chemiker. Unter ihren vielen anderen Freunden befanden sich ein Schauspieler und ein Journalist. Am Ende heiratete sie einen Photographen aus der österreichischen Noblesse. Von der elterlichen Bankiervilla besass dieser nur noch das messingerne Türschild. Und ob es mir nun der in meinem *Sexkapitel* erwähnte Charlie glaubt oder nicht, wenn ich nach Mitternacht bei ihr eintraf, offerierte sie mir Kaffee und bestrich mir Brotschnitten mit Butter und Konfitüre. Ich leerte ihr mein Herz über meine Bankprobleme aus, und sie ermutigte mich für die Schauspielstunden. Diese platonische Freundschaft hat über viele Jahre gedauert. Ich schrieb ihr ein Gedicht zu ihrer Heirat.

Ihr Schauspielerfreund, der eine gute Stellung beim anfangenden Schweizerischen Fernsehen erhielt, hat mit mir einige hundert Franken darauf gewettet, in spätestens zehn Jahren werde ich nicht mehr bei einer Bank arbeiten, sondern Schauspieler sein. Ich sei doch gar kein bürgerlicher Typ. Er hat die Wette zwar verloren, doch habe ich das Geld nie bei ihm eingezogen. Dieser Schauspieler hat mir damals auch einen grossen Schreck eingejagt, der mit dazu beitrug, dass mir die Idee des Schauspielens verging. Es war ihm gelungen, ein Engagement im Radiostudio Bern in einem Hörspiel zu erhalten. Sein Geld reichte gerade für die Bahnfahrt nach Bern. Als er sich im Studio meldete, sagte man ihm, diese Veranstaltung sei auf ein paar Wochen später verschoben worden. Da sass er nun in einer kleinen Wohnung, die ihm Freunde zur Verfügung gestellt hatten. In der Küche waren noch einige Vorräte, die er aufass. Und dann ging das Hungern an. Von Sozialhilfe für nichtsnutzige Musensöhne war damals keine Rede. Er habe am Ende „weiss geschissen", war sein Bericht, bis dann endlich das Hörspiel stattfand, und das ersehnte Geld eintraf. Ach ja, mein Pflegevater hatte recht gehabt. Man muss in einer Firma arbeiten, die einem an jedem Mo-

Jacques Ittensohn

natsende regelmässig das nötige Geld zur Fristung des Lebens überreicht.

Eine recht bürgerliche Freizeittätigkeit bleibt noch zu erwähnen. Auf Empfehlung meines Pflegevaters nahm ich als Bass an den Übungen und Konzerten des „Männerchores Oberstrass" teil. Nach einem dieser Konzerte trafen wir uns Sänger bei einem gemütlichen Trunk. Der Dirigent wurde aufgefordert uns noch bei einem Trinkliede anzuleiten. „Nein, jetzt bin ich besoffen", war seine Antwort. Dieser Dirigent wollte mich einmal eine Probe leiten lassen. Er schien mich für musisch begabt zu halten. Doch das ging schief. Ein Zahnarzt in der Sängerschar protestierte scharf. „Wenn uns der dirigiert, mache ich nicht mehr mit!" Ja, bei Konzerten sang dieser zahnärztliche Bariton Solo. Mit Begeisterung schwellte er seine Brust:

„Und das war Olaf Trygason

Zog über's Nordland hin,

Trug eine Fahne in der Hand,

Keiner erwartet ihn."

So erinnere ich mich ungefähr an den Text seines Sologesanges.

Dieser Zahnarzt gab übrigens meiner Mannequin-Freundin Gratisbehandlungen. Wir waren also eigentlich Konkurrenten. Mit anderen jungen Schönheiten wurde diese Freundin auch eingeladen als Franz Lehar eine seiner Operetten in Zürich dirigierte:

„Von Apfelblüten einen Kra-anz - Ahahaha

Leg ich der Lieblichsten vor's Fenster

In einer Mondnacht im April - Ahahaha - a - a"

Schweizer Bankiers lächeln nie...

Der damalige gefeierte Tenor und Liebling aller Frauen, Max Lichtegg, mag diese Verse dargeboten haben.

Nach meinen Besuchen bei der Mannequin- Freundin kam jeweils der lange Heimweg um 2 Uhr morgens über die Quaibrücke, unter der die Möven ihren Lärm verführten. „Die Möven sehen alle aus, als ob sie Emma hiessen", sagte Christian Morgenstern. Mein Pflegevater hat in einer dieser Nächte glücklicherweise Rauch gerochen. Ich hatte meine noch brennende Pfeife in der Manteltasche gelassen und den Mantel auf die hölzerne Garderobe gehängt. Und er sprach mir zu, es gehe doch nicht an, so spät heimzukommen, wenn man am nächsten Morgen auf der Bank arbeiten müsse. Er sah wohl für mich eine schwarze Zukunft ohne jegliche Aufstiegsmöglichkeiten, wenn nicht noch viel schlimmeres.

Und schlimm war es einem meiner Sonntagsschulfreunde ergangen, dem armen Fritzli. Er hatte nicht das Glück, in die Handelsschule gehen zu dürfen. Er begann seine Banklaufbahn mit einer Lehre. Mein Pflegevater bezeichnet mir diesen pfiffigen, fleissigen Fritzli oft als Vorbild. Der hatte doch den Ernst des Lebens erfasst. In jener Zeit betraute man die Lehrlinge mit dem Verwalten der Portokasse. Der pfiffige Fritzli hat sich dann leider an dieser Portokasse vergriffen. Er flog aus der Lehre und musste sich mit allen Arten von Hilfsarbeiten begnügen. Immerhin erhielt er Hilfe von seinem Vater, einem Immobilienhändler. Als ich ihn einmal antraf, klagte er über seine Sexualprobleme. Aus welchem Grunde immer fand er, die Frauen hätten ihren Geschlechtsteil an einem äusserst unpraktischen Ort. In den kommenden Jahren verlor ich ihn aus den Augen und vernahm, dass er sich erhängt habe.

An einem Ausbildungsseminar erklärte uns in den 70er Jahren ein Personalchef, er sehe es gar nicht ungern, wenn sich ein Lehrling an der Portokasse vergreife. Man könne ihm dann gut zusprechen und in den meisten Fällen entwickelten sich solche Lehrlinge als zuverlässige Bankangestellte. Das sei doch besser, als wenn einer mit 40 Jahren, wenn er die Verantwortung über grössere Beträge habe, plötzlich der Versuchung unterliege. Also hatten die Personalchefs seit Fritzli's Zeit etwas dazugelernt.

Jacques Ittensohn

Ich hatte diesem Personalchef - einem späteren Generaldirektor - einmal vorgeschlagen, die Motivation der Bankangestellten müsse verbessert werden. „Aber zu diesem langweiligen Job kann man doch niemanden motivieren", war die Antwort. Nun habe ich über all die Jahre erlebt, wie die langweiligen Jobs wegrationalisiert wurden. Der frühere Präsident einer Grossbank äusserte die Meinung, diese Rationalisierung sei der falsche Weg gewesen. Es gebe eine Mehrzahl von Menschen, die nur ganz einfache Aufgaben lösen könnten. Und diese Leute landeten dann als Arbeitslose auf der Strasse. Die Theorie der sozialen Demokratie würde dazu meinen, jeder Mensch habe ein Recht auf Ausbildung. Auch wenn langweilige Arbeiten wegrationalisiert werden, müssten eben Wege bestehen, um für alle die Möglichkeit zu schaffen, anspruchsvolle Aufgaben zu erfüllen. Der bankrotte Sozialstaat kann nicht die wegrationalisierten Unqualifizierten ernähren, während die Elite der Qualifizierten hohe Saläre bezieht.

In der „guten alten" Zeit, als ich auf dem Seefeld meine Formulare ausfüllte, wälzte niemand solche Probleme. Die freisinnigen Politiker regierten die Schweiz, und die Unternehmen beschäftigten Unterqualifizierte wie mich, sowie auch Mittel- und Hochqualifizierte. Jeder respektierte seinen Chef, ging am Sonntag in die Kirche, gab sich Mühe und stellte keine unbequemen Fragen. „Wir waren noch einmal davon gekommen", wie Thornton Wilder sagte., Der Krieg hatte uns verschont, wir mussten allerdings bis 1948 noch Rationierungsmarken für unsere Nahrungsmittel abgeben, aber jeder hielt sich an seinem Arbeitsplatz schön still. „Bitte, keine Widerrede!", war das Motto.

Während meiner Seefeldzeit im Jahre 1946 erlebte ich noch den ersten militärischen Wiederholungskurs. Ich darf fast nicht erzählen, dass ich bein Einrücken mein Gewehr vergessen hatte. Meine liebe, besorgte Pflegemutter rannte mit diesem Gewehr im Arm von der Universitätsstrasse zum Hauptbahnhof. Mit hoch-rotem Gesicht und völlig ausser Atem reichte sie mir die Waffe durch das Zugsfenster. Ich konnte es nicht fassen. Erst als ich sie sah, wurde mir das Fehlen dieses Gegenstandes bewusst. Was mir geblüht hätte, ist unbeschreiblich. Wohl drei Tage scharfer Arrest und Wiederholung des Kurses im folgenden Jahr. „Wir sind noch einmal davongekommen!"

1946 war grundsätzlich als erstes Jahr seit dem Kriege dienstfrei. Doch ausgerechnet mich brauchte man bei einem Schiesskurs für Offiziere. Als Funkersoldaten mussten wir für Sicherheit besorgt sein. Es handelte sich um die telephonische Verbindung zwischen Schiesskommando und Zielgebiet, um die Gefährdung von Menschen und Vieh zu verhindern. Wieder befand ich mich in der Region von Airolo. Hier erlitt ich meinen ersten, ernsten alkoholischen Unfall. Wir befanden uns auf einem Pintenkehr im Städtchen. Ich hatte beschlossen, nicht wie die anderen ständig das Getränk zu wechseln. Ich blieb den ganzen Abend bei Vermouth. Während Jahren habe ich darauf keinen Vermouth mehr getrunken.

Die Disziplin hatte gegenüber der Rekrutenschule gewechselt. Da waren noch Aktivdienstjahrgänge dabei mit den Geburtsjahren 1900 bis 1920. Die Unteroffiziere wurden geduzt. Und bei der Tagwache am Morgen flog dem Feldweibel ein Regen von Nagelschuhen entgegen.

Am Ende dieses Schiesskurses wurde uns mitgeteilt, dass für uns nun das Jahr 1947 dienstfrei werde, wie dies für die nicht Aufgebotenen im Jahr 1946, als Zeichen des Kriegsendes, der Fall gewesen war. Also gab es für uns 1947 weder Schiesskurs, noch Inspektion, noch Wiederholungskurs.

Ich kümmerte mich also in Lausanne, dem nächsten Schauplatz meiner Bankkarriere, um keines der militärischen Plakate, welche die Dienstpflichtigen zu Inspektion, Wiederholungs- und Schiesskursen aufbieten. Doch Anfang 1948 erhielt ich ein Aufgebot. Ich hatte mich auf dem Kreiskommando zu melden. Ein Beamter eröffnete mir, ich sei straffällig, weil ich im Jahre 1947 meine Pflichten nicht erfüllte habe. In aller Höflichkeit erzählte ich ihm meine Geschichte. „Schreiben Sie ihre Bemerkungen bitte auf dieses Formular und versehen Sie es mit Ihrer Unterschrift! N'est-ce pas!"

Im schönen Monat Mai kam das Aufgebot mit dem Befehl, der besagte, dass ich im Militärgefängnis Lausanne für 48 Stunden eingesperrt werde: von 8 Uhr morgens an einem Samstag bis 8 Uhr morgens am darauffolgenden Montag im Juli. Ich musste mir von

Jacques Ittensohn

Zürich meine Uniform mit Helm und Militärschuhen, aber ohne Waffen und Ceinturon, kommen lassen. Am Ceinturon hätte man sich ja aus lauter Kummer erhängen können. Eine solche Straffolge wollte schliesslich die Militärdirektion doch nicht bewirken.

Die Gitter dieses Gefängnisses schauten auf die „Escaliers du Marché" - die Markttreppe - hinunter. Ein mittelalterliches Gebäude, das sich der aufsteigenden, mit Holz bedachten Steintreppe entlang gegen die Kathedrale hinaufzog. Ich habe nie ganz begriffen, warum gerade mir dieses Schicksal widerfuhr. Das Militär-wesen ist im Bundesstaate Schweiz noch kantonal geregelt. Wir sind also mit der gleichen Zahl von Militärdirektionen gesegnet, wie wir Kantone und Halbkantone haben: also 25. Alle meinen Kameraden, die mit mir den Schiesskurs in Airolo von 1946 bestanden hatten, waren ebenfalls im Jahre 1947 zu keinen militärischen Übungen eingerückt. In einzelnen Kantonen hatte man die Sachlage begriffen, in anderen wurde ein schriftlicher Verweis erteilt, und wieder in anderen musste eine kleine Busse bezahlt werden. Aber im Kanton Waadt, der bis 1798 ein Untertanengebiet der Berner gewesen war, gerade in diesem Kanton, sperrte man mich wegen einer derartigen unverschuldeten Lapalie ein. Militärische Logik war nie mein Lieblingsfach. Oft hat man mir gesagt, das frühere Untertanengebiet der Waadt habe die Gewohnheiten und die Disziplin der obrigkeitlichen Herrschaft der Zeit vor dem Wandel von 1848 noch stärker beibehalten als etwa der Kanton Bern, die Domäne der früheren Zuchtmeister.

Mein freundlicher Chef auf der Lausanner Bank hatte Verständnis. Lachend sprach er: „Die haben ja einmal den Rechten erwischt. Sie können beruhigt sein, ich werde ihre Abwesenheit vom Samstagmorgen und ihr verspätetes Erscheinen am Montagmorgen der Direktion nicht melden."

Auf das Wochenende meines Gefängnisaufenthaltes fiel ausgerechnet das grosse Seenachtsfest der Stadt Lausanne, das unten in Ouchy am Ufer des Lac Léman mit Feuerwerk, Tanzen und Ständen gefeiert wurde. Meine alte Zimmerfrau und eine Freundin, die in der Bank arbeitete, brachten Fresspakete an den Eingang des Gefängnisses. Nein, mein lieber Charlie, über die Episode mit dieser deutschsprachigen Freundin schreibe ich überhaupt nichts. Ohnehin, zur intensiven Erlernung der französischen Sprache gehörten dann in erster Linie die feurigeren Bekanntschaften mit französischsprachigen Frauen.

Der Gefängnisraum war ein grosses Zimmer mit fünf Matratzen auf dem Boden; hinter dem Fenster im Abstand von 1 1/2 Metern befand sich ein Gitter. Wir konnten also nicht direkt am Fenster stehen. In der Mitte vor diesem Gitter aufgestellt befand sich die Abortschüssel in einem Verliess mit Türe (immerhin!). In die dicke Eisentüre unserer Zelle war ein Schalter eingelassen, durch den uns in Gamellen das Essen gereicht wurde: Spinat war es einmal, und in meiner Gamelle befand sich noch der Rest eines Zündholzes.

Wir waren unserer Vier in dieser grossräumigen Gefängniszelle. Ein Freiburger hatte seinen Tornister, sein Gewehr, seine Schuhe, sein Bajonett verkauft - einfach verkauft! - eine solche Frechheit ging mir auch nicht in den Kopf. Er sass für 10 Tage in diesem Gefängnis fest. Er war des Schreibens unkundig. Er war der erste Analphabet, den ich in der Schweiz getroffen habe. Es soll heutzutage eine grössere Zahl davon geben. So schrieb ich für ihn eben seine Liebesbriefe an seine verschiedenen Geliebten. Von Beruf war er Bademeister im Strandbad am Tage und Kinoplaceur in der Nacht. Es handelte sich bei ihm um einen muskulösen Apollo. Ich kann begreifen, dass er Erfolg bei Mädchen hatte. Der zweite Insasse der Zelle, ein Maler, war von der Militärdienstpflicht befreit. Aber dafür hätte er die Militärpflichtersatzsteuer bezahlen müssen. Dagegen weigerte er sich und sass dafür alle Jahre wieder seine drei Tage Arrest ab. Der vierte hatte seine Militärpflichten des Vorjahres vergessen. Er war nicht davon befreit gewesen wie ich, musste aber die gleichen 48 Stunden absitzen.

Wir waren eine fröhliche Kumpanei. Mit irgendeinem Stecken hängte der Maler eines der Fenster vor dem Gitter aus und so konnten wir uns mit den auf den Escaliers du Marché vorübergehenden Mädchen unterhalten. Der Gefängniswächter verbat uns dann energisch diesen Unsinn. Doch dieser Wächter war ein guter und dicker Mann. „Lasst dicke Leute um mich sein", sagte schon Julius Cäsar, in dem ihm gewidmeten Stück von Shakespeare. Der brave Mann setzte sich am Abend zu uns, und es gab ein Kartenspiel. Da-

Jacques Ittensohn

von setzte ich mich ab. Schon mein Pflegevater hatte mir den schweizerischen „Jass" beibringen wollen. Doch er hatte aufgeben müssen. Ich war zu dumm für solche Spiele. Deshalb war ich auch im Militär immer etwas abseits; offside heisst es im Fussball.

Die Nacht war lang. Irgendein Idiot im Nachbarhaus legte unaufhörlich die gleiche Platte mit dem immer gleichen Schlager auf. An welcher Geisteskrankheit der wohl litt, konnte ich nicht diasgnostizieren. Und mit den Glockenschlägen sagte der Wächter auf dem Turm der Kathedrale die Stunden an: „C'est le guet, il a sonné douze" (Es ist der Wächter, es hat zwölf geschlagen), rief er viermal in alle Himmelsrichtungen des Turmes. Ich versuchte auf meiner Matratze zu lesen: meine „Nouvelles Littéraires", den Zarathustra, und meine lieben Rilkegedichte.

Am Morgen wurden wir in den Korridor befohlen zum Waschen und Zähneputzen: einer nach dem anderen am gleichen Lavabo. Ich habe vergessen zu erwähnen, dass im gleichen Gefängnis auch Untersuchungsgefangene und vorübergehende Gäste aller Art eingesperrt waren. An einer der Eisentüren konnte ich das mit einem Deckel versehene Fensterchen öffnen, durch welches der Anblick des Gefangenen möglich war. Da sass ein blutjunger, kahlgeschorener Kerl, hielt den Kopf auf die Arme aufgestützt und schaute ein Loch in die Luft. Ich fragt den Wärter, wer denn das sei. „Ach, das ist ein Junge, der ist für ein paar Wochen da, weil er aus einer Erziehungsanstalt entwich." Ich schäme mich heute noch, dass ich nicht einen Artikel schrieb und diesen Unfug in einer Zeitschrift gebrandmarkt habe. Aber zu was für Feigheiten war ich nicht fähig. Mut und Zivilcourage sind wohl überhaupt Mangelwaren auf dieser Welt.

In meiner weiteren militärischen Laufbahn im Gotthard- und Sarganser Rheintalgebiet ist nur noch eine Episode erwähnenswert. In Begleitung meiner Kameraden verbrachte ich einen Abend in der Soldatenstube beim Gotthardhospiz. Mit meiner Nachtblindheit fiel ich beim Rückmarsch zu unserer Festung über das Strassenbord hinunter in einen tiefen Graben und verletzte mein Knie. Die Kameraden marschierten fröhlich singend weiter, bis sie mich vermissten und holten. An den kommenden Abenden marschierten wir immer Arm und Arm, und man nahm mich in die Mitte. Die Militärversicherung bezahlte die Heilungskosten. Doch plötzlich wurde ich in Lausanne in das Büro dieser Militärversicherung aufgeboten. Ein Inspektor eröffnete mir, man wolle diese Kosten nicht übernehmen, denn ich sei ja wohl betrunken gewesen, um von dieser Strasse hinunterzufallen. Ich brauchte mein ganzes Rednertalent, um diesen pflichtbewussten Funktionär davon zu überzeugen, dass er 1. meine Nachtblindheit feststellen lassen könne, und dass 2. auch meine Kameraden bezeugen könnten, dass in dieser Gotthardsoldatenstube überhaupt kein Alkohol ausgeschenkt werde.

Soviel blieb zu meiner misslungenen Militärkarriere zu vermelden. Aber ich habe durch sie viele Kameraden gewonnen; menschliche, verständige und auch abgrundtief stupide Vorgesetzte kennengelernt und erfreute mich an den Schönheiten meines Landes. Und ein begeisterter Schweizer Soldat ist der Funker Ittensohn auch heute noch, auch wenn ein solches Geständnis nicht mehr in die moderne Zeit hineinpassen sollte.

Jacques Ittensohn

VII. Arbeit und Musik in der französischsprachigen Schweiz

Mit diesem 7. Kapitel bin ich nun beim definitiven Ende meiner naiven Jugendzeit angelangt. Wie man damals noch sagte, kam nun der Abschnitt der „Fremde". Da stellt sich die Frage, wieviele Kapitel eigentlich dieses Erinnerungsbuch, sofern es überhaupt einmal fertig wird, denn aufweisen wird. Wie die Statistik meines PC, meines Personal Computers, mir angibt, zählt das bisher Geschriebene mit diesem letzten Buchstaben **n**

200'213 Buchstaben.

Allerdings stimmt diese Zahl schon nicht mehr. Ich habe seither von Zeit zu Zeit wieder einen Gedankenblitz zwischen die bestehenden Zeilen hineingehämmert.

Wenn ich die im letzten Jahrhundert geschriebenen Romane betrachte, enthielten sie in den weitaus meisten Fällen mehr als eine Million Buchstaben, also mindestens fünfmal so viel als ich selber bisher im Schweisse meines Angesichtes zusammengeschrieben habe. Eine Million Buchstaben - eine Million Franken. So hoch muss ein Vermögen mindestens sein, damit sich ein Privatbankier als Vermögensverwalter in der Schweiz überhaupt persönlich und individuell damit befasst und das Geld nicht einfach in mit Hilfe mathematischer Formeln und gemäss strategischer Richtlinien zusammengestellte, kollektive Anlagefonds fliessen lässt. Und die immer zahlreicheren Milliardäre – die wirklich umworbenen Kunden – besitzen also tausendmal mehr. Grund für viel Ärger und Sorge um die eigene physische Sicherheit in unserer missgünstigen und gewalttätigen Welt!

Die Astronomie befasst sich mit Lichtjahren, wovon eines ungefähr $129,45 \times 10^{12}$ Kilometern entspricht. Und diese Wissenschaft errechnet Distanzen über Milliarden dieser Lichtjahre. Wenn

Jacques Ittensohn

ich diese Grössenordnungen damit vergleiche, wie oft ich auf die Tasten meines PC hauen muss, um diese Million Buchstaben zu erreichen, so kann ich nur mit Cicero sagen: „Fast alle Alten sagten, dass man nichts kennen, nichts verstehen, nichts wissen könne; dass unsere Sinne begrenzt seien, unsere Intelligenz schwach und unser Leben kurz." Montaigne zitierte diesen Satz im 2. Band seiner Essais, Kapitel XII, dem Kapitel, das, nach Sainte-Beuve, Pascal beim Schreiben seiner „Pensées" inspiriert haben soll (Wolf Lepenies: Sainte-Beuve; Verlag Hanser 1997). Wir haben mit unseren Raumsonden und unseren „modernen" Theorien sicher gewaltige Wissenssprünge erzielt, aber es scheint mir doch, dass Cicero Recht behält.

Vielleicht darf ich dazu ein eigenes kleines Gedicht beisteuern, das sogar meinem Freunde David in Leeds gefallen hat, der im Gegensatz zu mir in Physik, Astronomie und Mathematik beschlagen ist und selber eine Reihe von Gedichten und Science Fiction-Erzählungen veröffentlichte:

Lichtjahrphantasie

Eine unendliche Zahl kann es nicht geben,

Und in unendlichen Räumen kann ich nicht leben:

So bleib' ich denn stets der gleiche, verdammte Idiot;

Denn im Unendlichen wäre dieser Endliche tot.

So bleibe ich dumm und entsage aller Mathematik,

So bleib' ich denn dumm und scheisse auf die Physik,

Einstein's Formel bereitet mir keine Migräne;

Und weine auch über die Transzendenz keine Träne.

Schweizer Bankiers lächeln nie...

Wichtig ist, dass der Wein im Keller nicht ausgeht!

Und dass am Himmel stets noch der bleichsüchtige Mond steht!

Sind wir dann tot, so sind wir freudig bereit,

Zu geniessen die alberne Lüge wovon? ...Von göttlicher Unendlichkeit.

So haue ich denn schön brav weiter auf meine Tasten und denke an die Schriftsteller des letzten Jahrhunderts, die ihre Millionen Buchstaben von Hand hinschmieren mussten, wobei vor allem Balzac noch nach Kräften durchstrich und in den eigenen, kaum leserlichen Text hineinkorrigierte. Balzac's Manuskripte, wie jene von Bach, kann ich in der Bodmeriana oberhalb von Genf besichtigen. Von den dort befindlichen Manuskripten der Reden des grössten Verbrechers aller Zeiten habe ich schon anderswo gesprochen. Ich dagegen kann heute mit meinem Personal Computer direkt in das Geschriebene hineinkorrigieren, und das Unpassende vernichten, bevor irgendwann - sicher vor einem Lichtjahr - der ganze Text verschwindet.

Die Zeit im Seefeld rückt in meinen Erinnerungen ihrem Ende zu. Über das ganze Jahr 1946 hatte ich den Chef der Kreditanstalt-Depositenkasse Seefeld mit meinem Wunsche belästigt, auf die Filiale Lausanne versetzt zu werden, den Crédit Suisse, Lausanne, also. Ich kann mich an die Gründe nicht mehr erinnern, aber ich wollte nicht nach Genf, nicht nach Neuenburg, sondern ausgerechnet nach Lausanne. Mein Starrsinn trug Früchte: im Mai 1947 war es soweit.

So lange ich nun in meiner Lebensgeschichte bei der Eisenbahnreise von Zürich nach Lausanne an. Das war doch gewiss eine kurze Reise? Nein, heutzutage reisen zwar 17-jährige mit Jugendabonnements und Rucksack allein durch alle Weltteile. 1947 war dies nur wenigen vergönnt. Zwei meiner Schulkollegen hatten Stellen in Export-Importfirmen gefunden. Sie verreisten in diesen Jahren

Jacques Ittensohn

nach Manila. Ihre monatelange Reise führte vorerst mit einem französischen Frachtschiff nach Hongkong. Dort gerieten sie in eine wochenlang dauernde Quarantäne, weil unter der Schiffsmannschaft Pockenfälle festgestellt worden waren. In den Philippinen verfügte jeder über seine „Boys" und über sein Automobil. Kolonien und Länder der dritten Welt boten in dieser unmittelbaren Nachkriegszeit für Europäer noch wesentliche Annehmlichkeiten. Doch wer wagte schon einen solch mutigen Schritt? Meine Schulfreunde mussten sich in ihrer Import-Export-Firma auf mehrere Jahre unterschriftlich verpflichten und erhielten für die Zeit dieses Auslandaufenthaltes gar ein Heiratsverbot, das man wohl als verfassungswidrig bezeichnen darf.

Für mich war die kurze Reise nach Lausanne der definitive unendliche Trennungsstrich von meinem Zuhause. Der militärische Abschnitt der Lausanner Zeit hat sich allerdings schon in das vorhergehende Kapitel meiner Lebenserinnerungen verirrt. Er gehörte in meine „Militärgeschichte".

Die Rekrutenschule war eine Abwesenheit von zuhause gewesen. Doch auf der Eisenbahnfahrt nach Lausanne im Wonnemonat Mai 1947 wurde mir die definitive Trennung von der Jugendzeit recht schmerzlich bewusst. Ich hatte mein Anfangskapital von 300 Franken im Sack. Die Pflegemutter hatte einen Teil der ihr übergebenen Löhne zur Finanzierung des Haushalts für meine unabhängige Zukunft beiseitegelegt. Der zukünftige, grosszügige Monatslohn lag wesentlich unter dieser Riesensumme.

Aus der Bibliothek meiner Pflegeeltern stammte mein mitgenommenes, oder wohl gestohlenes poetisches Kapital, das ich heute 41 Jahre später mit Wehmut aufschlage: „Deutsche Lyrik seit Goethe's Tode - ausgewählt von Maximilian Bern: 11. Auflage von October 1886". Das Buch war also zwei Jahre vor der Geburt meines Pflegevaters, der Einsetzung Friedrich des Zweiten als zweiter deutscher Kaiser und der Absetzung des eisernen Kanzlers Bismarck erschienen. Ich erinnere mich an die Lektüre in diesem Büchlein zwischen Biel und Yverdon. Mein Lieblingspoet war damals wegen seines oft in der „Öpfelchammer" vorgetragenen Trinkliedes der selbst von Gottfried Keller positiv gewürdigte Heinrich Leuthold. Keller hat die Gesammelten Gedichte Leuthold's als „eine lyrische

Sammlung" bezeichnet, „welche zu den guten Büchern der deutschen Literatur wohl (!) dauernd zählen wird". Trotz der Umsorgung durch den auf der schweizerischen Tausendfrankennote verewigten Psychiater Forel war der am Ende kleptomane Chaot Leuthold wie Hölderlin im Wahnsinn verkommen. Wie sein berühmterer Zeitgenosse Conrad Ferdinand Meyer war Leuthold nach dem Krieg von 1870 für Kaiser Wilhelm I. und Bismarck eingenommen. Schliesslich waren diese Poeten auf das nun vereinigte Deutschland als Absatzgebiet für ihre Bücher angewiesen, und ihre Begeisterung für das deutsche Wesen ist von ihrer poetischen Sprache her verständlich. Ein alter Basler aus dem „Teig", also einer „guten" Familie, verbrachte jeweils seine Ferien in einem Kinderheim irgendwo in der Schweiz. Auch dort habe man vor dem 2. Weltkrieg jeweils brav „Kaiser's Geburtstag" gefeiert.

Mein verehrter Poet Heinrich Leuthod hat aber immerhin der Schweiz als „Land meiner Väter" einige der schönsten Lieder gewidmet, die ich kenne. Wohl taten mir damals auf meiner Reise seine Worte an einen jungen Freund, die ich ganz als an mich gerichtet empfand:

An einen jungen Freund
von Heinrich Leuthold

Nimm dieses Leben nicht so ernst!

Recht spasshaft ist's im Allgemeinen . . .

Je besser du es kennen lernst,

Je munt'rer wird es dir erscheinen.

Kein Drama ist's im grossen Stil -

Wie du dir denkst - mit Schuld und Sühne;

Jacques Ittensohn

> Es ist ein derbes Possenspiel
> Auf einer Dilettantenbühne.
>
> Zwar wär's nicht halb so jämmerlich,
> Wenn nur die Leute besser spielten,
> Und wenn die Lustigmacher sich
> Nicht immer für die Helden hielten.

Mein Freund, der Klaviervirtuose, Sänger, Organist und später verkommene Sekundarlehrer hatte mir die Pension empfohlen, in der er sich während seines für spätere Sekundarlehrer obligatorischen Sprachaufenthaltes verköstigt hatte. Madame Kaiser, meine Zimmerfrau, vermietete mir - dem „Monsieur Jacques" - mein Logis zwei Häuser weiter unten. Ich war jetzt nicht mehr der Köbeli oder der Jakob mit dem schrecklichen K am Anfang oder in der Mitte, sondern der viel elegantere Jacques, der ich geblieben bin. „Monsieur Jacques, le bain est prêt", rief mich Madame Kaiser jeweils, wenn sie die mir vom Arzt wegen meiner Allergien und nervösen Störungen empfohlenen heissen Bäder vorbereitet hatte.

Meine Mannequinfreundin in Zürich hatte ihrem Verlobten, dem Chemiker aus Lausanne und späteren Leiter einer der Grossfirmen im Kanton Waadt, ans Herz gelegt, sich meiner anzunehmen. Er sollte mich am ersten Abend in der Nähe seines Elternhauses in Ouchy erwarten. Ich war naiv genug, an dieses Treffen zu glauben und wartete stundenlang - aber kein Chemiker erschien. Warum hätte er auch erscheinen sollen?

Der Crédit Suisse in Lausanne befindet sich neben dem Hôtel de la Paix, wo der Gründer und Dirigent des Orchestre de la Suisse Romande, Ernest Ansermet, und mein verehrter General, Henri Guisan, sich jeweils zu einem Halben Weissen aus der Gegend um Lausanne einfanden. Im gleichen Hôtel befand sich das Cabaret „Coup de Soleil", in dem der im gesamten französischen

Schweizer Bankiers lächeln nie...

Kulturkreis bekannte Gilles mit Edith und Urfer seine Chansons und Poèmes zum Besten gab.

Als ich am 12. Mai 1947 diesen Crédit Suisse betrat, empfingen mich die zwei Direktoren persönlich. Der eine von ihnen war der Halbbruder des schweizerischen Aussenministers und strahlte Vornehmheit und Zurückhaltung aus, wie es sich für den Leiter der Wertschriften- und Privatkundschaftsabteilungen gehörte. Der zweite war ein eher burschikoser Hüne. Vom Kreditdirektor erwartet man weniger geschliffene Umgangsformen; er muss auch Kredite verweigern können, wenn der Finanzstatus des Kunden nicht befriedigt. Die Beiden verwickelten mich in ein längeres Gespräch, das zur Zufriedenheit ausgefallen sein muss. Denn es erschien der Chef des Büros der Wertschriftenemissionen und -operationen. Andere Kollegen aus der deutschen Schweiz landeten meist in der Buchhaltung, für die ich vom Seefeld her ein Grauen empfand. Für mich ergab sich dank meiner guten Französischkenntnisse eine interessantere Betätigung. Der Chef war ein herzensguter, mit Humor gesegneter und korrekter Mensch. Meine 3 ½ Jahre in Lausanne wurden trotz des kurzen Aufenthalts im Gefängnis zur wohl schönsten und unbeschwertesten Zeit meines Berufslebens ohne familiäre und soziale Verpflichtungen.

Soviel ich weiss, ist die Geschichte des Crédit Suisse, Lausanne, kein Mysterium, das zu den klassifizierten Bankgeheimnissen gehört. Das schöne Gebäude über einem blumenreichen Park und dem Stadttheater war durch eine französische Bank, die Société Générale, erstellt worden. Damit erklärt sich wohl der noble Baustil. Und die Tochtergesellschaft dieser Bank soll Société Suisse de Banque et de Dépôt (abgekürzt SUBDE) geheissen haben. Scheinbar war es von einem gewissen Zeitpunkt an ausländischen Banken verwehrt, das Adjektiv „suisse" - „schweizerisch" - in ihrem Firmennamen zu führen. Deshalb wurde diese Filiale von der Schweizerischen Kreditanstalt übernommen. So hat man es mir wenigstens erzählt. Und deshalb, hiess es, gebe es eine solch grosse Zahl französischer Kunden, die auch nach dem Wechsel des Firmennamens ihrer Bank im schönen Tourismuszentrum Lausanne treu blieben.

In der Abteilung, der ich zugeteilt wurde, war eine der wichtigsten Arbeiten dieser Jahre 1947/50 das Nachholen der wäh-

Jacques Ittensohn

rend des Krieges bei französischen Aktiengesellschaften aus allen Branchen durchgeführten Kapitalerhöhungen. „Augmentation de capital pour actionnaires empêchés" (Kapitalerhöhungen für verhinderte Aktionäre) hiessen diese Operationen, für die ich an die Kunden beredte Briefe in elegantem französischen Stil zu verfassen hatte. „Veuillez agréer, Monsieur, l'expression de notre considération distinguée" (Wir bitten Sie, sehr geehrter Herr, den Ausdruck unserer vorzüglichen Hochachtung zu genehmigen) hiess es jeweils am Ende dieser Epistel an die Gallier. Und ein „witziger" Zwischenfall bleibt mir in besonderer Erinnerung. Einmal passierte mir der peinliche Druckfehler „actionnaire emméché" anstelle von „empêché", ich hatte also meinen Aktionär als Besoffenen tituliert. An solchen Scherzen können sich Bankangestellte tagelang vergnügen. Wenigstens in den 40er Jahren. Bei einem Treffen in einer Bar in den späteren 80er Jahren mit dem Generaldirektor einer Grossbank war ich von einem kleinen Lachkrampf heimgesucht worden. „So, Sie können noch lachen, Ittensohn? Bei uns lacht man schon lange nicht mehr!" „Ach, leck' doch mir", hätte ich ihm am liebsten gemäss Götz von Berlichingen geantwortet. Aber mein Untertanengeist hat mich daran gehindert.

Ja, viele französische Kunden gab es in dieser Bank: mit kleinen Posten meist von Aktien französischer Banken, Versicherungs- und Industriegesellschaften in ihren Wertschriftendepots. Als die Schweizerische Kreditanstalt während meiner Lausanner Jahre im Hauptsitz Zürich ihre Administration auf das Hollerith-Lochkartensystem umstellte, erbte unser Sitz das veraltete Adremasystem. Da wurden für jeden Posten auf Metallplättchen die notwendigen Angaben eingestanzt. Die ganze Wertschriftenbuchhaltung wurde auf diese Metallplättchen-Wirtschaft umgestellt. Ich erinnere mich an das aus Urzeiten stammende vorherige Titelbuchhaltungssystem. In grossen Schäften waren die Kartons hintereinander aufgereiht. Für jeden Kunden bestand ein Karton, auf dem alle seine Titel vermerkt waren: von Adalbert Adam bis Zoltan Zwoboda. Und für jede Gesellschaft, für die Nestlé, die Schweizerische Rückversicherung, für General Motors, für Péchiney, bestand ebenfalls ein Karton. Neueinträge für Käufe oder Kapitalerhöhungen, erfolgten mit blauer Tinte, für die Abgänge, also die Verkäufe, wurde rote Tinte verwendet. Das gleiche galt für alle Obligationenanleihen. Wenn die

Schweizer Bankiers lächeln nie...

netten, angestellten Mädchen sich über diese Kartons beugten, dann hoben sich verführerisch die kurzen Röckchen . . .

Für die Umstellung auf das Lochkartensystem erschien eine Equipe von der Generaldirektion der Bank in Zürich. Diese Umstellungskünstler hofften in einem halben Jahr das ganze Manöver durchzuführen, aber nach zwei Jahren waren sie immer noch an der Arbeit. „Charognes de Fritz" wurden diese effizienten, fleissigen Deutschschweizer betitelt. Ich war dagegen mit meinem konzilianten und wohl weniger effizienten Wesen rasch integriert gewesen. Die Spezialisten aus Zürich hatten doch nicht ahnen können, dass in dieser Titelbuchhaltung fast von jeder unbedeutenden Aktiengesellschaft in Frankreich ein kleiner Posten in diese Umstellung hineinzunehmen war. Gleich neben dem Büro, in dem ich arbeitete, wurde die Rumpelmaschine aufgestellt, auf der die Angaben auf die Metallplättchen gestanzt wurden. Das tönte tagaus, tagein wie in einem Metallprägewerk. Ein vorheriger Ausläufer war für diese verantwortungsvolle Aufgabe ausgewählt worden. Ich wurde zu ihm mit meiner späteren Gemahlin, die nicht aus der Bank stammte, eingeladen. Aus der Familie seiner englischen Schwiegereltern hatte dieser Musikliebhaber eine imposante Schellack-Plattensammlung, wo wir erstmals das Lieblingsviolinkonzert meiner Gemahlin von Max Bruch hörten. Dieser empfindsame Mensch war für seine Arbeit auf der Bank dankbar, obschon ihm der von seiner Maschine verursachte Heidenlärm wohl keineswegs als die Freude schöner Götterfunken erschien.

Meine erste, nicht sehr überzeugende Erfahrung mit dem Vermögensverwaltungsgeschäft widerfuhr mir in diesen Jahren. Meine Rezitations- und Schauspiellehrerin meldete sich in Lausanne an und lud mich in ihr Hôtel zu einem Mittagessen ein. Eine erfreuliche Begebenheit, in dieser eher schmalen Zeit mit den Mahlzeitencoupons. Sie hatte von Verwandten ein Wertschriftenportefeuille mit Aktien verschiedener Länder geerbt. Ich durfte sie dem eleganten Privatkundschaftsdirektor mit seiner goldenen Uhrkette in der Westentasche vorstellen und ging an meine tägliche Arbeit zurück. Als ich die reich gewordene Dame nach zwei Jahren wieder traf, beklagte sie sich bitter über das ihr widerfahrende Unrecht. Sie behauptete, der Direktor habe alle ihre Aktien verkauft, die später im Kurse stiegen, und ihr Aktien aus seinem eigenen Bestand verkauft, deren Kurse alle fielen. Ich wusste damals keine überzeugende Antwort. Heute würde ich ihr sagen: „Hätte dieser Direktor im voraus gewusst, welche Titel im Kurse stiegen und welche fielen, so hätte er gewiss nicht seine Tage im Büro einer Bank verbracht, sondern hätte an der Riviera in der Sonne gelegen und von dort aus die Aufträge für sein Milliardenportefeuille erteilt."

Schon damals in der Nachkriegszeit war in der Bevölkerung und damit unter den Bankkunden der ökonomische und finanzielle Analphabetismus die Regel. Sonst würden nicht damals wie heute noch ansonsten durchaus geschulte und „gescheute" Menschen Rattenfängern und Scharlatanen in Scharen in die Fänge laufen, die ihnen den mühelosen Reichtum versprechen.

Mein liebenswürdiger Chef hatte eine Spezialität für mich gefunden. Wenn bei den amerikanischen Aktien die Aktiendividenden und Splits (Aktienteilungen) erfolgten, durfte ich den Kunden schreiben und ihnen diese Veränderungen mitteilen. Ich hatte geglaubt, die „jungen" Aktien, die bei solchen Operationen „geboren" würden, seien wie die Dividenden in Bargeld eine Zahlung an den Aktionär. „Weit gefehlt", erklärte mir ein Juristen-Freund, „der bestehende Besitz des Aktionärs wird einfach durch eine grössere Zahl Titel aufgeteilt, und die gesamte Anzahl der Titel, die er besitzt, ist gleich viel wert wie vorher. Der einzelne Titel ist also weniger wert. Daran ändert auch nichts, wenn die Gesellschaft ihre Gewinne im Unternehmen zurückbehält, anstatt sie in Bardividenden auszuzahlen. Auch wenn sich diese Gewinne dank guten Geschäftsganges erheblich steigern, gehören alle Gewinne dem Aktionär per Definition mit oder ohne deren Steigerung". Dies erklärt den von Marx geschürten Zorn der Arbeitnehmer auf die Aktionäre.

Als mir mein Juristenfreund diese Zusammenhänge erklärte, wollte mein Dickschädel vorerst diese Wahrheiten nicht begreifen. Dann wurde ich von einem Wutanfall gepackt. Er hatte meine Illusion, ich schreibe den Kunden Geschenkbriefe, zerstört. Heute packen mich die Wutanfälle, wenn jemand an meine frühere Illusion glaubt. Natürlich können die Kurse nach solchen Operationen, wie nach Kapitalerhöhungen, steigen. Sie steigen mit oder ohne die Operationen, wenn die Aktionäre an höhere Gewinne glauben. Einzig die bei Kapitalerhöhungen erfolgenden Einzahlungen der Aktionäre sind das von ihm selbst gespendete Geschenk, das für den Aktionär eine Vermehrung des ihm ohnehin gehörenden Vermögens der Gesellschaft bildet.

Die Aktionäre treiben die Kurse selber, wenn sie kaufen, und drücken sie, wenn sie verkaufen. Aktien sind eine Glaubenssache, und das ganze Gebäude der Logik der Kapitalanlage, das auf diesem Glauben aufbaut, ist unbarmherzig wie jede Logik. Solange jeder daran glaubt, klappt die Sache wunderbar - solange alle Leute an Himmel und Hölle glaubten, hatten die Päpste ein leichtes Spiel. Es lebt sich wohl in unseren Illusionen, und wir klagen Unschuldige an, wenn diese Illusionen zusammenstürzen. Dabei sind wir doch immer selber schuld, wenn wir in unserem finanziellen Analphabetismus verweilen.

Wenn unsere Steuerbehörden Dividenden der Einkommenssteuer unterwerfen, und Kapitalgewinne nicht versteuert werden, dann sind die Aktionäre an Dividenden allerdings nicht interessiert und verlassen sich lieber auf die Kursgewinne, die sie durch ihre Käufe selber produzieren.

In den 60er Jahren trug ich ein journalistisches Duell, also ohne Pistole oder Säbel, mit dem Finanzchef eines der grossen Schweizer Unternehmen aus. Dieser Pastorensohn war der Illusion erlegen, dass er nun tatsächlich durch Kapitalerhöhungen zu günstigen Bezugsbedingungen Geschenke an seine Aktionäre verteile, was ich mit aller Vehemenz verneinte. Doch war dies wohl bei meinem Duellpartner kein Glaube an Illusionen, sondern kalte Berechnung. Meiner Karriere hat solcher Starrsinn sicher nicht genützt. Und ich kann es nicht lassen: Ich versuche sogar noch in meinem Rentenalter, in Artikeln diese Logik den Leuten klar zu machen. Die Frage ist allerdings, ob überhaupt jemand meine Artikel liest. Und ich frage den „geneigten Leser" (-IN gehört wohl auch dazu) dieser Memoiren, ob er/sie begriffen hat, was ich in diesem Abschnitt geschrieben habe. Wenn nicht, können wir uns ja zu einem Gespräch bei einem Whisky zusammensetzen. Doch will ich mir auf keinen Fall eine Anklage für „Sexual Harassment" zuziehen.

Jacques Ittensohn

Und die Revolution im Bankgeschäft, die heute nahe der Jahrhundertwende mit ihrer Derivate- und 00-Problematik auf ihre Paradoxien zusteuert, nahm damals in den Nachkriegsjahren ihren schmerzvollen Anfang. In der Buchhaltungsabteilung des Crédit Suisse Lausanne, neben unserem Büro, wurden riesige Maschinen angeschafft, die heute irgendwo auf einem Schrotthaufen liegen. Ältere Buchhalter konnten diese Umstellung nicht schaffen, kämpften mit Herzbeschwerden und Depressionen und landeten im Spital oder erlitten einen frühen Tod.

Auf der anderen Seite unseres Büros befand sich das Reich eines älteren, freundlichen Herrn, der sich mit der Deblockierung der in den USA gesperrten, auf Dollars lautenden Vermögenswerte befasste. Bis zum Gegenbeweis handelte es sich bei all diesen Titeln und Guthaben um Feindvermögen. Es mussten notariell beglaubigte, eidesstattliche Erklärungen (Affidavits) ausgestellt werden. Die schwarzhaarige, attraktive Lulu beklagte sich über ihren Chef: „Wir Mädchen sind doch nicht seine „Futz"!"

Es ist schon eigenartig, das ebenso unzüchtige französische Wort „con" geht viel leichter von den Lippen, als dies, sein vulgärdeutsches Synomym. Ach, und für mein männliches Organ verzeichnet mein Duden als scherzhafte Bezeichnung das „Gemächte" (?). Auch solche unflätige Worte kommen demnach aus der Mode. Und Bach verstand in seiner Mottete Nr. 225 als Gemächte, ebenfalls gemäss Duden, den Menschen als „hinfälliges Geschöpf".

Lulu's lebenslustiger Chef wurde nicht von Herzbeschwerden und Depressionen niedergeworfen wie die armen Buchhalter; er fand den Ausgleich bei seinen Mitarbeiterinnen. Für den Chef einer Bankabteilung war solches Verhalten damals demnach zulässig: heute kann sich dies selbst ein amerikanischer Präsident nicht mehr leisten.

Ein anderer, hinkender Lebenskünstler, Gaspard, ein Walliser, arbeitete in der Titelbuchhaltung und erschien bei mir mit den gelben Zettelchen seines Systems, wenn eine Unklarheit mit meinen Splits und Kapitalerhöhungen bestand. Doch Gaspard war ein Dichter. Stolz zeigte er die Bändchen mit seinen Gedichten. Er sprach zu mir immer vom Dottor, wie er Victor Hugo benannte. Goethe kehrte er um in Ethoeg, Schiller in Rellisch. Über Hitler schüttelte er nur den Kopf - Floda, in Umkehrung von Adolf - nannte er ihn.

Auch auf dem Crédit Suisse in Lausanne war die Angestelltenschaft durch einen Ring von Kaderleuten beaufsichtigt: les mandataires (Handlungsbevollmächtigte), fondés de pouvoir (Prokuristen), sous-directeurs (Vizedirektoren), dann war da ein directeur adjoint (stellvertretender Direktor), und eben die zwei Direktoren in ihren Prunkbüros mit den dekorativen, aber nie benutzten Cheminées. Bei meinen späteren Besuchen bei amerikanischen Banken in Chicago brannten um die Weihnachtszeit in den Empfangsräumen und Büros der Höhergestellten die Feuer in diesen Cheminées, und die Kerzen an den Christbäumen leuchteten. Wie prosaisch sind doch dagegen wir Schweizerknaben.

Allerdings stimmte die von mir aus dem Zarenreich hergeholte Parallele mit den Militärrängen hier keinesfalls. Die unteren Kaderchargen waren alle durch Herren besetzt, die von 1939 bis 1945 keinen Militärdienst hatten leisten müssen. Ganz böse Mäuler hatten diese Kategorie von Männern als „Staatskrüppel" eingeteilt.

Es war doch nötig gewesen, die Bank auch während der Kriegsjahre auf Sparflamme weiterzuführen. Da wurde eben zum Chef der ernannt, der präsent war. Wer seine Dienstpflicht erfüllen und oft mehr als 1000 Tage auf Stroh schlafen musste, hatte sich mit Hilfsarbeiten zu begnügen, wenn er im Urlaub auf der Bank erschien. Diese Vaterlandsverteidiger waren dann nach dem Kriege zu alt, um noch in die Ränge zu kommen.

Wie dies sonst bei Synagogen oder Kirchen üblich ist, befindet sich über dem Eingang des Crédit Suisse in Lausanne eine ansehnliche Kuppel. Unter diesem Gewölbe hauste zu meiner Zeit die Portefeuilleabteilung. Leiter dieses Büros war ein kleines Männlein mit einem Sprachfehler: er hatte Mühe mit den „S" und den „Ch". Auch die „R" wollten ihm nicht gelingen. Er litt unter dem Gespött seiner Angestellten und hatte Mühe, seine Untergebenen zur Disziplin anzuhalten. Einer der Direktoren der Bank hiess in seiner Zeit Monsieur Wurlod. Zu ihm begab sich der Portefeuillechef, um sich über seine Truppe zu beklagen. Nach seiner Rückkehr von der Besprechung sprach er zu seinen Leuten: „Monzieur Wulod m'a dit

Jacques Ittensohn

que z'est moi le seff!" Dass der Erfolg dieser Intervention eine Lachsalve war, liegt auf der Hand. Ja, es ist so eine Sache, sich Autorität verschaffen zu wollen! An die Worte „z'est moi le seff!" (ich bin der Chef) habe ich mich in vielen Lebenslagen erinnert...

In grossen Schrecken versetzt mich auch heute noch die Erinnerung an meine erste Begegnung mit einem Inspektor des Waadtländischen Steueramtes. Ich hatte im Jahre meines Übertrittes nach Lausanne lediglich vier Monate in Zürich gearbeitet und trug in meine Steuererklärung nur den Lohn für diese Zeit ein. Nun wurde ich in das Gebäude der Staatsverwaltung aufgeboten, und der Inspektor bezichtigte mich einer falschen Steuererklärung. Ich musste die Zahlung des fehlenden Betrages nachholen. Er sei übrigens sehr nett, meinte der Inspektor; denn eigentlich könnte er mir eine Busse mit dem mehrfachen Betrag dieser Versäumnis aufbrummen. Doch selbst für die Bezahlung der Nachsteuer fehlten mir die Mittel. Ich wandte mich an den Buchhändler, bei dem ich jeweils meine Rilkebücher gekauft hatte. Ob er mir nicht eine nebenberufliche Tätigkeit in seinem Laden anbieten könne. Doch schliesslich durfte ich für einen Mitsänger im Choeur de Lausanne, dem ich beigetreten war, einige Büroarbeiten erledigen, was mir aus dieser Patsche half. Während meines ganzen Lebens ist mir der Schreck vor der Steuerbehörde in den Knochen geblieben. Mit grösster Genauigkeit fülle ich diese verdammten Formulare aus.

Für mein kleines Zimmer bei Madame Kaiser hatte ich ein Klavier gemietet. Schon in Zürich hatte ich mir diesen Luxus mit dem allerersten Lohn geleistet. Aber die zwei Jahre in Zürich mit den Klavierstunden am Konservatorium bei einer reizenden, jungen Dame hatten mich in dieser Kunst nicht weit gebracht. War es die Faulheit, die mich daran hinderte, mich mit dem schon für die Zither unentbehrlichen Solfeggio auseinanderzusetzen. Geübt hatte ich fleissig Das hatte schon die Bäckerin, unsere Nachbarin an der Universitätsstrasse, meiner Pflegemutter versichert. War es wirklich Bewunderung, oder wollte sie sich wohl eher über die Belästigung beklagen?

Mein Klavierlehrer am Konservatorium in Lausanne war ein asketischer, strenger Mann. Seine Laufbahn hatte er mit einer Lizenz in Betriebswirtschaft und Tätigkeit in einem kommerziellen

Unternehmen begonnen und sich erst später für die Musik entschlossen. Er spielte mir von Ravel das „Tombeau de Couperin" vor und lernte alle Präludien und Fugen des Wohltemperierten Klaviers von Johann Sebastian Bach auswendig. Darauf erlag er einer Depression, während deren Heilung seine Gattin, eine bekannte Sängerin, mir die Klavierstunden erteilte. Ihr kleines Kind sprang daneben in der Stube umher. Am Sonntagmorgen spielte mein Klavierlehrer die Orgel in der Spitalkapelle von Lausanne. Ich half, die Kranken in ihren Betten zum Gottesdienst zu rollen, und erhielt dafür ein privates Orgelkonzert nach dem Gottesdienst. Hier lernte ich die Choräle von César Franck schätzen.

Und ich verdanke diesem Klavierlehrer einige meiner schönsten musikalischen Erlebnisse. Er ermutigte mich zum Besuch der Anlässe der „Jeunesses Musicales". Im Saal des Konservatoriums bestand die Möglichkeit, die berühmten Pianisten dieser Zeit zu hören und mit ihnen sprechen zu können.

In Erinnerung bleibt mir das unfassbare Mozart-Zauberspiel von Clara Haskill. Unvergesslich bleibt Dinu Lipatti. Er sagte uns, er könne nicht gut sprechen; seine Sprache sei ganz das Klavier. Als er zu einer Bach-Suite ansetzte, gab unter ihm der verstellbare Klavierschemel nach. Ich konnte nicht begreifen, von welchem Wutanfall dieser so sanft aussehende, von der Macht seiner Kunst besessene Virtuose erfasst wurde. Er schlug mit der Faust auf diesen unschuldigen Schemel, wurde feuerrot im Gesicht und brauchte eine längere Frist, um sich zu beruhigen.

Mein Klavierlehrer bildete sich bei einem bekannten Schweizerpianisten weiter, der bei Lipatti Kurse besuchte. Durch ihn erfuhr ich, dass dieser begnadete Musiker ganz seiner Musik lebte. Er sei nicht fähig gewesen, in einem Geschäft wie ein normaler Mensch Einkäufe zu tätigen

Der heute noch lebende Tenor Hugues Cuénod sang den „Socrate" vom genialen und in keine Konventionen passenden Eric Satie. Bei diesem Konzert lernte ich einen vielseitigen, belgischen „Homme du Monde" (P.) kennen, der mich sehr beeindruckt hat. Er schrieb in seinem Leben zwei Bücher. Zuerst war er Klaviervirtuose und schrieb das Buch „L'art de jouer du piano" (Die Kunst des Kla-

Jacques Ittensohn

vierspieles). Sein zweiter Beruf war Banquier und sein zweites Buch hiess „L'art de gérer sa fortune" (Die Kunst der Vermögensverwaltung). Er besass eine Villa an der Avenue des Tilleuls, gewissermassen „Unter den Linden" in Lausanne. Ich hatte in der Zwischenzeit Zimmer und Pension gewechselt, und mein Logis befand sich in der Villa nebenan. Ich wollte diesen Belgier unbedingt näher kennenlernen und läutete an der Haustüre, um meine Dienste als Deutschübersetzer des Klavierbuches anzubieten. Zu meiner Schande interessierte mich die Vermögensverwaltung weit weniger, oder überhaupt nicht. Und es ging mir schliesslich nur darum, P. kennenzulernen: diese Übersetzungsarbeit wäre auch gar zu mühsam gewesen.

Ich hatte an diesem Abend um etwa acht Uhr an seiner Hausglocke geläutet und kam erst morgens um zwei Uhr wieder aus der Türe heraus. Die Platten-, Partituren- und Musikbüchersammlung dieses Banquiers schien mir von riesigen Ausmassen. Er begeisterte mich für die Balladen seines geliebten Fauré.

In den frühen 70er Jahren wurde meine Erinnerung an Gabriel Fauré wieder wach. Ich hatte beruflich in New York zu tun und verbrachte wenn möglich jeden Abend im New York City Ballet. Dort erlebte ich die Aufführung des Ballettes „Jewels" (Edelsteine) des genialen Ballanchine. Die ganze Bühne hatte jeweils die Farbe des gewählten Edelsteines und die Tänzerinnen und Tänzer waren in der entsprechenden Farbe gekleidet und mit den passenden Edelsteinen geschmückt. Die Ausstattung stammte von Van Clef and Arpels an der 5th Avenue. Ich erinnere mich, dass die Brillanten mit einem glänzenden Walzer von Tschaikowsky verbunden waren, die Rubinen gehörten natürlich zu einer leuchtenden Melodie Strawinskys. Und schliesslich kamen die Smaragde. Eine zauberhaft überirdische, in ihrer Art unendlich schwebende Melodie: „Sicilienne" von Fauré. Diese Melodie verfolgte mich in den späteren Jahren, doch gelang es mir nicht, sie irgendwo einzuordnen. Eines Tages in den späten 80er Jahren erschrak ich in meinem Wagen bei der Fahrt ins Büro nach Genf. Vor 7 Uhr morgens ertönte meine „Sicilienne" auf France Musique. Sie gehörte also zur Suite „Péléas et Mélisande" und dieses Spinnrad-Lied scheint dort eigentlich nicht ganz in die Handlung zu passen. So kann ich nun auf einer CD diese Melodie anhören: wieder und wieder.

Schweizer Bankiers lächeln nie...

Eine andere Suite Fauré's, die mir ganz besonders ans Herz wuchs, inspiriert sich an einem Gedicht Paul Verlaine's „Clair de Lune", das auch Débussy zu einer populären Klaviermelodie begeistert hat. Fauré's Verlaine-Suite heisst „Masques et Bergamasques" (Masken und Bergamasken); die Leute aus Bergamo müssen irgendwie für ihre tänzerischen und gesanglichen Begabungen berühmt gewesen sein. „Votre âme est un paysage choisi que vont charmant masques et bergamasques" (Ihre Seele ist eine auserwählte Landschaft, in der sich bezaubernd Masken und Bergamasken ergehen). Diese Suite mit ihren melancholischen Einschlägen begeistert mich immer wieder. Ich kann kaum glauben, dass Fauré als Konservatoriumsdirektor im Paris des letzten Jahrhunderts alle Hebel in Bewegung gesetzt haben soll, um Ravel an seiner Entwicklung zu hindern. Irgendwie müssen Débussy und Ravel eine revolutionäre Wendung in der Musik bewirkt haben, die dem schnauzbärtigen Fauré nicht mehr in sein Weltbild passte. Mein Freund P. in Lausanne erzählte mir, in Deutschland sei Fauré's Musik als „Hurenmusik" eingeordnet worden. Sie passte nicht zum teutonischen Ernst.

P. hatte Débussy und Ravel persönlich gekannt und amüsierte mich mit den Anekdoten über diese Musiker. Gustav Mahler bezeichnete er allerdings als „Gustave Malheur" (Unglücksgustav). Er hatte seine Vorlieben und gegen gewisse Pianisten, die ich nicht nennen will, konnte er sich in Hasstiraden ergehen. Wenn berühmte Gastdirigenten, wie Bruno Walter oder Wilhelm Furtwängler, wenn der Geiger Grumiaux oder der Pianist Wilhelm Backhaus mit dem Orchestre de la Suisse Romande gastierten, sollen sie in seiner Villa übernachtet haben. Noch einige Abende verbrachte ich in seiner Gesellschaft. Eines Tages sagte er mir: „Ich glaube, ich habe Ihnen nun alles Interessante, das ich weiss, erzählt und wahrscheinlich werden sie nicht mehr an meiner Haustüre läuten." Und so geschah es auch, und ich schäme mich ein bisschen.

Oft war ich meinem belgischen Bankierfreund bei den Konzerten des Orchestre de la Suisse Romande beggegnet. Beim Crédit Suisse gab es für Angestellte verbilligte Abonnements für diese Konzerte. Ich verschaffte mir den meinem Lohn entsprechenden billigsten Platz: erste Reihe, direkt links unter dem Dirigenten. Als der belgische Violonist Grumiaux ein Mozart-Konzert spielte, wollte

Jacques Ittensohn

ich ihn unbedingt aus der Nähe sehen. Unter dem Vorwand ein Autogrammjäger zu sein, näherte ich mich nach dem Konzert Arthur Grumiaux und Ernest Ansermet. Ich streckte mein Programm vor, und der Dirigent Ansermet bat mich um einen Stylo zum Unterschreiben. „Nous avons une baguette et un archet, mais nous n'avons pas de stylo". (Wir haben einen Taktstock und einen Bogen, aber wir haben keinen Stylo).

Ich erlebte einen der ersten Auftritte Furtwängler's nach dem Kriege in der Schweiz mit der 5. Symphonie Beethovens. Als er beim Applaus dem Konzertmeister mit einem Händedruck dankte, wischte sich dieser mit seinem Taschentuch die Hand ab. Wer wollte schon diese Hand drücken nach dem, wie es mir schien, schon lange vergebenen und vergessenen Händedruck des Führers?

Auch der junge Herbert von Karajan erschien zu einem Konzert. Mit ihm erlebte ich zum ersten und letzten Mal in meinem Leben eine mehr als 30-minütige Verspätung bis zum Auftritt eines Dirigenten. Und zudem dirigierte von Karajan mit geschlossenen Augen. Ein für Konzerte zuständiger Freund in einer anderen Schweizerstadt hat mir später erklärt, er habe Karajan in diesen Zeiten jeweils vor dem Konzert im Hotelzimmer wecken müssen. Aber das sind unbedeutende Details. Ein Musikkritiker sagte mir einmal, vielleicht habe eben schon der junge von Karajan seine Marotten gepflegt. Die zwei Konzertsaisons in Lausanne waren Höhepunkte meines jungen Lebens. Der „Choeur de Lausanne" war ein weiterer.

Mein Klavierlehrer ermutigte mich, dem „Choeur de Lausanne" beizutreten. Die meisten Mitglieder dieses fast professionellen Chores waren im Lehrfach tätig und hatten eine ausgiebige Musikausbildung hinter sich. Der Dirigent des Chores, Hans Haug, hatte während Jahren das Zürcher Radioorchester geleitet. Als man dort das Budget einschränken wollte, wie dies heute die Regel sein soll, habe er gesagt, er könne ja schliesslich die gesamte Musikliteratur auf Stahlband dirigieren. Dann brauche man das Orchester überhaupt nicht mehr. Schliesslich hielt es ihn in Zürich nicht länger, und er nahm die Stelle beim Choeur de Lausanne an. Seine Gemahlin war die Tochter des bekannten waadtländischen Dichters, Paul Budry. Er dirigierte auch die Oper von Monte Carlo und komponierte viele Werke, unter anderem nannte man mir das Oratorium „Michelangelo", und ich hörte am Radio seine reizenden „Kinderszenen", die leider in Vergessenheit geraten sind.

Unter Haug lernte ich die Musik Bachs lieben, die mir vorher verschlüsselt gewesen war. Die vielen durcheinandergehenden Stimmen erschienen mir verwirrend. Aber wenn ich nun die eigene Bassstimme lernte und dann die anderen Stimmen und am Ende das Orchester dazu kamen, waren die Tränen kaum zurückzuhalten. Ich muss Haug einen komischen Eindruck gemacht haben. Ich hörte, wie er einmal einigen Choristen über mich sagte: „Qu'il est curieux, ce type." „Curieux" verwendete er wohl im Sinne von „eigenartig". Oder eher ein komischer Kerl, der sich auf Banken und in einen Chor verirrte.

Unser Dirigent erlitt vor jedem Konzert in den letzten Proben seine legendären Wutanfälle und drohte fortzulaufen. Der Präsident des Chores musste ihm zureden. Schliesslich begriff ich das Ganze. Haug sagte einmal, ein Konzert wird nur dann gut, wenn die Hauptprobe misslinge. Wohl wollte er nach Kräften das Seine zum Misslingen dieser Hauptproben beitragen, um seinen Aberglauben zu bestätigen.

Mit diesem Chor stand ich dreimal auf der Bühne der Scala von Mailand. Hans Haug verfügte offensichtlich über die erforderlichen Beziehungen, um seinen ganzen Chor mit den Solisten auf Kosten der Konzertveranstalter nach Mailand und für Abonnementskonzerte nach Bologna zu transportieren.

So kam ich zu den ersten Auslandreisen meines Lebens. Vor dem Krieg konnte man sich in unseren Kreisen diesen Luxus nicht leisten. Und während des Krieges waren die Grenzen gesperrt. Ich hätte mir diese Reisen auch von Lausanne aus nicht leisten können, wenn nicht alle Spesen, einschliesslich jene für die mir als letzter Luxus erscheinenden Gerichte aus der italienischen Küche, von den Konzertveranstaltern getragen worden wären. Warum ich unter den Konzertveranstaltern einen jungen Freund fand, der mich jeweils bei der Ankunft am Bahnhof verküsste, ist mir heute noch schleierhaft. Diese lateinische Herzlichkeit wurde mir sprödem Deutschschweizer hier zum ersten und letzten Male von einem Gleichgeschlechtlichen geschenkt.

Jacques Ittensohn

Ich kann mich erinnern, wie einer unserer Solisten Zigaretten nach Italien schmuggelte, indem er jedem Chormitglied ein Paket in den Sack steckte. Dieser immer gut gelaunte Bassist war Paul Sandoz. Ich kannte seine Stimme schon von einer Platte zuhause. Er sang darauf mit Chorbegleitung das bekannte Hirtenlied „Les armaillis da Colombetta" mit dem Refrain „Lioba", dem Lockruf des freiburgischen Dialektes für die Kühe. Am Ende der Platte war Paul Sandoz offensichtlich zufrieden. Denn es waren noch die für die Aufnahme nicht bestimmten Worte „ça y est" (Wir sind fertig) zu hören. Die Platte hiess deshalb für meinen Pflegevater „Le ça y est". Für mich war das natürlich damals Latein. „Saye" was soll denn das wieder heissen? Eine junge Gesangsschülerin von Sandoz, die mir Verdi-Arien vorsang und sich auf eine professionelle Laufbahn freute, erzählte mir, wie sie ihr Gesangslehrer zu einem seriösen Lebenswandel ermahnte. „Der ist ja ein fertiger Spiesser - das erwartet man doch nicht von einem Künstler!" Ja, da hatte sich die junge Dame zutiefst getäuscht - es gibt auch seriöse Künstler. Vielleicht sogar auch seriöse Banker . . .

Ein halbes Jahrhundert später noch höre ich die Stimme von Paul Sandoz in meinen Ohren: „Quia fecit mihi magna" (Denn er hat grosse Dinge an mir getan) aus dem Magnificat BVW 243 von Johann Sebastian. Wie ein gutgelaunter Tanz tönte das aus seinem Munde. Zutiefst erschreckt hat mich dann nach den zwei folgenden Passagen die von Hugues Cuénod gesungene, vielen stolzen und arroganten Banquiers ins Stammbuch geschriebene Tenorarie: „Deposuit potentes de sede" (Er stösset die Gewaltigen vom Stuhle). Da schien es mir, eine teuflische Feuersbrunst erfasse den Sänger und das Orchester. Doch der Trost folgte nach: „Esurientes implevit bonis" (Die Hungrigen füllt er mit Gütern) schluchzte die Altistin, begleitet von den Flöten.

Welch einmaliges Erlebnis war es doch, auf der Riesenbühne der Scala, bei diesen Bachkantaten mitwirken zu dürfen: BWV 106 - „Actus Tragicus", Bestelle dein Haus, denn du musst sterben; BWV 104 - „Du Hirte Israel höre", mit dem tonmalerischen Bild der verstreuten Schafherde zum Texte „Der Du Joseph hütest wie der Schafe" und dem eindrücklichen, immer wiederkehrenden Rufe „Höre!" In dieser Kantate ertönt die nach meinem Ermessen herrlichste Melodie. Das Trio der zwei Oboi d'amore und der Oboe da Caccia tanzen im 12-Achtel Takt zu der Bass-Arie: „Beglückte Herde Jesu Schafe". Diese Klänge haben mich in meinem inneren Ohr und wohl in meinem Herzen über alle die 50 seither verflossenen Jahre in allen Lebenslagen begleitet.

Und welcher Eindruck der Paukenschläge und Trompetenstösse in der St. Michaelskantate BVW 112: „Nun ist das Heil und die Kraft und das Reich und die Macht unsers Gottes seines Christus worden, weil der verworfen ist, der sie verklagete Tag und Nacht vor Gott!", in der die Verworfenheit durch mächtige Tonsprünge auf dem „o" des Verbes „verworfen" zum Ausdruck gebracht wird, so wie die unermessliche Klage auf dem „a" des Verbes „klagete".

An eine Fast-Katastrophe kann ich mich bei der Bach-Motette BVW 225 „Singet dem Herrn ein neues Lied" erinnern. Bei diesem äusserst schwierigen Chorwerk, für das wir in zwei Chöre aufgeteilt wurden, fielen die Stimmen bei der Aufführung in Lausanne auseinander und Haug musste sie unter Aufbietung aller Kräfte wieder zusammenfügen. Ich hatte den Faden schon längst verloren und konnte mich nur durch Mithören, Simulation mit offenem Munde und Blick auf die Partitur des Nachbarn wieder in meine Bass-Melodie finden. Doch erinnere ich mich beim Genuss meiner Harnancourt-Compact Disk mit Rührung an die Worte Hans Haugs, mit denen er uns die Tonmalereien Bach's in dieser Mottete erklärte. „Ein Blum' und fallend' Laub" mit dem Erblühen der Blume und dem Fallen des Blattes; das tiefgehende Gefühl des Erbarmens im Choral des 2. Chores „Wie sich ein Vater erbarmet", denn „er kennt das arm Gemächte", mit der tröstlichen Arie des 1. Chores „Gott nimmt sich ferner unser an, denn ohne ihn ist nichts getan", deren Töne sich mit dem Choral mischen.

SDG Soli Dei Gloria (Nur dem Herrn zu Ehren) hat Bach unter alle diese Werke geschrieben. Dagegen hat der im gleichen Jahr wie Bach, 1685 geborene, in Portugal tätige Domenico Scarlatti die einzige Sammlung seiner Kompositionen mit der Widmung überschrieben: „Vivi felice" - Lebt glücklich. Die beiden meinten wohl dasselbe.

Jacques Ittensohn

Als ich ein halbes Jahrhundert später im waadtländischen Rolle in einem Chor mitsang, war die Rede von der Aufführung eines Werkes von Johann Sebastian Bach, das ebenfalls den Titel „Singet dem Herrn ein neues Lied" trug. Ich fragte den Dirigenten, ob es sich um BVW 225 handle. „Nein, so sadistisch bin ich nun auch wieder nicht", war die Antwort. Meine Teilnahme am Chor in Rolle war der Trost nach einer Enttäuschung in Genf. Als ich dort in einer Privatbank arbeitete, ermutigte mich ein Kollege, dem Bachchor beizutreten. Ich hatte die Freude bei der Cäcilienmesse Haydn's mitzuwirken. Die Proben hatten anfänglich nicht mit dem Chordirigenten stattgefunden, sondern mit dem Dirigenten eines befreundeten Chores. Als der eigentliche Chef wieder erschien, blickte er beim Singen öfters streng in meine Richtung. Plötzlich wies er darauf hin, dass einige neue Sängerinnen und Sänger ihm noch nicht recht bekannt seien. So musste ich denn zum Vorsingen in der Dachstube dieses Musikers erscheinen. Da kommt mir eine Erinnerung an Sprüche Salomos 21:9: „Es ist besser auf dem Winkel eines Daches zu wohnen, als bei einem zänkischen Weibe in einem gemeinsamen Hause". Der Chordirigent drückte mir eine Bachpartitur in die Hand, begann zu spielen und forderte mich zum Singen auf. Sofort musste ich ihn unterbrechen. Ich hatte nie Solfeggio gelernt und konnte also unmöglich eine mir unbekannte Melodie ab Blatt zu seiner Begleitung singen. „Unter diesen Umständen kann ich Sie leider in meinem Chor nicht brauchen", waren die Worte, mit denen er mich hinauskomplimentierte. Aber ich habe doch noch die Befriedigung gehabt, 1996 bei der Aufführung der h-moll Messe von Bach unter einem weniger anspruchsvollen Dirigenten in Morges mitwirken zu dürfen. Aber als professioneller Sänger darf ich mich also nicht bezeichnen, wohl doch hoffentlich eher als professioneller Banker.

Heute am 12. Januar 1998 erfahre ich beim Schreiben dieser Zeilen die Nachricht vom Tode des englischen Komponisten Sir Michael Tippett. Wir hatten in Lausanne 1947 sein 1944 entstandenes Oratorium „A Child of Our Time" mit dem Orchestre de la Suisse Romande aufgeführt. Tippett war zur Aufführung persönlich in Lausanne erschienen. Wochen nach der Aufführung ging ich den Weg von der Avenue des Tilleuls zur Place St-François hinauf, wo mein Englischlehrer wohnte. Aus allen Fenstern ertönte eine Radioübertragung unseres Oratoriums. Welchen Stolz empfand ich da. Meine Stimme ertönte doch mit. . . .

Als junger Mann war der 1905 geborene Tippett erschüttert über die Verletzten und Verwaisten des 1. Weltkrieges. Er lernte das Schicksal der Waisen in einem Kinderheim in Bayern kennen und arbeitete zeitweise als Grubenarbeiter. 1938 bewegte ihn die Tragödie des jüdischen, polnischen Jungen Herschel Grynzspan, der in Verzweiflung über die Verfolgung seiner Eltern in Polen am 8. November den deutschen Botschaftsrat Ernst von Rath in Paris erschoss. Dieses unter noch heute noch nicht aufgeklärten mysteriösen Umständen ausgeführte Attentat diente als Vorwand für die „Kristallnacht", die am nächsten Tag in ganz Deutschland die grässlichsten Greuel gegen die jüdische Bevölkerung auslöste. Tippett's Oratorium „A Child of our Time" ist, als Reaktion auf dieses unmenschliche Drama, Ausdruck des Grauens und der Trauer über die unfassliche Bestialität eines verbrecherischen Regimes. Nach dunklen Eingangstönen und Gesängen, die eine Stimmung tiefster Depression zum Ausdruck bringen, klagt der Tenor, der für seine Liebe keine Gabe hat, sein Leid. Die Mutter-Sopranistin singt, dass sie ihre Kinder nicht ernähren und sie nicht trösten könne, wenn sie tot sein werde. In diesen untröstlichen Gesang hinein fällt der Chor mit dem Anstimmen des Negro-Spiritual: „Steal away, steal away to Jesus, steal away, steal away home. I ain't got long to stay here." (Stehle dich hinweg, stehle dich hinweg zu Jesus, stehle dich hinweg, stehle dich hinweg und heim. Ich kann nicht mehr lang hier bleiben.)

Als jungem Schweizer waren mir die Greuel der Nazis viel zu wenig bewusst. Dass wir in unserem kleinen Nachbarland des barbarischen Reiches von all dem verschont worden waren und uns geduckt hatten, macht mir zu schaffen. Hätten wir es nicht auch verdient, in diesem Höllenbrand vernichtet zu werden? Oder sollen wir nicht eher denen dankbar sein, die uns durch ihre Widerstandskraft und die gleichzeitig notwendige, oft wohl etwas zu wendige Diplomatie davor gerettet haben. Tippett's Oratorium nach Bach's Muster mit dem Ersatz der Choräle durch die alles Leid der Welt beschwörenden Negro Spirituals ist mehr als ein materielles Mahnmal, das ohnehin selbst in unendlicher Grösse nicht ausreichen würde, um die unermessliche Trauer auszudrücken. Letzter Satz des Oratoriums: „I

Jacques Ittensohn

want to cross over into camp ground" (Ich will hinübergehen in das Lagerfeld). Hinüber zu all denen, die das Schlimmste, Unbegreifliche erleiden mussten. „O by an by, by and by, I'm gonna lay down my heavy load". O, nach und nach, nach und nach, werde ich meine schwere Last ablegen können. Die zum Tode gebrachten Sklaven, die dieses Lied sangen, wussten auch, dass es keinen Trost geben kann.

Nach den drei Jahren der für meine Ausbildungsperiode beim Crédit Suisse in Lausanne vorgesehenen Zeit, bot mir der Privatkundschaftsdirektor eine Arbeit in der Titelbuchhaltung an. Lieber hätte ich den Tod erlitten! Mein netter Chef behielt mich gerne noch einige Monate. Ich hatte mir mit meinen hart erworbenen Englischkenntnissen in meinen Querkopf gesetzt, eine Stelle in London zu finden. Ich schrieb wohl 100 Bewerbungsschreiben und wollte es nicht begreifen, dass es in London für Genies wie mich keine Stellen gab.

In der Nachkriegszeit waren die Arbeitsplätze selbst für Engländer rar. Ich hätte über ein Kapital verfügen müssen, um gratis arbeiten zu können. Ich sprach in Zürich mit dem obersten Personalchef der Schweizerischen Kreditanstalt. Ja, ich könne vielleicht nach New York, wenn ich erst während 6 - 8 Jahren brav in Zürich auf verschiedenen Abteilungen arbeite. So sass ich dann am Ende zwischen zwei Stühlen. Der Lausanner Direktor bedeutete mir, dass es nun bei seiner Bank für mich ein Ende habe. Und offensichtlich begann eine Zeit mit Stellenmangel in der Schweiz. Die Krise des Koreakrieges zeigte sich an. Heute im Jahre 1998 zittern ganze Heerscharen von Bankangestellten und Kader um ihre Arbeitsplätze. Da ist nicht nur irgendwo ein in Lausanne bangender Jacques.

Doch das ungute Gefühl der Unsicherheit erfasste die Magengegend dieses Jacques, und das Herz machte seine Sprünge. Dem kleinen Bankangestellten fehlte die notwendige Härte, um sich über eine solche Situation hinwegzusetzen. Diese Härte hat sich auch später nie eingestellt. Unsicherheit und Angst vor den unergründlichen Mächten, denen ich auf den Banken beggenete, begleiteten mich bis zu meiner Pensionierung im Jahre 1991 kurz nach meinem 65. Geburtstag. Die Anwendung des Mottos von Kardinal Mazarin wollte mir nie recht gelingen. Dieses Motto steht in einem Wappen, das einen Meeresstrand mit den sich aufbäumenden Wellen zeigt, und heisst: „Quam frustra, et murmure quanto" (Wie unnütz und mit wie viel Lärm.) Ich hatte mir wohl auch die Tenor-Arie der Bach-Kantate 104 zu wenig gemerkt:

„Was nützen meine Sorgen? Es wird ja alle Morgen,

des Hirten Güte neu."

Glücklicherweise war aber da in Zürich noch der Pflegevater, der treu seine Bankfiliale verwaltete. Reumütig wandte sich der verlorene Pflegesohn im Sommer 1950 diesem Retter zu. Der empfing ihn auch wieder wie der Vater im Gleichnis der Bibel. War nicht auch dieser seinem in Schwierigkeiten geratenen, sündigen Sohne mit Freude entgegengeeilt?

Mein Onkel Fritz hatte einen Kollegen namens Eugen, der die Volksbankfiliale im Hottingerquartier verwaltet hatte. Aber Eugen hatte seinen Kollegen Fritz überflügelt. Als Kirchenpfleger der Landeskirche und politisch Tätiger hatte er Karriere gemacht und nahm nun als stellvertretender Direktor die massgebliche Stelle eines Personalchefs für Zürich ein. Was lag näher, als diesem mächtigen Manne einen Besuch abzustatten. Ich hatte mich in Eugen's feudalem Büro vorzustellen. Feudal war das Büro wohl nur in meinen Angestelltenaugen.

Mein Handelsschuldiplom und die Zeugnisse der Schweizerischen Kreditanstalt wurden beaugapfelt. Als mein Pflegevater den Eugen um seinen Eindruck über mich befragte, soll dieser gesagt haben: „Dieser Pflegesohn macht mir jedenfalls einen besseren Eindruck als Du selber!" Komisch, dass mir der Onkel Fritz eine solche Bemerkung weitergab. Ich erfuhr auch, dass man bereit war, mich in der Börsenabteilung zu beschäftigen.

In diese Zeit fällt der Tag meiner beruflichen Erleuchtung - einer Art Saulus/Paulus-Erlebnis. Ich wusste, dass ich nun nicht mehr Schauspieler werden wollte, sondern dass ich mich mit der Anlage von Vermögen befassen wollte. Die Schaffung von Arbeitsplätzen und die Entwicklung eines Wirtschaftssystems, in dem die Menschen ein lebenswertes Leben führen können, erfordert Investitionen in Industrie- und Dienstleistungsbetrieben. Die Finanzierung

Jacques Ittensohn

dieser Investitionen hängt von den freiwilligen oder obligatorischen Ersparnissen ab, die in einem Lande gebildet werden. Dabei handelt es sich um das individuelle Sparen und um das kollektive Sparen in Pensionkassen, Versicherungen und Banken. War es nicht eine interessante und lohnende Aufgabe, diese Zusammenhänge verstehen zu lernen? Als Berater wäre es dann möglich, bei der vernünftigen Lenkung dieser Investitionsströme einen Beitrag zu leisten. Vielleicht könnte man gar dazu beitragen, Fehlleitungen von Kapital vermeiden zu helfen, und damit der Vernichtung solch lebenswichtigen Kapitals entgegenzuwirken. Mein Ziel war nun also die Beratung von reichen Leuten und damit vor allem von grossen Institutionen.

VIII. Börsen- und anderes -Elend in Zürich – Erlösung in Bern

Ein trauriger Herbst. „Jetzt kommt der Herbst, der bricht dir fast das Herz", sagt Nietzsche in einem seiner erschütternden Gedichte. Am 1. Oktober 1950 trat ich durch den Haupteingang der Schweizerischen Volksbank zwischen den zwei nackten, steinernen, schwarzen Grazien, die dort aus unerfindlichen Gründen jeden Besucher begrüssen.

Stramme, äusserst strebsame Burschen waren in dieser Börsenabteilung tätig, der ich nun angehörte. Jedermann war auf uns neidisch, weil wir nach 9.00 Uhr morgens den Weg von der Bahnhofstrasse in das Börsengebäude am Bleicherweg unter die Füsse nehmen durften. Wir sassen nicht den ganzen Tag im Büro wie die Gewöhnlichen. Auf dem Weg an die Börse und dem Rückweg lag selbst ein Kaffee darin.

In der Krisenzeit der Dreissiger Jahre beschloss die Zürcher Regierung ein Bauprogramm zur Arbeitsbeschaffung. Der Zürcher Börsenpalast war eines der Projekte des Programmes. Auf der 4. Etage dieses Gebäudes befand sich ein Riesensaal mit zwei Ringen in der Mitte. An den Wänden waren die Büros der Banken schön aneinandergereiht, wie Perlen an der Schnur.

Ich hatte die Börsentechnik überhaupt nicht begriffen. Die Theorien der Handelsschule hatten mir nicht weitergeholfen. Wenn ich den Kurszettel sah, nahm ich an, die aufgeführten Kurse würden durch irgendeinen Schreiberling festgesetzt. Das stimmte überhaupt nicht. Da standen nun die Börsenhändler der etwa 20 Konkurrenzbanken an einem der beiden Ringe. In dessen Mitte wirkte der Börsenschreiber. Ein staatlicher Kommissar beaufsichtigte das Ganze. Nun las der Schreiber in der Mitte den Namen des ersten Titels auf der Aktienliste. 3 oder 4 heisere, bellende Stimmen brüllten gleichzeitig die Kurse, zu denen sie bereit waren, für ihre Kunden die betreffende Aktie zu kaufen. Darauf schrieen 2 oder 3 andere die höheren Kurse, zu denen für ihre Kunden ein Verkauf dieses Titels

Jacques Ittensohn

in Frage kam. Die Menge der gehandelten Titel und der Abschluss erforderten weiteres Geschrei und mysteriöse Handzeichen.

Der Mann in der Mitte notierte die Abschlüsse und die verbleibenden Kurse, zu denen die Händler weitere Geschäfte zu tätigen bereit waren. Schön der Reihe nach kam eine Aktie auf der Liste nach der anderen zum Handel. Allerdings wurde nach dem Aufruf der neuen Aktien auch der Handel in den bereits aufgerufenen weitergeführt. Damit entstand das tollste Durcheinander. Auf dem zweiten Ring ging das gleiche Theater für die Obligationen los. Das Geschrei in diesem Börsensaal war ohrenbetäubend. Am Ende des Handels ging die offizielle Kursliste in Druck.

Während der ersten Woche durfte ich mich hinter dem Börsenhändler aufhalten und mir die ganze Sache ansehen. Neben mir stand ein Telefonist, der die Kurse der Abschlüsse sowie jene des Angebotes und der Nachfrage in das Büro der Bank hinter dem Ringe zu melden hatte. Dort stand eine nicht besonders attraktive, dickliche Grazie vor einer Wandtafel und schrieb mit ihrer Kreide diese Kurse auf. An den Tischen dieses Büros sassen sechs wohlbestallte Beamte, die mit Kunden den Telefonverkehr pflegten. Sie schrieben deren Kaufs- und Verkaufswünsche auf Zettel, die von einem rührigen Burschen im Laufschritt dem Börsenhändler überbracht wurden.

Wie ich mich erinnere, waren die damals populärsten Titel die Aktien der amerikanischen Eisenbahnfirmen Baltimore and Ohio sowie Chesepeake. Dazu gehörte auch Interhandel, die schweizerische Tochtergesellschaft der grossen Vorkriegsriesen der deutschen Chemie. Eine Zürcher Finanzzeitung widmete ihre Seiten vorwiegend dieser Firma, deren Schicksal ganze Bücher füllen könnte. Die heftigen Kursschwankungen solcher Aktien machten jene Spekulanten glücklich, die auf der rechten Seite standen. Vor allem aber lag das Glück bei den Banken. Jeder Kauf oder Verkauf brachte damals saftige Courtage-Einnahmen. Das Ansehen der Börsenangestellten stieg mit der Höhe der Courtage-Einnahmen, die sie durch ihre Telefonate bewirkten.

Ob ich ein Erlebnis dieser Börsenzeit überhaupt erwähnen darf? Einer der Beamten, die den Telefonverkehr mit der Kundschaft pflegten, stand jeden Tag im Kontakt mit einer Person, die offen-

Schweizer Bankiers lächeln nie...

sichtlich den Börsenhandel fast professionell betrieb. Eines Tages brach die Verbindung zu diesem Kunden plötzlich ab. Nach einem Zeitraume grosser Nervosität erfuhr der Beamte, dass dieser Unglückliche den Gashahn geöffnet hatte, wie im Anfang des Jahrhunderts die Tochter des Gründers der Schweizerischen Kreditanstalt. Allerdings hatte er dafür andere Gründe gehabt!

Die Nerven der Börsenhändler wurden überstrapaziert. Der Aktienhändler kam oft nach der Sitzung weinend ins Büro zurück. Der Obligationenhändler mit seinem feuerroten Schädel sprach seine Flüche staccato. Der grosse Börsenchef war ein Vizedirektor, der später den Karrieresprung zum Generaldirektor schaffte. Er wurde oft während der Sitzung käsebleich und erlitt nervöse Zuckungen. Die Angestellten flüsterten dann, es sei ihm eine Spekulation in die Hosen gegangen.

Die zwei rührigsten und meistversprechenden jungen Börsianer, mit denen ich zusammenarbeiten durfte, haben leider später Dummheiten begangen. Der eine landete im Gefängnis. Ich verlor ihn wie den anderen auch aus den Augen. Die beiden hatten durch ihre illegalen Börsentransaktionen schnell reich werden wollen.

Offensichtlich war es in den 50er Jahren unseres Jahrhunderts noch üblich, dass sich Börsendirektoren- und -händler ihren Lohn verbesserten, indem sie für eigene Rechnung Titel kauften und verkauften. Diese Spezialisten konnten oft abschätzen, ob die Kunden der Bank zum Kauf oder Verkauf gewisser Titel geneigt waren, oder ob sie die Anlageberatung der Bank in diesem Sinne beeinflusste. Der Börsianer kaufte die Aktien zu einem tieferen Kurs, oder verkaufte sie zu einem höheren Kurse, bevor er seine Kunden bediente. Nach der Bedienung der Kunden strich er durch entgegengesetzte Operationen seinen Gewinn ein. Ein halbes Jahrhundert später weht ein anderer Wind. Straffe Reglemente und Aufsichten verschliessen den armen Börsianern solche Gewinnquellen. Wohl steht diesen Nebenverdiensten nun auch das automatische Netz der elektronischen Börse entgegen.

In angelsächsischen Ländern war der Börsenhandel die Sache des Spezialisten. Er kaufte und verkaufte auf eigene Rechnung und teilte dann die Titel seinen Kunden zu. Er füllte sein Orderbuch

Jacques Ittensohn

zu tiefen Kursen und gab die Titel zu höheren Kursen ab, sofern ihm die Entwicklung Recht gab. Sein Verdienst war der Zwischengewinn. Die entstehenden Verluste waren sein Berufsrisiko. Dieses System ging von der Voraussetzung aus, dass auf diese Weise unnötige, starke Kursschwankungen vermieden werden konnten. Was viele Börsenhändler in der Schweiz zu meiner Zeit auf der Volksbank noch taten, entsprach in gewissem Sinne der Aufgabe dieser Spezialisten. Doch mit dieser Aussage strapaziere ich wohl die Regeln der modernen Moral.

Bei den Aufträgen, die in Zürich an die Börse kamen, handelte es sich im übrigen nur um einen verschwindend kleinen Teil der gesamten Börsengeschäfte. Zum Kurs, der durch einen Abschluss entstand, wurden dann den Kunden ihre Verkaufs- und Kaufsaufträge abgerechnet. Es handelte sich also um ein reines Kompensationsgeschäft; denn für die wichtigen Titel fanden sich alltäglich in den Auftragsbüchern der Grossbanken eine Unmenge von Kaufs- und gleichzeitigen Verkaufsaufträgen der Kunden. Zudem verfügte die Bank auch über ihren eigenen Bestand dieser Titel.

Heute, im Jahre 1998, sind die zum Teil im vorigen Jahrzehnt in Zürich, Basel und Genf erstellten, modernen Börsensäle ausgestorben. Der Handel erfolgt über Bildschirme. Der Kunde erteilt seinen Auftrag immer häufiger über Inter- oder Extranet und im gleichen Moment wird auf den Bildschirmen der Börsenzentrale der Handel abgeschlossen. Alle die Spezialisten in den Börsensälen und den Börsenbüros, die Telefonisten und Korrespondenten - Männlein und Weiblein - müssen sich neuen Aufgaben zuwenden. Ganze Berufsgattungen sind mit einem Schlage verschwunden. Entlassungen und Frühpensionierungen sind die Mode. Wer sich nicht auf die neue Internet- und Globalisierungswelt umstellen kann, fällt zwischen die Maschen.

Doch 1950 war noch alles anders. Ich stand in diesem traurigen Herbst hinter dem Aktienring am Bleicherweg und sollte das neue Metier erlernen. Bald wurde ich zum Kursreporter. Ich versuchte das gehörte Geschehen per Telephon der Dame an der Wandtafel zu übermitteln. Der Börsenhändler drehte sich um und schrie mich an. Das von mir Weitergegebene sei falsch. Schimpfworte, die ich nicht wiedergeben darf, hagelten auf mich herunter.

Schweizer Bankiers lächeln nie...

Der Börsenvizedirektor, ein guter Bekannter meines Pflegevaters, stellte sich neben mich. „Der macht das doch recht", sprach er. Nein, es nützte nichts: ich wurde an Stelle der Dame an die Wandtafel versetzt. Ich hörte die Gespräche der Korrespondenten mit ihren Kunden an. Erstaunt über einen von mir aufgeschriebenen Kurs gingen sie sich selber am Ringe orientieren. Ich hatte falsch notiert, oder der Reporter hatte falsch durchgegeben. Wer will sowas untersuchen? Wer kann sowas begreifen?

Die Nachmittage waren mit dem Schreiben der Abrechnungen für die Kunden und die Korrespondentenbanken ausgefüllt. Und am Abend kam der Schrecken der Rekapitulation. An den Rechnungsmaschinen mussten die Geschäftsabschlüsse zum Gesamttotal addiert werden. Wenn es nicht stimmte, musste man wieder von vorne anfangen. Dass es meinetwegen nicht stimmte, liegt wohl auf der Hand.

Es war die Zeit der langen Nächte. Der Koreakrieg brachte ein Anschwellen des Börsenvolumens. Oft wurden wir mit der Arbeit erst gegen Mitternacht fertig. Doch als Trost spendete uns die Bank ein Nachtessen. Meist handelte es sich um gekochte kalte Schweinsrippen mit Kartoffelsalat. Eine oder zwei Stangen Bier spülten die Herrlichkeit hinunter. Jedesmal wenn die von der Abteilung verdienten Courtagen einen runden Betrag erreichten, wurden wir darüberhinaus zu einem feudaleren, feucht-fröhlichen Nachtessen in die Falkenbar nahe der Kreditanstalt im Seefeld eingeladen. Neben unserem Oberbehlfshaber sass stets ein Redaktor, der mit diesem Nachtessen wohl für die von ihm geschriebenen Finanzzeitungs-Artikel belohnt wurde, die das Geschäft angeheizt hatten.

An das grosse Nachtessen im Hotel Waldhaus Dolder, das die Direktion dem gesamten Bankpersonal stiftete, erinnere ich mich besonders deutlich. Der etwas steife, einen Zwicker tragende, an einen preussischen Offizier erinnernde Direktor flösste mir mit seiner Ansprache einen nicht gelinden Schreck ein. Er verglich die Arbeit auf der Bank mit der Leistung im Sport: bei Misserfolg müsse eben die Relegation erfolgen. Hatte er wohl bei der Formulierung dieser Worte Versager wie mich im kalten Blick.

Jacques Ittensohn

Die Sekretärin der Börsenabteilung brachte mich glücklicherweise wieder auf andere Gedanken – allerdings erlag ich keinerlei erotischen Reizen: diese Dame war allzu professionell und von der Wichtigkeit ihrer Vertrauensstellung angetan. Ob sie ihren Chef, der mir eher als Hedonist erschien, dennoch zu Seitensprüngen animiert hatte, sei dahingestellt. Jedenfalls organisierte sie die Abendunterhaltung. Sie trug eine „Schnitzelbank", das heisst ein Gedicht vor, in dem sie Vorkommnisse auf der Bank in witziger Weise auszuwerten wusste. Mein Pflegevater war gespannt auf diesen Vortrag. Er kannte die Dame, schmeichelte ihr, und stellte sich vor, wie er in diesem Gedicht Erwähnung finden werde. Davon war natürlich keine Rede. Als Verwalter einer kleinen Filiale war er doch gar zu unwichtig; nur die Herren der hohen Direktion waren eines Witzes würdig. Es hat meinem sich auch als wichtig einschätzenden Verwalter-Pflegevater wohl wehgetan, den eigenen Namen nicht zu hören.

Dafür trat ich in einem Sketch bei der Abendunterhaltung auf, in dem ich einen Boxer mimte. Ich hatte meine Boxhandschuhe mitgenommen, doch die Turnhose vergessen. „Ich könnte doch in der Unterhose auftreten", war meine Meinung. Nein, die Chefsekretärin fand eine bessere Lösung, mit der eine unsittliche Zurschaustellung vermieden werden konnte. Ohnehin, ob dieser wohl eher lächerliche Auftritt mein Ansehen bei der Bankleitung verbesserte, ist wohl mehr als fraglich.

Doch kehren wir zurück zu den alltäglichen Sorgen. Für die Börsenarbeit reichte demnach meine Begabung nicht aus. In einem Gespräch mit dem Personalchef Eugen hatte ich den Wunsch geäussert, meine Kenntnisse in den Fremdsprachen Französisch und Englisch anwenden zu können. Und nach einem schwierigen Jahr war es so weit. Wieder stand ich mit gebührendem Abstand vor dem Pult Eugens. „Wir können ihren lange gehegten Wunsch nach Anwendung von Fremdsprachen erfüllen. In der Korrespondenzabteilung ist für Sie ein Posten frei!" Das war natürlich nichts als aufgesetzter Schwindel.

Bei der Korrespondenzabteilung handelte es sich um einen riesigen Saal mit aneinandergereihten Pulten. Ich sass neben einem älteren Herrn, einem Mädchen und in der Nähe eines gleichaltrigen

Burschen. Wieder waren es wie damals bei der Dame im Seefeld die Formulare, auf denen Kunden die Überweisungen von Geldbeträgen gemeldet wurden, oder auf denen Geldbeträge an andere aufzuführen waren. Nur war das Gesamtvolumen dieser Aufträge wohl das Hundertfache jener Summe, dem ich bei der Hesse-Freundin in der Kreditanstalt-Filiale Seefeld begegnet war. Der Chef sass gegenüber der Meute von Angestellten. Seine Stimme war vom Kettenrauchen heiser. Er verteilte die Vergütungsaufträge in gleichmässigen Häufchen an alle seine Getreuen. Seine Aufgabe bestand in der Kontrolle unserer Arbeit und im Unterschreiben der ausgefüllten Formulare. Ein zweiter Unterschreiber sass ihm zur Seite.

Gegenüber dem Büro befand sich ein grosser Raum, mit den für die Angestellten bestimmten stillen Örtchen, in denen die leiblichen Verrichtungen und wohl auch die notwendige Selbstbefriedigung erledigt werden konnten. Noch mehr als ein halbes Jahrhundert später erschrecken mich diese auf den Banken angetroffenen Orte in meinen Angstträumen. Strenges Rauchverbot herrschte auch in diesen heiligen Hallen. Wenn ein Räuchlein im Zwischenraum von Türe und Decke aufstieg, war schnellstens ein Vertreter der Personalabteilung zur Stelle, der die nötigen Sanktionen einleitete: Reklamation beim Abteilungschef und Verweis. Vielleicht hatte solches fehlbares Verhalten auch seine Auswirkungen auf die Salärfestsetzung. Immerhin waren die Toilettentüren grösser als in den USA, wo man unschickliches Verhalten von Aussen feststellen können wollte: die Sittenpolizei die schnelle war dort sogleich zur Stelle.

Schon nach wenigen Tagen stand mein neuer Vorgesetzter oft vor mir und überprüfte den Umfang meines Formular-Häufchens. Meine Kollegin und meine Kollegen erledigten die Arbeit schneller. Die Fehler, die bei mir zu beanstanden waren, kamen bei ihnen nicht vor. Sie waren sich wohl auch bewusst, dass ihr beruflicher Lebensweg nicht weiter als zum Ausfüllen dieser Formulare führte. Mir wäre ein solcher Lebensweg als die Hölle auf Erden erschienen. Gegenüber diesen fleissigen Mitarbeitern mag ich deshalb als reichlich überheblich erscheinen. „Sitzet nicht, wo die Spötter sitzen!" Den fleissigsten dieser Gruppe, den Cäsar, traf ich allerdings später. Er erfüllte bei seiner Bank den gleichen Posten wie ich auf der meinigen. Damals war er beim kettenrauchenden Chef gewissermassen

Jacques Ittensohn

der Primus der „Korrespondenz"-Abteilung: er erledigte die Zahlungsaufträge in fremden Währungen mit den Umrechnungen in Schweizerfranken. Zugegebenermassen: dazu hätten meine Intelligenz oder mein Arbeitswille damals kaum ausgereicht: „Ohne Fleiss – keinen Preis!"

Und am Abend mussten wie an der Börse die Rekapitulationen erstellt werden. Und wiederum stammten die Fehler von Ittensohn. Der Chef kam meinetwegen oft zu spät nach Hause. Und dabei sprach er doch vom Treffen mit Kollegen zum „Muniseckelfrass". Ich habe den Geschlechtsteil eines Stieres noch nie probiert und werde es wohl auch nie tun.

Und ich habe meine Situation noch verschlimmert. Einmal nach einer Standpauke des Chefs erlaubte ich mir die Bemerkung, ich komme mir in diesem Büro vor wie in einer Irrenanstalt. Eine schlimmere Majestätsbeleidigung hätte ich mir kaum leisten können. Einer meiner französischsprachigen Kollegen hat sich in noch schlimmeren Worten über diesen Chef geäussert: „Je jure que quand il sera mort, j'irai pisser sur sa tombe!" - Ich schwöre, dass ich nach seinem Tod auf sein Grab urinieren werde! - Aber er war klüger als ich. Diese Worte vernahmen nur Kollegen.

Ich traf in dieser Abteilung eine eigenartige Arbeitsorganisation an. Die Aufträge häuften sich gegen das Monatsende und in den ersten Tagen des Monats. Wochenlang in der Monatsmitte war Funkstille. Da sassen wir denn mit einem Auftrag vor unseren Schreibmaschinen und warteten. Da war keine Rede von Zeitungslesen oder Plaudern. Der Eindruck von Arbeitsamkeit musste unbedingt vorherrschen. Keinem dieser Chefs wäre es in den Sinn gekommen, einen Teil seiner Angestellten in eine andere Abteilung abzugeben, in der sich die Arbeit häufte. „Die wären ja sowieso nie mehr zurückgekommen", war wohl das Argument. Und je mehr Angestellte einer unter sich hatte, umso sicherer waren seine Aufstiegschancen in der Hierarchie.

In einem Glaskasten in der Mitte des Grossraumes sass wieder ein Oberbefehshaber mit dem Titel eines Vizedirektors. Gesicht und Stimme kennzeichneten ihn als Alkoholiker. Er stand unserer Korrespondenzabteilung und dem Portefeuillebüro vor. Einem seiner direkten Angestellten bin ich ein Vierteljahrhundert später in einer Privatbank in Genf wieder begegnet. Dieser damals noch junge Bursche war in Zürich so mager wie ein Blättchen. „Blettli" nannte man ihn deswegen, was ihm in Genf den Übernamen „Feuille" eintrug. Beim Mittagessen traf sich das „Blettli" regelmässig mit einem Vizedirektor des Rechtsbüros, dem ich noch als älterem Sonntagsschüler der Christlichen Wissenschaft begegnet war. Da „Blettli" über ausgezeichnete Kenntnisse im Kartenspiel verfügte, beanspruchte ihn dieser Vizedirektor jeweils einen Teil des Nachmittags zu dieser wichtigen Tätigkeit. Dass darauf ein eigentlicher Skandal entstand, kann nicht verwundern. Dem Vizedirektor geschah meines Wissens nichts. Aber „Blettli" ging es gut. Er war in seiner Abteilung nicht mehr tragbar. Man fand für ihn eine Stelle bei einer Privatbank in Genf, in der er sein Leben mit dem Namen „Feuille" als Börsenangestellter fristete und leidlich französisch parlierte.

Ich trug mich trotz der beruflichen Misserfolge mit Heiratsgedanken. Meine Braut besuchte mich gelegentlich aus Lausanne am Wochenende. Ich hatte ihr schon in meinen täglichen Briefen mein Leid geklagt. Einmal sagte ich ihr, das Beste wäre wohl, das Leben durch einen Sprung in die Limmat zu beenden, den Fluss, der die Stadt Zürich durchquert. Der unglückliche, vom Holocaust seelisch zugrundegerichtete Dichter Paul Celan hat 1970, also 20 Jahre später, diesen tödlichen Sprung vom Pont Mirabeau in die Seine getan. „Du musst eben jetzt Dein schwarzes Brot essen, das weisse kommt dann später", war die weise Reaktion dieser verständigen Braut.

Wie in den Jahren vor dem Aufenthalt in Lausanne, verbrachte ich meine Abende oft in meinem Stammlokal, der „Öpfelchammer". Dort traf ich einen kleinen Mann mit feuerrotem Kopf, der dem Glas über die Massen zusprach. An einen der Verse, die er zum Besten gab, erinnere ich mich noch genau:

„Und wenn Du meinst, Du hast das Glück,

Dann zieht das Luder den Arsch zurück."

Jacques Ittensohn

Er gab sich mir als der frühere Zahnarzt unserer Familie zu erkennen. Zwar brauchte man als Christlicher Wissenschafter ja keine Ärzte: zur Heilung genügte das rechte Denken. Aber beim Zahnweh war es wohl anders. Sagte doch schon Wilhelm Busch:

„Das Zahnweh, subjektiv genommen,

ist ohne Zweifel unwillkommen!"

Da bei mir wieder Zahnprobleme auftraten, begab ich mich zu diesem emeritierten Zahnarzt in Behandlung. Ich erinnerte mich, wie ich als 6-jähriger Knirps oft den Weg in seine Marterhöhle beschritten hatte. Einmal war ich unterwegs, wie auch sonst so oft, auf meine Kniee gefallen. Statt meine Zähne zu behandeln, nahm sich also der gute Mann meiner Kniee an. Mein Pflegevater sagte später, dieser Salbader hätte dies besser bleiben lassen sollen; denn er habe die Sache – wie man damals sagte – nur verschlimmbessert.

Und nun zwei Jahrzehnte später zog sich meine Behandlung nach unserem Treffen in der „Öpfelchammer" dahin. Eines Tages, als meine Zahnschmerzen fast unerträglich wurden, wollte ich mich zu einem früheren als dem abgemachten Termin melden. Und siehe da, ich erhielt die Meldung, mein Zahnarzt sei verstorben. Als Notfall musste ich mich bei einer anderen, jungen, zarten und sehr attraktiven Zahnärztin melden. Sie sah meine Situation mit Schrecken. Es wurde mir mit brachialer – gar nicht zarter – Gewalt ein Weisheitszahn gezogen: der Eiter floss in Strömen. Gott möge meinen alten Zahnarzt samt seinen Zoten in Frieden ruhen lassen.

Und es geschehen noch Zeichen und Wunder! Eines Tages lag auf meinem Pult in der Korrespondenzabteilung ein Zirkular: der „Dienst für den Aussenhandel" der Generaldirektion meiner Bank in Bern suchte einen qualifizierten Angestellten mit Fremdsprachenkenntnissen. Klopfenden Herzens schrieb ich meine Bewerbung.

Diesmal war mir das Glück hold. Im Herbst 1951 erschien ein hoher Direktor aus der Volksbankgeneraldirektion und empfing mich in einem Büro. Nach unserem Gespräch sagte er zu mir: „Ich muss Sie wohl hier erlösen." Der Sprung nach Bern liess mein Herz höher schlagen.

Meine lieben Kollegen in Zürich organisierten für mich ein grosses Abschiedsfest. Ihr Geschenk war eine Flasche Tessiner Branntwein, der „Grappa" hiess. Der Stiel einer Traube mit den Zweigen war in der Flasche eingeschlossen. Eine der Mitarbeiterinnen sprach mir zu: „Wenn Du dann in Bern bist, mache was Du kannst, nur nichts Lebendiges!"

Bern war für mich eine bekannte Stadt. Dort hatten wir oft eine der Schwestern meines Pflegevaters besucht, die in unserer Christlichen Wissenschaft eine sehr bedeutende Rolle spielte. Gerne besuchte ich sie abends in ihrem Büro, wo sie während unserem Gespräch eine Patience legte. Ihr Gatte war Direktor einer bedeutenden Aussenhandelsfirma.

Meine neue Stelle befand sich bei der Generaldirektion der Schweizerischen Volksbank. Abgekürzt hiess diese Stabsstelle GD „D'Giälä Dobä" – die Kerle dort oben –, belehrte mich mein neuer Chef. In den Niederlassungen und Zweigstellen der Bank betrachtete man diese Kerle dort oben als ein unnötiges, nur Kosten und Aufwand verursachendes Überbein. Mein Büro befand sich zwischen dem Berner Bahnhof und dem Bundeshaus, dem Sitz der schweizerischen Regierung. Mein direkter Chef, ein französischsprachiger Prokurist, war während des Krieges im Sekretariat von General Guisan beschäftigt gewesen. Wenn ihm ein Generaldirektor anläutete, stand er mit dem Hörer in der Hand auf und nahm Achtungstellung an: „Oui, Monsieur le Directeur Général!"

Der Direktor unterstand einem der zwei Generaldirektoren. Die Arbeit seines „Dienstes für den Aussenhandel" bestand darin, den Zweigstellen der Bank für alle Geschäfte ihrer Kunden mit dem Ausland Weisungen zu erteilen und sie bei derartigen Geschäften zu beraten. Als einmal ein solches Geschäft gründlich schief lief, musste er die Affäre dieses riesigen Dossiers regeln. Offensichtlich freute ihn eine derartige Aufgabe. Ob er sonst in seiner Arbeit sehr glücklich und erfüllt war, glaube ich bezweifeln zu dürfen. Gerade vor meiner Anstellung hatte er während eines Jahres im Auftrag der Weltbank eine Bank in Peru reorganisiert. Er war ein weitgereister

Jacques Ittensohn

Mann, der eine Italienerin geheiratet hatte. Oft begleitete er die Direktoren der Zweigstellen der Bank auf ihren Auslandreisen. Er erzählte mir vom ersten Besuch des Solothurner Direktors in New York. „Schauen Sie nicht immer aus dem Taxi die Höhe dieser Wolkenkratzer an, sonst werden Sie noch krank!" habe er diesem Provinzler sagen müssen. Und seinen treuen Angestellten verhalf er zu Ausbildungsstellen bei einer griechischen Bank in New York, der „Bank of Athens". Ich habe es allerdings bei ihm nicht so weit gebracht.

In seinem Wohnquartier trug dieser unkonventionelle Bankdirektor den Namen „Gandhi". Tatsächlich war er spindeldürr. Jeden Morgen rannte er in seiner Badehose dem Fluss Aare entlang und nahm auch bei grösster Winterkälte darin sein Bad.

Als ich in Zürich der Sekretärin des Börsenvizedirektors anvertraut hatte, ich wechsle nun von Zürich zur Generaldirektion in Bern, sagte sie: „Hoffentlich steigt es Dir mit diesen Generälen nicht in den Kopf!" Doch, doch mit meinem angeborenen Untertanengeist war ich eigentlich ziemlich stolz darauf, nun in der Nähe der Höchsten und „unter ihrem Schirme" zu sitzen, wie es der Psalmist sagt.

Der eine der Generäle stammte aus St. Gallen und überwachte das Kreditgeschäft der Bank. Diese Domäne, in der ich nie tätig war, bildete in meinen Jahren den Stolz und die Haupttätigkeit der Schweizerbanken. In den anderen Grossbanken stammten die Generaldirektoren fast ausschliesslich aus den Kreditabteilungen. Sie waren auch meist Obersten der Schweizerarmee und Juristen: das Letztere wohl um nicht über die Ohren gehauen zu werden, oder vielleicht auch um die Partner über die Ohren zu hauen. Als Oberst fand man zudem den richtigen, hoheitsvollen Ton für den Verkehr mit den Untergebenen und beherrschte die knappe Befehlsausgabe. Unsere Generäle auf der Volksbank waren keine Obersten. Das hätte wohl nicht recht zum volkstümlichen Titel der Bank gepasst.

Der St. Galler General kam aus seiner Villa mit dem Fahrrad auf die Bank. Oft hatte er den Milchkessel auf dem Gepäckträger. So einer ist mir in meiner späteren Laufbahn nie mehr begegnet. Zur gleichen Zeit liess sich ein Generaldirektor der Schweizerischen Kreditanstalt vom livrierten Chauffeur vor das Portal am Paradeplatz führen. Zum Schutz seiner schwächlichen Gesundheit legte ihm der Chauffeur eine Wolldecke auf die Knie.

Ein Advokat in Basel hat mir in späteren Jahren vom Vertreter einer der guten Basler Familien gesprochen - „aus dem Teig" heisst es dort. Dieser noble Mann fuhr auch mit dem Fahrrad auf seine Stelle in der Finanzverwaltung einer der grossen Basler Chemischen. Er war überall bekannt und hatte eine ziemlich verantwortungsvolle Stellung. „Aber", sprach der Advokat, „er hat zwar Veloklammern über seinen Hosen, doch fehlt ihm auf seiner Firma ein Titel!" Bösartig können diese Basler sein.

Unser zweiter General kam aus dieser Stadt Basel. Er leitete alles ausser den Kreditgeschäften. Mein Gandhi-Direktor muss oft unter ihm gelitten haben. Einmal kam er aus einer der Sitzungen mit seinem Vorgesetzten. Traurig lächelnd bekannte er, dass bei ihm wieder die 7. Regel von Balthasar Gracian in Vergessenheit geraten sei. Ich beschaffte mir das von Schopenhauer verdeutschte Büchlein „Handorakel und Kunst der Weltklugheit" umgehend und las diese 7. Regel: „Sich vor dem Sieg über Vorgesetzte hüten!" Und weiter heisst es dort, die Fürsten mögen wohl, dass man ihnen hilft, jedoch nicht, dass man sie übertrifft. Und dazu eine astronomische Wahrheit, die allerdings wohl nach neuesten Erkenntnissen nicht mehr aufrechterhalten werden kann. „Eine glückliche Anleitung zu dieser Feinheit geben uns die Sterne, welche, obwohl hellglänzend und Kinder der Sonne, doch nie so verwegen sind, sich mit ihren Strahlen zu messen."

Oh Sonne! Ich habe den damaligen Basler Generaldirektor in einem Café in Bern etwa 1990 getroffen. Er kannte mich nicht mehr. Er redete laut und allein vor sich hin: ein über 90-jähriger, kindischer Greis. Ich hätte wohl mit ihm sprechen sollen.

Mein Direktor hatte bald herausgefunden, wofür ich mich eignete. In diese Jahre fielen die grossen Umstellungen in der zerstörten und wieder aufstrebenden deutschen Wirtschaft. Ich durfte mich mit dem Schreiben grosser Zusammenfassungen der neuen Weisungen und Erlasse vergnügen. Die Währungsneuordnung und die Schuldenregelungen betrafen indirekt auch den Verkehr der Volksbankfilialen mit Deutschland. Es gab wohl auch Kunden unse-

Jacques Ittensohn

rer Bank in der Schweiz, die durch solche Entwicklungen betroffen waren. Aber ob wirklich auch jemand meine Ergüsse las, ist eine bange Frage.

Allerdings war mein Schreibstil noch sehr unbeholfen. Mein Direktor schenkte mir deshalb eine grosse Stilkunde der deutschen Sprache von Ludwig Rainers, die ich in der Freizeit mit grossem Gewinne studierte. Es ging vor allem darum, die Untugenden von Stopf-, Wurm- und Kettensätzen zu vermeiden:

„Sofern die neue europäische Währung, an der sich elf Staaten beteiligen, trotz der nicht einwandfreien Befolgung der von den Regierungen beschlossenen Grundregeln und der noch umstrittenen Besetzung des Direktoriums der Europäischen Zentralbank und des daran angeschlossenen Währungsrates, dessen Aufgabendefinition homerische Diskussionen auslöst, aber der immerhin erfolgten beträchtlichen Anstrengungen in der Finanzpolitik der beteiligten Länder, ungeachtet der bestehenden Meinungsverschiedenheiten zwischen den kleinen und grossen Teilnehmern, sich auch für die Schweiz als Katalysator für eine Bereinigung der Schuldenlast des Staates, für die trotz allen Anstrengungen immer noch kein Licht am Ende des Tunnels in Sicht ist, auswirken sollte, so wäre auch für unser Land etc. etc. . . . "

Solche Sätze waren mir strikte verboten. Als ich diesen Direktor viele Jahre später nochmals besuchte, sprach er zu mir über einen meiner damaligen Kollegen, dessen Ehrgeiz und Arroganz mich schockiert hatten. „Bei dem wusste man ja nie, ob er nicht plötzlich Schnaps mit zwei „P" schreiben würde". Der frühere Chef hatte mit einer freundlichen Bemerkung meine wohl von Neid verursachte Schwachstelle übertüncht.

Es belustigt mich, an ein Gespräch mit einem späteren Kollegen aus Zürich, einem Doktor der Nationalökonomie, zu denken. Man hatte ihm eine Stelle bei der führenden Zürcher Zeitung angetragen. Kollegen aus seiner Studienzeit waren dort in der Redaktion tätig. Sie hatten ihm gesagt: „Wenn Du Deine Ideen klar beisammen hast, dann schreibe sie schön der Reihe nach auf. Dann aber musst Du sie nach den Regeln der Dialektik in lange Sätze zusammenfügen, in denen sich These, Antithese und Synthese finden". Ja, darum musste ich die Sätze in dieser Zeitung immer dreimal lesen. Es lag also nicht nur an meinem schwachen Verstand. Über die folgenden Jahrzehnte ist allerdings auch hier eine Besserung eingetreten. Die Sätze meines Leibblattes sind kürzer, oder mein Verstand ist schärfer geworden.

Und wenn ich schon mein Leibblatt, die „Neue Zürcher Zeitung", erwähne, so muss ich gleich beifügen, dass es mir dort in Bern gelang, einige kleine Beiträge in den Handelsteil dieses Blattes zu plazieren, der nun moderner „Wirtschaftsteil" heisst. Doch bald meldete sich einer der Redaktoren und sagte mir, er könne leider solche Texte nicht mehr brauchen, weil sonst seine Korrespondenten in den Ländern reklamierten, über deren Entwicklungen ich schreibe. Diese Korrespondenten fristeten schliesslich aus dieser Arbeit ihr Leben, was bei mir als gut (?) besoldetem Bankangestellten nicht der Fall sei. Aber ich solle einem seiner Freunde in Frankfurt Texte senden, die er mit grossem Interesse entgegennehmen werde. Und so wurde ich im Nebenberuf internationaler Kommentator einer führenden Deutschen Zeitschrift für Kredit- und Bankprobleme.

In Bern wurde mir klar, dass für mich ein Junggesellendasein nicht in Frage kommen konnte. Die Frau, die meinem Ideal entsprach, hatte ich schon in Lausanne kennen gelernt. Meine Freunde konnten es nicht fassen, dass wir uns in meiner traurigen Volksbankzeit in Zürich und nun in meinen einsamen Berner Jahren jeden Tag einen Brief geschrieben hatten. Über meine Verheiratung machte ich mir besorgte Gedanken. In der Wohnung der Pflegeeltern hatte ich immer die rötlichen Kirschbaummöbel des Schlafzimmers und den massiven Holztisch des Wohnzimmers bestaunt. Woher nimmt man das Geld, um all dies zu kaufen? Ein Arbeitskollege in Bern sagte mir, es werde alles viel besser gehen, wenn ich einmal 10'000 Franken im Jahre verdienen werde. Von dieser Riesensumme war mein Jahreslohn noch weit entfernt. Meine 600 Franken im Monat reichten mir gerade für einen keineswegs aufwendigen Unterhalt. Ich beschloss nun, mit der Hälfte auszukommen. Es bestand die Möglichkeit, monatlich einen Betrag auf ein Sperrkonto für die

Jacques Ittensohn

Steuerzahlung überweisen zu lassen. Ich nistete mich in der billigsten Dachwohnung ein, die ich finden konnte. Für die Arbeitstage Montag bis Samstag suchte ich mir die preiswerteste Pension aus. Am Sonntag durfte ich jeweils bei meinem alten, verheirateten Freund aus der „Öpfelchammer", der als Maschineningenieur beim „Amt für Mass und Gewicht" der Eidgenossenschaft tätig war, das Mittagessen einnehmen. „Lateinische Zehrung" nannte man eine solche Unverschämtheit. Meine Braut unterzog sich einer ähnlichen Sparkur. Mein Direktor wettete mit Kollegen, der Ittensohn werde unmöglich während zwei Jahren mit 300 Franken im Monat über die Strecke kommen. Doch wir schafften es.

Hier schiebt sich hier wieder ein düsteres Kapitel ein. Wer auf der Bank weiterkommen will, muss das Schweizerische Bankdiplom erringen. So setzte ich in Bern wie schon vorher in Zürich den Besuch der Kurse des Schweizerischen Kaufmännischen Vereins fort, die mich auf das Diplomexamen vorbereiten sollten. Gleichzeitig besuchte ich Abendkurse an der Universität über Bankbetriebslehre und studierte die Bücher in der Bibliothek meiner Bank. Ich war zuversichtlich und gut vorbereitet.

Am Tag nach meiner Hochzeit in der Französischen Kirche in Bern, organisierte die Schweizerische Volksbank für ihre Diplomanwärter ein Vorexamen. Man wollte nicht einen Misserfolg eines der eigenen Kandidaten am offiziellen Examen riskieren. Und da ging nun wirklich alles schief. „Du hast wieder die falschen Bücher studiert", belehrte mich meine Frau. Natürlich hatte sie Recht.

Ein Examinator und pensionierter Direktor der Schweizerischen Volksbank hatte mir die Frage nach der Geldschöpfungsfunktion der Banken gestellt. Ich erklärte ihm die Theorie aus dem Buch des Nobelpreisträgers Samuelson. „Falsch", sagte dieser Spezialist, „die Bank kann nur durch den Akzeptkredit Geld schöpfen". So hiess es in dem vom Examinator selbst verfassten Buch für Bankbetriebslehre, das ich natürlich nicht gelesen hatte.

Ich musste einen Aufsatz über Vermögensverwaltung schreiben. Mein Redaktor in Frankfurt hätte ihn bestimmt publiziert. Die Examinatoren verstanden ihn nicht.

Schweizer Bankiers lächeln nie...

Eine Buchhaltungsaufgabe hatte ich im abgekürzten Verfahren mit einem einzigen Buchungssatz gelöst. Das Resultat war zwar richtig; doch die Examinatoren befanden, ich hätte es wohl irgendwo abgeschrieben. Wie kann einer auch auf die Idee kommen, die Umwandlung einer Genossenschaft in eine Aktiengesellschaft in einem einzigen Buchungssatz zu lösen.

Ich erzählte meine Leidensgeschichte dem Rechtsprofessor der Universität Bern, dessen Vorlesungen ich am Abend besucht hatte. „Aber solche Dinge dürfen Sie doch diesen Examinatoren nicht sagen und in ihren Antworten auch nicht schreiben. Die verstehen doch davon überhaupt nichts!"

Der Direktor des Sitzes Bern, der das Vorexamen organisiert hatte, riet mir in einem freundlichen Gespräch von einer Beteiligung am offiziellen Examen ab.

Am ersten dieser Examen kurz nach dem Krieg hatte ein Angestellter der Bank, in der ich später in Basel tätig war, den ersten Rang errungen. Als ich ihm in den 60er Jahren begegnete, schaffte er gerade den Sprung in die Generaldirektion. Später wurde er gar Präsident des Verwaltungsrates - unbestrittene Nummer 1. Am Examen von 1954, an dem ich also leider nicht teilnahm, wollte ein Angestellter derselben Bank unbedingt den gleichen Rang erreichen, wie vor ihm der spätere Generaldirektor und Präsident. Ja, dieser äusserst ehrgeizige junge Mann erreichte zwar den ersten Rang, aber seine Punktezahl war nicht ganz die des Vorgängers. Er erschien nicht beim Apéritif, der zur Feier der Rangverkündung offeriert wurde. Vor Wut war er krank, sein Gesicht war grün und gelb gefärbt. Sein Weg im späteren Leben hat ihn zu höchsten beruflichen Ehren gebracht, doch beendete er dieses Leben nach den darauffolgenden Katastrophen durch den Sprung unter einen Zug.

Eine Hochzeitsreise hatten wir uns nicht leisten können. Das von meiner Bank organisierte Auslese-Examen hatte sie ersetzt: ein böser Traum anstelle einer Mittelmeerreise!

Dafür ging es mit meiner publizistischen Tätigkeit umso erfreulicher weiter. Mein Verleger in Frankfurt hatte eine neue Zeitschrift gegründet: „Monatsblätter für freiheitliche Wirtschaftspolitik". Und er freute sich, von mir allmonatlich einen Beitrag zu erhalten. Und diese Beiträge fanden sich neben jenen der bekannten Namen von Röpke, von Mises, Salin, Ammon und von illustren Notenbankleitern.

Mein Schreibrezept war einfach. Ich wählte aus der grossen Dokumentation, die in unserer Abteilung in Bern auflag, Publikationen über aktuelle Themen, die sich mit Wirtschafts- und Währungspolitik befassten. Und dann trat ich unter Verwendung dieser Dokumentation mit Vehemenz gegen die schädlichen Staatseinflüsse auf. Zum Beispiel interessierte mich schon damals das Problem des Staatshaushaltes. Ich polemisierte gegen das amerikanische Budget in einem Artikel mit dem Titel „Das Budget des Giganten". Als Motto wählte ich den Vers von Christian Morgenstern: „Wobei Gig eine Zahl ist, die man nicht mehr weiss, so gross war sie". Daneben erschienen immer noch „aus meiner Feder" Artikel in der „Zeitschrift für das gesamte Kreditwesen" über spezifisch bankpolitische Belange.

Im schweizerischen Wirtschaftsarchiv fand ich in diesen Jahren eine Aufstellung der von schweizerischen Autoren im Ausland veröffentlichten Artikel. Ich glaubte meinen Augen nicht. Da stand ich an erster Stelle vor ein paar Professoren.

Mein Direktor hatte Verständnis dafür, dass es mit dem Diplom nicht geklappt hatte. Sein Vorschlag lautete, ich solle doch lieber ein Universitätsstudium aufnehmen und doktorieren. Er hatte wie ich keine Maturität erlangt, die zur Aufnahme in die Universität nötig gewesen wäre. In seiner Tätigkeit verblieb ihm keine Zeit, um dies nachzuholen. „Doch", sagte er mir, „ich werde nach meiner Pensionierung eine Maturitätsprüfung ablegen und mich darauf einem Studium zuwenden. Auch ich möchte im Alter noch doktorieren."

Einer der damals bekanntesten Professoren der Universität Bern, der Ökonom Alfred Ammon, war bereit, mich in seinem Heim für eine Besprechung über meine Zukunft zu empfangen. Ich legte ihm die von mir verfassten, in Deutschland publizierten Artikel vor. Die Qualität dieser Artikel genügte nach seiner Ansicht, um mich von einer Maturitätsprüfung zu dispensieren. Er meinte, es wäre mir möglich, nach zweijährigem Studium den Doktortitel zu erringen.

Schweizer Bankiers lächeln nie...

Allerdings könne ich während dieser zwei Jahre lediglich halbtags auf der Bank arbeiten. Und dann kam seine wichtigste Frage. „Haben Sie eine Garantie, dass Ihnen dank des Doktortitels dann auch eine Verbesserung ihrer Stellung in dieser Bank und ihrer Entlöhnung gewährt wird." Davon konnte natürlich keine Rede sein. „Dann vergessen Sie doch die ganze Sache. Sie werden mit Ihrer Intelligenz auch ohne Doktortitel Ihren Weg machen!" Dank dem weisen Rat dieses menschenfreundlichen Professors habe ich mir wohl unnötige Mühen und viele Enttäuschungen erspart.

Ich erstattete meinem Direktor einen ausführlichen Bericht über diese Unterredung. Und da habe ich wohl ebenfalls die wichtige 7. Regel Balthasar Grazian's vergessen. Wie konnte ich nur so dumm sein, die Tatsache von der Dispensation vom Maturitätsexamen zu erwähnen, das mein Direktor doch nach seiner Pensionierung für sich selber nachholen wollte? Ich begreife heute seinen Ärger. Vom Tage unserer Unterredung an gab er mir keine Aufträge mehr, und ich sass buchstäblich auf dem Trockenen.

Und da kam noch ein für mich unbegreiflicher, tieftrauriger Zwischenfall. Mein Pflegevater hatte mich in Bern besucht. Er sprach auch mit meinem Vorgesetzten und dem ihm übergeordneten Generaldirektor, den er aus früheren Jahren kannte. Wie erschrak ich doch, als mein Chef mir eröffnete, mein Pflegevater habe dem Generaldirektor gesagt: „Ach, mein Pflegesohn, der ist leider nichts wert!" Hatte mein Direktor dies erfunden, oder liess sich mein Erzieher tatsächlich zu einer derartigen Bemerkung hinreissen. Dachte er wohl, er sei meinen Vorgesetzten die Wahrheit schuldig? Das sind peinliche Fragen, auf die es nie mehr eine Antwort geben wird.

Den folgenden Abschnitt wollte ich eigentlich aus diesen Erinnerungen streichen. Er scheint mir ein wenig schmeichelhaftes Licht auf meine werte Person zu werfen, doch auch so etwas gehört wohl eben dazu. Mein Bürokollege, dessen Vater sein Brot als Bundespolizist – und zeitweise als Spion für unser Heimatland während der Kriegsjahre – verdient hatte, wurde vom Generaldirektor, der die stramme Art dieses jungen Offiziers schätzte, als Organisator eines Festes für die Angestellten ernannt. Er hatte eine Glanzidee: Er wollte eine Operette nach dem Muster des „Weissen Rössel am Wolfgangsee" inszenieren, bei der eine der Sekretärinnen und ich als

Jacques Ittensohn

Braut und Bräutigam hätten auftreten sollen. Zu Recht oder zu Unrecht erschien mir dies nicht als Glanz- sondern als Bieridee. Wohl wollte mich der Kerl lächerlich machen. Meine Weigerung war kategorisch. Doch im Vergleich mit diesem phantasievollen Organisator erschien ich wohl nicht im besten Lichte. Die Karriere meines Konkurrenten liess sich gut an. Er wurde Leiter einer Bank, die zu einer amerikanischen Gruppe gehörte. Von seiner zweiten Heirat mit einer Dame aus besser gestellter Familie erhielt ich eine pompöse Anzeige. Seine Karriere nahm allerdings auf der Hochzeitsreise ein Ende, bei der er plötzlich aus dem Leben schied.

Es wurde Zeit, nach anderen Gefilden Ausschau zu halten. Siehe da: mein Leibblatt druckte das Inserat eines „Finanzinstitutes in Basel", das einen Mitarbeiter für „Anlagestudien und Anlageberatung" suchte. Offensichtlich fand mein Dossier mit den beigefügten Publikationen Anklang. Ein freundlicher, alter Personalchef empfing mich in seinem getäferten Büro. Bei der damals grössten Bank der Schweiz, dem Schweizerischen Bankverein, zeugte schon dieses Büro von vornehmerem Stil als bei der Schweizerischen Volksbank. Mein zukünftiger Chef, Präsident der Europaunion, früherer Bundesstadtredaktor der längst verschwundenen Nationalzeitung und Vorsteher der „Abteilung Wirtschaftsstudien", zu der ich nun gehören sollte, war vom Gespräch mit mir offensichtlich befriedigt.

Ich hatte den Personalchef gefragt, ob er wünsche, dass ich das „versäumte" Bankbeamtendiplom nachholen sollte. „Sie haben 14 Tage Ferien", war seine Antwort. Als ich die Frage nach diesem Diplom wiederholte, sprach er: „Über ihren Lohn müssen wir uns noch unterhalten. Sie sind zwar bei der Volksbank überbezahlt. Aber ausnahmsweise biete ich Ihnen das gleiche Salär an." Und auf meine dritte Wiederholung der gleichen Frage, herrschte er mich an: „Leisten Sie eine gute Arbeit und stellen Sie mir diese dumme Frage nicht mehr!" Dass mir ein Stein vom Herzen fiel, ist wohl klar.

Es gibt glückliche Zufälle. Genau auf den Tag vor meiner Vorstellung beim Schweizerischen Bankverein, hatte mir mein Verleger in Frankfurt für die neuen „Monatsblätter für Freiheitliche Wirtschaftspolitik" einen Prospekt zugesandt, der in die Buchhandlungen des deutschen Sprachgebietes verteilt wurde. Mein Gott, was stand denn da?

Schweizer Bankiers lächeln nie...

„Wir konnten für die regelmässige Mitarbeit bei unserer neuen Zeitschrift unter anderem die folgenden Persönlichkeiten gewinnen:

alt Bundeskanzler Ludwig Erhard,
alt Finanzminister von Österreich, Reinhart Kamitz,
Professor Alfred Ammon, Bern,
Professor Edgar Salin, Basel,
Jacques Ittensohn, Bern."

Dass ich diesen Prospekt dem Personalchef des Schweizerischen Bankvereins bei der Vorstellung überreicht hatte, ist wohl selbstverständlich. Am Ende der Unterredung sagte mir dieser Personalchef nach einem Telefonanruf, „Dass Sie jetzt der Kadi noch sehen will, begreife ich eigentlich nicht recht." Der Kadi war Dr. Samuel Schweizer, Generaldirektor und späterer Verwaltungsratspräsident der Bank, der diesen unbedeutenden, kleinen, zukünftigen Mitarbeiter kennen lernen wollte.

Sein Riesenbüro mit feudalen Teppichen und Gemälden moderner Kunst zeigte mir eine neue Welt. Freundlich verliess der Kadi sein Arbeitspult und bedeutete mir, mich an einen grossen spiegelglatten Tisch neben ihn zu setzen. Vor ihm lag der Prospekt der „Monatsblätter für freiheitliche Wirtschaftspolitik". „Wie haben Sie es denn geschafft, auf diesen Prospekt zu kommen?" Ich erzählte ihm meine Publikationsgeschichte. Nach einer kurzen Unterhaltung fand er: „Ja, Sie müssen wir wohl schon anstellen." So begann mein 21-jähriges wechselvolles Abenteuer auf einem der prunkvollen Flagschiffe der Schweizerischen Grossbankenflotte. Ein Glück, dass es nicht zur „Titanic" wurde, sondern nach der Vereinigung mit dem durch viel Unheil heimgesuchten Erzkonkurrenten Schweizerische Bankgesellschaft zur „United Bank of Switzerland" oder meist abgekürzt „UBS".

Jacques Ittensohn

IX. Finanzanalyse beim Bankverein und im internationalen Umfeld – Aufenthalt in New York

Am 1. Juli 1955 wurde ich im Hauptgebäude des Schweizerischen Bankvereins in Basel von einem stellvertretenden Direktor empfangen. Gleichzeitig mit mir trat ein französischsprachiger Volkswirt seinen Posten in der volkswirtschaftlichen Abteilung an. Er hat im Laufe seiner Karriere, die ihm den Direktortitel einbrachte, eine der Sekretärinnen der volkswirtschaftlichen Abteilung geheiratet. Ja, Charlie, überall treffe ich Dich wieder an mit Deinen „Histoires de Cul"!

Ein freundlicher Handlungsbevollmächtigter dieser Volkswirtschaftsabteilung führte mich in das Büro im fünften Stock, in dem ich nun während der folgenden Jahre von Hand meine Anlagestudien schrieb. Vom Arbeitstisch aus genoss ich den Blick auf den roten Sandstein des Basler Münsters.

Nicht weit weg von meinem damaligen Arbeitsplatz, am Rheinsprung, steht die alte Universität, in der Friedrich Nietzsche und Jacob Burckhardt ihre Studenten begeistert hatten. Nietzsche's Werke und Burckhardt's „Kultur der Renaissance in Italien" stehen auf der Bücherwand neben meinem heutigen Arbeitstisch. Ich schreibe diese Zeile am 15. Mai 1998. Jacob Burckhardt wurde nach dem Psychiater und Sexualforscher Auguste Forel auf der neuen schweizerischen 1000 Franken-Note verewigt. Sie wird in Bälde die entsprechende Euro-Note konkurrenzieren. Wie lange dies wohl der Fall sein wird? Kann sich die schweizerische Währung in einem europäischen Umfeld mit Einheitswährung halten?

Und da war wieder so ein Hintertreppenwitz unserer Schweizer Geschichte geschehen. In allem Ernste verlangten sektiererische Kreise, die Noten mit dem Burckhardt-Konterfei sollten eingestampft werden. Irgendwann, wohl um die Mitte des letzten Jahrhunderts(!), hat sich der konservative Burckhardt gegen Demokratie und den neuen Bundesstaat Schweiz geäussert. Er soll auch unpassende Bemerkungen „rassistischer" Natur in einem Briefe fallengelassen haben. Deswegen verdiente der bedeutendste Kunsthistoriker unseres Landes Medienschelte. Nur das nach neusten Massstäben „politisch Korrekte" wird noch geduldet. Wie es einer unserer alten Bundesräte ausdrückte: „Wer in der Schweiz aus der Menge herausragt, wird unversehens um einen Kopf kürzer gemacht."

Der Direktor und der für mich zuständige Prokurist meines neuen Arbeitgebers waren am Tage meiner Anstellung in den Sommerferien. Mir gegenüber sass ein deutscher Mitarbeiter. Er hatte sich früher als Schauspieler (!) durch's Leben geschlagen. Ach ja, das sei ein Hungerberuf gewesen. „Herr Graf, die Pferde sind gesattelt" sei der einzige Satz gewesen, den er in seinem ersten Schauspiel habe aussprechen dürfen. Er war glücklich, diese Zeit überstanden zu haben. An mir war dieser Kelch vorbeigegangen!

Ein weiterer interessanter Angestellter war ein Pole mit gelb-weissem Haar und weit ausladenden Gesten. Er sei sogar ein Graf gewesen, ging das Gerücht. Beim Begräbnis einer wichtigen Führungspersönlichkeit warf er sich am Eingang der Kirche auf den Boden. Seine Spezialität waren die Anlagestudien über die südafrikanischen Goldminen. Er schrieb wohl über 20-seitige Studien. Diese Elaborate gaben sogar darüber Auskunft, über wieviele Aborte eine solche Goldmine verfügte. Für Kürzungen war er überhaupt nicht zu haben. Machten ihm Vorgesetzte Vorwürfe, so sprach er: „Ich gloobe, ich kriege einen Herzschlach!" Wenn er sich auf der Toilette von seinen Goldminen-Strapazen ausruhte, löffelte er dort sein Yoghurt aus.

Ein eleganter, geschliffener, gutgezogener junger Mann kam soeben von einem Aufenthalt bei einem Broker in den USA zurück. Er hatte sich diese Reise und die damit verbundene Ausbildung selbst finanziert und musste logischerweise aus vermöglichen Kreisen stammen. Er war nicht lange in unserer Abteilung tätig. Nach seiner standesgemässen Heirat stellte er „unverschämte" Lohnforderungen. Er wollte mit seiner Gemahlin Empfänge und Einladungen für seine Freunde aus „besseren" Kreisen durchführen. Er fand ein passenderes Auskommen in einer kleinen Basler Privatbank, in der er es bis zu seiner Pensionierung aushielt.

Schweizer Bankiers lächeln nie...

Ich wurde einem standesbewussten Doktor rer. pol. zugeteilt, der mich in die Geheimnisse der Finanzstudien einweihen sollte. Seine von ihm getrennte Gattin hat mir bei seiner Beerdigung etwa 15 Jahre später anvertraut, er habe als Intellektueller nie den Kehrichtkübel vor das Haus stellen können. Er wollte auch nie auf der Strasse mit einer Kommissionentasche gesehen werden. Seine Würde war solchen Bürden überlegen.

In unserem Büro war Zweisprachigkeit die Tradition. Einer der „Franzosen" war ein freundlicher, älterer Monsieur, der wohl täglich Pommes Frites ass, denn er war immer von ihrem Geruch umgeben. Daneben erschallte das Lachen unseres Spezialisten für Erdöl, eines Absolventen der Universität von Neuenburg. Er ist der einzige verbleibende Kollege, mit dem ich heute noch, fast ein halbes Jahrhundert später, in regelmässigem Kontakt stehe, obschon uns der Atlantik trennt. Er lebt in Québec, und ich in Nyon am Lac Léman. Diese beiden Herren und der polnische Graf verfassten ihre Arbeiten in makellosem Französisch.

Die französische Unterabteilung wurde noch durch einen Stagiaire, „notre cher Marc", ergänzt. Dieser Stagiaire war zu höherem ausersehen. Sein Vater war Direktor des Sitzes Genf gewesen und hatte im Militärdienst den Grad eines Hauptmannes bekleidet. Die Mutter des passionierten Cello-Spielers Marc, stammte aus einer sehr vermöglichen Thurgauer Familie, die so etwas wie das Müllerei- und Getreidehandelsmonopol der Ostschweiz innegehabt hatte. Ein stattlicher Immobilienbesitz im Kanton Genf rundete das Vermögen der Familie ab.

Ich hatte die Ehre, nach einiger Zeit an einem Pulte diesem Stagiaire gegenüberzusitzen. In gewissen Abständen unterbrach er seine Arbeit und vertiefte sich in ein Buch, das er immer auf sich trug. Zu meinem Erstaunen handelte es sich dabei um unser Christlich-Wissenschaftliches Lehrbuch. Ich erfuhr von meiner Pflegemutter, dass dieser Kollege nebenberuflich ein Ausüber und Heiler unserer Religion war. Wie traf ich doch überall auf die gleichen Leute!

Marc leitete nach seiner Rückkehr nach Genf auf dem dortigen Bankverein-Sitze die Kapitalanlagen-Abteilung. Ich habe wohl überhaupt nie einen Vorgesetzten in gleichen Tönen von seinen Mitarbeitern rühmen gehört wie Marc. Ich gebe zu: diese Loblieder haben bei mir nicht geringen Neid ausgelöst. Doch als ihn einer seiner Kollegen, der übrigens ebenfalls der gleichen Religion angehörte, mit einem Karrieresprung überrundete, wurde es Marc zuviel. Er fand einen Arbeitsplatz als Immobilienverwalter bei der Christlich-Wissenschaftlichen Mutterkirche in Boston, wo ich ihn auf einer Geschäftsreise in den 70er Jahren besuchte. Ich fand auch heraus, dass einer meiner Sonntagsschulkollegen aus Zürich, der liebe Hans, die Schwester dieses Marc geheiratet hatte. Leider starb Marc noch jung an einem Herzschlag im Garten dieses Freundes Hans. Ich sprach im ersten Teil dieser Memoiren von einem Edi, der sich meiner in meinen unschuldigen Jugendjahren in rührender Weise angenommen hatte. Dieser Edi war der Bruder von Hans. So schliesst sich ein Kreis, den die Zufälle meines Lebens bilden.

Unser Büro war ein Zankapfel zwischen der Generaldirektion und der im gleichen Gebäude untergebrachten Direktion des Sitzes Basel der Bank. Kurze Zeit vor meinem Eintritt in dieses Büro „Anlagestudien und Anlageberatung" waren dessen Mitarbeiter noch der Direktion des Sitzes Basel unterstellt gewesen und hatten einen Teil der dortigen Abteilung „Kapitalanlagen" gebildet. In dieser Abteilung wurden für die schweizerische und ausländische Privatkundschaft dieses Sitzes Anlagevorschläge ausgearbeitet, oder Anlageprobleme erörtert. Gleichzeitig erstellten deren Mitarbeiter Anlagestudien. Nun fasste aber die Generaldirektion den Entschluss, diese Studien sollten in einer ihrer Volkswirtschaftsabteilung angegliederten Einheit für sämtliche Sitze der Bank erstellt werden. Es wurde verfügt, auch die anderen grösseren Sitze wie Zürich, Genf (die später Marc unterstellte Abteilung) und Lausanne müssten die Produktion solcher Studien einstellen. Die Direktionen waren wohl in ihrer Ehre gekränkt. „Posez les plumes, on nage" - Lasst die Federn fallen, wir schwimmen - , hatte sich der Genfer Direktor beklagt.

Die Wortschwälle dieses Genfer Direktors braust en in diesen Jahren regelmässig auf mich nieder. Er sagte einmal: „Einen unserer Generaldirektoren erkennt man an seinem riesigen Kinn. Der Direktor eines unser deutschschweizer Sitze fällt durch seine hervorstehenden Ohren auf. Von Ihnen, cher Ittensohn, werde ich nie die Stimme vergessen, die in den Sitzungen mit respektheischender

Autorität erklingt!" Ja, es ist mir schon lieber, an der Stimme erkannt zu werden. Man hat mir später in Genf erzählt, der französische Ministerpräsident Pompidou sei einmal neben De Gaulle in einem Pissoir gestanden. Er habe hinübergeschielt und bemerkt: „Belle Pièce, mon Général." (Schönes Geschütz, mein General). De Gaulle sei die Antwort nicht schuldig geblieben: „Pompidou, voulez-vous regarder droit devant vous!" (Pompidou, schauen Sie bitte geradeaus). Der erwähnte Genfer Direktor habe einmal bei einer Sitzung vor Kunden, in der er sein Referat mit den Daumen in der Westentasche hielt, bemerkt: „Schauen Sie mich bitte nicht so genau an. Heute morgen hat meine Kammerfrau für mich die falsche Hose bereitgelegt, die nicht zum Kittel passt." Bei einem Vorgesetztenseminar am Vierwaldstättersee war mir dasselbe passiert. Ich liess mir die rechte Hose per Express von der Frau zuschicken. Wie kann man auch?

Prestige war auf Schweizer Banken stets von grosser Wichtigkeit, auch in unbedeutenden Dingen. Die Sitzdirektionen waren damals noch eigentliche Königreiche. Heute in der Nähe des 21. Jahrhunderts haben Globalisierung, Zentralisierung und Rationalisierung diesen Königen ihre Macht geraubt. Doch ich hatte im Laufe meiner Tätigkeit unter diesen Zerwürfnissen zu leiden.

Ich habe schon erwähnt, dass in diesen 50er Jahren der wichtigste Pfeiler der Tätigkeit der schweizerischen Grossbanken das Kreditgeschäft war, aus dem fast alle Geschäftsleitungsmitglieder stammten. Das Vermögensverwaltungsgeschäft und alles was damit zusammenhing, spielte wohl nicht gerade eine nebensächliche Rolle, doch mass man ihm auch keine besondere Bedeutung zu. Wie haben sich doch die Dinge nach einem halben Jahrhundert geändert? Heute erscheint die Vermögensverwaltung für private Kunden und für Institutionen (Pensionskassen, Versicherungen, Finanzgesellschaften aller Art und für Unternehmen zur Verwaltung ihrer oft riesigen Finanzanlagen) als das Hauptgeschäft. Mathis Cabiallavetta, der Präsident des Verwaltungsrates der Mitte 1998 neugeborenen United Bank of Switzerland, der Mann mit dem unaussprechbaren Namen, hat in einem Vortrag in Zürich gesagt, „in der Schweiz verdiene seine UBS aus dem Geschäft mit vermögenden ausländischen Privatkunden das meiste Geld". Seitdem ich diesen Satz geschrieben habe, wurde Cabiallavetta bereits durch die Folgen spekulativer Ver-

Jacques Ittensohn

lustgeschäfte von seinem hohen Posten weggespült. In der Presse ist viel von seinem vermutlichen goldenen Fallschirm die Rede. Die neue UBS wird in Basel, also an dem Ort, an dem ich am 1. Juli 1955 meine Arbeit aufnahm, den Privatbanksitz haben. Da darf ich wohl stolz darauf sein, an diesem Ort meinen kleinen Beitrag zur Entwicklung dieses Geschäftes geleistet zu haben. Die Kreditgewährung, in der gewaltige Verluste auftraten, tritt nahe der Grenze zum 21. Jahrhundert bescheiden in den Hintergrund.

Als Angestellter für Anlagestudien und Anlageberatung war ich also eigentlich zu meiner Zeit für einen Nebenzweig der Banktätigkeit tätig. Aber die Bank beschäftigte doch auf allen ihren Geschäftsstellen eine Armee von Mitarbeitern, die tagaus tagein Kunden aus der Schweiz und der ganzen Welt empfingen, von denen sie Geld oder bestehende Wertschriftenportefeuilles zur Verwaltung entgegennahmen. Ein einzelner dieser Mitarbeiter habe in den Glanzzeiten in einem Tag bis zu zehn Kunden empfangen. Wir waren als Stabsabteilung im Grunde die Berater dieser Kundenberater. Nein, es gibt hier noch wesentliche Nuancen. Wir waren keine Abteilung, nur ein Büro, das der Abteilung Wirtschaftsstudien angegliedert war. Das noble Büro I befasst sich mit Volkswirtschaft, Makroökonomie heisst es heute. Unser hausbackenes Büro II beschäftigte sich mit Anlagestudien, wohl eher Mikroökonomie. All dies hatte seine hierarchische Wichtigkeit. Vom Chef der Wirtschaftsstudien, dem grossen Europäer und früheren Bundeshaus-Redaktor habe ich schon gesprochen.

Einer seiner Vorgänger hatte als Alkoholiker seinen Platz räumen müssen. Dieser Heiri (Heinrich) lud jeweils seine Mitarbeiter zu Nachtessen in ein Restaurant ein. Bevor die Rechnung für Nahrung und Tranksame eintraf, begab er sich auf die Toilette und verliess das Lokal durch das Fenster. Die erstaunten Mitarbeiter mussten dann eben die Rechnung selbst begleichen. Man erzählte mir auch eine für seine Zeit typische Anekdote. Heiri traf an einem Samstagmorgen einen seiner jungen Mitarbeiter auf dem Basler Marktplatz. Er übergab ihm ein dickes Buch über Volkswirtschaftsprobleme. „Erstellen Sie mir bitte bis Montagmorgen eine Zusammenfassung des Inhaltes!" war sein Befehl an den Jüngling, der nun über das ganze Wochenende studierte und schrieb. Als er am Montagmorgen im Büro des Chefs erschien und ihm seine Zusammenfassung überreichte, zerriss dieser sein Machwerk und warf die Fetzen in den Papierkorb.

Nach diesem traurigen Heiri-Intermezzo erhielt ein Ökonom aus der französischsprechenden Schweiz die Befehlsgewalt über die Abteilung Wirtschaftsstudien. Nach dessen Pensionierung stritten sich die zwei Stellvertreter, ein deutsch- und ein französischsprachiger Prokurist, um die Nachfolge. Alle Mittel seien in diesem Kampfe verwendet worden. Doch beide gingen leer aus. Der Europäer und Redaktor wurde von aussen hereingeholt.

Der Disziplin hochhaltende deutschsprachige Prokurist war für meine administrativen Probleme zuständig. Wenn ich Artikel für Publikationen schrieb, besorgte er deren Redaktion. Für die französischsprachigen Mitarbeiter war logischerweise der „französische" Prokurist zuständig, der, um es diplomatisch zu sagen, keinerlei Berührungsängste vor Sekretärinnen empfand . . .

Mein administrativer Chef wurde später Ehrendoktor der geschichtlichen Fakultät der Universität Basel. Seine nebenamtliche Spezialität war die Lokalgeschichte der Stadt Basel. Sein Gehirn war ein wahres Lexikon, und zuhause sammelte er alle Stiche und Abbildungen seiner Heimatstadt. Er war auch zuständig für die Erhaltung und Modernisierung des in seiner Bausubstanz gefährdeten Historischen Museums, das sich im alten Barfüsserkloster mit seinem berühmten Kreuzgang befindet. Er trug die sympathischen Vornamen Alfred Remigius und war Präsident der Historischen-Antiquarischen Gesellschaft. Da er bald meine Interessen erkannte, lud er mich ein, Mitglied dieser Gesellschaft zu werden.

Ich habe in dieser Gesellschaft in einem alten Zunfthause meine schönsten und interessantesten Basler Abende verbracht. Alle vierzehn Tage fanden in der Wintersaison Vorträge von angesehenen Professoren aus ganz Europa über historische Themen statt. Vor allem war natürlich die Vergangenheit der Stadt Basel und ihrer Koryphäen, etwa Burckhardt oder Bachofen, Vater des Mutterrechtes, Gegenstand des Interesses. Nach dem Nachtessen erhob sich ein Historiker zu einem Koreferat, oder er illustrierte den vorangegangenen Vortrag mit Dokumenten. Ich war der Jüngste in dieser Ge-

Jacques Ittensohn

sellschaft alter Herren und lernte Advokaten, Unternehmensleiter und Akademiker kennen. Unter anderem gesellte sich oft der Gründer der Industriegruppe Celanese zu mir, der auch eine leitende Stellung in der Basler Chemie bekleidet hatte. Er habe in den Gründerzeiten jeweils neben den Versuchen in den Laboratorien auf Stroh geschlafen, verriet er mir. Aus seinem Vermögen hat er weitgehend die Ausgrabungen der römischen Stadt Augusta Rauracorum (Kaiseraugst) finanziert.

Das Büro, in dem ich arbeitete, bot eine Fülle von ständig erneuerter Dokumentation über die Aktiengesellschaften auf aller Welt. Heute braucht es diese riesigen Wälzer mit losen Blättern zum Einreihen nicht mehr. Über das Internet sind alle Tatsachen und Zahlen taufrisch verfügbar.

Der für die Schweiz zuständige Dr.rer.pol hatte die Aufgabe, mich in die neue Wissenschaft der Finanzstudien einzuführen. Mein Studiengebiet bildeten die amerikanischen Aktiengesellschaften. Die Entwicklung der Bilanzen und Erfolgsrechnungen dieser Firmen war zu analysieren, die Aussichten für ihre Produkte und Dienstleistungen auf den Märkten waren zu beurteilen. Die Schlussfolgerung der Studien bildete der Kommentar über die Eignung der Aktien dieser Gesellschaften für die Kapitalanlage. Meine eigentliche Ausbildung im neuen Wissensbereich vermittelte ich mir durch das Studium der Analysen eines amerikanischen Brokers, dessen Tätigkeit nun leider schon seit Jahrzehnten eingestellt wurde. H.C. Wainwright stellte an den amerikanischen Universitäten die besten Studenten an. Er zählte zu seinem Mitarbeiterstab auch Ingenieure, Physiker, Mediziner, Chemiker. Diese Analysespezialisten besuchten mindestens ein- bis zweimal pro Jahr die Leitungen der führenden amerikanischen Unternehmen, studierten deren Tätigkeitsgebiete und versuchten, sich über die Zukunftsaussichten ein Bild zu machen. In den Studien dieser Firma war besonders die Finanzflussrechnung interessant. Welches sind die Gesamteinnahmen und wieviel bleibt nach Bezahlung der Löhne, der Rohstoffkosten, der Zinsbelastung durch das Fremdkapital und die übrigen Aufwendungen für die betriebsnotwendigen Abschreibungen übrig? Wie kann also ein Unternehmen sein Überleben sichern? Und was bleibt nach dieser Sicherung des Überlebens für Forschung und Ausbau übrig?

Schweizer Bankiers lächeln nie...

Welcher Betrag steht für die Dividendenzahlungen an die Aktionäre zur Verfügung, auf die man für die Aufnahme weiteren Aktienkapitals angewiesen ist? Die Analysespezialisten verglichen dann ihre Kennzahlen mit jenen der Konkurrenz. Sie waren mit ihren fundierten Fragestellungen beliebte Gesprächspartner der Unternehmensleitungen. Ich erhielt oft in Basel den Besuch von Wainwright-Mitarbeitern, doch auch von vielen Vertretern anderer Broker und Banken, die uns ihre Studien zur Verfügung stellten.

Bei einem Mittagessen und in meinem Büro konnte ich meine unerschöpflichen Fragen über mein Arbeitsgebiet stellen. Nach diesen Mittagessen musste ich jeweils den Kostenbeleg durch den Vorsteher der Abteilung visieren lassen. „Wo kann man denn nur in Basel so teuer essen?" war seine Frage. Wenn ich mit ihm zu einem solchen Mittagessen eingeladen wurde, bezahlte meist der Gesprächspartner. Beim ersten solchen Anlass hatte uns der Leiter einer amerikanischen Finanzfirma, ein früherer General der amerikanischen Armee, zum Lunch ins Basler Kasino gebeten. Beim Bestellen des Weines sprach dieser Kenner: „Bordeaux is for the officers, Bourgogne is for the Privates!" (Bordeaux eignet sich für die Offiziere, Bourgogne für die einfachen Soldaten). Mit einem scharfen militärischen Blick auf mein Gesicht, bemerkte er: „I like to see this young man's cheeks turn pink!" (Es gefällt mir zu sehen, wie die Wangen dieses Jünglings sich röten).

Wie schon bei meinen Anstellungen in Lausanne und Bern richteten sich meine Anstrengungen sofort darauf, mich von meinem Lehrmeister, dem Dr. rer. pol., unabhängig zu machen, was mir nach wenigen Monaten gelang. Doch bald erschien eine neue Figur, namens Beni.

Beni war von der Direktion auf den Sitz New York des Schweizerischen Bankvereins transferiert worden, um dort seine Ausbildung zu vervollkommnen. Seine neue Aufgabe bestand in der Führung unseres Büros. Er war begeistert von Marylin Monroe. Mit Stolz zeigte er eine Photographie, auf der an der Seite von Präsident Truman stand. Als überzeugter Katholik begeisterte er sich aber weit mehr für John F. Kennedy. Kennedy werde bei den nächsten Wahlen der erste katholische Präsident der Vereinigten Staaten, sagte er voraus. Tatsächlich verlor der Vizepräsident Eisenhowers, Richard

Jacques Ittensohn

Nixon, die Wahl gegen Kennedy. Beni's Glück kannte keine Grenzen.

Wie Beni hatten viele spätere Mitglieder der Direktion der Bank ihre Sporen beim Sitze New York abverdient. Die Arbeit auf diesem Sitze galt als eine der Voraussetzungen für den Aufstieg auf der Karriere-Leiter. Die Entlöhnung war dementsprechend mager. Es war von Revolten die Rede, weil diese jungen Leute Mühe hatten, sich eine anständige Wohnstätte und ausreichende Nahrung zu verschaffen. Einer der Kollegen von Beni sei jeweils in den Gängen des New Yorker Sitzes umhergewandelt und habe einen Vers nach einer bekannten Operettenmelodie gesungen, der hiess: „Und ich hab' sie ja nur auf die Schulter geküsst, und sie gab mir dafür einen Schlag ins Gesicht". Seine Variation dieses Textes hiess:

„Warum hat die Natur

mich zum Bankangestellten geschaffen nur?"

Der Vers war zwar etwas holperig, doch er brachte deutlich die Stimmung dieser jungen Amerikafahrer zum Ausdruck.

Beni's Aufgabe war es, neuen Schwung in unser Anlagestudienbüro zu bringen. Bald erkannte ich ein philosophisches Problem, das mich während meiner ganzen späteren Berufstätigkeit beschäftigte. Nach der Auffassung unseres Abteilungsleiters war es die Aufgabe der Anlageberatung, für die Bankkunden die langfristigen Aussichten und die Risiken der Aktien und Obligationen zu beschreiben. Aufgrund dieser Kriterien habe dann der Kunde selber seine Auswahl zu treffen und seine Anlageentscheide zu fällen. In der Praxis sah die Sache allerdings anders aus. Vor allem Kunden aus dem Auslande sah der Anlageberater der Bank einmal im Jahr, oder noch seltener. Der Kunde erteilte eine Vollmacht, und der Berater traf auf Grund dieser Ermächtigung die Entscheide für den Kunden. Mit der Verbreitung der Anlagefonds ist diese Praxis die Regel geworden.

Schweizer Bankiers lächeln nie...

Beni wollte schon in den 50er Jahren diesen Praktikern zu Hilfe kommen. Er wandte damit seine in New York gesammelten Kenntnisse an. Die Analysearbeit unseres Büros sollte in klare Kursprognosen ausmünden. Kauflisten waren für die Aktien mit voraussichtlich steigenden Kursen zu erstellen. Verkaufslisten galten den Titeln, für deren Kurse mit Rückgängen zu rechnen war. Der für Kapitalanlagen zuständige Generaldirektor bekleidete im Schweizer Militär den höchsten Rang, den ein Milizoffizier bekleiden kann. Beni beschrieb ihm unsere Zettel mit Kaufvorschlägen als das „Sturmgewehr der Kapitalanlage". Dieses Sturmgewehr war in der Armee gerade neu eingeführt worden: es handelte sich um eine Mischform zwischen dem bisherigen „Karabiner" mit Einzelschüssen und dem Maschinengewehr. Bei diesem Mitglied der Geschäftsleitung und auch bei den Direktionen der bedeutenden Sitze in der Schweiz machte sich Beni mit diesen Neuerungen beliebt. Er verhalf auch unserem Büro zu einer neuen Popularität.

Für mich ergab sich eine interessante Nebenbeschäftigung. Ein Sekretär der Schweizerischen Bankiervereinigung machte mich darauf aufmerksam, dass die Japanische Botschaft einen Finanzberater benötige. Man hatte es mit einem Universitätsprofessor der Volkswirtschaft versucht, doch das wissenschaftliche Kauderwelsch war für die Japaner unverständlich. Dann wandten sich die Japaner an einen Journalisten, doch seine Berichte waren zu oberflächlich. Ein Botschaftsrat besuchte mich in Basel und stellte mir einige Themen zur Bearbeitung. Offensichtlich waren meine Arbeiten zufriedenstellend: ich halte die Mitte zwischen den Professoren und den Journalisten. So schrieb ich neben der Arbeit meine in englischer Sprache verfassten Berichte über die mir gestellten Themen, die für das japanische Handelsministerium auf Japanisch übersetzt wurden. Meine Studien in der Bank musste ich von Hand schreiben, und im Sekretariat wurden die Texte kopiert und vervielfältigt. Meine Arbeiten für die Japaner durfte ich am Abend auf der elektrischen Schreibmaschine der Sekretärin des Abteilungsdirekors verfertigen. Sie hatte mich in ihr Herz geschlossen. Doch schliesslich schenkte mir die Schwiegermutter eine Maschine, was mir das Leben erleichterte. Ich konnte meine Berichte für die Japaner nach Feierabend und über das Wochenende zuhause am Esstisch verfertigen.

Jacques Ittensohn

Über die ersten Jahre in Basel gibt es wenig zu berichten. Ich erfüllte pflichtgemäss die Aufgaben, die meinen Neigungen voll entsprachen. Neben den Anlagestudien schrieb ich jeden Monat Texte über Börsenprobleme für die Publikationen der Bank. Die Leidensjahre auf Schweizer Banken waren vorbei. Der Abteilungsleiter soll einmal gesagt haben, ich sei das beste Pferd im Stall. Das war gewiss ein stolzes Kompliment, doch hat mich der Vergleich mit einem Tiere eher gekränkt. Mit Eifer arbeitete ich an meinem Fortkommen. Wenn mein Chef Beni vom Abteilungsdirektor gerufen wurde, dann ertönte ein diskretes Summ-Signal, und über der Türe erschien auf einem Leuchtband die Nummer 1. War Beni abwesend, so rannte ich sofort an seiner Stelle zum Abteilungsdirektor und nahm die Instruktionen für unser Büro entgegen.

Ich hatte die Lebenserinnerungen General Eisenhower's gelesen, die mich begeisterten. Die Sekretärin unseres Abteilungsdirektors hatte mir eine Vermutung bestätigt: Eisenhower's Führungsstil war das Ideal unseres Chefs; er erteilte keine Befehle, sondern beeinflusste die Untergebenen indirekt und erwartete von ihnen die Initiativen. Da befand ich mich in meinem Element. Was mir selber an Eisenhower besonders gefiel, war sein breites Lächeln, das ihn trotz seiner anspruchsvollen militärischen und später politischen Aufgaben nie verliess. Ich versuchte, mir ebenfalls ein solches Lächeln anzugewöhnen. Ob es mir gelungen ist, kann ich nicht beurteilen.

Der Unterführer Beni huldigte dem Führungsstil Napoleon's: Divide et Impera - Teile und Herrsche. Er versprach allen seinen Untergebenen eine Führungsstellung und warnte sie vor der Konkurrenz ihrer Kollegen. Besonders ein neu angestellter französischsprachiger Kollege und Hauptmann der Schweizer Armee wurde von Beni gegenüber dem für Erdöl zuständigen Spezialisten als Kandidat für höhere Würden bezeichnet, und die beiden begannen sich zu bekriegen. Es ergab sich ein unmögliches Arbeitsklima, in dem Hass gezüchtet wurde. Immerhin trieb es Beni nicht so weit, dass ein Zustand erreicht wurde, wie er im gleichen Büro auf einer anderen Grossbank geherrscht haben soll. Es wurde mir geschildert, dort habe der Chef jeweils eine Pistole in der Schublade bereitgehalten, weil er den Angriff eines seiner frustrierten und fast übergeschnappten Untergebenen befürchtete.

Eine unerwartete Ehre wurde mir an einem Wochenende zuteil. Beni war in diesen Zeiten äusserst knapper Entlöhnung der einzige in meinem professionellen Umkreis, der ein Auto sein eigen nannte. Es handelte sich um den legendären Volkswagen. Er lud mich mit meiner Frau zu einem Abendessen in den Schwarzwald ein. Seine vorübergehende Verlobte, die Nichte eines berühmten Basler Industrieführers, war ebenfalls anwesend. Bei der Heimfahrt fuhr Beni über den Strassenrand hinaus und der Wagen kippte um. Wir waren alle unverletzt und versuchten, das Gefährt wieder auf seine Räder zu stellen. Da uns dies nicht gelang, holte Beni bei einem Bauer der Umgebung einen Traktor, mit dem sein Volkswagen wieder aufgestellt und auf die Strasse geschleppt werden konnte.

Die interessanteste Begegnung dieser Jahre muss ich unbedingt im Einzelnen schildern. Dazu gehört auch die weitere Entwicklung dieses Kollegen: Paul Erdman ist später ein berühmter Mann geworden. Er sass nach seinem Studium ein Praktikum in unserem Büro ab. Professor Salin soll ihn als seinen besten und gescheitesten Studenten bezeichnet haben. Seinem Verantwortungsbereich in unserem Büro gehörten die amerikanischen Flugzeugproduzenten an. In einer unserer wöchentlichen Sitzungen bat ihn Beni um eine Stellungnahme zur bekannten Firma McDonnell Aircraft. Erdman war offensichtlich eingenickt. Er fuhr auf und fragte: „Wie bitte, Magnolia Aircraft?"

Paul Erdman erhielt nach seinem Praktikum von Professor Salin eine Tätigkeit bei der Europäischen Stahl- und Kohlen-Autorität, der Vorgängerin der Europäischen Gemeinschaft. Dann vervollständigte er seine Studien an der kalifornischen Universität Stanford. Dort trat er in den Kreis einer Firma, die sich mit der Finanzierung und Entwicklung aufstrebender kleiner Technologiegesellschaften im berühmten Silicon-Valley widmete. Für eine Gruppe dieser Finanzfachleute richtete sich schliesslich sein Interesse auf eine Schweizer Bank. Diese Leute hatten begriffen, dass hier Geld zu holen war. Mit einem früheren Arbeitskollegen versuchte ich, Erdman bei der Suche nach einem geeigneten Objekt behilflich zu sein. Doch die Gründung einer eigenen Bank versprach mehr Erfolg.

Jacques Ittensohn

Nach dem Namen des wichtigsten Geldgebers hiess die Firma Zalik-Bank und siedelte sich in Basel an. Später konnte sie einer kalifornischen Grossbank verkauft werden.

Erdman und seine Equipe beschlossen, frischen Wind in die konservative schweizerische Bankenlandschaft zu bringen. Die traditionelle Anlagepolitik der Schweizer Banken beruhte in dieser Zeit auf der langfristigen Perspektive: man kaufte für die Kundschaft erstklassige Papiere und Gold. Zu Verkäufen und Umstellungen kam es nur im Falle unbedingter Notwendigkeit, etwa wenn bei einer Firma die Aussichten sich ganz wesentlich verschlechterten. Erdman's Bank dagegen suchte den Erfolg von Woche zu Woche, von Monat zu Monat, von Quartal zu Quartal. Sie grenzte sich durch die Veröffentlichung dieser Erfolge von der „langweiligen, konservativen" Konkurrenz ab. 40 Jahre später sind nun alle Banken und Anlageinstitute auf kurzfristige „Performance" getrimmt. Erdman war also ein Pionier, der amerikanische Vorbilder nachahmte. Der Erfolg hatte jedoch seinen Preis. Als es schwierig wurde, die Erfolgsserie fortzuführen, liess er sich für seine Kunden auf gewagte Spekulationen ein. Besonders Kakao-Transaktionen wurden ihm zum Verhängnis und sein Institut erhielt den Übernamen Kakaobank.

Nach dem Konkurs der Firma landeten Erdman und seine Direktionsmitglieder im Basler Gefängnis. Obschon mir Erdmann eine sehr interessante Offerte unterbreitet hatte, traute ich der Sache nicht. Damit wurde mir der Aufenthalt in dem Basler Gefängnis erspart. Der Finanzredaktor des „Wall Street Journal" kreidete Erdman's Misserfolg der Missgunst der konservativen Schweizer Bankenwelt an. Bei einem Hafturlaub entkam Erdman auf Nimmerwiedersehen nach Kalifornien. Dort wurde er einer der bekanntesten Erfolgsautoren der letzten Jahrzehnte. Ich habe ihn vier Jahrzehnte später auf seiner Farm in Kalifornien besucht, und wir haben uns an die Zeiten in unserem Anlagestudienbüro erinnert. Beim Durchlesen dieses Manuskriptes im Mai 2007 erreichte mich die Nachricht, dass Paul Erdman gestorben sei.

Erdman hatte Erbarmen mit mir gehabt, als er noch auf dem Bankverein seine Sporen abverdiente. „Beni wird sich gewiss anderen Gefilden zuwenden und wird sie in Ruhe lassen", hatte er mich getröstet. Erdman hatte sich nicht getäuscht. Beni sah in unserem

Umkreis keine Karrieremöglichkeiten. Er fand einen Gönner in einem Direktor des Sitzes Zürich. Doch auch dort ging es ihm nicht schnell genug. Seine nächsten Stationen waren die Schweizerische Bankgesellschaft, die Firma American Express und eine Privatbank. Er habe diese Bank als „Scheissbänklein" tituliert, anvertraute mir einer ihrer Leiter. Darauf mag er sich selbständig gemacht haben. Ich traf ihn noch als Konsul eines kleinen afrikanischen Landes und verlor ihn schliesslich aus den Augen.

Durch Beni's Weggang kam meine Chance. Ich erhielt seinen Rang als Prokurist, und durfte das Büro leiten. Das war gewiss Grund zum Feiern: eine Lohnerhöhung erlaubte die Verbesserung der spärlichen Wohnungseinrichtung, deren Finanzierung in Bern ein Kunststück gewesen war. Die Bibliothek mit den französischen, englischen und deutschen Klassikern wie auch die Schallplattensammlung mit Bach und meinen anderen Lieblingskomponisten konnten erweitert werden. Sogar zu etwas vornehmeren Ferien reichten die Finanzverhältnisse aus. Der grösste Grund zur Freude war jedoch in den gleichen Wochen das Erscheinen einer Tochter. Als Vater einer Geburt beizuwohnen, den ersten Schrei zu hören und die Formen dieses kleinen Wesens zu bestaunen: gibt es ein grösseres Glück?

Mein Pflegevater war gestorben und konnte die Geburt dieser Tochter und meine Beförderung nicht mehr miterleben. Bei meinem letzten Besuch kurz vor seinem Tode hatte er mir sein Testament auf den Weg mitgegeben. Es bestand aus drei Mahnungen: 1. Bleibe immer bescheiden; 2. Achte auf Deine eher zerbrechliche Gesundheit; 3. Vergesse das Vaterunser nicht.

Der Traum von der Beförderung war schön gewesen. Die Wirklichkeit zeigte ihre Tücken. Die Kollegen schätzen es nie besonders, wenn einer von ihnen plötzlich mit Befehlsgewalt ausgestattet wird. Unvermeidlich waren die oft mehr als lächerlichen administrativen Probleme. In den Büros und auf der Toilette durfte nicht geraucht werden. Ein Adjudant des Personalchefs musste vor den Toilettentüren feststellen, ob aus der Öffnung über diesen Türen Räuchlein emporstiegen. Die Massregelung der Mitarbeiter oblag natürlich mir als Bürochef, wie die Kontrolle der Einhaltung der Bürozeiten! Eines Tages wurde ich zum Abteilungsdirektor befoh-

Jacques Ittensohn

len. Der strenge Adjudant (Wachhund nannte ihn der Personalchef) stand in strammer Haltung. Er hatte eine Toilette betreten wollen. Einer meiner französischsprachigen Mitarbeiter hatte vergessen, abzuschliessen. Er sass friedlich auf dem Lokus mit auf die Schuhe hängenden Hosenträgern und las seine Zeitung. „Das geht doch nicht, Herr Ittensohn, dass einer ihrer Untergebenen auf diese sträfliche Weise Arbeitszeit versäumt!" Meine Antwort war kategorisch: „In unserem Büro ist Zeitungslesen für die Dokumentation eine Pflicht. Wenn einer meiner Mitarbeiter den Stuhlgang gleichzeitig mit einer für uns nützlichen Arbeit verbindet, so scheint mir das durchaus positiv." Mein Direktor konnte ein Lächeln nicht verkneifen. Im Personalbüro habe ich wohl durch diesen Kommentar meine Popularität nicht gesteigert.

Die Toiletten hatten es in sich. Es wurde mir erzählt, dass auf deutschen Grossbanken die WC-Brillen schwarz waren. Nur für die Direktionsmitglieder waren sie weiss. Jeder Mitarbeiter wusste auch genau, welchen Autotyp er in der Garage abstellen durfte. Ob es für den Allerhöchsten ein Rolls-Royce war, ist mir nicht bekannt. Die Parallele zwischen Rolls-Royce und goldener WC-Brille wäre wohl etwas weit hergeholt. In einer Toilette auf der Direktionsetage unserer Bank war einmal ein Porno-Heft gefunden worden. Der Schuldige konnte trotz Untersuchung nicht ausfindig gemacht werden. Man stelle sich vor, was Masturbation in einer Direktionstoilette für ein Verbrechen gewesen wäre?

Doch war ein wirkliches „Verbrechen" auf unseren Toiletten zu vermelden. Aus den Schalen über den Waschtrögen verschwanden die Seifen. Der Personalchef hatte detektivische Fähigkeiten. Er liess an der Seitenwand hinter dieser Waschgelegenheit ein Loch bohren, vor dem ein Arbeiter aus der Werkstatt der Bank aufzupassen hatte. Wirklich erwischte man wiederum einen meiner französischsprachigen Mitarbeiter, wie er die Seifen in die Tasche steckte. Es kam zu einer hochnotpeinlichen Konfrontation. Der junge Mann behauptete, er habe zuhause mit diesen Seifen chemische Experimente durchführen wollen. Er wurde fristlos entlassen.

Im Sekretariat gab es Probleme. Der Direktor machte mich darauf aufmerksam, dass die Arbeiten meines Büros in allzu unregelmässigem Rhythmus anfielen. Die Sekretärinnen hätten oft Stosszeiten mit starker Arbeitsüberlastung; dazwischen kämen Perioden, in denen sie sich langweilten. Ich klagte meinem Chef, dass mein früherer Lehrmeister und Dr.rer.pol zu lange Studien schreibe und auch zuviel Zeit dafür beanspruche. „Mit solchen Mitarbeitern lässt sich natürlich dieser Missstand im Sekretariat nicht beheben", war meine Antwort auf seine Reklamation. Der Direktor blickte aus dem Fenster: „Sehen Sie doch den roten Backstein der Münstertürme in der goldenen Abendsonne. Ist das nicht ein herrlicher Anblick!" Wie konnte ich nur bei einem Akademiker einen anderen Akademiker beschuldigen.

Neben den Anlagestudien erhielt mein Büro neue Aufgaben. Wir erstellten Analysen über Industrien und versuchten uns in vergleichenden Darstellungen der in diesen Branchen tätigen Gesellschaften. Ein neuer Generaldirektor versammelte die Verantwortlichen der Sitze der Bank, mit denen in regelmässigen Abständen eine gemeinsame Anlagepolitik zu beschliessen war. Die Formulierung dieser Politik und die Erstellung der dazu erforderlichen Anlagelisten fielen in meinen Verantwortungsbereich. Ich erinnere mich an die erste Sitzung mit diesen grossen Tieren, in der meine Nervosität mich fast am Reden hinderte. Dazu hatte die Sitzung wie viele spätere auch im Verwaltungsratssaal der Bank stattgefunden, in dem die Gemälde mit den gestrengen Gesichtern der früheren Präsidenten mich jungen Sitzungsteilnehmer beängstigten. Ob nach der riesigen Fusion neben diesen Bildern noch jene der früheren Bankgesellschaftsobersten hängen, kann ich nicht mehr feststellen. Auf keinen Fall wohl das Bild des Präsidenten des fusionierten Gebildes, der wenige Monate nach seiner Inthronisierung seinen wohl schwer vergoldeten Rücktritt nahm.

Meine Hemmungen vor solchen Treffen mit hohen Tieren waren bald überwunden. Die Reisen nach Genf, Lausanne und Zürich mit den Essen in noblen Restaurants wurden ein Spass. Bald kamen Besuche in den kleineren schweizerischen Städten dazu; denn die neuen anlagepolitischen und strategischen Weisungen mussten auch zu den Zweigstellen getragen werden. Ich habe hier langandauernde Freundschaften begründen können.

Das wichtigste Arbeitsinstrument der Abteilung, der wir angehörten, war „Das Blaue Bulletin". Darin schrieben unser Chef,

Jacques Ittensohn

der ehemalige Wirtschaftsredaktor, und seine Ökonomisten gelehrte Abhandlungen über Währungs- und Wirtschaftsprobleme. Es war mir vergönnt, hier auch meine bescheidenen Beiträge zu verfassen: „Dividendenpolitik der schweizerischen Aktiengesellschaften"; „Die Popularisierung der Aktien"; „Grundsätze der Kapitalanlage". Als ich einmal einen solchen 50-seitigen Artikel abgeliefert hatte, rief mich der Direktor. „Schreiben Sie doch bitte für Ihr Thema erst einmal eine Disposition!" war seine Empfehlung. Seinem Stellvertreter hatte er anvertraut, er habe an einem meiner Artikel einen ganzen Bleistift für Korrekturen aufgebraucht. Die Empfehlung meines Chefs für die Verbesserung meines unbeholfenen Stiles war das Lesen von Goethe's „Wahlverwandtschaften". Pflichtbewusst machte ich mich hinter diese Lektüre, die mich eher langweilte und die wohl auch keine Verbesserung des Stils meiner Artikel zur Folge hatte.

Dafür wurden meine Artikel für die „Monatsblätter für freiheitliche Wirtschaftspolitik" und für die „Zeitschrift für das gesamte Kreditwesen" ohne Korrekturen abgedruckt. Langsam dämmerte mir die Erkenntnis auf, dass die Arbeit meines Büros der in Amerika begründeten Finanzanalyse entsprach. Für die Zeitschrift beschrieb ich in einem ausführlichen Beitrag das für Europa neue Wissensfach. Darauf teilte mir der Schriftleiter mit, er beabsichtige, in der Johann-Wolfgang Goethe-Universität, Frankfurt, einen deutschen Bankiertag über gerade dieses Thema abzuhalten. Er lud mich dazu ein, und die Bankleitung bewilligte mir meine erste Auslandreise im Jahre 1960.

Der für Reisen zuständige Prokurist hatte mich in einem winzigen Hotel einquartiert. Ich hatte Mühe einzuschlafen; denn die Lampe in meinem Zimmer schwankte wie eine Schiffslaterne. Was sich wohl da in dem Raum über meinem Kopfe abspielen mochte?

Am nächsten Morgen holte mich mein Schriftleiter, Dr. Volkmar Muthesius, in seinem von einem Chauffeur gesteuerten Mercedes ab. Ich setzte mich in einen der Bänke der Aula der Johann-Wolfgang-Goethe Universität und folgte gespannt den Vorträgen. Das Mittagessen fand im Palmengarten statt. Ich konnte mich mit den Rednern unterhalten. Nach dem Mittagessen sprach ein Schweizer Journalist über die Berichterstattung der Schweizer Unternehmen für ihre Aktionäre. Die Zuhörer auf den Bänken nickten ein. Muthesius hatte mir erlaubt, mich an der Diskussion nach den Beiträgen zu beteiligen. So trat ich auf die Rednertribüne und gab meinem Unmut über die himmeltraurige Publikationspolitik der europäischen und vor allem der schweizerischen Aktiengesellschaften in lauten und unmissverständlichen Worten Ausdruck. Offensichtlich war es mir gelungen, das Interesse der vor sich hindösenden Schar zu wecken. Es erhob sich Gelächter und Beifall. Die Pultdeckel klapperten. Noch nach Jahren erinnerten sich Teilnehmer dieser Tagung an den Auftritt des unverschämten jungen Schweizers.

Nach der Veranstaltung in Frankfurt wurde die „Deutsche Finanzanalysevereinigung" gegründet. Zwei Jahre darauf fand im neu aufgebauten französischen Wintersportort Courchevel der erste Europäische Finanzanalysekongress statt. Mein Auftritt in Frankfurt hatte eine Einladung an diesen Kongress zur Folge. Ein Reisecar führte uns im Januar 1962 von Genf in die Savoyer Berge. Die Strassen waren vereist. In einer Kurve rutschte das Gefährt; glücklicherweise kam es nicht zum Sturz über den Strassenrand hinunter. Wir kamen vor einer Bar zum Stehen, in der wir einen Teil der Nacht mit Whisky zubrachten. Schliesslich wandte sich einer der deutschen Kongressteilnehmer, wohl ein früherer Offizier der Wehrmacht, an mich: „Herr Ittensohn, wir können doch nicht die ganze Nacht hier bleiben. Wir müssen etwas unternehmen!" „Zu Befehl, Herr Oberst!"

Nach meinem Telefonanruf wurden wir in unserer gemütlichen Bar abgeholt, und ich bezog mein Zimmer im „Hôtel des Célibataires" (Junggesellenhotel). An diesem ersten Europäischen Finanzanalysekongress wechselten Vorträge und Diskussionen mit Industriellen, Notenbankleitern, Vertretern von Finanzministerien und führenden Finanzinstituten mit Arbeitsgruppen im kleinen Kreise. Mit Begeisterung nahm ich an der Arbeit solcher Gruppen teil und lehrte dadurch die Arbeitsweise meiner Kollegen in anderen europäischen Ländern kennen. Meine Eindrücke über die einzelnen Nationalitäten sind wohl unbrauchbare Verallgemeinerungen. Doch ich schätzte auch an den späteren anderen Anlässen besonders die effiziente, unermüdliche Anstrengung der Engländer. Die Franzosen waren sehr wissenschaftlich-theoretisch und kamen kaum zu

Jacques Ittensohn

brauchbaren Resultaten. Die Deutschen ergingen sich in weitläufigen Deklamationen. Zu meinen schweizerischen Kollegen will ich mich nicht äussern. Beim offiziellen Nachtessen im Smoking, das einen dieser Kongresse beschloss, war als Redner ein Nobelpreisträger der Finanzwissenschaften aufgetreten. Seine Worte waren nicht leicht verständlich und die Lautsprecheranlage wollte nicht recht funktionieren. Deshalb ging es an unserem Schweizertisch lustig zu. Ein englischer Kollege, der am benachbarten Tisch mit dem Rücken zu mir sass, kehrte sich um und sprach: „Jacques, couldn't you tell these Swiss people to behave!" („Jacques, könntest Du diesen Schweizern nicht beibringen, sich anständig zu benehmen!") Ich kann mich nicht mehr daran erinnern, ob meine Intervention etwas nützte

Bei diesem ersten Kongress nahm ich an der Arbeit der Gruppe teil, welche die Abschreibungssysteme in verschiedenen Ländern untersuchte. Dass ich die Publikationspolitik der schweizerischen Aktiengesellschaften als „chaotisch" bezeichnet hatte, wurde mir von englischen Kongressteilnehmern noch nach Jahren als zutreffende und witzige Charakterisierung vermerkt. Nach meiner Ansicht hätte man ganze Bibliotheken durchstöbern müssen, um eine derart klare Übersicht über diese Zusammenhänge zu gewinnen. Dazu entstanden zwischen den Teilnehmern Freundschaften, und man wusste, bei wem allenfalls Erkundigungen eingezogen werden konnten. Ich hatte nie das Geld gehabt, um teure Wintersportferien zu verbringen. Deshalb konnte ich mich in Courchevel nicht an den Skimeisterschaften der Kongressteilnehmer beteiligen. Auch in späteren Kongressen an Meeresständen sass ich meist in Sitzungen von Organisationskomitees und Studienforen. Für Belustigungen hatte ich keine Zeit. Als ich meine Frau und meine Tochter zu einem solchen Anlass mitbrachte, beklagten sie sich darüber. „Die anderen Teilnehmer findet man mit ihren Damen an den Stränden, und Du hockst in verrauchten Räumen und verbringst Deine Zeit mit Diskussionen," hiessen etwa die Kommentare. Es hat mich deshalb auch immer geärgert, wenn in Berichten der Finanzpresse von der touristischen Seite dieser Kongresse die Rede war, während man über die diskutierten Themen wenig Zeit verlor. Die Journalisten haben wohl ebenfalls vor allem dem Wohlleben gefrönt. Bei einem der englischen Berichterstatter war dies allerdings nicht der Fall. Dieser bekannte Schriftleiter des „Investor's Chronicle" hielt einen Vortrag und mischte sich später unter unsere Arbeitsgruppe. Er hat eine These aufgestellt, die ich nie vergessen werde. Er sprach vom „Bigger Fool", vom grösseren Dummkopf. Bei der Aktienanlage brauche es für den Erfolg immer den grösseren Dummkopf, der bereit sei, dem Anleger seine Aktie zu einem höheren Kurse abzukaufen, als sie dieser selber erworben habe.

Ich wusste, dass nach diesem ersten Kongress eine „Europäische Union der Finanzanalysevereinigungen" gegründet wurde. In kurzer Folge wurden die Deutschen, Französischen, Belgischen und Holländischen Vereinigungen gegründet. Ich versuchte, die schweizerischen Teilnehmer an diesem Anlass in Courchevel ausfindig zu machen. Es handelte sich logischerweise vor allem um die eleganten Mitarbeiter von Genfer Privatbanken. Ich rief sie zu einem Frühstück zusammen und sprach von der Notwendigkeit zur Gründung einer Schweizerischen Finanzanalysevereinigung. Nach meiner Rückreise wurde ein Genfer Privatbanquier zum Präsidenten dieser Vereinigung ernannt. Dieser sympathische und zielstrebige Vorsitzende war der erste und letzte Mann, den ich als Monokelträger kennenlernte. „Er sei nur auf einem einzigen Auge kurzsichtig", pflegte er zu sagen, wenn er das Monokel in das rechte Auge klemmte. Für mich ergab sich die Möglichkeit in den Verwaltungsrat dieser Vereinigung Einsitz zu nehmen. Mit grossem Vergnügen unternahm ich die Reisen zu diesen Sitzungen und beteiligte mich mit Feuereifer an den Diskussionen.

Neben der täglichen Analyse- und Bürocheftätigkeit gab es auch andere, erfreuliche Abwechslungen. Mein Direktor eröffnete mir, er sei als Redner an den Internationalen Kongress der Öffentlichen Transportunternehmen eingeladen woren. Sein Thema sei die Marktforschung aus der Sicht einer Grossbank. Er wolle mir diese Aufgabe delegieren. Wie mir heute klar geworden ist, hätte er wohl keinen Vortrag in französischer Sprache halten können. Da er wusste, dass ich zuhause mit meiner Frau und Tochter Französisch sprach, und ich schliesslich fast vier Jahre in Lausanne gearbeitet hatte, war er froh, mir diese Aufgabe zu überbürden. Mein Vortrag sollte etwa 50 Minuten dauern. Eine Manuskriptseite reicht für 2 - 3 Minuten Sprechzeit. Ich fasste also einen deutschen Text von 30

Jacques Ittensohn

Seiten ab und übersetzte ihn in die französische Sprache. Das Thema bereitete mir einige Mühe. Ich verschaffte mir Material und vertiefte mich in ein dickes deutsch-französisches Wörterbuch. Im Lichte der Nachttischlampe trug ich den Text mehrmals meiner Frau vor, die meine Aussprache korrigierte. Ich kann es ihr keinesfalls verargen, dass sie meist vor dem Ende meiner einstündigen Marktforschungspredigt selig einschlief.

Der Kongress der Eisenbahn-, Flug-, und sonstigen Transportunternehmen fand im grossen Saal des Gebäudes der Herbstmesse in Lausanne statt. Jeder Redner überschritt die ihm zugestandene Zeit, und ich war der letzte an diesem langen Morgen. Der kanadische Kongresspräsident wandte sich zu mir und bat mich, meinen Vortrag auf eine Viertelstunde abzukürzen. Der erste Schreck war gross. Doch ich fasste mir ein Herz und betrat die Rednertribüne mit dem Mikrophon. „Nun komme noch ich und soll sie vor ihrem wohlverdienten Apéro über Marktforschung aus der Sicht einer Bank langweilen. Ich habe einen Vortrag für 50 Minuten vorbereitet und zeige Ihnen hier das Manuskript, das ich lesen wollte. Nun lege ich es also auf die Seite und erzähle Ihnen in zehn Minuten, was mir Wesentliches aus diesem Text gerade so einfällt!" Nach dem Ende meiner Rede erntete ich von der tausendköpfigen Menge einen Riesenapplaus. Der kanadische Präsident beglückwünschte mich mit einem Glas Champagner.

Eine Besichtigung des eben fertiggestellten Strassentunnels durch den Grossen St. Bernhard war das Ereignis des zweiten Kongresstages. Im Schloss Oron fand am Abend ein Bankett statt. Ein Chor aus Vevey sang unter anderem das Lied von Rousseau „Allons danser sous les ormeaux" (Lasst uns unter den Ulmen tanzen). Die Begeisterung kannte keine Grenzen. Dieses Lied musste wohl zweimal wiederholt werden. Auf der Reise und bei den Essen schloss ich mich den Teilnehmern an, die eher gemieden wurden. Im Gespräch mit drei Polen wurde ich als Bankvertreter und Grosskapitalist betitelt. Als ich ihnen von meinem kommunistischen Vater und meiner Jugend erzählte, waren sie bass erstaunt. Man musste doch nach ihren Vorstellungen aus vermöglicher Familie stammen, um in einer Schweizer Bank vorwärts zu kommen. Auch mit Vertretern aus Afrika verbrachte ich fröhliche Momente. Eine Art von Segregation war auch an einem solchen Kongress spürbar. Mein bester Freund wurde ein Palästinenser, der mir von der Vetreibung seiner Familie und seiner Landsleute sprach und sich bitter über die Behandlung beklagte, die ihnen zuteil wurde. Ich traf ihn noch in späteren Jahren öfters in einem italienischen Restaurant in Lausanne.

Einem der Generaldirektoren meiner Bank müssen meine Leistungen gemeldet worden sein, und er schien sie zu schätzen. Denn für den Herbst des Jahres 1963 wurde ich auf ein Internationales Finanzseminar nach New York delegiert. Ich war über diese Ehre etwas erschrocken. Natürlich war es mir möglich, die Studien von amerikanischen und englischen Spezialfirmen zu lesen, und in den Kongressen und Seminarien verstand ich auch leidlich die Redner. Doch für die alltäglichen Gespräche im amerikanischen Sprachgebiet schien ich mir doch ungenügend vorbereitet. Ich meldete mich deshalb für einen intensiven Konversationskurs in einem englischen Sprachinstitut in Basel.

Das New Yorker Seminar war von einem Broker, einem Wertschriftenhändler, organisiert worden. Offensichtlich verdienten diese Broker viel Geld an den Kaufs- und Verkaufsaufträgen amerikanischer Papiere, die unsere Banken bei ihnen für ihre Kunden erteilten. Deshalb waren Geschenke üblich. Ein Direktor des Sitzes Basel hatte einmal in meiner Gegenwart eine Magnumflasche der Whisky-Marke „House of Lords" entgegengenommen. Freundlicherweise überliess er dieses Geschenk mir. So stand die erste Whiskyflasche in unserem Küchenkasten. Der Broker, der dieses Geschenk überbracht hatte, war ein ganz besonderes Original. Er hatte seinem Vornamen das Substantiv „Bull" beigefügt und hiess also „Harold Bull". Der „Bull" (Stier) ist in Wallstreet das Synonym für die beliebte Aufwärtsbewegung der Börsenkurse, ohne die das Metier eine traurige Sache wäre. Und Harold Bull war der erste konsequente Anwender der Informatik. Sein Computer spuckte alle Höchstkurse von Aktien aus, die er mit Sternen versah. „Wenn eine Aktie einen Höchstkurs erreicht und zu einem Stern wird, dann müssen die betreffenden Käufer etwas wissen, das ich nicht weiss. Deshalb heisst es, sofort auf den Zug aufzuspringen, und die noch kommenden Gewinne einzukassieren!" Mit der Insider-Gesetzgebung ist allerdings diese Theorie fragwürdig geworden.

Jacques Ittensohn

Mein Flug nach New York war auch gleichzeitig der erste Flug meines Lebens. Als ich vierjährig gewesen war, hatte uns mein Pflegevater zu einer Besichtigung des Flughafens Dübendorf bei Zürich mitgenommen. Er kaufte für uns drei, für sich, für die Pflegemutter und für mich, je einen Stadtrundflug. Aber ich schrie wie am Spiess und wollte unter gar keinen Umständen mitfliegen. So wurde ich während des Fluges freundlicherweise von unbekannten Leuten betreut und getröstet. Beim ersten Flug nach New York sass ich nun neben einem Direktionsmitglied eines schweizerischen Warenhauses, das zur Erweiterung seines Horizontes einen Aufenthalt in den USA zu absolvieren hatte. Die Stewardessen hatten in diesen Jahren noch Zeit für ihre Passagiere und setzten sich zu uns zu ausgiebigen Gesprächen. Für einen Flirt war ich zu gehemmt. Es handelte sich bei diesen Damen auch um eher ältliche Jahrgänge. Ringelnatz schreibt in einem Gedicht von einem solchen Mädchen, „das etwas ältlich war".

Ich hatte bei der Bank in Basel Dollarnoten und Reisechecks getankt. Ein grosser Schreck war schon die erste Taxirechnung. Die Umwandlung der Dollars zum Kurse von mehr als 4.30 Franken ergab in meinen Vorstellungen eine Riesensumme. Ich hatte im Flughafen einen Mitarbeiter der Schweizerischen Bankgesellschaft angetroffen, der zum gleichen Seminar wie ich aufgeboten war. Wir teilten das gelbe Taxi. Was uns dieser gesprächige Taxichauffeur alles erzählte, verstand ich trotz meinen Konversationsstunden nur zum Teil. „But that's another story" (Aber das ist nun wieder eine andere Geschichte), wiederholte er nach jedem Abschnitt seines Monologes. Unsere Adresse war der „Downtown Athletic Club" beim Battery Park und der Untergrundbahnstation „Bowling Green". Im 32. Stockwerk war mein Zimmer reserviert. Aus dem Fenster blickte ich auf die Freiheitsstatue und die „grösste Uhr" der Welt, die auf der gegenüberliegenden Seite des Hudson mit einer riesigen Colgate-Zahnpastareklame die Zeit anzeigte.

Als ich am ersten Sonntagmorgen an meinem Fenster die Schuhe putzte, fuhr der Riesendampfer „Queen Elizabeth" an unserem Wolkenkratzer vorbei. Die Nächte waren unruhig. Im Zimmer unter mir hustete ein Kettenraucher. Als ich frühmorgens vom Lärm der Schiffssirenen und der Polizeiautos mit ihren Knallsignalen auf

Schweizer Bankiers lächeln nie...

der Strasse geweckt wurde, blickte ich aus dem Fenster in den dicken Novembernebel hinaus. „Wenn es nur nicht in einem der unteren Stockwerke zu brennen beginnt", war mein besorgter Gedanke. In der Sonntags- Ausgabe der New York Times, die zu meinem Erstaunen mehrere Kilo wog, las ich dann einen Artikel, in dem es hiess, New York sei eine Stadt, die dem am Fenster stehenden Einwohner zurufe: „Springe hinunter!" Es gab Tage, an denen ich mich mit einem mulmigen Gefühl an diese Worte erinnerte.

Ich erfuhr, dass dieser Club das Stammhaus skandinavischer Reeder und Kapitäne war. Allwöchentlich fanden die lauten skandinavischen Feste statt. Von der grössten Uhr der Welt habe ich schon gesprochen. Aber in unserem Club befand sich auch die längste Bar der Welt. 80 Meter soll sie gemessen haben. Der Barman habe die Aufgabe gehabt, die betrunkenen Einwohner unseres Wolkenkratzers in den Morgenstunden in ihre Zimmer hinaufzuschleppen. Mit meinen Seminarkollegen lagen nur 1 - 2 Bier und ein Stück Cheddar Cheese darin. An den Freitagabenden verfolgten wir neben dieser Bar am Fernsehen die Boxmeisterschaften. Auch für die effektive - nicht nur virtuelle - körperliche Ertüchtigung war im Downtown Athletic Club gesorgt. In einem unteren Stockwerk erstreckte sich über die ganze Breite des Hauses ein riesiges Schwimmbecken. Schon am ersten Morgen schwamm ich in meiner Badehose meine Längen. Doch der Badmeister war nicht zufrieden. Die Badehose war nicht erlaubt. Man durfte nur nackt schwimmen. Mich störte dies keineswegs, aber meine Kollegen aus anderen europäischen Ländern wollten ihre Männlichkeit nicht zur Schau stellen. Ich konnte in diesen Gymnastik-Räumen auch Seilspringen und Hanteln heben. Damenbesuch war nur bis zum zweiten Stock erlaubt, in dem sich der Speisesaal und die Bar befanden. Sexabenteuer gab es demnach keine. Wir waren ganz dem mönchischen Leben verpflichtet.

Einer meiner ersten Eindrücke war der Mann, der immer auf der Treppe einer Strassenbrücke sass. Seine Kleider waren abgeschabt und zwischen den Beinen waren an den Hosen gelbliche Flecken. Wahrscheinlich verbrachte er die Nächte irgendwo unter einem Hauseingang. Und bei diesen Hauseingängen lagen oft Menschen in ihrem Urin auf dem Boden. Ob sie noch lebten oder nicht,

Jacques Ittensohn

konnte ich nicht herausfinden. Solche Bilder haben sich mir eingeprägt. Ich war in meinem ganzen Leben nie solchem offen dargebotenen Elend begegnet.

Mein Seminar fand grösstenteils in der Business School der New York University statt. Einer unserer Professoren, der Sohn des Konsumentenverteidigers Ralph Nader, sprach zu uns von der „Bowery", der Strasse auf der Hunderte dieser Verelendeten herumlagen. „The Bowery, I'll never go to the Bowery again", war der Refrain eines Chansons, den er uns zum Besten gab. Von diesem humorvollen Professor mag ich mich noch an eine weitere Anekdote erinnern. An der Strassenkreuzung der 5th Avenue und wohl etwa der 45. Strasse befand sich ein vollautomatisches „Tad Steak House". Nach der Türe waren die Bilder der erhältlichen Speisen angebracht. Es war möglich, das erforderliche Geld in einen Schlitz einzuwerfen und den Plasticteller mit der tiefgekühlten Speise zu behändigen. Neben den Tischen befanden sich die Infrarot-Öfen, in denen die Steaks mit den Frites oder das Poulet mit dem Reis gewärmt werden konnten. Unser Professor erzählte, wie er eines Tages an diesem „romantischen" Ort sein Mittagsmahl eingenommen habe. Über den Lautsprecher sei Musik ertönt. Die bekannte Negro-Spiritual-Sängerin Marion Anderson habe ein Lied gesungen: „Sometimes I feel like a motherless child" (Manchmal fühle ich mich wie ein mutterloses Kind). Wahrlich, New York erschien als ein hartes Pflaster.

Am ersten Sonntagnachmittag zog mich ein Konzert in der Carnegie-Hall an. Ein Pianist aus Texas spielte Chopin. Nach dem Konzert und einem Abendessen beschloss ich, nach echter Schweizer Art, den Weg zum Battery Park zu Fuss abzuschreiten. Stundenlang dauerte mein Marsch: vorerst an erleuchteten Auslagen vorbei, dann zu immer ärmlicheren Behausungen. Torkelnde und grölende Menschen schenkten mir keinerlei Aufmerksamkeit. Als ich endlich die Südspitze Manhattan's erreichte, fand ich mein Zuhause nicht mehr. Alle Lokale waren geschlossen. Im Wallstreet Quartier ist am Sonntagabend alles ausgestorben. Endlich fand ich eine Milchbar. Am Bartische sass ein Polizeimann in blitzblanker Uniform. Ich fragte ihn um den Weg nach meinem Down Town Athletic Club. Mein Akzent muss ihn befremdet haben. „Sind Sie aus Deutschland?" "Nein, ich bin Schweizer", war meine Antwort. "Ah Yes, in Switzerland they take all our gold and bury it under their mountains! " (Ach ja, in der Schweiz nehmen sie all unser Gold und vergraben es unter ihren Bergen), war sein Kommentar. So wurde ich an einem meiner ersten New Yorker Abende von einem völlig unbekannten Polizisten mühelos identifiziert.

Selbstverständlich hatte ich mich beim Sitze New York des Schweizerischen Bankvereins zu melden. Der stellvertretende Direktor, Gary, war für mein Wohl während dieses Aufenthaltes zuständig. Er hatte nach seiner Ausbildungszeit in Hongkong gearbeitet und war nun in New York für die Devisengeschäfte zuständig. Er war ein bärbeissiger Bursche und hatte sich immer mit den jungen Stagiairen abzugeben, die aus der Schweiz zur Ausbildung nach New York geschickt wurden. Einem dieser hoffnungsvollen Jünglinge hat er einen nicht gelinden Schreck eingejagt. Dieser stramme Kerl hatte eben seine Offizierslaufbahn in der Schweizer Armee begonnen und war sich seiner höheren Bestimmung bewusst. Gary wies ihm eine Arbeit zu und war vom Resultat nicht befriedigt. „Was schicken denn diese Idioten in Basel mir für Dummköpfe?" Erstaunt blickte der junge Mann diesen ungehobelten Chef an. „Und glotze mich nicht so blöd an mit Deinen stumpfsinnigen Augen!" Der junge Leutnant wollte sofort der Generaldirektion in Basel einen Rapport schicken. Seine Kollegen hielten ihn davon ab. „Das ist eben der Gary. Der hat im Grunde ein gutes Herz, und Du wirst am Ende schon mit ihm auskommen." Als ich in den kommenden Jahren mit einem von mir geschickten Mitarbeiter von Gary zum Lunch in den „Lawyers Club" (den Club der Rechtsanwälte) eingeladen wurde, sprach er von diesem jungen Mitarbeiter als dem Clown Nr. 32. Ich musste auch an den Ratschlag meines Basler Hausarztes denken. Gary nannte mir einen der vielen Orte, wo man seine sexuellen Bedürfnisse befriedigen könne.

Die Philosophie Gary's war meinem Tätigkeitsgebiet gar nicht gewogen. Als passionierter Händler regte er sich über die hochbezahlten Finanzanalytiker und Investmentstrategen in Wall Street auf. Die wüssten doch überhaupt nicht, welche Titel man zur Erzielung von Kursgewinnen kaufen solle. Für die Aufgaben der Definition der Risiken und der relativen Chancen und für die Defini-

Jacques Ittensohn

tion von Anlagestrategien hatte er nur Spott übrig: „That's all bullshitt!" (Das ist doch alles Humbug - lautet meine freie Übersitzung für dieses Produkt eines Stieres). Als ich in den kommenden Jahren in Wall Street eine kleine Organisation zur Information unserer Schweizer Sitze aufzog, schrieb mir Gary: „You blow up an enormous balloon, only to fizzle out again." (Du bläsest einen riesigen Ballon auf, aus dem die Luft dann nur wieder herauszischen wird). Seine Telex-Schreiben an mich waren immer an den „Langwyler" adressiert. In diesem Herbst 1963 erfuhr ich in New York, dass sich für meine 4-jährige Tochter Probleme mit einem Auge ergaben. Ich war wohl etwas erschrocken, und Gary beschloss, mich für das Wochenende in sein Heim einzuladen. Schon die Fahrt zu seinem Wohnort beeindruckte mich. Erst ging es zu Fuss bis zu einer Fähre. Am anderen Ufer wurde die Eisenbahn bestiegen, in der die Banker aus Wall Street ihren Whisky schlürften und sich dem Kartenspiel hingaben. Nach einer wohl eine Stunde dauernden Reise holte uns Gary's Frau am Bahnhof ab und wieder verbrachten wir eine halbe Stunde im Auto, bis wir in seiner Villa von der Frau aufs Herzlichste bewirtet wurden. Ich lernte andere Kollegen kennen, deren Weg zur Arbeit 3 Stunden dauerte. Sie verliessen ihr Haus um 6 Uhr morgens und sahen ihre Familie erst um 9 Uhr abends wieder.

An unserem „Seminar on International Finance" referierten Professoren der New York University über die Prinzipien der Rechnungslegung amerikanischer Unternehmen, über die Instrumente der Kapitalanlage und die Finanzanalyse. Daneben wurden die amerikanische Geld- und Kreditpolitik sowie die Wertschriftengesetzgebung behandelt. In einem zweiten Teil kamen die Finanzanalytiker der Brokerfirma zu Wort, die unseren Aufenthalt organisiert hatte. Jeder Finanzanalytiker schilderte in rhetorischer Breite die Konkurrenzsituation in den von ihm behandelten Industrien, und erging sich vor allem in der Darstellung der Unternehmen, deren Aktien sein Arbeitgeber unseren Banken zum Kaufe empfahl.

In Autocars wurden wir weiterhum zu Firmenbesuchen geführt. Papierproduzenten, Automobilfabrikanten, Maschinenhersteller und Elektronikfirmen, Banken und Versicherungen gehörten zu den Unternehmen, deren Produktionsanlagen und Verwaltungsgebäude wir betraten, und deren Leiter uns mit Referaten die Tätigkeitsgebiete schilderten und die Finanzlage klarlegten. Besuche bei Regierungsstellen, der Notenbank und bei Internationalen Organisationen rundeten das Bild ab. Die nächtlichen Fahrten in diesen Cars sind eine unangenehme Erinnerung. Der neben mir sitzende Kollege schlief ein, und die Last seines Körpers ruhte auf meinen Rippen. Und wenn ich gar selber einschlief und schwitzte, erwachte ich in den schweissnassen Kleidern und fror.

An einem Abend fand ein Vortrag des ehemaligen Aussenministers, Dean Acheson, statt. Diesem Republikaner waren konservative Werte wichtig. Für den Präsidenten, John F. Kennedy, fand er sehr abschätzige Worte. Wichtig war für ihn die Verteidigung seines Landes im Kalten Kriege. Für Sozialpolitik, Friedensbestrebungen und Internationale Organisationen schien sein Herz nicht zu schlagen. Kennedy's Politik erschien ihm als naiv. In der darauffolgenden Diskussion erlaubte ich mir die Bemerkung, es sei doch wohl von grosser Wichtigkeit, dass im Sinne des Fortschrittes auf unserer Welt gerade von Kennedy hochgehaltene Prinzipien zum Durchbruche kämen. Den Organisatoren unseres Seminars schien dieser Zwischenfall erhebliche Probleme zu bereiten. Acheson war erbost und verliess den Ort der Veranstaltung frühzeitig. Ich war offensichtlich in den Fettnapf getreten.

Am nächsten Tag führte uns der Autocar nach Washington. Am Vormittag fand der Besuch des Weissen Hauses mit den von Jacqueline Kennedy geschmückten Räumen statt. Am Nachmittag besichtigten wir den Militärfriedhof von Arlington und wurden zum Mount Vernon, mit der Villa George Washington's, geführt. Ich stand dort vor einer Vitrine mit Washington's Stiefeln und Kleidern, als ein Aufseher auf mich zutrat und mich fragte, ob ich wisse, dass der Präsident ermordet worden sei. „Aber Washington wurde doch meines Wissens nicht ermordet", entgegnete ich. Nein, er spreche von John F. Kennedy, sprach darauf der Aufseher. Als wir vor Washington's Villa auf unseren Autocar warteten, stand dort eine Schulklasse, der die Lehrerin die Meldung vom Präsidentenmord überbrachte. Einige Mädchen mit schwarzer Hautfarbe brachen in herzzerbrechendes Weinen aus.

Für den darauffolgenden Sonntag hatte sich ein holländischer Teilnehmer, mit dem ich mich gut verstand, mit Freunden zum

Jacques Ittensohn

Besuch des Gottesdienstes in einer „Gospelchurch" in Newark verabredet. Ich durfte diese Gruppe begleiten. Am Anfang des Gottesdienstes mussten wir uns dem Prediger vorstellen und uns dann von unseren Sitzen erheben. Jeder Einzelne wurde zu Beginn des Gottesdienstes persönlich begrüsst: „This is our Friend Jacques from the wonderful country of Switzerland and we greet him cordially" (Dies ist unser Freund Jacques aus der wunderbaren Schweiz, und wir begrüssen ihn herzlich). „Oh yes, Jacques, our friend, we greet you!" wiederholte die ganz Kongregation.

Die Predigt befasste sich mit dem Präsidentenmord. Der Prediger sprach auf seine Kinder ein, die John Kennedy so sehr geliebt habe und für die er einen uneigennützigen Einsatz geleistet habe. „Und Ihr habt ihn getötet, ihr meine schwarzen Brüder und Schwestern, weil ihr ihm nicht geglaubt habt, und weil ihr Gott nicht folgt!" „Oh, yes Lord, yes Lord" fiel ihm die Gemeinde ins Wort. Frauen schrien auf und fielen in Ohnmacht. Untermalt durch die Töne des Harmoniums ertönten die Negro Spirituals mit ihren dunklen Melodien.

Nach dem Gottesdienst muss in dieser Kirche ein gemeinsames Mittagsmahl eingenommen worden sein. Schon vor dem Hauseingang und auf der Treppe lastete der Geruch fettiger Speisen. Am Abend des Mordes hatte ich meine Frau nach Basel angerufen. Noch nie seien die Nachbarn in der Schweiz auf der Strasse gestanden und hätten sich über einen Vorfall so eingehend unterhalten wie nach diesem Präsidentenmord, berichtete sie mir. Auch Menschen, die sich nicht kannten, tauschten ihre Meinungen dazu aus. Meine Frau war besorgt, weil man mit der Möglichkeit eines Bürgerkrieges rechnete. Als ich am Abend direkt am Fernsehen den Mord des mutmasslichen Kennedy-Mörders mitansah, wurde mir die Härte der amerikanischen Lebenswelt bewusst. Mir kleinem Schweizer war nun recht unheimlich zumut.

Zu den schönen Erinnerungen gehört mein Besuch in der Metropolitan Opera bei der Aufführung von Wagner's „Meistersingern". Die Monologe von Hans Sachs erschienen mir jedoch als etwas lang. Ich habe mehr Freude, wenn ich sie auf einer Platte anhöre und gleichzeitig den Text mitlesen kann. Ich verstehe Nietzsche's Ärger über seinen früheren Freund nicht ganz. Allerdings las ich,

Schweizer Bankiers lächeln nie...

Nietzsche habe einmal Wagner mit einer seiner eigenen Partituren besucht. „Da kommt er meuchlings, die Partitur im Gewande", waren die Worte, mit denen der Bayreuther Gott den Philosophen empfangen haben soll. Also entstanden wohl die abschätzigen Urteile im „Fall Wagner" einer persönlichen Schwäche des äusserst sensiblen Krieg- und Gewaltanbeters.

Meine Meistersinger-Vorstellung endete nach Mitternacht. Ich bestieg meine Untergrundbahn und verwunderte mich über die Fahrt, die viel länger dauerte als mir gewohnt war. Plötzlich erschienen Lichter durch die Fenster. Wir fuhren über die Brooklyn Bridge und landeten in einer mir völlig unbekannten Station. Nach langem Umherirren fand ich einen uniformierten Beamten, der mich darüber aufklärte, dass mein gewohnter Zug ab 11.00 Uhr nachts einen anderen Weg nehme. Er erklärte mir, welche Linie ich besteigen müsse, um auf die Grand Central Station zu gelangen. Von dort führe mich ein anderer Zug an meine Station, Bowling Green im Battery Park. Etwa um 3.00 Uhr morgens landete ich wieder wohlbehalten in meinem Down Town Athletic Club.

Ein wichtiger Tag war das Thankgiving-Fest. Einer der Leiter der uns betreuenden Broker-Firma lud uns zum Trutenessen in den „Rainbow-Room" (den Regenbogenraum) hoch über den Dächern New Yorks mit seinem Lichtermeer ein. Dieser arme, seit Jahrzehnten in den USA ansässige Schweizer konnte seiner ebenfalls anwesenden Gemahlin überhaupt nichts recht machen. Sie blamierte ihn vor unserer ganzen jungen Mannschaft mit ihrem Gekeife. Ich erinnerte mich wieder an die Sprüche Salomos: „Es ist besser unter dem Winkel eines Daches zu wohnen, als seine Behausung mit einem zänkischen Weibe zu teilen".

Den Höhepunkt unseres New Yorker Aufenthaltes sollte der Auftritt der Tänzerinnen in der Radio City Music Hall bilden, doch vor allem ein Aufenthalt bei Peppermint Patty in einer Bar mit halbbekleidetem weiblichem Servierpersonal beglückte uns.

Wenn unsere Gruppe von Holländern, Deutschen, Schweizern, Engländern, Skandinaviern und Belgiern einen gemeinsamen Ausflug unternahm, kam es meist nur zu unfruchtbaren Diskussionen in der Untergrundbahn und auf den Strassen. Wir konnten uns

Jacques Ittensohn

nie über ein vernünftiges Ziel einigen Einen Streifzug unternahmen wir nach Harlem. Auf dem Trottoir wurden wir von stämmigen Weissen angesprochen. „What are you doin' here? Stay on the main road, donna go to the lousy smaller streets. On the main roads you gotten plenty of protection!" (Was tut Ihr hier? Bleibt auf der Hauptstrasse und geht nicht in die kleineren lausigen Strassen. Auf den Hauptstrassen seid ihr gut beschützt!) Wir wollten in das Jazzlokal eines berühmten Musikers eintreten, doch es war geschlossen. So landeten wir denn wie immer an der längsten Bar der Welt bei unserem Bier.

Eine Gruppe Japaner nahm auch an unserem Seminar teil. Es ging das Gerücht, dass diese Leute kein Wort Englisch verstünden und deshalb während diesen Monaten in den Kursen vor sich hindösten. An unseren Streifzügen nahmen sie nicht teil. Ihr Interesse gelte den teureren und mit attraktiven Damen bestückten „Nightclubs" in Baltimore, wurde geflüstert.

Die letzten Nächte in New York waren ermüdend. Eine Party wurde organisiert, zu der unser Broker seine jungen Sekretärinnen aufbot, die uns amüsieren sollten. Für den letzten Abend vor dem Abflug lud uns der Däne zu einem Smorgasbrod ein, das ebenfalls bis in die Morgenstunden dauerte. Im Flugzeug wollte ich mich zum Schlaf bereitmachen. Doch ein freundlicher jüdischer Kaufmann erzählte mir seine Lebensgeschichte. Ich erinnerte mich Jahre später in einem Schiffahrtsmuseum in Kopenhagen an diesen Vorfall. In der Kabine eines Frachtschiffes war dort ein Schild angebracht, auf dem es hiess: „Please dont't tell me your life story!" (Erzähl mir bitte Deine Lebengeschichte nicht!). Mein Mitpassagier im Flugzeug von NewYork nach London besass eine Firma für Strickwolle und erklärte mir die beruhigende Wirkung, die das Stricken auf Frauen ausübe Wir tauschten unsere Adressen aus und auf Neujahr sandte er mir einen Riesenkorb voll Orangen aus Florida. Sein Sohn, der in Israel wohnte, hat uns in Basel einen Besuch abgestattet. Dass ich nun selber trotzdem die Mitmenschen mit meiner Lebensgeschichte langweile, steht auf einem anderen Blatt.

Meine Frau und meine Tochter waren bei Freunden in England, wo ich sie abholte. Auch dort beanspruchte das Wiedersehen

Schweizer Bankiers lächeln nie...

eine lange Nacht. Wochenlang hatte ich in Basel mit der aufgestauten Müdigkeit zu kämpfen.

Jacques Ittensohn

X.   Die Katastrophe

Selbst während meines Aufenthaltes in New York konnte ich es nicht lassen, für deutsche Zeitschriften und schweizerische Finanzzeitungen meine Kommentare zu verfassen. Ich versuchte Humor in die ernste Welt der Finanz zu bringen, und schrieb als Dialoge gestaltete Briefgespräche zwischen den von mir erfundenen Figuren Analystophan und Speklobald. Der Herausgeber eines bekannten Zürcher Blattes bot mir den Posten eines Chefredaktors an. Dieses Angebot reizte mich nicht im Geringsten: ich fühlte mich wohl mit meiner kleinen Equipe in Basel. Doch diente mir die Aussicht auf bessere Entlöhnung im Reich der Finanzpresse als willkommenes Argument für ein Gespräch mit meinem Vorgesetzten. Ich hatte der Möglichkeit eines Arbeitsplatzwechsels wohl die Beförderung in den Rang eines Vizedirektors als „Leiter der Finanzanalyse" oder „Chief Analyst" zu verdanken. Der „schamlose Erpressungsversuch" war von Erfolg gekrönt.

Meine Freunde in den amerikanischen und kanadischen Zweigstellen der Bank beneideten mich um diesen originellen Titel. Die Lohnverbesserung erlaubte Sommerferien im Hause eines Vetters in Wengen sowie Winterferien in Pontresina. Meine vierjährige Tochter begann sich im Skisport auszubilden. Meine Frau unternahm wegen ihrer Knieprobleme nur Spaziergänge. Ich anvertraute mich Skilehrern und Skilehrerinnen. Doch dieser Sport brachte mir nicht viel Freude. Vielleicht war es, weil ich mit bald 40 ein zu alter Anfänger war, oder wohl eher weil ich für sportliche Betätigungen nicht über sonderliche Befähigungen verfügte. Schwitzend und todmüde torkelte ich jeweils am Abend wieder in die Hotelzimmer. Das Geld für meine sportliche Ausbildung war schlecht angelegt.

Ein Jahr nach meinem New Yorker Ausbildungsaufenthalt wurde ein junger Mitarbeiter der Kapitalanlagenabteilung des Sitzes Basel an das gleiche Seminar delegiert. Wenn dieser strebsame Mann jeweils einen schwierigen Brief schreiben musste, brachte er ihn mir zur Korrektur. Für seine New Yorker Reise und seinen Aufenthalt wollte er von mir in allen Details wissen, wieviel ich im Vorjahr ausgegeben hatte. Auf keinen Fall wollte er eine höhere Rech-

Jacques Ittensohn

nung als ich vorweisen und damit einen schlechten Eindruck machen. Bei einem Finanzanalysekongress in Holland war er ebenfalls dabei. Ich war als bestandenes Vorstandsmitglied der schweizerischen Vereinigung in einem erstklassigen Hotel einquartiert, in dem ich einen geräumigen Raum bezogen hatte. Mein junger Kollege wandte sich an mich und beklagte sich bitter über das für ein Kadermitglied des Bankvereins unzumutbare Zimmer, das ihm zugewiesen worden war. Aber alle Logiermöglichkeiten in diesem Badeort an der Nordsee waren für unseren Kongress besetzt. Weder ich noch der Präsident des Organisationskommittees konnten ihm helfen. Ich bezweifle, dass er in diesen Tagen überhaupt schlafen konnte. Als einmal ein Interview mit ihm in einer Finanzzeitung erschien, sollte es mit einem Bild seines Kopfe versehen werden. Er stritt sich mit dem Photographen, weil ihm keines seiner Porträts vorteilhaft genug erschien.

Dieser tüchtige Kollege schaffte es, im kommenden Jahrzehnt in einen sogenannten vollen Direktionsrang des Sitzes Basel aufzusteigen. Da ich an meinen weiteren Entwicklungsmöglichkeiten in meinem Tätigkeitsgebiete zu zweifeln begann, stellte ich ihm einmal die Frage, ob es für mich etwa einen Platz in der Kundenberatung seines Sitzes Basel geben könnte. „Nein, Du kannst ja nur mit intelligenten Leuten sprechen", war seine negative Antwort. Er sprach mir also die Befähigung ab, normal begabten Bankkunden die Möglichkeiten zur Anlage ihres Kapitals zu erläutern. Ich konnte nun einen Spruch aus dem Militärdienst auf mich anwenden:

„Scheisse, sprach der Höchstchargierte,

Als der Zug vorbeimarschierte.

Und er hatte Recht,

denn der Zug war schlecht."

Mit meinem Karrierezug schien es nicht zum Besten bestellt. Nun zeigte mir der neu bestellte Direktor auch seine Briefe nicht mehr zur Korrektur. Bei einer Reise nach New York wurde er mir als Begleiter mitgegeben. Als ich ihn in eines meiner liebsten italienischen Restaurants „Alfredo" südlich des Central Park geführt hatte, sprach er zu mir: „Du hast mich in das Lokal geführt, in dem ich die teuersten Spaghetti meines Lebens gegessen habe". Wohl fühlte er sich zu noch höherem auserkoren, doch für einen Rang in der Generaldirektion wurde ihm ein Zürcher Kollege vorgezogen. Er starb kurz nach dieser Enttäuschung. Seine privaten Interessen hatten der Maja-Kultur und der italienischen Oper gegolten, doch sein unermüdlicher Einsatz für die Bank mag ihn in noch jungem Alter aufgerieben haben. Ich erinnere mich an seine feierliche Beisetzung in der Basler Pauluskirche. Der Präsident des Verwaltungsrates der Bank bezeugte ihm seine Ehre.

Der Vater (baseldeutsch: dä Bappe) war Börsendirektor des Sitzes Basel. Ich wurde ihm als in praktischen Dingen vorbildlichem „Vormund" anvertraut. In diesen 60er Jahren steckte die Finanzanalyse und Anlagestrategie tatsächlich noch in den Kinderschuhen. Man vertraute den Börsianern mit ihrer „Nase" für die richtigen Kaufsentscheidungen. „Spekulative", also auf kurzfristigen Gewinn bedachte Kunden, kauften in der Hoffnung auf Kurssteigerungen und wollten ihre Titel nach kurzer Frist wieder zu höheren Kursen loswerden. Für die in Priatkundschaftsabteilungen betreuten Kunden hatte man für solche Geschäfte keinen Sinn und keine Zeit. Hier kaufte man Obligationen und Aktien renommierter Gesellschaften und liess sie in den Portefeuilles liegen. Trotzdem waren die Börsenleute, die an den Börsenringen und im Gespräch mit Kollegen im In- und Ausland stets die neuesten „Tips" und Gerüchte vernahmen, in der Bank ebenso populär wie Astrologen und Wahrsager. In den nach oben gerichteten Märkten der wirtschaftlichen Wachstumsperioden mit dem stabilen Schweizerfranken war ihnen der Erfolg eigentlich sicher.

Einmal wöchentlich wurde ich vom „Bappä" zu einer Sitzung in sein Büro aufgeboten. Anlässlich der Gespräche, an denen auch oft Mitarbeiter meines Büros teilnahmen, äusserte sich der Börsenchef zu unseren Ideen und Vorschlägen. Mit seiner grossen Logarithmenrolle rechnete er seine Kalkulationen und diktierte uns seine Verbesserungsvorschläge. Er zog an seinen Zigaretten. Als er sich über unsere Analyse eines amerikanischen Zigarettenherstellers

Jacques Ittensohn

äusserte, sprach ich von einem Artikel, den ich in einer Fachzeitschrift gelesen hatte. „Bei den meisten Rauchern handelt es sich bei der Zigarette um den Ersatz des Schnullers, den man den Säuglingen in den Mund steckt", glaubte ich aus diesem Artikel wiederholen zu müssen. „Sitzet nicht, wo die Spötter sitzen", war das Zitat aus dem I. Psalm, mit dem er mir antwortete.

Nach seiner Pensionierung in den frühen 70er Jahren erhielt der „Bappä" ein Büro in einer Dachkammer zugewiesen. Eine seiner Tätigkeiten war die Korrektur der aus meiner Küche stammenden Studien und Notizen. Diese Korrektur erfolgte jedoch immer nach der Veröffentlichung dieser Kommentare.

Mein Büro vergrösserte sich. Die Tätigkeit als Finanzanalytiker wurde von der Bank als Ausbildungsmöglichkeit betrachtet. Meine jungen Mitarbeiter fanden in ihrer späteren Tätigkeit Anstellungen als Kundenberater in der eigenen oder in einer anderen Bank. Diese französisch- und deutschsprachigen Hoffnungsträger suchten schon von sich aus nach einigen Jahren in anderen Gefilden ein Auskommen zu finden. Viele von ihnen traf ich später in führenden Stellungen auf den verschiedensten Banken oder Industrieunternehmen an. Es gelang mir jedoch, einzelnen von ihnen zu einer Beförderung in meinem Bereiche zu verhelfen, um damit für wichtige Aufgaben ein Kader zu bilden. Schliesslich waren mir drei Prokuristen unterstellt, je einer für Europa und die Schweiz, für die USA und für Japan und den Fernen Osten.

Einen Mitarbeiter, der mir gut qualifiziert erschien, hatte ich vom Sitz Basel übernehmen können. Neben einem Arztsohn war er der zweite in meinem Bereich, der einen flotten Porsche-Sportwagen fuhr, was auf ein Herkommen aus vermöglichen Kreisen schliessen liess. Er schrieb interessante vergleichende Studien und Kritiken über Anlagegesellschaften mit zweifelhaften Praktiken. Da sich seine Arbeiten nicht mit den traditionellen Formulierungen unserer Studien begnügten, unterliefen ihm einige Fehler. Die von ihm zu Recht kritisierten Institutionen erhoben Protest bei der Bankleitung. Mein Vormund, der pensionierte Börsendirektor, herrschte mich über das Telephon an. Ihm erschien mein angeklagter Mitarbeiter nicht mehr tragbar. Ich ertrug die Wut dieses Herren nicht und hängte ihm das Telephon ab. Nun wurde ich als frecher, junger Vizedirektor bei der Generaldirektion angeklagt. Es ging für diesmal mit Verweisen ab. Doch dieser Vormund schien nun von mir genug zu haben und liess mich in Ruhe. Mein kritisierter Mitarbeiter erfüllte seine Aufgaben weiter gut. Doch ich begriff, warum mir der Sitz Basel diesen Mann überlassen hatte. In der Abteilung, der er angehört hatte, waren vor allem hochspekulative kanadische Uranminenaktien empfohlen worden. Die Kurse solcher Titel hatten sich über kurze Zeit verzehn- oder verzwanzigfacht. Darauf folgte der Katzenjammer: viele davon waren bald überhaupt nichts mehr wert. Mein junger Mitarbeiter liess sich blenden und steckte solche Aktien in das Dossier seines Schwiegervaters, der ihm die Verwaltung seines Vermögens anvertraut hatte. Der Schwiegervater hatte sich bei der Bankleitung beklagt. Von dieser schwerwiegenden Verfehlung an stand der junge Mann auf der Abschussliste. Es wurden wohl Gründe gesucht, um ihn loszuwerden. Aber mir als dem neuen Chef dieses Geächteten wurde davon nichts gesagt. Der Schwiegervater hatte sogar die grenzenlose Naivität, mir seinen Schwiegersohn nach allem noch zu einer Beförderung zu empfehlen. Glücklicherweise hatte der Vater meines Schützlings einen Betrieb irgendwo weit weg im Osten der Schweiz. Dort fand dieses Leben eine hoffentlich glücklichere Fortsetzung.

Der zweite Sportwagenbesitzer war Doktor der Rechtswissenschaft. Er stand mir vor allem bei organisatorischen Problemen bei. Bei einem Umzug unserer Büros aus dem fünften Stock des Hauptgebäudes der Bank in den Sitz der vom Bankverein übernommenen Basler Handelsbank, also in das frühere Herrschaftshaus „Schilthof", erledigte er alle Planungs- und Ausführungsaufgaben. Ich konnte ihm zu einem Aufenthalt bei einer deutschen Bank verhelfen, und er nahm mit grossem Interesse an einigen der Finanzanalysekongresse teil. Ich war erfreut und stolz, als er bei einer angesehenen Basler Privatbank eine Anstellung fand, in der er einen erfolgreichen Berufsweg abschritt. Nicht allzuoft war es mir in meinem Bankleben möglich, mit der Arbeit den Humor zu verbinden. Doch mit diesem Kollegen gab es kaum einen Tag, an dem nicht Anlass zu fröhlichem Gelächter bestand. Nach einem durchzechten Abend führte er mich zu einem Whisky in seine Villa am Rheinufer und zeigte mir die darin befindlichen Kunstwerke. „Du bist der einzige in der Bank, dem ich das zeigen darf. Alle anderen würden vor Neid

Jacques Ittensohn

ersticken. Doch für Dich ist dies alles nicht der geringste Grund zum Erstaunen." Mit diesen Worten verabschiedete er mich.

Grosse Freude bereitete es mir, für den zweiten Europäischen Finanzanalysekongress die Universitätsstadt Cambridge kennenzulernen. Ich hatte in Lausanne im Dezember 1949 das Cerificate of Proficiency dieser Universität erworben und mit dem Gedanken gespielt, ein Literaturstudium daran anzuschliessen. Ergriffen trat ich in dieses ehrwürdige Gemäuer ein und bezog einen der Räume, in dem vielleicht berühmte Gelehrte ihre wissenschaftliche Laufbahn begonnen hatten. Ein Gasgeruch aus der wohl uralten Heizung störte mich keineswegs. Ein Professor der London School of Economics leitete die Arbeitsgruppe, der ich zugeteilt wurde. In diesen wenigen Tagen lernte ich für mich völlig neue Techniken. Wir erstellten an praktischen Beispielen von englischen Gesellschaften die „Investment and Financing Tables", die Finanzierungsrechnungen. Es handelte sich um eine Pionierarbeit. Noch heute werden nun sogar in schweizerischen Geschäftsberichten die gleichen Tabellen gezeigt, für die wir damals in harter Arbeit die Grundlagen schufen. Es war eine Herausforderung, für diesen anspruchsvollen Professor eine befriedigende Arbeit zu leisten.

Ich focht damals mit einem höhergestellten Mitarbeiter einer anderen Schweizerbank einen harten Strauss aus, weil wir in unserer Bank einen Aktienindex errechnet und publiziert hatten, der den von ihm bereits veröffentlichten konkurrenzierte. Auf einer der Brücken dieses Cambridge-Venedig, wo wir unsere Bierkrüge aus der danebenstehenden Schenke auf dem Steingeländer stehen hatten, traf ich diesen cholerischen Konkurrenten, der mir in derben Worten seinen Standpunkt auseinandersetzte. Dieser Streit verdarb mir den Abend. Nach der harten Arbeit des nächsten Tages lud uns der Professor in sein Hotel ein, das ebenfalls neben einer dieser Brücken stand. Auf dem Wege zu seiner Behausung zeigte mir dieser gestrenge, aber fröhliche Finanzexperte ein erleuchtetes Fenster an einem der Universitätsgebäude. „Hinter diesem Fenster arbeitete Darwin". „Da hat er wohl schon die ersten Gedanken zur Entwicklung des Menschengeschlechtes ausgebrütet", erwiderte ich. „Ach ja, wenn man gewisse Gesichter ansieht, muss man wirklich mit seinen Theorien einig gehen". Mein Professor meinte damit das Gesicht meines Schweizer Kollegen, mit dem ich am Vorabend gestritten hatte. Im Hotel angelangt, war es für uns Kongressteilnehmer nicht möglich, Bier zu bestellen. Nur wer ein Zimmer bewohnte, war dazu ermächtigt. So bestellte der Professor für sich selbst zwölf Humpen Bier und balancierte sie auf einem Tablett zu unserem Tisch. Wir amüsierten uns an diesem Abend köstlich und sangen Lieder. Mein Streithahn war auch zu uns gesessen. Doch nach kurzer Zeit verabschiedete er sich. „Ich fühle mich hier fehl am Platz" anvertraute er mir. Dieser Vorfall verbesserte im Gedanken an Darwin noch unsere Stimmung.

Ein belgischer Graf lud zum nächsten Finanzanalysekongress in Knocke-le-Zout ein. Es wurde mir klar, dass für viele der Verantwortlichen aus dem westlichen und südlichen Europa diese Treffen in erster Linie gesellschaftliche Anlässe waren. Für mich bildeten dies die ersten Gelegenheiten in pseudo-aristokratische Kreise einzutreten. Als Schweizer mögen mir die geschliffenen Formen gefehlt haben, an die ich mich später in einer Genfer Privatbank zu gewöhnen hatte. Handküsse für Damen und das Anreden mit Vornamen von Personen, die man siezt, waren mit meinen bäurisch-schweizerischen Umgangsformen kaum vereinbar. Deshalb wurden mir wohl auch die USA und vor allem New York eine zweite Heimat. „No such nonsense" (kein solcher Unsinn).

Wohl fühlte ich mich beim nächsten Kongress im holländischen Nordseeort Noordwijk. Das Kongresshotel „Huis ter Duin" lag direkt hinter dem Sandstrand. Im darauffolgenden Sommer unternahm ich mit Frau und Tochter eine Rheinfahrt von Basel nach Rotterdam. Nach dem Erwachen an den verschlafenen Städtchen und Dörfern vorbeizugleiten war ein grosser Genuss. Voll Spannung erlebte ich die Fahrt durch die rauchenden Industriegebiete mit den Firmennamen, die mir von meinen Analysen her vertraut waren. Die Loreley erinnerte mich an die in meinem Stammlokal „Öpfelchammer" in Zürich gesungenen Lieder. Glückliche Tage waren es mit meiner sechsjährigen Tochter in diesem Riesenhotel mit den Spaziergängen am Strand und dem Eintauchen in die Wellen der Nordsee. Im Speisesaal schlich sich unsere Tochter stets an das Dessertbuffet. Sie brachte immer ihre Lieblingscoupe. „Aber die stand ja gar nicht mehr auf dem Buffet", bemerkte ich. „Ja schon, aber der

Jacques Ittensohn

Mann mit der hohen Kochmütze holt sie mir von unter dem Tisch herauf!" In diesen Jahren fand man in solchen Luxushotels noch viel Schweizer Personal. Jetzt haben wir in unseren Hotels nur noch Ausländer. Die Schweizer findet man im ausländischen Gastgewerbe wohl nur noch als Direktoren.

In der Geschichte des Schweizerischen Bankvereins fanden in dieser Zeit erhebliche Wandlungen statt. Im Jahre der Erstellung der schrecklichen Mauer zwischen Ost- und Westdeutschland verstarb der Präsident des Verwaltungsrates, der aus einer Glarner Industriellenfamilie stammte und in der Armee den Rang eines Obersten bekleidet hatte. Er hatte in einem feudalen Palast in der Stadt Basel gewohnt, und ich traf ihn oft zu Fuss auf dem Weg nach Hause, wenn er seinen Spazierstock schwang. Im Basler Münster fanden die Begräbniszeremonien mit den höchsten Ehren statt, von denen ich in meinem Ferienort Pontresina die Berichte in den Basler Zeitungen las. Der Kadi, der sich bei meiner Anstellung über meine journalistischen Eskapaden verwundert hatte, wurde zum neuen Präsidenten gewählt. Sein Vorgänger hatte meine Wenigkeit nie bemerkt, doch der neue Präsident wusste wenigstens, dass ich existierte und begrüsste mich freundlich, wenn er mir im Aufzug begegnete. Der Wechsel des Mannes an der Spitze kann eine völlige Wandlung des Unternehmensstyles bedeuten. Der vorherige Präsident der Generaldirektion und einer seiner Kollegen nahmen den Hut. Sie wollten wohl nicht unter dem Szepter ihres vorherigen Kollegen tätig sein. Der Ersatz der beiden Abtrünnigen bedeutete eine grosse Überraschung. Der neue Präsident berief den Direktor des New Yorker Sitzes und den Vertreter der Bank in Südamerika in die Generaldirektion. Damit wurde der internationale Charakter der Bank unterstrichen. Es hiess auch, der frühere Chef habe sich immer gegen die Eröffnung eines Sitzes der Bank in der Bundeshauptstadt Bern gewehrt. Nun wurden die Vorbereitungen für diese Berner Präsenz an die Hand genommen.

Der Direktor des Sitzes Biel wurde mit dem Aufbau der Büros auf dem Bundesplatz neben der ehrwürdigen Berner Kantonalbank und gegenüber der Schweizerischen Nationalbank betraut. Er hatte schon seine Lehrzeit auf dem Bieler Bankverein absolviert. Man erzählte sich von diesem Lehrling, er habe während des Um-

Schweizer Bankiers lächeln nie...

baues der Schalterhalle jeweils beim Eingange der Bank übernachtet, weil er den Sicherheitsvorkehrungen nicht getraut hatte. Beim ersten Bankbeamtendiplom, dessen Erringung mir so schmählich misslungen war, hatte er mit einer Rekordnote von 1,0 den ersten Rang erzielt. Er erzählte mir, wie ihm dies gelungen war. Er habe in der Nacht vor dem Examen in seinem Hotel nicht schlafen können. Da sei ihm zufälligerweise eine im Hotelzimmer aufliegende Publikation seiner eigenen Bank in die Hände gekommen, in der die damals neuen Weltwährungsbehörden, der International Monetary Fund und die International Bank for Reconstruction and Development, also die Weltbank, beschrieben gewesen seien. Er habe diese Artikel mit grossem Interesse studiert. An der mündlichen Prüfung des nächsten Tages sei er nun gerade über diese beiden Institutionen abgefragt worden. Glück muss man haben!

Auf dem Gebiete der Kundenberatung waren auf dem neuen Sitze Bern zwei junge Männer tätig, die immer an den von mir vorbereiteten Anlagepolitiksitzungen teilnahmen. Sie waren etwas schwerfällig, und es kam im Verkehr mit ihnen zu einigen Schwierigkeiten. In einer Notiz an die Generaldirektion beschwerte ich mich über ihren mangelnden Willen zur Zusammenarbeit. Anlässlich einer Sitzung in Bern wurde ich nun zu diesem Berner Direktor zitiert, der mir gehörig die Leviten verlas, und mich fragte, was mir denn eigentlich einfalle, mich bei der Generaldirektion über seine Mitarbeiter zu beklagen. Im darauffolgenden Jahr nahm der für die Kreditabteilung tätige Generaldirektor seinen Rücktritt und nun wurde gerade dieser Berner Direktor zu seinem Nachfolger als Mitglied der Generaldirektion ernannt. Ich hatte mein Herz in den Hosen und erwartete das Schlimmste. Als ich in das Büro des neuen Generaldirektors gerufen wurde, war mir recht übel zumute. Doch im freundlichsten Ton eröffnete mir dieser Herr, er betrachte sich nun als meinen Verbindungsmann zur obersten Behörde der Bank. Ich solle vor jeder Sitzung unseres Anlagekomitees bei ihm vorsprechen, und er werde mir dann jeweils die wichtigsten Informationen mitteilen.

Nach dem Rücktritt des neuen Präsidenten der Bank fand ein kurzes Intermezzo mit einem Professor statt, dem Sohn eines früheren Bankpräsidenten. Da aber diese Aufgabe immer anspruchs-

Jacques Ittensohn

voller wurde und einen wirklichen Professionellen erforderte, machte schliesslich der frühere Bieler und Berner Direktor das Rennen.

Mein früherer Chef Beni hatte einen Kollegen, der an der berühmten Handelshochschule in St. Gallen seinen Doktorhut errungen hatte. Eine meiner ältlichen Sekretärinnen, die unter akutem Verfolgungswahn litt, hatte sich bei mir beklagt, dieser Herr Doktor habe sie in Kleinbasel verfolgt. Immer wieder teilte man mir solche psychisch belastete Sekretärinnen zu. „Ittensohn macht's möglich!", hiess es im Personalbüro. Eines Tages hatte gar eine dieser Grazien eine Rivalin an den Haaren in mein Büro geschleppt. Nur mit Mühe gelange es mir, die Beiden zu trennen. Betrachtete man mich als Betreuer nervlich belasteter Damen? Das war wohl nicht gerade eine besonders aufstiegsfördernde Qualifikation.

Der Herr Doktor stand im gleichen vizedirektorialen Range wie ich. Einmal bat er mich, ihm doch bei einem Zusammentreffen die Prinzipien meiner Finanzanalyse zu erläutern. Er war im viel angeseheneren Kreditgeschäft tätig. Ich empfand für diesen Kollegen keine besonderen Sympathien und drückte mich um dieses Zusammentreffen. Damit hatte ich wohl einen ganz entscheidenden Fehler begangen.

Der kleine Vizedirektor landete nach einem grossen Karrieresprung in der Direktion des Sitzes Basel. Kaum hatte er diese Stufe erreicht, nahm er an einer Versammlung der Direktoren des Gesamtinstitutes teil. Er beklagte sich dort darüber, dass für die Sitzdirektionen keine wirklichen strategischen Hilfsmittel für die Entscheidfindung vorhanden seien. Auch die Rechnungslegung der Bank für die Festsetzung von Budgets schien ihm mangelhaft. Den Präsidenten des Verwaltungsrates müssen diese Klagen sehr beeindruckt haben. Die Generaldirektion der Bank bestand damals aus fünf Mitgliedern, denen weitgehend der damals wichtigste Geschäftszweig, die Kredite, am Herz lagen. Es wurde der Beschluss gefasst, diesen aufmerksamen, jungen Direktor in die Generaldirektion aufzunehmen, mit der Aufgabe, die von ihm verlangten Entscheidhilfen bereitzustellen. Rationalisierung, Reorganisation, Rechnungs- und Personalwesen mit der Datenverarbeitung bildeten seinen Verantwortungsbereich. Darum beneidete ich ihn nun wirklich nicht.

Schweizer Bankiers lächeln nie...

Nun musste ich wohl oder übel bei diesem „General", der zum Kreis meiner Vorgesetzten gehörte, die versäumte Aufklärung über mein Tätigkeitsgebiet nachholen. Vielmehr, in seinem neuen allwissenden Glanz hörte er meinen Erläuterungen gar nicht mehr zu. Als Verantwortlicher für Rationalisierung machte er mir klar, dass das ganze Gebiet des Wertschriftengeschäftes, der Anlageberatung und der Vermögensverwaltung unserer Bank gar keine Erträge erbringe. Woher er dies wissen sollte, war mir nicht klar. Er hatte doch selber früher auf die Mangelhaftigkeit der Aussagekraft der Ertragsrechnung hingewiesen. Dann hagelten auf mich Vorwürfe, weil ich in diesem ertragsarmen Bereich eine Studienabteilung leite, die ohnehin nur Millionen koste und nichts einbringe. Meine Analytiker läsen in Ruhe ihre Zeitungen, tränken ihren Kaffee und leisteten überhaupt nichts. Als ich ihn einmal in einer schwachen Stunde darauf hinwies, dass es mir daran liege, in meinem Büro für ein gutes Arbeitsklima zu sorgen, lautete sein Kommentar: „Was gutes Arbeitsklima bedeutet, weiss ich schon: niemand arbeitet etwas und alle sind zufrieden!" Ich erfuhr auch, dass er die Arbeit der Putzfrauen auf der Bank aufmerksam kontrollierte. Wenn er zwei dieser Grazien beim Schwatzen antraf, beklagte er sich bei ihrem Chef, und es setzte ein Donnerwetter ab.

Meine Beziehungen zu diesem Organisator waren also schwierig. Doch eigenartigerweise betraute er mich immer wieder mit heiklen Spezialarbeiten. Er war zuständig für die Pensionskassenbelange. Nun wurde ich zusammen mit dem Basler Börsenchef, dem Bappä, in das Anlagekomitee dieser Vorsorgeeinrichtung berufen. Bei den Sitzungen versuchte ich jeweils, zuerst meine Ideen zur Anlagestrategie einzubringen. Ich bereitete einen Text über die politische und wirtschaftliche Lage und die Aussichten vor. Meine Vorträge langweilten den Chef. Er versuchte meine Rede zu unterbrechen, stand schliesslich auf und begab sich in ein benachbartes Büro. Was ihn und den Börsianer interessierte, war die Liste der Aktien. Wo waren Verkäufe am Platze? Was für Titel fehlten in der Auswahl? Auch meine analytischen Bemerkungen zu den Aussichten der Gesellschaften fanden nicht viel Gefallen. Welche Kurse werden steigen und welche fallen? - nur darauf richtete sich das Interesse. Ich war eben der unpraktische Theoretiker.

Jacques Ittensohn

Um den Theoretiker war dieser Generaldirektor froh, wenn er an einer Verwaltungsratssitzung einer zur Bankvereingruppe gehörenden Gesellschaft teilnehmen musste. Er überliess mir die Unterlagen und bat mich um meine Meinung. Bei einer solchen Gelegenheit musste ich ihm erklären, dass ich mich schäme, einen Generaldirektor unserer Bank im Verwaltungsrat einer derartigen Gesellschaft anzutreffen. Tatsächlich waren im Geschäftsbericht die Beteiligungen aufgeführt, wobei für jeden Posten die Anzahl der Titel mit dem Nominalwert der Aktie - einer völlig sinnlosen Zahl - multipliziert wurde. Für Aktien ohne Nominalwert stand ein Strich in der Liste. Die Summe dieser Aufstellung mit Einschluss der Striche, also der Nullen, bildete den Gesamtbetrag der Beteiligungen...

Mit dieser Bemerkung habe ich den Chef über alle Massen erzürnt. Es sei ihm schon klar, dass ich mich mit Artikeln für vermehrte Information der Aktionäre einsetze. Doch man könne doch nicht alles bekanntgeben, sonst sei es nicht mehr möglich, Risiken einzugehen. „Wieso können dann amerikanische Gesellschaften, die viel besser informieren, dennoch Risiken eingehen?" war meine naive Frage. „Ja, Sie mit Ihren Amerikanern und Ihren subversiven Zeitungsartikeln, in denen sie uns Informations-Striptease vorschreiben wollen!" Er konnte es nicht fassen, dass ich trotz Publikationsverboten doch immer wieder Artikel verfasste.

Die Standpauke ging weiter. „Ich habe endlich den klaren Beweis dafür, dass in Ihrem Büro überhaupt nichts geleistet wird. Kürzlich hatte ich einen Lunch mit einem Generaldirektor einer anderen Grossbank. Er hat mir anvertraut, sein Sohn absolviere einen Ausbildungsaufenthalt in Ihrer sogenannten Analyseabteilung. Und dieser Sohn habe ihm erklärt, bei Ihnen vertrödle man nur die Zeit!"

Ich ging in mein Büro zurück und sagte meinen Leuten, sie sollten doch bitte während ihrer Lektüre von Dokumentationen zum mindesten einen Block und einen Bleistift bereithalten, um bei Anwesenheit betriebsfremder Personen, den Eindruck der „Geschäftigkeit" zu erwecken. Den Generaldirektorssohn bat ich, mir seine Eindrücke über die Arbeit in unserem Büro zu schildern. „Während meines ganzen Ausbildungsaufenthaltes auf dieser Bank, darf ich bei Ihnen nun nach den vielen Abteilungen, in denen ich nur tatenlos herumsass, erstmals eine nützliche und interessante Arbeit leisten.

Meine Kollegen sind sehr zuvorkommend und obliegen ihren Tätigkeiten mit Begeisterung und Fleiss." - „Ihre Schilderung stimmt nun allerdings überhaupt nicht mit den Bemerkungen Ihres Vaters gegenüber unserem Generaldirektor X überein", war meine Antwort. Ich wiederholte die abschätzige Beurteilung dieses Leiters eines Konkurrenzinstitutes. „Darf ich dieses Thema mit meinem Vater aufnehmen?" fragte der junge Mann. „Natürlich!" war meine Antwort.

Es war ein schöner Sommerabend. Frau und Tochter waren in den Ferien. Als ich zuhause ankam, läutete das Telefon Sturm. Am anderen Ende der Leitung befand sich der mir unbekannte fremde Generaldirektor. „Was fällt Ihnen eigentlich ein. Ich führe eine vertrauliche Besprechung mit meinem Kollegen bei Ihrer Bank, und nun steht mein Sohn gegenüber seinen Kollegen in Ihrem Büro als Verräter da. Sie sind wohl nicht bei Trost. Ich habe Ihrem Generaldirektor lediglich anvertraut, in der Analyseabteilung meiner Bank würden ständig Überstunden geleistet, während mein Sohn jeden Abend rechtzeitig nach Hause kam. Ich könnte mich nun bei Ihrem Chef über Ihr völlig unschickliches Verhalten beklagen, aber ich werde es nicht tun." Meine Mitarbeiter erklärten mir später, dieser Sohn habe seinen Vater in einer Weise angeschrieen, wie es diesem wohl in seinem Leben noch nie geschehen war.

Am darauffolgenden Morgen musste ich wieder bei meinem Generaldirektor vorsprechen. Ich erklärte ihm mein Vorgehen und schilderte ihm das Telephongespräch mit seinem Kollegen. Der Kopf des Chefs wurde rot wie eine Tomate. Es verschlug ihm fast die Sprache. „Was fällt Ihnen eigentlich ein. Nun kann ich mit diesem Kollegen nicht einmal mehr einen Lunch einnehmen." Eine Litanei von Vorwürfen prasselte auf mich nieder. „Nun, wenn ich einen Fehler begangen habe, entschuldige ich mich hiermit dafür", war meine Antwort. Nun blieb dem Chef nichts anderes übrig, als in ein Gelächter auszubrechen: „Das will ich auch hoffen!" Mit diesen Worten entliess er mich. Vor der Tür hatte der Ausbildungschef unserer Bank dieser Unterhaltung zugehört. Als ich konsterniert hinauskam, sprach er: „Wenn wir nur mehr Leute hätten wie Sie!" Diese Bemerkung nützte mir nicht viel, aber der Generaldirektor liess mich mit seinen Kritiken von nun an in Ruhe. Die Entwicklung

Jacques Ittensohn

in den folgenden Jahren bewies jedoch, dass er dieses Intermezzo nicht zu vergessen imstande war.

Zusammen mit dem Wirtschaftsredaktor der Zeitung, in der er selbst diesen Posten innegehabt hatte, lud mich mein Abteilungschef in diesen Jahren zu einem Mittagessen ein. Er ermutigte mich dazu, mit diesem fröhlichen, interessanten Volkswirtschafter regelmässig zusammenzusitzen und ihm Ideen für Artikel aus der Welt der Industrie- und Finanz-gesellschaften zu vermitteln. Es war ja meine Aufgabe, mich über die Entwicklungen in diesen Firmen auf dem Laufenden zu halten. Wir trafen uns jeweils zu einem Kaffee oder zu einem Basler Gericht („gebackene Nasen" - kleine Fischchen aus dem Rhein - oder etwa saure Leber) und tauschten unsere Meinungen aus. Wir schlossen eine über Jahre dauernde Freundschaft und begannen bald in seiner Zeitung einen humorvollen Briefwechsel über Themen von Wirtschaft und Finanz. Er zeichnete als „Economist", ich als „Praktikus".

Es war das Jahr 1967 mit dem diesen jüdischen Redaktorfreund sehr beschäftigenden israelo-arabischen Sechstagekrieg und der englischen Abwertung. Die Schweizerische Nationalbank hatte das englische Pfund mit ihren Milliarden-Swaps nach Kräften gestützt. Für einen unserer Briefwechsel fand der findige Wirtschaftsredaktor einen zügigen Titel: „Sic Transit Gloria Pfundi" (So vergeht die Herrlichkeit des Pfundes). Der „Economist" schilderte die Gründe dieser Abwertung und ihre Folgen. Ich antwortete als „Praktikus", es sei für mich unbegreiflich, dass unsere Währungsbehörde durch solche Stützungskäufe für eine fremde Währung Milliarden des schweizerischen Volksvermögens verschleudere. Man baue riesige Pyramiden auf, die dann in sich selbst zusammenstürzten. Wie dem Pfund werde es bald auch dem Dollar ergehen. Mit dieser Prophezeiung war ich allerdings 5 Jahre zu früh. Ich verdammte die Zauberkünste des für die Swaps zuständigen Generaldirektors der Schweizerischen Nationalbank. „Unsere Währungsbehörden halten sich für Halbgötter, dabei sind sie lediglich gutqualifizierte Chefbuchhalter." So etwa lautete die Schlussfolgerung meines Briefes. Mein Redaktor und ich freuten uns über diesen gelungenen Streich.

Doch nach wenigen Tagen läutete mir ein Direktor der Schweizerischen Nationalbank an, der übrigens später selber Präsi-

Schweizer Bankiers lächeln nie...

dent der Währungsbehörde wurde. „Herr Ittensohn, wir vermuten, dass Sie der Autor eines Artikels in einer Basler Zeitung sind, in dem einer unserer Generaldirektoren lächerlich gemacht wurde. Aufgrund von Stilvergleichen mit von Ihnen verfassten Artikeln, kommen wir zu diesem Schluss. Geben Sie Ihre Autorschaft zu?" „Einer schweizerischen Behörde gegenüber werde ich mich nie einer Lüge schuldig machen. Ja, ich war der Autor. Aber ich hoffe, dass dieser Vorfall nicht zu ernsten Konsequenzen führen wird." „Ich kann Ihnen nur eines sagen, Herr Ittensohn, unser betreffender Generaldirektor ist arg auf Sie erbost!"

Der Abteilungschef war in den Ferien. Sein Stellvertreter, der deutschsprachige Vizedirektor trat mit ernster Mine in mein Büro. „Da haben Sie etwas Schönes angestellt. Der Präsident der Generaldirektion der Schweizerischen Nationalbank hat sich beim Präsidenten unserer Bank in einem Brief über Ihren in einer Basler Zeitung geschriebenen Artikel beschwert!" Der gute Mann hatte Mitleid mit mir. Ich solle es doch wie die alten Eidgenossen halten. Die hätten jeweils in solchen Fällen gesagt:

„Duck Dich und lass vorübergahn, das Wätter will syn Willen han."

Der Generaldirektor aus St. Gallen war auch Personalchef der Gesamtbank. Er erhielt vom Präsidenten der Bank den Auftrag, mich abzukanzeln. „Weder unter ihrem Namen, noch unter Pseudonym, noch anonym werden Sie in Zukunft noch Artikel in Zeitungen, Zeitschriften oder anderen Publikationen schreiben dürfen, wenn Sie diese nicht vorher der Bankleitung vorlegen!" Eine strenge Rüge wurde mir erteilt. Weshalb ich sie nicht sehr ernst nahm, kann ich selber nicht recht begreifen. Artikel habe ich jedenfalls weiter verbrochen.

Mein Abteilungschef war im Jahre 1900 geboren worden. Da man keinen Nachfolger fand, überschritt er seine Altergrenze um zwei Jahre. 1967 trat er zurück. Ich fragte ihn, ob ich nicht seinen Posten übernehmen könnte. Der Titel eines Direktors hätte mir zugesagt. Es gebe keine Gründe gegen meine Kandidatur, wurde mir bedeutet. Doch der gestrenge Personalgeneraldirektor fand, man brauche für diese Stellung des Wirtschaftsstudienchefs einen studierten

Jacques Ittensohn

Doktor der Volkswirtschaft. „Es hat ja keinen Sinn, wenn junge studierte Mitarbeiter, Sie nachher links und rechts überholen!" Da bestand also in der Bankkarriere die Vorstellung einer Rennbahn?

Wenn ich nun dieses neunte Kapitel meiner Lebenserinnerungen nach einem Unterbruch von etwa drei Jahren betrachte, erscheint es mir als bodenlos langweilig. Wen mag es überhaupt interessieren, was auf einer solchen Schweizerbank im 7. Jahrzehnt des 20. Jahrhunderts geschehen ist? Mein Neffe, der Biologieprofessor in Basel, einer der Leser des Manuskriptes, hat mir anvertraut, im Weltgetriebe seien doch nur zwei Dinge von Wichtigkeit – der Hunger und die Liebe. Ohne diese zwei Themen sei eine Geschichte hoffnungslos. Der Professor hat mir deshalb angeraten, mehr Zoten – also unzüchtige Geschehnisse oder Erfindungen – in diesen trockenen Bankentext einzuflechten. Ach Gott, zwei andere Leser haben sich im Gegenteil über meine Unanständigkeiten (diese „histoires de cul") aufgeregt. Man kann es doch keinem Leser recht machen.

Beim Schreiben dieser Zeilen habe ich schon den 75. Geburtstag hinter mich gebracht. Ich erzähle also, was sich vor mehr als drei Jahrzehnten abgespielt hat. Wie in einem schlechten Fernsehfilm oder einem Albtraum erscheinen die sich damals so wichtig nehmenden „Persönlichkeiten" der Bankleitung mit ihren Aktennotizen, Berichten und Sitzungen als ein hölzernes Ballet begleitet von einer Gymnopédie Eric Satie's und illustriert mit von Picasso gemalten Gesichtern, in denen die zwei Augen verquer über der Wange sitzen. Das geduldig beschriebene Papier ging inzwischen alles durch den Reisswolf – die Helden der Geschichte sind hoffnungslos vergreist und verstehen die durch Computer vernetzte Welt längst nicht mehr – oder ihre Asche ruht unter dem ihrer Bedeutung entsprechenden Grabstein. Nicht einmal die Bankpräsidenten konnten sich von ihren Sklaven wie weiland Cheops eine Pyramide erbauen lassen. Es ist mir unfassbar, wie ich mich durch die Jammergestalten der über mir in der Bankleitung thronenden Bankleiter überhaupt beeindrucken lassen konnte. Aber kann man denn die Fassaden dieser Scheinwelt durchschauen, wenn sie den Rahmen unserer Existenz bilden. Als die beiden damaligen Chemieriesen Ciba und Geigy in Basel fusionierten, ging die Rede davon, es hätte gleich auch der

Badische Bahnhof, der sich neben einem der Geigy-Gebäude befand, im neuen Gebilde aufgenommen werden sollen. Warum? Dass man für die überflüssig gewordenen Direktoren genügend Abstellgeleise gefunden hätte.

Als Mitarbeiter auf gleich welcher Stufe kam man sich doch jeden Tag beobachtet vor. Beförderungen und Lohnerhöhungen hingen vom Wohlverhalten ab. Jedenfalls schien es so. Doch hatte wohl auch auf diesem Gebiet der Poet Stéphane Mallarmé recht: „Ein Würfelwurf räumt nie den Zufall aus dem Weg!" In Grossfirmen und in Grossbanken waren und sind die Karrieren und Entlöhnungen durch den Zufall regiert – wer kann schon unter Zehntausenden von Mitarbeitern die Fähigsten auslesen, oder sie auf dem Stellenmarkte finden? Ob Managemententscheide oder Würfelwürfe – es kommt am Ende auf das Gleiche heraus.

Mein neuer Chef war Doktor der Volkswirtschaft und entsprach also dem mir vom Generaldirektor beschriebenen Profil: junge Doctores oec. konnten ihn wohl nicht links oder rechts überholen. Er sei früher selber einer der Mitarbeiter der volkswirtschaftlichen Gruppe unserer Abteilung Wirtschaftsstudien gewesen. Als einer der Prokuristen, also der Spürhunde für Arbeitsquantität und -qualität, ihn einmal fragte: „An was sind Sie?" und den von ihm gerade geschriebenen Text beaugapfeln wollte, antwortete er: „Das geht sie nichts an – es ist geheim!" Tatsächlich hatte ihn einer der Generaldirektoren um die Ausarbeitung einer Stellungnahme zu irgendeinem lebenswichtigen Problem gebeten.

Mein Herr Direktor Doktor hatte die Abteilung Emissionen geleitet, und wahrscheinlich war es ihm dort langweilig geworden. Wenn ich etwa für eine Frage in sein Büro eingetreten war, schaute er immer auf die grosse Uhr, die über der Tür angebracht war. Er hatte also eigentlich für meine Fragen keine Zeit. Es handelte sich um denselben klinischen Fall wie bei dem Direktor der Zentralbuchhaltung. Dieser hielt mir jeweils lange Vorträge über seine chronische Arbeitsüberlastung: er komme morgen früh um 7 ins Büro, verlasse die Bank um 10 Uhr abends, verbringe die Wochenende ebenfalls mit Arbeit, und über die Ferien müsse ihm alltäglich ein grosser gelber Briefumschlag mit zu lösenden Problemen gesandt werden. Wie er Zeit für das Sponsoring und als Fan eines der grossen Basler

Jacques Ittensohn

Fussballclubs fand, erscheint mir rätselhaft. Er vergass, dass er mit seinen langen Vorträgen über seine Arbeitsbelastung seine so wichtige und teure Arbeitszeit verschwendete.

Ähnlich verhielt sich ein Direktor in Genf. Nach seiner Pensionierung hatte dieser fleissige Mann mir anvertraut, er habe seine Söhne nicht gekannt, weil er nie zuhause war!!! Die Fettleibigkeit dieser Vielarbeiter war enorm. Bei meinem neuen Chef war dieses Problem zwar weniger ausgeprägt, doch war er auf guten Wegen. „Wir müssen einfach essen", sprach er etwa zu mir, wenn er Kartoffelstock und Schweinebraten in seinen Magen hineinschaufelte. Im Speisewagen verlangte er Omelette und Salsiz (eine getrocknete Bauernwurst). Als wir an eine Sitzung abreisen mussten, wollte ich ihn für den 10 Minuten dauernden Marsch zum Bahnhof abholen. Nein, er müsse noch arbeiten und nehme dann ein Taxi. Dass er mit der Taxibestellung und den notwendigen Umwegen mehr als 10 Minuten brauchte, nahm er wohl nicht zur Kenntnis. Ich getraute mir auch nicht, ihn darauf aufmerksam zu machen. Das hätte gegenüber einem Vorgesetzten zu besserwisserisch getönt.

Der neue Chef konnte überhaupt nicht verstehen, was meine Mitarbeiter und ich eigentlich während unserer Arbeitszeit trieben. Jeden Morgen erhielt ich kiloweise Dokumente über die Post (heutzutage geht das viel einfacher über Internet!!). Einmal trat er wutschnaubend mit diesem Haufen Papier in mein Büro und wollte wissen, was ich mit diesem „Mist" eigentlich anfange. Ich teilte den ganzen Stoss in drei Kategorien auf: den ersten zum Klassieren, den zweiten zum sofortigen Bearbeiten, den dritten für den Papierwolf. Kopfschüttelnd zog sich der Chef in seine Klause zurück. Wenn für die Publikationen der Bank Artikel geschrieben wurden, erfasste ihn eine wahre Korrekturwut. Er brachte es fertig, einen Beitrag über die Konjunkturentwicklung in eine Schreibe über die schweizerischen Gaswerke umzuwandeln. Dieses Thema machte für ihn offensichtlich mehr Sinn.

Aber er war ein grundgütiger Mensch. Er versuchte erfolglos, mein Verhältnis zu dem Organisations-Generaldirektor zu verbessern. „Ihre Nase gefällt diesem Herrn nicht, und das stört mich", war sein Ausspruch. Als ich für meine kleine Familie 1968 eine Ferienwohnung im Sommer- und Winterkurort Wengen im

Schweizer Bankiers lächeln nie...

Berner Oberland kaufen wollte, schien die Bankleitung der Finanzierung dieser Idee abgeneigt, und an eine andere Bank hätte ich mich nicht wenden dürfen. Eigene Mittel für eine solche Investition standen mir nicht zur Verfügung. Mein Chef, der daneben für Immobilienfinanzierungen verantwortlich war, wollte mir helfen. Doch schliesslich besann man sich bei der Bankleitung eines Besseren. Nach dem Verbot meiner publizistischen Tätigkeit erkundigte sich der neue Vorgesetzte auch über die mir dadurch entgehenden Nebeneinnahmen und verananlasste eine entsprechende Entschädigung durch mein Salär.

Auch in anderer Beziehung ergaben sich für mich Fortschritte. Ich hatte seit meinem Amerikaaufenthalt von 1963 immer wieder den Antrag gestellt, bei den Kongressen der amerikanischen Finanzanalyse-Vereinigung mitwirken zu können. Offensichtlich hatte nun mein neuer Vorgesetzter Verständnis für diese Bestrebungen. In den USA waren Finanzanalyse und Vermögensverwaltung an den Universitäten gelehrte Wissensgebiete, während in der Schweiz die Gesellschaften ihre „stillen" Reserven bewahrten, und die Veröffentlichungen über ihre Finanz- und Ertragsverhältnisse minimale Erkenntnisse vermittelten. Deshalb bescbränkte sich unsere „Analyse" der helvetischen Multinationalen und der einheimischen Firmen in diesen Jahren auf die Beschreibung ihrer Tätigkeiten und banale Allgemeinheiten. Deshalb verstanden auch auf die Schweiz eingeschworene Leute unsere Tätigkeit überhaupt nicht. Aber da in den Portefeuilles der Bank ein grosser Teil amerikanische Titel betraf, hatten wir dort einen Knochen zu beissen. Ich war glücklich, in den USA an den Diskussionen zwischen Professoren, Unternehmensleitern- und Investmentspezialisten bei den Seminarien teilzunehmen.

Mein erster Kongress fand in der alten Industriemetropole Cleveland statt. Wie es meine Gewohnheit war, verliess ich am Abend des Anreisetages mein Hotel und unternahm einen Streifzug durch diese Stadt. Die Atmosphäre war düster und trostlos. Ich kam mir vor, wie in einer eben bombardierten Gegend. Betrunkene und Drogensüchtige torkelten über das Trottoir. Nirgends eine Wirtschaft oder eine erleuchtete Reklame. In einer Kirche lagen Prospekte auf. Der Priester besuchte diese Elendsgebiete und versuchte, Trost und

Hilfe zu spenden. Bei der ersten Versammlung unseres Kongresses am nächsten Morgen wurden wir davor gewarnt, unser Hotel zu verlassen. Gefahren schienen an jeder Ecke zu lauern. Damit hatten meine Streifzüge ein schnelles Ende.

Der frühere Emissionschef hatte sich wohl seine Tätigkeit in unserer Abteilung anders vorgestellt. Er verlangte seine Versetzung und wurde als Leiter der Anlagefonds eingesetzt. Daneben befasste er sich weiter mit Immobilienanlagen. Bei einer Sitzung der Anlagekomitees der Bank in einem der kommenden Jahre hatte er die Freundlichkeit, mich mit seinem Auto von Bern nach Basel zurückzufahren. Unterwegs zeigte er mir eines der ersten grossen Einkaufszentren unseres Landes, bei dessen Finanzierung er beteiligt gewesen war. Auch ein Fitness-Club, eine damals neue Idee, war dabei inbegriffen. Im Auto erzählte mir dieser Mann eine grosse Leidensgeschichte. Die Bankleitung wollte ihm seine Verwaltungsratssitze wegnehmen, um sie einem neuen Generaldirektor anzuvertrauen. Mehr und mehr schränkte man seine Befugnisse ein. Ach, wie hätte ich nur meinem früheren Vorgesetzten, der mir doch so viel Gutes angetan hatte, Trost spenden sollen? Hätte ich ihn von Zeit zu Zeit aufsuchen sollen? Der Karriere-Respekt hat mich wohl daran gehindert. Doch plötzlich wurde in den kommenden Wochen sein Leidensgesicht aufgehellt. Er begann, grossspurig Zigarren zu rauchen – eine gänzlich neue Gewohnheit. Nach einem Wochende kam die Nachricht, er habe sich mit seiner Offizierspistole das Leben genommen. Um seiner Sache sicher zu sein, füllte er sich den Mund mit Wasser. Der Polizeimann, der diesen Vorfall konstatieren musste, hatte noch nie ein derat schreckliches Bild gesehen. Wie soll man nur mit solchen Vorkommnissen fertig werden?

Wenn ich in der Schweiz zu Sitzungen und Veranstaltungen herumreiste, bediente ich mich nun einer Limousine der Bank mit einem Chauffeur. Und es wurde nun für die Gebiete, mit denen ich mich befasste, ein neuer Generaldirektor ernannt, der im Militär den Rang eines Obersten innehatte – gleich wie der Präsident in der Zeit meines Eintretens. Doch dies war eher eine Ausnahme – lediglich in den beiden anderen Grossbanken war es fast ein Erfordernis, diesen militärischen Rang innezuhaben, und die Ernennungen in der militärischen Laufbahn erfolgten parallel zu jenen in der Bankkarriere.

Schweizer Bankiers lächeln nie...

Der Chauffeur erzählte mir von einem Erlebnis, das ihn erstaunt hatte. Er musste den neuen Generaldirektor in seiner strammen militärischen Uniform zu einer Unterredung mit einem ihm untergebenen anderen höheren Offizier geleiten. Die beiden nahmen Achtungstellung an, unterhielten sich in der Sie-Form und sprachen sich mit den Rängen an: „Herr Oberst, ich melde mich an und mache Ihnen folgenden Antrag." „Herr Oberstleutnant, ich übermittle Ihnen folgende Befehle." Am Ende des Gespräches gaben sich die beiden die Hand und verabschiedeten sich mit den Worten: „Salü Peter", Salü Fritz". Dieser im engsten Kreis erfolgende Übergang von der Formalität zur Vertraulichkeit erstaunte den Chauffeur ebenso wie mich. Ich erzählte diese Anekdote einem Freund an unserem Ferienorte, der ebenfalls den Rang eines Obersten innehat. „Einen solchen Chauffeur würde ich fristlos entlassen!", war seine Reaktion. Als ich diese derart erweiterte Geschichte später einem der Teilhaber der Genfer Bank, in der ich nun arbeitete, erzählte, fand er daran überhaupt nichts Lustiges. Gottseidank, wurde ich also nicht Offizier, denn soviel Formalität hätte ich wohl überhaupt nicht ertragen.

Ein kurzes Intermezzo erlebte ich nun mit einem Vorgesetzten, der Universitätsprofessor gewesen war. Er kümmerte sich um unsere Arbeit nicht besonders. Nur verbat er mir, weiter die Limousine der Bank für meine Reisen in der Schweiz zu benutzen. Das sei doch eine Unverschämtheit – diese Fahrzeuge seien nur für die Generaldirektoren bestimmt. Und einmal fragte er mich auf der Treppe beim Verlassen der Bank über die Organisation meiner Abteilung aus. Als ich ihm die Zuständigkeiten meiner Mitarbeiter erklärt hatte, fragte er mich: „Und was tun denn Sie?" Es genügte ihm wohl nicht, wenn man als Chef organisierte, beaufsichtigte und die benötigten Anweisungen gab – neben all den Ausbildungs- und Publikationsarbeiten. Mit diesem Hintertreppengespräch konnte ich nun wirklich nichts anfangen – also weiter im gewohnten Stil, ob es diesem Herrn nun passte oder nicht . . .

Wenn uns dieser Herr Professor zu einem Nachtessen in sein Heim einlud, forderte er seine Gemahlin, die sich in der Küche mit dem Kochen beschäftigte, mit dem Läuten eines Glöckleins zum Servieren und Abräumen auf. Das hätte er nun doch mit den mir gegenüber geäusserten Prinzipien sehr wohl selber tun können. Nach zwei kurzen Jahren wurde er als Direktor an den Sitz New York berufen und kehrte dann bald als Generaldirektor nach Basel zurück. Dort war er in einer besonders schwierigen Zeit mit grossen Verlusten für die Kreditpolitik der Bank zuständig.

Mein nächster Vorgesetzter war ein Berner Fürsprech (Anwalt), der mir sehr sympathisch erschien und für unsere Arbeit Verständnis zeigte. Er ermutigte mich, in meinen Bestrebungen für die Verbesserung der Finanzanalyse in unserem Lande nicht nachzulassen und den Posten als Präsident der Europäischen Finanzanalysevereinigung anzunehmen, der mir allerdings gar nicht angeboten worden war – wer wollte schon in Europa ausgerechnet einen Eidgenossen? Immerhin konnte ich bei einem europäischen Kongress in Montreux als Redner auftreten und Arbeitsgruppen organisieren. Meine Reisen in die USA häuften sich. Die Abende waren sehr wichtig: Ich erinnere mich an eine begeisternde Aufführung der „Carmina Burana" unter Leopold Stokovsky in der Carnegie Hall, an der der Komponist Carl Orff teilnahm.

Und es gelang mir nun, regelmässig einen meiner Mitarbeiter für ein Jahr nach New York zu delegieren. Bei den wöchentlichen Sitzungen über Anlagestrategie konnte er uns jeweils mit den neuesten Resultaten seiner Diskussionen und Untersuchungen unterstützen. Er unterstand beim Sitze New York dem schon in einem früheren Kapitel meiner Lebenserinnerungen erschienen Gewaltigen, der für Devisen und Börsen zuständig war: unserem Gary. Wenn wir jeweils beim Lunch zusammensassen, bezeichnete dieser meinen Mann als Clown Numero 74. Bei meinen New Yorker Besuchen kümmerte er sich in rührender Weise um mein Seelenheil und lud mich wieder in sein Heim ein.

In New York hatte ich mich mit einem Redaktor des Wall Street Journal befreundet, der mich nun regelmässig in der Schweiz besuchte, und dem ich Informationen über mein Land und Europa geben konnte. Er anerbot sich, mit mir ein Interview zu veranstalten. Dieses erschien am 12. Februar 1975. Wie üblich war es mit meinem Bilde versehen. Das Thema hiess: „Vorsichtige Beratung – Ein Schweizer Analytiker vertritt eine vorsichtige Haltung gegenüber amerikanischen Aktien – Er unterstreicht Qualität und Flexibilität und greift die Zielsetzung des Schnell-Reich-Werdens" an. Eigent-

Schweizer Bankiers lächeln nie...

lich hatte ich doch damit meiner Bank einen Dienst geleistet. Doch einer der mir vorgesetzten Generaldirektoren setzte mir auseinander, dass sich ein riesiger Graben durch den Verwaltungsrat und die Generaldirektion geöffnet habe: der eine Teil der Herren sei begeistert, der andere betrachte mich als einen Verbrecher, der sich nur selbst zur Schau stellen wolle . . .

Mein direkt vorgesetzter Berner Fürsprech hatte klare organisationelle Strategien. Es hätte mir auffallen sollen, dass er als seine Aufgabe das Auswechseln der Kader betrachtete. Plötzlich wurde ich zu meinem Personalgeneraldirektor bestellt. Er eröffnete mir, dass er nun endgültig genug von mir habe. Die Reklamation der Schweizerischen Nationalbank über meinen Artikel und das Intermezzo mit dem Generaldirektor der anderen Grossbank lägen ihm auf dem Magen. Zudem sei mein Interview im Wall Street Journal eine bodenlose Frechheit. Ich solle nun auf irgendeinem Sitze unserer Bank eine andere Stellung suchen. Diese Unterredung fand am 50. Geburtstage meiner Frau statt, den wir doch gebührend feierten. Als ich aus dem Büro des Personalgewaltigen an meinen Arbeitsplatz zurückkam, fand ich auf dem Pulte eine Zeitung mit einem Inserat, in dem eine Genfer Privatbank einen Mitarbeiter für Finanzstudien suchte. Zufälle gibt es!

In der Generaldirektion der Bank hatte ich eine Doppelunterstellung. Der Personalgeneraldirektor, der mir diese bedeutungsvolle Mitteilung gemacht hatte, war für mich nur für administrative Belange zuständig. Ein anderer Generaldirektor befasste sich mit meinen professionellen Angelegenheiten. Er zeigte sich über diese Nachricht von meiner Wegweisung von meinem Amt als bass erstaunt. Er sei doch schliesslich mein professioneller Chef und bleibe mit meinen Leistungen sehr zufrieden. Ich solle nun zum Lunch ein gutes Glas Wein trinken und diese Sache ruhig vergessen. Der andere Generaldirektor habe ein gutes Herz und werde schon auf seinen Entscheid zurückkommen. Ich nahm nun Kontakt mit den Sitzen der Bank auf, um mir doch Sicherheit zu verschaffen. Man war überall äusserst erstaunt, aber von einer Anstellung wollte man nichts wissen. Meine Qualifikationen waren für Arbeiten auf den Sitzen nicht geeignet. Schliesslich zitierte mich mein professioneller Generaldirektor kurz vor Weihnachten wieder zu sich und sprach: „Suchen Sie

Jacques Ittensohn

doch eine neue Stelle, denn hier wird man Ihnen einen Herzinfarkt konstruieren". Freundlicherweise anerbot er sich jedoch für den Fall des Misslingens meiner Stellensuche, mir doch eine Beschäftigung anzubieten. Damit war ich etwas beruhigt.

So studierte ich nun eben Stelleninserate und schrieb Bewerbungen, wie dies damals einem Bankkaderangehörigen noch viel seltener wiederfuhr als in der heutigen Zeit. Aber ich konnte doch noch für meine Bank an den nächsten amerikanischen Finanzanalysekongress reisen, der diesmal in San Francisco stattfand. Daneben besuchte ich meinen Schwager, einen bekannten Architekten, in Los Angeles. Auf seinem Schiff, der „Vaudoise", vergass ich auf einer herrlichen Abendschifffahrt mit Freunden und unter Absingen nicht nur unsittlicher Lieder meine beruflichen Sorgen. Auf der Heimreise hielt ich mich noch in New York auf. Ein Telefonanruf meiner Frau im Hotel Waldorf-Astoria zeigt mir an, dass eine Privatbank in Genf für meine Bewerbung Interesse zeigte. Ich hatte mich dort aufgrund des Inserates beworben, das ich nach der Unterredung mit dem Generaldirektor an meinem Arbeitsplatze gefunden hatte – der Unterredung, die mir meine Wegweisung angekündigt hatte.

Ich hatte immer auf den deutsch- und französischsprachigen Sitzen unserer Bank Kurse für die Anlageberater und Vermögensverwalter geben müssen. Nach einem dieser Kurse im Städtchen Morges hatte ich meiner Frau angeläutet und ihr gesagt, wie herrlich doch diese Region des Lac Léman sei. Man müsse ein Idiot sein, in Basel zu wohnen. Wie recht ich gehabt habe!

XI. Der gute Schluss in der Genfer Privatbankwelt

So sass ich nun ausgerechnet an meinem 50. Geburtstage, am 2. März 1976, im noblen Cercle de la Terrasse, dessen Mitglieder aus den besten Genfer Kreisen und gar aus der „noblesse" stammen, dreien der Teilhaber dieser Genfer Privatbank gegenüber. Ich versuchte meine Person und meine Fähigkeiten in das beste Licht zu stellen, und - tatsächlich - der Würfelwurf, der mein Schicksal grundlegend verändern sollte, gelang. Auf die Frage meines Alters angesprochen, antwortete ich wahrheitsgemäss: „Ich bin heute 50 Jahre alt". Kein Wort wurde über diese unwichtige Tatsache verloren. Genfer Privatbankiers lassen sich nicht zu einem Geburtstagswunsche herab.

Einer meiner früheren Mitarbeiter in Basel, der auf eine Basler Privatbank gewechselt hatte, sagte seinen Kollegen, ich gehe nun in eine Bankfirma, vor der alle anderen einpacken könnten. Meine Chefs zählten wohl zu den reichsten Bankiers der Schweiz. Tatsächlich waren da Schloss- und Immobilienbesitzer besonderer Qualität. Einer der Herren war stolz darauf, dass einer seiner Vorfahren als „Maire de Genève" auf der bekannten Reformationsmauer verewigt sei. Von ihm sagte man, seiner Familie hätten früher verschiedene der riesigen Parks um Genf herum gehört.

In dieser Genfer Privatbank wurden ursprünglich wohl vor allem die ererbten Vermögen der Teilhaber selbst verwaltet, die „sie erwarben, um sie zu besitzen" – also vorsichtige Anlagepolitik, ja keine sogenannte „Spekulation" .... Dazu kamen die Vermögen der Familie, der Freunde und der Freunde der Freunde. Einer der Vermögensverwalter im Genfer Sitze einer Grossbank, der die Kundschaft in einem Lande südlich des Mittelmeeres betreute, anvertraute mir einmal, es sei nicht nötig, grosse Konferenzen in diesen Ländern zu veranstalten. Die Bank habe bereits Kunden in solchen Ländern, und er sagte jeweils diesen Kunden, sie sollten zu einem seiner nächsten Besuche ihre Freunde und die Freunde ihrer Freunde einladen. Das habe jeweils genügt, um den Kundenkreis zu erweitern.

Jacques Ittensohn

Vor meinem Weggange aus der Basler Grossbank musste mir die Lösung eines hirnverbrannten Pensionskassenproblems gelingen. Als stellvertretender Direktor war ich doppelt versichert: vorerst bei einer Grundversicherung. Dann bestand eine Versicherung für die Kader, die einen grossen Teil meiner späteren Rentenansprüche decken sollte. Die Grundversicherung konnte ich nach den gesetzlichen Vorschriften ohne weiteres an die neue Stelle mitnehmen. Ich bemühte mich nun darum, auch für die Kaderversicherung eine Lösung zu finden. Dies schien unmöglich. Ich begab mich deshalb zu der Versicherungsgesellschaft, die unsere Bank bei ihren Pensionskassenproblemen beriet. Auf der Grossbank sagte man mir, die Prämie einer Zusatzversicherung zur privaten Deckung des Kaderversicherungsanspruchs wäre so hoch, dass ich sie niemals bezahlen könnte. Als ich meine neuen Arbeitgeber um Rat bat, erhielt ich die Antwort, es werde mir eine Bezahlung geboten, die mir eine derartige Zusatzversicherung decken werde. Noblesse oblige!

Ach, mein Gott, ich konnte mit meinen 50 Lebensjahren nicht einmal Auto fahren. In den ersten Berufsjahren erlaubte der spärliche Lohn niemals die Anschaffung eines Wagens. Und dann begann das zeitraubende Rennen um Beförderungen – also keine Zeit für derartige Scherze. In der Genfer Bank drängte man mich darauf, eine standesgemässe Behausung zu finden. Ein Immobilienspezialist führte meine Gemahlin zur Wohnungssuche durch die Stadt Genf. Aber da war nichts Standesgemässes und gleichzeitig Bezahlbares zu besichtigen. Endlich fand mir ein Freund eine Wohnung im Kanton Waadt in Nyon, der früheren römischen Residenzstadt. Da war eine herrliche Wohnung mit Ausblick auf Bach und Bäume sowie gar bei gutem Wetter auf den Montblanc, in der wir es uns noch jetzt, also mehr als drei Jahrzehnte später, gut sein lassen. Aber ohne Auto war dieser Wohnsitz nicht zu halten. Niemand wollte es glauben, aber für mich brauchte es 100 Fahrlehrstunden, und die geduldige Fahrlehrerin anvertraute später meiner Gattin, die ebenfalls bei ihr lernte, sie sei mit mir manchmal fast verzweifelt. Natürlich ging es mit meiner Gattin viel schneller: wohl dem, der eine Gattin hat, die gescheiter ist als er selber! Der Personalchef meines neuen Arbeitgebers gab mir bei einem Mittagessen den gutgemeinten Rat, in der Tiefgarage, die ich benutzen konnte, stets die Scheinwerfer meines Autos in Vollkraft leuchten zu lassen! Möglicherweise kam dieser Rat deshalb zustande, weil ich – den Führerschein kaum erhalten und stolzer Besitzer eines Volvo – diesen an meinem Parkplatz in besagter Tiefgarage beim ersten Einparken mit voller Wucht in die Betonwand gesetzt hatte. Es war ein absolut „narrensicherer" Automat. Dennoch habe ich beim Einparken statt des Bremspedals den Gashebel erwischt...

Unsere Tochter musste vom deutschsprachigen Basler Gymnasium an das Lycée Voltaire in Genf wechseln. Sie arbeitete oft bis Mitternacht. Ihr Jahrgang war der letzte, dem nach der Maturität noch Preise zugesprochen wurden. Damit ist es vorbei – Eliten sind nicht mehr gefragt. . . . Doch unsere Tochter erhielt dank ihrer Tüchtigkeit die meisten dieser Preise. Sie wurde Medizinerin und assistiert ihrem Gatten, einen Chirurgen, bei seinen Operationen. Aber ihre Haupttätigkeit ist ihre Familie mit unseren drei Grosskindern. Das „wohl-dem", das meiner Gattin gilt, kann ich also sicher auch auf meine Tochter ausdehnen. Also: wohl dem, der auch eine Tochter hat, die gescheiter ist, als er selber.

Die Zukunft arbeitete für mich. Nach 2 Jahren gelangten meine Privatbankteilhaber an meine vorherige Arbeitgeberin in Basel mit der Bitte, die Kontrolle ihrer Firma zu übernehmen. Es war einer anderen kleinen Privatbank an den Kragen gegangen, und man wollte sich absichern. Damit war ich wieder beim alten Arbeitgeber zuhause, doch zu erheblich besseren Bedingungen. Man kaufte mir meine Privataltersversicherung ab, ich war wieder in der angestammten Kaderkasse, und es ergab sich für mich aus dieser Operation ein schöner Gewinn. Mein früherer Fürsprecher-Chef, der an meiner Wegweisung massgeblich beteiligt gewesen war, führte bei einer Veranstaltung aus, die Übernahme unserer Genfer Privatbank habe den Vorteil gehabt, dass man mich wieder gewonnen habe. Ein späterer Präsident der Basler Bank, der jeweils in noch tieferem Range als ich an den von mir geleiteten Anlagesitzungen teilgenommen hatte, sprach mir gegenüber ein besonderes Kompliment aus. Ich sei in der ganzen Investmentwelt bekannt gewesen, man habe mich beneidet und deshalb nicht mehr geduldet. Aus diesem Grunde sei ich entlassen worden, und nun suche man Leute wie mich und finde sie nicht. Der Witz an der ganzen Sache war allerdings, dass es mir in Genf viel besser gefiel als früher in Basel. Und

Jacques Ittensohn

der Finanzchef der Basler Grossbank, der bei dieser Übernahme die benötigten Analysen besorgt hatte, sagte mir, die Finanzsituation dieser übernommenen Genfer Privatbank sie ausserordentlich brillant gewesen. Umso besser!

In der Finanzstudienabteilung, der ich nun vorstand, arbeiteten, wie es sich gehört, nur geniale Herren mit Universitätsdiplomen. Einer von ihnen analysierte die Schweiz und Europa, der andere die Vereinigten Staaten, und der dritte Japan und die übrige Welt. Ein Vetter eines der Inhaber war der Goldspezialist mit seinen stundenlangen Exkursen. Diese Spezialisten wurden zu den Kundenberatern gerufen, wenn dazu Bedarf bestand, und es fanden regelmässige Anlagesitzungen unter meiner Leitung statt. Ich wollte ebenfalls durch Texte einen Beitrag leisten. Doch man gab mir zu verstehen, dass dazu die Französischkenntnisse eines Deutschschweizers nicht ausreichten. Man korrigierte in dieser Bank sogar Arbeiten von Pariser Spezialisten. Ich publizierte nun meine Artikel in einer bekannten Pariser Finanzzeitschrift, die meinen Stil nicht zu korrigieren für notwendig befand. Doch von solchen Publikationen nahm man auf meiner Bank keinerlei Kenntnis. Einer meiner Mitarbeiter war selber Finanzredaktor gewesen, und er war wohl enttäuscht, dass er nicht als Leiter des Büros ausgewählt worden war, sondern dass man ausgerechnet einen Deutschschweizer, also einen „Suisse Toto" ausgelesen hatte. Ich habe wegen ungenügender Leistungen eine Sekretärin entlassen, die nun seine Gemahlin ist. Wie kann man nur?

Der grosse Unterschied zwischen den Grossbanken und den Privatbanken besteht in der Kapitalstruktur. Die eigenen Mittel einer Grossbank gehören den Publikumsaktionären, deren Aktien an den Börsen gehandelt werden können. Bei der Privatbank ist der Ausdruck „Eigene Mittel" zutreffender, denn ihr Kapital gehört den Teilhabern, was nun allerdings nach der erwähnten Übernahme bei uns wohl nicht mehr gänzlich der Fall war. Die Teilhaber hafteten bei der echten Privatbank mit ihrem ganzen Vermögen für die Verbindlichkeiten ihrer Bank. Bei der Bank, zu der ich nun gehörte, trugen zwei der Teilhaber noch einen Adelstitel. Kein Wunder, dass auf den Zirkularen, die an diese Herren gerichtet waren, vor den Namen die zwei Buchstaben „NS" standen. Dies bedeutete, wie ich erst später herausfand „Notre Sieur", also „Unser Herr". Mit der

Übernahme durch die Grossbank war diese Herrlichkeit vorbei. Und diese Banken waren grundsätzlich nur in der Vermögensverwaltung tätig, wohl ursprünglich nur für Leute ihres Standes.

Immerhin gelang es mir wohl, die Anlagesitzungen der Bank besser zu strukturieren, Ideen einzubringen, und ich pflegte meine Beziehungen zum Börsenchef und den administrativen Abteilungen, was wohl meiner Equipe zugutekam. Unser Börsenchef war ein Deutschschweizer wie ich, aber seine Familie stammte aus dem Kanton Graubünden. Er hatte seine Banklehre in Wädenswil bei einem Neffen meines Pflegevaters bestanden, mit dem mich gute Beziehungen verbanden. Ich konnte diesem Börsenchef wohl in verschiedenen Belangen Hilfe leisten. Er war Hauptmann der Schweizer Armee. Bei einer Veranstaltung in Bern, die wir beide besuchten, trug er seine chicke Uniform. Als wir am Abend im Hotel neben dem Bundeshaus, wie ich es gewohnt war, unseren Whisky genehmigten, setzte sich der Vorsteher des Militärdepartementes, also ein Mitglied der schweizerischen Regierung, des Hohen Bundesrates, neben uns. Wir tauschten unsere Meinungen aus, und der Hauptmann war überglücklich. In der Bank bekleidete er den gleichen Rang wie ich, aber er überholte mich in einem grossen Spurt und wurde Mitglied der Geschäftsleitung. Leider starb er ganz kurz darauf an einer Krebskrankheit. Adieu, mein lieber Jean!

Doch ein grosser Teil meiner Arbeitskraft war wiederum auf den Einsatz für meinen Berufsstand konzentriert. Meine Studienreisen dehnten sich immer mehr auch auf Asien aus, und ich organisierte Reisen für Finanzanalytiker durch ganz Europa, wo wir zum Beispiel die Pharmaindustrie, dann die Firmen besuchten, die neue Technologien entwickelten. Ich wollte dabei nie die Finanzspezialisten interviewen, sondern immer die Verantwortlichen in der Forschung, weil es mir um die Beurteilung der Zukunft der Unternehmen ging. Vor allem Vertreter amerikanischer Anlageinstitutionen waren an diesen Besuchen interessiert. Ich versuchte, ihnen den Kauf der Aktien solcher Unternehmen durch unsere Bank nahezulegen und fand natürlich in meinem Börsenchef-Freund begeisterte Unterstützung.

Doch der Rechtsabteilung waren diese Bestrebungen ungeheuer. Bei einem Besuch in den USA musste ich einen auf Wertpa-

Jacques Ittensohn

pierbelange spezialisierten Advokaten aufsuchen. Dieser bedeutete mir, meine Bestrebungen seien illegal, weil unsere Bank bei der amerikanischen Wertpapierbehörde nicht registriert sei. „Wenn sie das nächste Mal in unser Land einreisen, kann es geschehen, dass ihr Name in dem grossen Buch verzeichnet steht, in dem der Zollbeamte blättert. Dann wird man sie mit Handschellen abholen." So war es auch mit dieser Herrlichkeit vorbei, denn in diesen Jahren wollte sich doch eine kleine Genfer Privatbank nicht einer solchen entwürdigenden und gefährlichen Registrierung unterziehen. Allerdings ist dieser gestrenge Advokat, der später die amerikanische Wertpapierbehörde leitete, einer meiner besten Freunde geworden, der mich von Zeit zu Zeit in der Schweiz besucht.

Und anlässlich der von mir veranstalten Analysereisen lernte ich einen interessanten Amerikaner kennen, der in einer Firma sein eigenes Geld verwaltete. Er lud mich auf seine riesige Farm ein und schliesslich fand ich heraus, dass er ein bekannter General des Zweiten Weltkrieges war und auch später eine bedeutende Rolle in der Organisation der Sicherheit seines Landes gespielt hatte. Er lud zu den Nachtessen, denen ich nun mit ihm bei meinen Reisen beiwohnen durfte, auch andere Generäle ein. Es handelte sich hier wohl um eine persönliche Freundschaft, die mit meiner Aufgabe in der Bank nicht direkt zu tun hatte. Doch eben bei meiner Pensionierung sagte mir dann ein Mitarbeiter der Bank, ich sei eine gute Visitenkarte gewesen. Immerhin!

Einer dieser Generäle, der sogar in amerikanischen Geschichtsbüchern figurieren soll, stellte mir einmal nach dem Kaffee eine verfängliche Frage über ein Problem, das ihn sehr zu beschäftigen schien und zu dem er ausgerechnet von mir eine Stellungnahme wollte. Er habe mit seiner Krankheit nur noch kurze Zeit zu leben, und er frage sich, wo er nach seinem Tode hinkomme. Er habe ein schlechtes Gewissen, weil er wegen seiner Befehle am Tode von Zehntausenden junger Menschen schuldig sei. Ich gab ihm zur Antwort, dass nach seinem Tode überhaupt nichts geschehe. Er bestehe schon jetzt aus Molekülen, Atomen und Elektronen und das bleibe auch nachher so. Zudem sei er ein Held seiner Nation, und er habe seine Arbeit im Auftrag seiner Vorgesetzten ausgeführt. Er dankte mir herzlich und gab seiner Erleichterung Ausdruck.

Schweizer Bankiers lächeln nie...

Etwa gleichzeitig mit meiner Übersiedlung nach Genf wurde in Davos das European Management Forum gegründet, das nun in World Economic Forum umgetauft worden ist, und den wilden Ärger und die Demonstrationen der Anti- und Altermondialisten hervorruft. Ich interessierte mich sofort dafür, als Vertreter unserer Bank an diesen Veranstaltungen teilzunehmen. Ich fand einen guten Draht zum Leiter dieses Forums, einem Genfer Professor, und seinen Beratern, bei denen es sich ebenfalls um Professoren handelte. Mein Vorschlag anlässlich dieser Treffen Arbeitsgruppen für die Teilnehmer zu schaffen, fand guten Anklang. Diese Teilnehmer waren allesamt Leiter von bekannten Weltunternehmen. Wir fanden Themen von allgemeinem Interesse und luden dazu Spezialisten der betreffenden Gebiete ein. Es war nun die Aufgabe der Teilnehmer für die besprochenen Probleme Lösungen vorzuschlagen. Diese Diskussionen waren für mich begeisternd und gaben mir wiederum Ideen für eigene Publikationen. Als Dank für meinen Einsatz erhielt ich eine wunderschöne Jäger Le Coultre-Uhr, die in meinem Privatbüro steht, sowie einen Bergkristall, der mich von meinem Klavier herab anschaut, wenn ich das „Wohltemperierte Klavier" meines lieben JSB zu klimpern versuche.

Als Präsidenten des Davoser Forums wurden jeweils bedeutende ehemalige Politiker eingeladen. Ich lernte dadurch etwa Raymond Barre und vor allem Edward Heath kennen. In einer privaten Unterredung bat ich den früheren Premierminister beim nächsten Finanzanalysekongress in Den Haag als Redner aufzutreten. Er nahm an und sprach über die Sonnen- und Schattenseiten des kapitalistischen Systems. Als Motto seiner Rede wählte er einen Bachchoral: „We all like sheep have gone astray". (Wie Schafe haben wir uns alle verirrt). Dieses Motto hat gewiss nichts an seiner Aktualität verloren, vor allem nicht nach den Katastrophen an den Aktienbörsen der folgenden Jahre.

Gegen das Ende meiner beruflichen Tätigkeit durfte ich in Genf noch einen besonderen Höhepunkt erleben. Ich organisierte 1988 den Europäischen Finanzanalyse-Kongress in der Rhônestadt. Mein Börsenfreund stellte mir dafür eine besonders fähige Sekretärin zur Seite, die sich an der Genfer Börse bewährt hatte. Meine Bank war mir in jeder möglichen Art hilfreich. Weil ich die schwie-

Jacques Ittensohn

rigen Beziehungen zwischen den damals noch drei Schweizer Grossbanken kannte (nach der Fusion von Bankverein und Bankgesellschaft zur UBS sind es jetzt nur noch zwei), lud ich für jeden der drei Kongresstage je einen Generaldirektor dieser Banken als Tagespräsidenten ein. Um den Zuspruch zum Kongress zu fördern, bat ich Henry Kissinger, Helmuth Schmid und einen früheren japanischen Aussenminister als Redner für den Höhepunkt des Anlasses, eine politische Diskussion, ein. Schliesslich ist die hohe Politik ein wesentlicher Bestandteil jeder Anlagepolitik. Meine Freunde im Organisationskomitee waren besorgt über meine Ausgabenpolitik, denn diese Redner waren keineswegs billig. Doch siehe da, wir hatten einen Rekordzuspruch und konnten sogar noch ein Konzert des Orchestre de la Suisse Romande mit der 9. Beethoven-Symphonie sponsorieren, zu dem alle Kongressteilnehmer eingeladen waren. Und der Gewinn der Veranstaltung erlaubte die Gründung eines Ausbildungszentrums für Experten der Vermögensverwaltung, das auch nach mehr als einem Jahrzehnt noch weiter floriert. Als Geschenk zu meinem Ruhestand erhielt ich von meiner Bank eine ebenfalls sehr schön Jean-Roulet-Uhr.

Brecht sagt in seiner Dreigroschenoper:

Ja, renn nur nach dem Glück,

Doch renne nicht zu sehr;

Denn alle rennen nach dem Glück,

Das Glück rennt hinterher.

Gewiss, ich bin in meiner Laufbahn dem Glück eifrig nachgerannt und habe nicht bemerkt, dass es hinter mir herrann. Doch jetzt im Ruhestand hat mich das Glück eingeholt, und ich darf es in Ruhe im Kreise meiner Familie geniessen. Ich brauche nun auch nicht mehr wie in der Jugendzeit in Bibliotheken zu sitzen: die Bücher habe ich zuhause, und auch meine grosse CD-Sammlung darf sich neben der damaligen Schallplattensammlung meines Pflegevaters durchaus sehen lassen.

XII. Nachwort im „sogenannten" Ruhestand

Warum empfinde ich diesen Ruhestand nach meinen Weg durch Schweizer Banken, der 46 Jahre gedauert hat, nicht als einen eigentlichen, sondern nur als einen „sogenannten" Ruhestand? Es schlossen sich noch drei Jahre der Tätigkeit ausserhalb des Kreises der Banken in unserem Ausbildungszentrum an diesen Abschnitt. Ich glaube, nach einem solchen Leben in nie aufhörender Tätigkeit würde die Ruhe den Tod bedeuten. Der Inhalt dieses Lebens bestand weitgehend aus Schreiben, aus Gesprächen und aus Reisen. Das Motto der Schriftsteller „nulla die sine linea" - Kein Tag ohne Schreiben einer Linie - bleibt auch für einen Schreibarbeiter wie mich weiterhin das wichtige Rezept. Zum Auftanken braucht es die Lektüre der Tagespresse und einer weitverzweigten Literatur.

Ein Geschäftsleitungsmitglied einer Schweizer Bank soll gesagt haben, für ihn seien nach der Pensionierung die Verwaltungsratssitze das Wichtigste: sonst beginne er noch Leserbriefe in Zeitungen zu schreiben. Dies wäre ihm als herabwürdigend erschienen, und hätte seinem Ego nicht geschmeichelt. Für mich war das Schreiben von Leserbriefen immer eine wichtige Abwechslung. Wenn mir wegen ärgerlicher Begebenheiten oder mir stupid erscheinender Kommentare die Galle aufstiess, musste ich diesen Ärger durch das Verfassen eines Epistels loswerden. Und das bleibt auch heute noch so. Daneben gibt es viele Themen, zu denen meine Artikel immer noch irgendwo Interesse finden und veröffentlicht werden. Wenn sie nicht einer Veröffentlichung würdig erachtet werden, so stört mich das keineswegs. Wenigstens habe ich mein Gehirn und meine Finger wieder in Bewegung gesetzt. Für Gespräche steht mir mein Familienkreis zur Verfügung. Auch Freunde sprechen gerne mit einem alten Fuchs aus ihren Tätigkeitsgebieten. Die aktive Betätigung in der Musik ist das Spielen von Bach am Klavier – eine höchst mühsame, aber sehr begeisternde Sache. Aus meiner jugendlichen Poesiebegeisterung besteht in meinem Gedächtnis ein Fundus von Gedichten in verschiedenen Sprachen, die ich zu meiner eigenen Freude und zur Freude von Zuhörern rezitiere. Ein grosses Vergnügen ist

Jacques Ittensohn

es auch, Zeichnungen grosser Meister mit einem Bleistift und meinen ungeübten Fingern in der Art eines „Amateurs" zu kopieren.

So – damit komme ich zum – Ende!
Sofern es überhaupt so etwas wie ein Ende gibt! Schliesslich sagt doch Brecht in seiner Dreigroschenoper:

„Ist das nöt'ge Geld vorhanden, wird das Ende immer gut"

…und offensichtlich sind in meiner Pensionskasse, die mir die Rente bezahlt, noch genügend Reserven vorhanden, so dass man es in diesem Jammertal noch einige Zeit aushalten kann.

Ich bin dankbar, dass es mir mein Neffe ermöglicht hat, meine Lebenserinnerungen in Buchform zu bringen. Vor meinem 80. Altersjahr hatte ich schwierige Krankheitsprobleme, mit denen mein Langzeitgedächtnis verlorengegangen ist. Gottseidank kann ich nun meine Abenteuer lesen, denn sonst wäre bei mir nichts mehr vorhanden.

August 2007 – der nun 81-jährige Jacques